頭骨王座 上

彼得・布雷特 Peter V. Brett —— 著

戚建邦 —— 譯

THE SKULL THRONE

獻給羅倫

致謝

這本書或許是我寫的，但最後呈現在你面前的成品，卻是在許多人齊心努力下完成的，不管你是透過什麼方式閱讀，他們也應該獲得掌聲。

凱西，我完美的女兒，她的關懷迫使我定時拔掉插頭，活在當下，同時也幫助我透過完全不同的角度看待世界。我母親在責任編輯和校稿員毫不知情的情況下，做了不少他們的工作。我的經紀人喬書亞，我唯一也最全面的編輯，與他在JABberwocky Literary的傑出團隊，還有他們的國際合作對象。

麥克．柯爾閱讀過每一個版本，也清楚每一條支線。傑和艾蜜莉亞，他們總是會排時間看稿。

我的助理梅格在幫我保持理智方面，付出得比她想像中更多。

賴瑞．羅斯坦捕捉我筆下角色神韻的能力，強到讓我以爲他們直接從我心中走了出來。負責設計魔印的羅倫．K．卡南，還有讓我的新作者照片看來十分體面的卡斯坦．莫倫。

有聲書的朗讀者，彼特．布萊德貝瑞和柯林．梅斯，他們讓我覺得像是聽祖父說故事的小朋友，還有GraphicAudio的配音員和工作人員，他們的成果讓整本書活了過來。

全世界的出版社——總是相信我的編輯，以及隱身幕後的設計、編輯、製作和行銷團隊，他們讓我看起來比本人更棒，特別是所有譯者，他們的功勞無可估計。

咖啡。你是我眞正的朋友。

但我最必須感謝的是羅倫．葛林，隨時待在我身邊，給我慰藉和彌足珍貴的建議——不管是私底下還是工作上。更重要的是，感謝你以身作則，讓我知道如何在人生中成爲一個強大又成功的人。

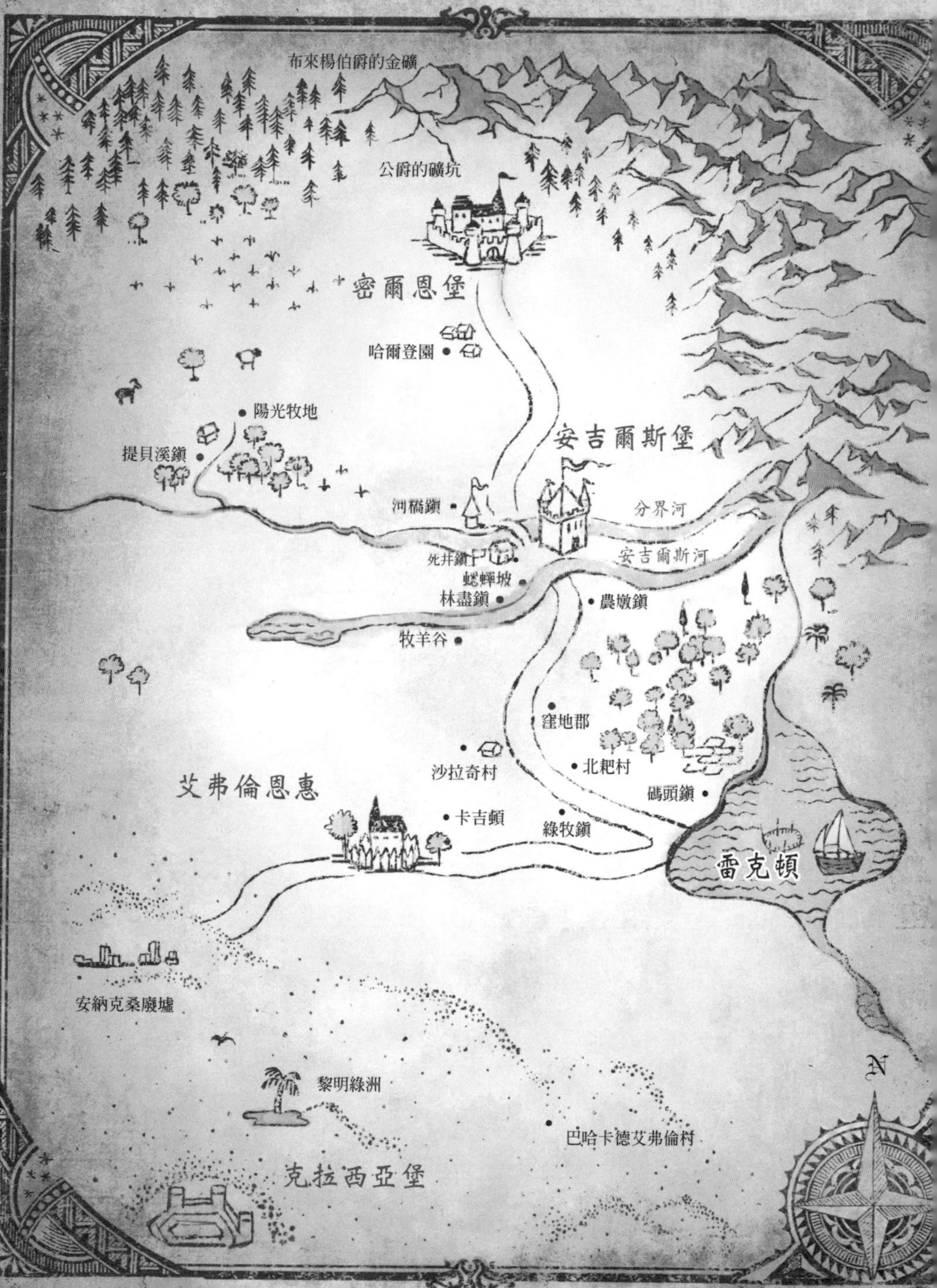
布來楊伯爵的金礦
公爵的礦坑
密爾恩堡
哈爾登園
陽光牧地
提貝溪鎮
安吉爾斯堡
河橋鎮
分界河
死井鎮
安吉爾斯河
蟋蟀坡
林盡鎮
農墩鎮
牧羊谷
窪地郡
北耙村
沙拉奇村
艾弗倫恩惠
碼頭鎮
卡吉頓
綠牧鎮
雷克頓
安納克桑廢墟
黎明綠洲
巴哈卡德艾弗倫村
克拉西亞堡
N

THE SKULL THRONE

頭骨王座．【上冊】

序幕 …… 09
第一章 …… 23
第二章 …… 36
第三章 …… 59
第四章 …… 71
第五章 …… 104
第六章 …… 129
第七章 …… 144
第八章 …… 175
第九章 …… 189
第十章 …… 219
第十一章 …… 245
第十二章 …… 274
第十三章 …… 322
第十四章 …… 335
第十五章 …… 337
第十六章 …… 360

序幕　沒有贏家　333 AR 秋

「不！」英內薇拉伸出雙手，抓向空蕩蕩的空氣，眼睜睜看著帕爾青恩帶著她丈夫一起墜崖。同時也帶走人類所有的希望。

站在對面觀戰的黎莎．佩伯發出與她相似的哭喊。雙方人馬立刻衝向懸崖，將多明沙羅姆儀式嚴格的規定完全拋到腦後，在崖邊擠成一團，凝視著吞噬決鬥雙方的黑暗深淵。

透過艾弗倫之光，英內薇拉在黑暗中視物就像白晝一樣清楚，能夠看穿魔光所界定的世界。但是魔法受到生命所吸引，而懸崖下只有光禿禿的岩石和砂土。那兩個男人片刻前還如同烈日般綻放強光，如今已消失在地表滲出的黯淡魔光中。

英內薇拉扭轉耳環，將其中的霍拉石對準她丈夫的耳環頻率，但是什麼也沒聽見。可能是距離太遠，或是在墜落時弄壞了。

*也可能是根本沒有聲音可聽。*她在寒冷的山風中努力壓抑顫抖的本能。

她望向其他擠在山崖邊的人，解讀他們的表情，尋找背叛的跡象、任何預先知道會發生這種事情的跡象。她也觀察他們身上散發出的魔光。她頭上戴的琥珀金魔印飾環不能像她丈夫的卡吉之冠一樣清楚看穿他人的靈氣，但她越來越擅長解讀情緒。所有人都很震驚，只不過震驚的程度不同，而這顯然不是任何人意料中的結果。

就連阿邦那個目中無人、總是隱瞞事實的騙子，也神色驚恐地立在原地。他和英內薇拉向來是互相看不順眼的死敵，彼此都想要削弱對方的影響力，但儘管是個毫無榮耀的卡非特，他依然深愛阿曼恩，而且萬一阿曼恩死了，他的損失將比任何人更爲慘重。

我應該在帕爾青恩的茶裡下毒，英內薇拉心想，回憶起帕爾青恩從沙漠裡帶回卡吉之矛那天晚上的坦率表情。拿毒針扎他。在阿拉蓋沙拉克開始前塞條毒蛇到他枕頭裡。我甚至該誣陷他無禮，然後親手殺了他。我根本不該把他留給阿曼恩處置。他生前太善良了，做不出謀殺和背叛的舉動，就算爲了阿拉的命運也不行。

生前。她已經開始用過去式了，雖然他墜崖不過是幾秒前的事。

「我們必須去找他們。」賈陽的聲音彷彿源自數哩之外，儘管她的大兒子就站在身旁。

「對。」英內薇拉同意，思緒依然紊亂。「不過在黑暗中找人很不容易。」懸崖下已經開始傳出風惡魔的叫聲，還有高山石惡魔的低吼。「讓我擲骰引導我們。」

「我才不等妳擲骰。」帕爾青恩的吉娃卡說著擠開羅傑和加爾德，趴到地上，雙腳甩出崖邊。

「瑞娜！」黎莎抓向她的手腕，但是瑞娜動作太快，一轉眼就爬下山壁。年輕女子渾身綻放魔光。沒有明亮到帕爾青恩的那種程度，但是比她所見過的其他人都還要明亮。她的手指與腳趾如同惡魔爪般陷入山壁，抓破岩石，自行製造施力點。

英內薇拉轉向山傑特。「跟她去。沿途標記。」

山傑特十分勇敢，絲毫沒有表現出他靈氣中所顯示的恐懼。「是，達馬佳。」他一拳拍擊胸口，將矛和盾掛到背上，趴到地上，雙腳甩出懸崖邊，小心翼翼地爬了下去。

英內薇拉懷疑他能否勝任這項任務。山傑特和其他人一樣強壯，但他今晚沒殺任何惡魔，體內沒有容許瑞娜·貝爾斯在崖壁上挖洞的那種非人力量。

但是凱沙羅姆的表現令她驚訝，也許連他自己都想不到能利用帕爾青恩的妻子打出來的裂縫施力，沒過多久，他也消失在黑暗裡。

「如果妳要擲骨骰，立刻動手，這樣我們才能開始搜尋他們的下落。」黎莎・佩伯說。

英內薇拉看向那個綠地婊子，壓抑下一股會破壞她冷靜外表的怒意。她當然想看英內薇拉擲骰，她肯定很想知道預知魔印長什麼樣子——就好像她從英內薇拉那裡偷走的東西還不夠一樣。

儘管其他人都不知情，但是骨骰告訴她黎莎肚子裡有阿曼恩的骨肉，而這個事實威脅到英內薇拉努力建立的一切。她壓抑著想要拔出匕首，除掉那個孩子，當場解決這個問題的衝動。他們沒有能力阻止她。綠地人勇猛善戰，卻不是她兒子與兩個達馬基沙魯沙克大師的對手。

她深吸口氣，找回中心自我。英內薇拉想把所有憤怒和恐懼都發洩在那個女人身上，但是男人都是驕傲的笨蛋，錯不在黎莎・佩伯。她肯定曾試圖勸說帕爾青恩不要挑戰阿曼恩，就像英內薇拉也曾試圖說服阿曼恩不要接受挑戰。

或許他們兩人註定要拚個你死我活。或許阿拉不能容許兩個解放者共存於世。但現在一個解放者都沒了，這種情況比兩個解放者更加糟糕。

少了阿曼恩，克拉西亞各部族的聯盟將分崩離析，眾達馬基會淪為爭權奪利的軍閥。他們會殺了阿曼恩在當達馬的兒子，然後自相殘殺，把沙拉克卡拋到腦後。

英內薇拉看向馬甲部族的阿雷維拉克達馬基，當年阿曼恩掌權時最大的阻礙，同時也是他最看重的顧問之一。他對沙達馬卡的忠誠不容質疑，但不足以阻止他殺害阿曼恩的馬甲部族兒子馬吉，以確保馬吉不會取代阿雷維拉克的兒子阿雷維倫。

阿曼恩的繼承人可能有機會統一各部族，但誰來繼承？她兩個兒子都還不足以擔此重任，骨骰如是說；但他們自己不這麼認為，也不會在取得權力後歸還。賈陽和阿桑向來是敵對關係，有權有勢的盟友會分別向他們靠攏。如果達馬基沒能分裂她的族人，她自己的兒子也許會幫他們完成這個任務。

英內薇拉一言不發地走進兩個解放者片刻前還在決鬥的場地中。地上灑有兩個男人的血跡，她蹲下，伸手到鮮血濺落的地方，沾濕雙手，握起骨骰，開始搖骰。克拉西亞人圍在她身旁，不讓綠地人靠近。

英內薇拉的骨骰是用惡魔王子的骨頭刻成，其外包覆琥珀金，乃是首任達馬佳以降所有達馬丁的骨骰中魔力最強的一副。它們充滿魔力，於黑暗中綻放強光。她擲骰，預知魔印閃閃發光，以其不自然的方式扯停骨骰，形成供她解讀的圖案。這種圖案對大部分的人而言毫無意義，就連達馬丁也會爭論擲骰的結果，不過對英內薇拉而言，解讀骨骰就和閱讀文件一樣簡單。它們引導她走過數十年的混亂與劇變，但是一如往常，骨骰的回應很隱晦，只能帶來些許欣慰。

沒有贏家。

什麼意思？他們兩個都墜崖而亡了？還是說他們依然在下面打架？她心裡湧出上千個問題，於是再度擲骰，但是正如她所料，骨骰還是排列出一模一樣的圖案。

「怎麼樣？」北地婊子問。「骨骰怎麼說？」

英內薇拉忍下尖酸刻薄的言語，心知自己接下來講的話至關緊要。最後，她認為眞相，至少是大部分的眞相，可以讓四周所有懷抱野心的傢伙不敢輕舉妄動。

「沒有贏家。」她說。「他們還在下面打，只有艾弗倫知道戰果如何。我們必須找到他們，盡快。」

他們花了好幾個小時下山。黑暗並未影響他們的速度——這群人類菁英全都可以看見魔法的光芒——但現在岩惡魔和石惡魔埋伏在下山的道路上，完美融入環境之中，而風惡魔在空中盤旋尖叫。

羅傑拿出他的樂器，琴弦發出〈月虧之歌〉哀怨的曲調，阻止阿拉蓋展開攻擊。阿曼娃配合他引吭高歌，兩人的音樂透過霍拉魔法強化，繚繞夜空之中。即使身處絕望氣氛之下，中心自我幾乎要崩潰，英內薇拉仍爲女兒的技巧感到驕傲。

在傑桑之子奇異魔法的守護下，阿拉蓋不會侵犯他們，但是這樣前進的速度很慢。英內薇拉很想伸手拔出腰帶上的琥珀金魔杖，擊斃擋路的惡魔，盡快趕往丈夫身邊，但她不想在北地人面前展示它的力量，而且這樣做只會引來更多阿拉蓋。她被迫配合羅傑的穩定步調，即使阿曼恩和帕爾青恩此刻很可能在某個人跡罕至的山谷中失血至死。

她拋開這個想法。阿曼恩是艾弗倫親選的解放者。她必須相信祂會在祂的沙達馬卡最需要時施展神蹟。

他還活著。非活著不可。

黎莎悶不吭聲地策馬前進，就連湯姆士也沒有蠢到去打擾她。伯爵或許常常和她上床，但她卻不曾像愛亞倫……或阿曼恩一樣愛他。目睹他們決鬥令她心碎。

剛開始亞倫似乎佔盡優勢，如果她非選擇不可的話，她也希望佔優勢的是亞倫。亞倫受盡折磨的靈魂最近得到了某種寧靜，她希望他能迫使阿曼恩屈服，在沒有鬧出人命的情況下結束這場決鬥。

她在阿曼恩用卡吉之矛刺傷亞倫時失聲尖叫——那或許是世界上唯一傷得了他的武器。那一刻起，形勢變了，第一次，她心裡對阿曼恩的那股怒意轉變爲仇恨。

然而，當亞倫因爲不肯服輸而拉阿曼恩一起墜崖，她的肚子在阿曼恩身影消失時感到一陣絞痛。她肚子裡的孩子還不滿八週，但她敢發誓它在父親墜入黑暗時踢了一腳。

她遇上亞倫後的這一年內，他的力量與日俱增。有時他似乎無所不能，就連黎莎也懷疑他是否眞的就是解放者。他有辦法化身煙霧不會摔死。阿曼恩不行。

但就連亞倫也有其極限，而阿曼恩以旁人無法想像的方式測試了他的極限。黎莎清楚記得幾週前亞倫墜落在窪地的石板地上，頭骨就像落在桌面上的水煮蛋那樣摔裂的景象。

如果瑞娜沒有急著去找他們就好了。那個女人知道亞倫的計畫。知道得比她透露得更多。

他們在距離山底很遠的地方繞道而行，避開雙方都有派人監視的道路。也許戰爭無法避免，但兩邊人馬都不希望今晚就開戰。

山道崎嶇蜿蜒，還有岔路。英內薇拉不只一次擲骨骰確認該走哪條路，她跪在路旁擲骰，其他人則不耐煩地等著。黎莎很想知道那女人從那些雜亂的圖案中看到些什麼，但她曉得不必懷疑這些預知骨骰是否擁有魔力。

他們在黎明將至時找到了山傑特留下的第一個記號。英內薇拉加快腳步，其他人緊跟而上，在天際出現紫色調時順著山道迅速前進。

山底的守衛沒有發現他們，但是英內薇拉的貼身侍衛阿希雅和山娃在沒人注意的情況下爬上山坡，加入他們的行列。綠地王子看了她們一眼，發現她們是女人後，不放在心上地搖了搖頭。

最後他們追上了瑞娜和山傑特，兩人一邊等候一邊小心翼翼地注意對方。山傑特迅速走到英內薇拉身邊，拍胸鞠躬道：「他們的足跡在此消失，達馬佳。」

他們下馬，跟著戰士來到不遠處地面上的一個人形坑洞，四周的塵土和碎石顯示這裡曾遭受猛力撞擊。地上濺有大片血跡，不過也有腳印——持續掙扎的痕跡。

「你們有沒有跟著足跡去找？」英內薇拉問。

山傑特點頭。「沒跟多遠就消失了。我認為最好等候進一步指示再採取行動。」

「瑞娜？」黎沙問。

帕爾青恩的吉娃卡像是要看穿什麼似地盯著血淋淋的坑洞，靈氣強大到難以解讀。她一臉麻木地點頭。「我們在這附近繞了好幾個小時。他們彷彿長翅膀飛走了。」

「被風惡魔抓走？」汪妲上前道。

瑞娜聳肩。「或許，但可能性不大。」

英內薇拉點頭。「除非我神聖的丈夫願意，不然沒有惡魔動得了他。」

「卡吉之矛呢？」賈陽問。英內薇拉哀傷地看向他。她並不驚訝長子對這支聖器的關心程度超過父親的死活，但這個事實還是讓她感到悲哀。至少阿桑還懂得把這種想法藏在心裡。

山傑特搖頭。「沒有看到神聖武器。沙羅姆卡。」

「這裡有鮮血。」英內薇拉說著望向地平線。再過幾分鐘就要天亮了，不過她或許還可以再擲一次骰。她伸手到霍拉袋裡，緊緊握住骨骰，力量大得掌心疼痛，走到坑洞旁跪下。

正常情況下，她絕不敢讓敏感的骨骰暴露在黎明前的微光下。直接照到陽光會摧毀惡魔骨，就連間接照射陽光也會造成永久的損害。但是她包覆在骨骰上的琥珀金能在最強烈的陽光下保護骨骰。如同卡吉之矛，它們的力量在陽光下會迅速流失，但是夜晚降臨後就能重新補充魔力。

她伸手時掌心顫抖，必須深呼吸好幾秒鐘才終於能找回中心自我，然後繼續，這是今晚第二次爲了得知丈夫的命運而觸摸他的血液。

「神聖的艾弗倫，萬物的造物主，讓我得知決鬥雙方的命運，阿曼恩・阿蘇・霍許卡敏・安賈迪爾・安卡吉，以及亞倫・阿蘇・傑夫・安貝爾斯・安提貝溪。我懇求您，告訴我他們此刻的命運，以及未來的命運。」

魔力在她指尖流竄，她擲骰，瞪大眼睛看著圖案。

詢問當下或過去發生的事情時，骨骰會以很冰冷但卻肯定的答案回應，雖然常常很隱晦。不過未來一直在變動，每一個決定都會左右未來的風向。骨骰會給暗示，如同沙漠中的路標樁，但詢問的未來越遠，道路的分歧就越大，直到迷失在沙漠裡爲止。

阿曼恩的未來向來充滿分歧點。有些未來中他肩負起人類的命運，有些未來中他在羞愧中死去。最常見的死法就是死在阿拉蓋的爪下，不過背上中刀、心口中矛也都沒有少過。很多人願意爲了他犧牲性命，也有很多人等著背叛他。

現在那些道路都已經封閉了。不管出了什麼事，阿曼恩短時間內都不會回來，很可能永遠都不會回來。這個想法讓英內薇拉毛骨悚然。

其他人全部屏息以待，等她開口，英內薇拉心知此刻說的話將會決定族人的命運。她想起許多年前骨骰的話：

解放者並非與生俱來，而是後天培養而成。

如果阿曼恩沒有回到她身邊，她就要再培養另一個解放者。

她看著等待著愛人的眾多厄運，挑選出其中一種。唯一能讓她維持權勢，直到適當繼承人出現的未來。

「解放者去了我們不能追隨的地方。」英內薇拉終於說道。「他追蹤一名惡魔前往地底深淵。」

「所以帕爾青恩終究是惡魔。」阿山說。

骨骰沒有這麼說，但英內薇拉點頭道：「看來如此。」

加爾德啐道：「她說『解放者』。不是說『沙達馬卡』。」

達馬基轉向他，一副像是在看昆蟲，考慮要不要費心踩扁他的模樣。「他們是一體的。」

這一次換汪妲啐道：「一體個屁。」

賈陽迎上前去，緊握拳頭，彷彿要毆打她。她皮膚上的魔印發光，就連英內薇拉衝動的長子也知道不要輕易挑釁她——在一群得要說服他們讓他坐上王座的人面前，他絕不能敗給一個女人。

賈陽回頭看向他母親。「卡吉之矛呢？」他問道。

「失蹤了。」英內薇拉說。「它會在艾弗倫同意的時候再度現世，早一刻都不行。」

「所以我們就這麼放棄了？」阿桑問。「不管父親死活？」

「當然不是。」英內薇拉轉向山傑特。「繼續追蹤他們的足跡。調查任何斷草和鬆動的石塊。在找到解放者或可靠的消息之前不准回來，就算找上千年也要繼續找下去。」

「是，達馬佳。」山傑特捶胸道。

英內薇拉轉向山娃。「和你父親同去。聽他號令，保護他。他的目標就是妳的目標。」

年輕女子無聲鞠躬。阿希雅捏捏她肩膀，兩人互看一眼，接著父女二人一同離開。

黎莎轉向汪妲。「妳也去找，不過一小時內回來。」

汪妲微笑，臉上流露讓英內薇拉滿心羨慕的信心。「我可不打算找他找到頭髮花白。解放者要來就來，要走就走，但他一定會回來，妳看著吧。」片刻過後，她也離開了。

「我也去。」瑞娜說，但黎莎抓住她的手。

女人瞪她。黎莎立刻放手，但是沒有退讓。「請等一等。」

就連北地人也害怕帕爾青恩和他的女人，英內薇拉注意到，隨即在她們兩個走到隱密處交談時記下這則情報。

「阿山，跟我來。」她說著看向達馬基。他們在其他人目瞪口呆的注目下走到一旁。

「我不敢相信他走了。」阿山說，語氣十分空洞。他和阿曼恩過去二十年間一直情同手足。他是第一個支持阿曼恩成爲沙達馬卡的達馬，並且全心相信他的神性。「好像在作夢。」

英內薇拉開門見山。「你必須出任安德拉，登上頭骨王座。你是唯一可以在不引發戰爭的情況下守住頭骨王座、等我丈夫回歸的人選。」

阿山搖頭。「妳如果這樣想的話就大錯特錯了，達馬佳。」

「這是沙達馬卡的指示。」英內薇拉提醒他。「你在他面前發過誓，還有我。」

「那是指他在月虧時於眾目睽睽下戰死沙場。」阿山說，「不是在某座人跡罕至的山上被綠地人殺死。王座應該由賈陽或阿桑繼承。」

「他告訴你他兒子還不足以擔負重任。」英內薇拉說。「你以爲過去兩週內這種情況已經改變了嗎？我的兒子都很狡猾，但還稱不上睿智。骨骰預見他們會爲了爭奪王座而分裂艾弗倫恩惠，如果其中之一爬上血淋淋的石階，坐上王座，他絕不會在父親回來時讓位。」

「如果他回來的話。」阿山強調。

「他會回來的。」英內薇拉說。「很可能整個地心魔域的惡魔都在追殺他。當他回來時，會需要阿拉上所有部隊響應他的號召，沒有時間或意願殺死自己的兒子來重新掌權。」

「我不喜歡這種做法。」阿山說。「我從來就不想掌握權力。」

「這是英內薇拉。」她說。「你喜不喜歡無關緊要，而你總在艾弗倫面前保持謙遜就是此事非你不可的原因。」

「說快點。」瑞娜在黎莎把她拉到一旁時說道。「我已經浪費夠多時間等你們來了。亞倫在附近，我必須去找他。」

「惡魔屎。」黎莎直言。「我和妳不熟，瑞娜‧貝爾斯，但我知道妳如果還有機會找回丈夫的話，根本不會和我多耗十秒鐘。妳和亞倫早就計畫好了。他去哪裡了？他對阿曼恩做了什麼？」

「妳說我是騙子？」瑞娜怒道。她眉頭緊蹙，手握成拳。

基於某種理由，這種激動的反應只讓黎莎更加肯定自己的猜測。她不相信這個女人眞的會打自己，但還是捏了一把盲目藥粉在手中，以備不時之需。

「拜託，」她說，保持語調平穩。「如果妳知道內情，告訴我。向造物主發誓，妳能信任我。」

這話似乎讓瑞娜冷靜了一點，鬆開手掌，不過掌心朝上。「搜我口袋，妳不會找到任何答案。」

「瑞娜，」黎莎努力壓抑情緒。「我知道我們一開始對彼此印象不好。妳沒有理由喜歡我，但這不是遊戲。妳隱瞞事實會讓所有人陷入險境。」

瑞娜哈哈大笑。「這可不是夜晚嘲笑黑暗黑嗎？」她戳戳黎莎的胸口，力量大到令她後退一步。「身懷沙漠惡魔之子的人可是妳。妳以爲那不會讓大家陷入險境嗎？」

黎莎臉色發白，不過還是踏步上前，唯恐自己的沉默讓對方肯定那個猜測。她壓低音量，輕聲問道：「這種鬼話是誰告訴妳的？」

「妳呀。」瑞娜說。「我可以隔片玉米田聽見蝴蝶振翅的聲音。亞倫也行。我們都聽見妳向賈迪爾說的話了。妳懷了他的骨肉，還想賴在伯爵頭上。」

她說的是事實。這是母親提出的荒謬計畫，偏偏黎莎傻到聽母親的話。這個騙局八成會在孩子出世後就被揭穿，但那能給她爭取到七個月的時間準備，或逃跑躲藏，以免克拉西亞人搶走她的孩子。

「這讓我更有理由要知道阿曼恩的遭遇。」黎莎說，厭惡自己此刻那種哀求的語調。

「我不知道。」瑞娜說。「妳在浪費我找他們的時間。」

黎莎點頭，心知自己已經輸了。「請不要告訴湯姆士。」她說。「我會找機會告訴他，眞的。但是不是現在，不能在半數克拉西亞大軍駐紮在數哩外時和他說。」

瑞娜嗤之以鼻。「我又不笨。像妳這種藥草師怎麼可能懷孕？就連愚蠢的製皮匠也知道要及時抽出來。」

黎莎閉上雙眼，無法面對瑞娜銳利的目光。「我也問過自己這個問題。」她聳肩。「歷史上充滿理應擁有更聰明一點的父母的人。」

「我又不是問妳歷史。」瑞娜問。「我是問窪地最聰明的女人怎麼會變成木腦。難道沒人告訴過妳小孩是怎麼來的嗎？」

這話讓黎莎有點生氣。這女人說得有理，但沒有權利批評她。「既然妳不告訴我妳的祕密，我也沒有理由告訴妳我的。」她朝山谷揮了揮手。「去吧。假裝找尋亞倫，直到我們離開視線範圍，再去和他會合。我不會阻止妳。」

瑞娜微笑。「好像妳能阻止一樣。」她身形一晃，當即走遠。

我爲什麼會受她影響？黎莎自問，但她的手指滑向腹部，而她很清楚這個問題的答案。

因爲她說得對。

第一次親吻阿曼恩時，黎莎喝了庫西酒。那天下午她並沒有打算和他上床，但也沒有在他動手的時候阻止他。她愚蠢地假設他不會在婚前射在她體內，但是克拉西亞人認爲男人浪費種子是一種罪。她感覺到他加快速度，開始呻吟，本來可以來得及抽出的。但是她心裡有一部分也想要他射，想要體驗男人在她體內漲大噴發的感覺，將一切風險拋到腦後。她乘著那波顫抖的快感達到高潮。

那天晚上，她本來要煮龐姆茶，結果卻被英內薇拉的觀察兵抓走，最後和達馬佳並肩作戰，對抗心靈惡魔。第二天黎莎喝了兩倍劑量的龐姆茶，之後每次做愛後也都一樣，但就像她老師布魯娜說的一樣：「有時候不管怎麼做，強壯的孩子都會有辦法鑽進妳的肚子裡。」

英內薇拉打量站在阿山面前的綠地王子湯姆士。他身材高大，肌肉結實，但姿態優雅，舉手投足間散發一股戰士的氣質。

「我想你會派你手下去山谷裡搜尋。」他說。

阿山點頭。「你也會派你的人。」

湯姆士點頭回應。「雙方各派一百人？」

「五百。」阿山說。「遵守多明沙羅姆的停戰協議。」英內薇拉看見王子下巴緊繃。五百人對克拉西亞人而言不算什麼，解放者大軍的九牛一毛而已。但是卻超過湯姆士願意派遣的人數。

儘管如此，王子別無選擇，只能同意，而他也同意了。「我怎麼知道你的戰士不會挑釁？這個時候我們絕不希望讓山谷變成戰場。」

「我的戰士會蒙上面巾，即使白晝也一樣。」阿山說。「他們不敢抗命。我擔心的是你的人。我不希望他們因為誤會而受傷。」

王子微微一笑。「我想你們的人也會受傷。把臉蓋起來怎麼能保證他們不亂來？看不到面貌就不必怕人報復。」

阿山搖頭。「眞難想像你們這些野蠻人怎麼能夠在黑夜中撐這麼久。男人記得虧待過他們的人的相貌，那些仇恨可不容易放下。我們之所以在夜晚戴上面巾，就是要讓所有人像兄弟一樣並肩作戰，把深仇大恨拋到腦後。如果你的手下也蒙面，這座艾弗倫詛咒的山谷裡就不會再有任何人灑血。」

「好。」王子說。「沒問題。」他微微鞠躬，對一個比他強上十幾倍的男人表達一點點敬意，然後轉身離開。其他綠地人跟著他走。

「北地人會為他們的無禮付出代價。」賈陽說。

「或許，」英內薇拉說，「但不是今天。我們必須返回艾弗倫恩惠，而且要快。」

第一章 狩獵 333AR 秋

賈迪爾在黃昏時醒來，腦袋昏昏沉沉的。他躺在一張北地床上——只有一個大枕頭，而非很多小枕頭。床單很粗糙，與他已經習慣了的絲綢沒得比。這是一間圓形的房間，四周都是刻有魔印的玻璃窗。某種塔型建築。他透過微光看見外面無人耕作的土地，對眼前的景色感到陌生。

我到底在哪裡？

他身體一動立刻渾身劇痛，但痛楚是他的老朋友，擁抱痛楚，然後拋到腦後。他奮力坐起，感覺雙腳僵硬，相互磨蹭。他拉開毯子。只見大腿到小腿通通打滿石膏。他的腳趾腫脹，有紅有紫有黃，自石膏的末端露出，離他很近，偏偏又遙不可及。他不理會劇痛，嘗試伸展腳趾，在看到腳趾微微抽動時鬆了口氣。

他想起童年時被打斷手的那次經驗，還有療傷那幾個禮拜的無助感。

他立刻伸手去床頭櫃上拿卡吉之冠，即使在白天，卡吉之冠所儲存的魔力還是足以治好幾根斷骨，特別是已經接好的斷骨。

他兩手抓空。賈迪爾轉過頭去，空瞪眼好一陣子，然後了解當前的處境。他的皇冠和長矛已經伴身許多年，但此刻那兩樣東西都不在身邊。

與帕爾青恩在山頂那場決鬥的回憶如同潮水般湧來。傑夫之子在賈迪爾攻擊時化身煙霧，接著又在轉眼間凝聚形體，以非人的力量抓起矛柄，一把從自己手中搶走。

接著帕爾青恩轉身，像丟啃過的瓜皮一樣，把卡吉之矛丟下懸崖。

賈迪爾輕舔乾裂的嘴唇。他的口很渴，膀胱很漲，不過這兩樣需求都有人幫他準備好了。床邊的水很甘甜，而他也費了點力氣使用在床底摸到的尿壺。

他胸口包紮得很緊，移動時肋骨相互摩擦。繃帶外面罩著一件薄袍——他發現是褐色的。或許帕爾青恩覺得這樣很好笑。

四周沒有門，只有一條通往下方的階梯——以他此刻的狀態，階梯和囚室的欄杆沒兩樣。這裡沒有其他出口，階梯也沒有繼續向上，他位於這座塔的塔頂。房間裡沒有什麼家具。床邊有張小桌子。房內還有一張椅子。

樓梯井中傳來聲響。賈迪爾渾身僵硬，側耳傾聽。他或許失去了皇冠和長矛，但是長年透過這兩樣法器吸收魔力已經將他的身體重塑為最接近艾弗倫形象的凡人身軀。他擁有鷹的視覺、狼的嗅覺、蝙蝠的聽覺。

「確定你應付得了他嗎？」帕爾青恩的第一妻室說。「在懸崖上的時候，我以為他會殺了你。」

「不用擔心，瑞娜，」帕爾青恩說。「他沒有卡吉之矛就傷不了我。」

「白天就行。」瑞娜說。

「兩條腿斷了就不行。」帕爾青恩說。「沒問題，瑞娜。我保證。」

走著瞧，帕爾青恩。

他聽見嘴唇交觸的聲音，顯然傑夫之子想用親吻免除吉娃的疑慮。「我要妳回窪地打理一切。現在就走，免得有人起疑。」

「黎莎·佩伯已經起疑了。」瑞娜說。「她猜的離事實不遠。」

「無所謂，只要他們還在猜就好。」帕爾青恩說。「妳就繼續對她裝傻，不管她說什麼或做什麼。」

瑞娜輕笑。「好，沒有問題。我很喜歡逗她生氣。」

「別浪費太多時間在那上面，」帕爾青恩說。「我需要妳保護窪地，但是低調一點。加強他們的戰力，不過把責任交給他們。我可以的時候就會回去，但只和妳見面。不能讓其他人知道我還活著。」

「我不喜歡這樣。」瑞娜說。「男人和妻子不應該分隔兩地。」

帕爾青恩嘆氣。「沒有辦法，瑞娜。這一把賭上了身家。我們輸不起。我很快就會去找妳。」

「好。」瑞娜說。「愛你，亞倫．貝爾斯。」

「愛妳，瑞娜．貝爾斯。」帕爾青恩說。他們再度親吻，接著賈迪爾聽見她迅速下樓的腳步聲。然後帕爾青恩走上樓。

賈迪爾有一瞬間考慮裝睡，或許可以聽到什麼情報，取得突襲的優勢。

他搖頭。*我是沙達馬卡。絕不能避戰。我要直視帕爾青恩雙眼，看看他還是不是我當年認識的那個男人。*

他奮力起身，擁抱雙腳傳來的劇痛。一臉冷靜地看著帕爾青恩走進石室。他身穿樸素的衣衫，和第一次見面時很像，身上是褪色的白棉上衣和陳舊的棉布長褲，一邊肩上掛著信使皮袋。他打赤腳，捲起褲管和袖管，露出他紋在身上的魔印。他剃掉了沙色的頭髮，賈迪爾只能從刺青底下隱約認出當年那張臉。

即使沒有卡吉之冠，賈迪爾還是感應得到那些魔印的力量，但獲得那股力量必須付出沉痛的代價。帕爾青恩看起來不太像人，反而比較像是一張神聖魔印卷軸。

「你把自己怎麼了，老朋友？」他本來並不打算大聲問出這個問題，但是有股力量迫使他問。

「在你那樣對我之後，你竟然還有臉那樣叫我。」帕爾青恩說。「不是我把自己變成這樣的。是你。」

「我？」賈迪爾問。「我拿墨水褻瀆你的身體？」

帕爾青恩搖頭。「你把我丟在沙漠裡等死，沒有武器、沒有援手，知道我根本活不到阿拉蓋出現。身體就是你唯一留給我繪印的東西。」

聽到這幾句話，帕爾青恩如何倖存下來的疑問終於獲得解答。他透過心眼看見他的朋友孤伶伶地待在沙漠裡，在缺水又受傷的情況下徒手擊斃阿拉蓋。

榮耀非凡。

伊弗佳禁止紋身，但它也包含很多賈迪爾為了沙拉克卡而下令解除的禁令。他很想譴責帕爾青恩，但是對方的說法句句屬實，令他開不了口。

賈迪爾在懷疑深入中心自我時感到不寒而慄。世間的一切都是遵循艾弗倫的旨意。帕爾青恩能夠活下來與他重逢乃是英內薇拉。骨骰說他們兩個都有可能成為解放者。賈迪爾認為他自己才夠格承擔那個頭銜。他為自己的成就驕傲，但卻無法否認他的阿金帕爾、勇敢的外來者，在艾弗倫眼中可能擁有更多榮耀。

「你在玩弄你不熟悉的儀式，帕爾青恩。」他說。「多明沙羅姆是要決鬥至死，而你贏了。你為什麼不宣稱獲勝，取得應有的地位，率領大軍展開第一戰爭？」

帕爾青恩嘆氣。「打死你並不代表我獲勝，阿曼恩。」

「那你承認我是解放者？」賈迪爾問。「如果是這樣，那就把我的皇冠和聖矛還給我，對我俯首稱臣，然後就這樣。我會原諒你，然後再度一起對抗奈的大軍。」

帕爾青恩輕哼一聲。他把皮袋放在桌上，伸手進去。卡吉之冠在逐漸變暗的室內隱隱發光，九顆寶石微微閃動。賈迪爾無法抗拒搶奪這件寶物的慾望。如果他站得起來，他早就撲過去了。

「卡吉之冠就在這裡。」帕爾青恩像玩玩具般，把皇冠頂在一根手指頭上轉動。「但是卡吉之矛不是你的。至少，在我決定把它交給你之前不是。我把它藏在你拿不到的地方，就算你的腳沒打石膏也一樣。」

「這兩樣神聖法器不該分開。」賈迪爾說。

帕爾青恩嘆氣。「沒有什麼東西堪稱神聖，阿曼恩。我以前告訴過你天堂是一場謊言。你爲了這些話威脅要殺我，但那並沒有降低這句話的眞實性。」

賈迪爾張嘴欲言，怒火中燒，但是帕爾青恩打斷他，一把抓住旋轉的皇冠，然後舉起來。這麼做的同時，他皮膚上的魔印閃過一陣魔光，皇冠上的魔印則開始發光。

「這玩意兒，」帕爾青恩朝著皇冠說。「是一圈薄薄的心靈惡魔頭骨和九根魔角，包覆一層刻有魔印的金銀合金，利用寶石加以強化。它是大師級的魔印工藝品，但也就僅只於此。」

他微笑。「就像你的耳環一樣。」

賈迪爾吃了一驚，伸手觸摸原先戴著婚禮耳環的耳垂。「你不但要偷走我的王座，還要搶走我的第一妻室？」

帕爾青恩大笑，賈迪爾已經多年不曾聽到如此眞誠的笑聲。他無法否認自己十分想念這笑聲。

「我不確定哪一樣負擔比較沉重。」帕爾青恩說。「我兩樣都不想要。我有妻子，對我的族人而言，一個妻子就夠了。」

賈迪爾忍不住嘴角上揚，而且沒有費心掩飾。「一個夠格的吉娃卡會同時成爲你的支柱與負擔，帕爾青恩。她們讓我們成爲更好的男人，但過程艱辛坎坷。」

帕爾青恩點頭。「說得不錯。」

「那你爲什麼要偷走我的耳環？」賈迪爾問。

「只是在你待在我家的期間代爲保管。」帕爾青恩說。「我不能讓你求援。」

「呃？」賈迪爾說。

帕爾青恩歪頭看他，賈迪爾感應到傑夫之子的目光穿透他的靈魂，就像賈迪爾擁有皇冠視覺時所能做的一樣。帕爾青恩怎麼有辦法不靠皇冠就做到？

「你不知道。」帕爾青恩片刻過後說道。他突然笑了一聲。「被自己妻子監視的人，竟然還對我提供婚姻建言！」

他嘲笑的語氣激怒了賈迪爾，儘管打算不動聲色，他還是忍不住皺起眉頭。「你這麼說是什麼意思？」

帕爾青恩伸手進口袋，拿出那枚耳環。那是一個樸素的小金環，其下掛著一顆魔印小球。「這裡面有一小塊惡魔碎骨，另外半塊在你妻子的耳朵上。這讓她能聽見所有你說的話。」

突然之間，許多想不透的問題通通解開了。他妻子爲什麼似乎了解他所有的計畫和祕密。她的情報有很多來自骨骰，不過阿拉蓋霍拉往往語焉不詳。他早該想到狡猾的英內薇拉不會完全依賴擲骰。

「所以她知道你綁架我了？」賈迪爾問。

帕爾青恩搖頭。「我隔絕了耳環的力量。在這裡的事情辦完之前，她沒辦法找到你。」

賈迪爾雙手抱胸。「什麼事情？你不會追隨我，我也不會追隨你。現在的情況就和五年前大迷宮裡的僵局一樣。」

帕爾青恩點頭。「你當時狠不下心殺我，迫使我改變看待世界的方式。我要給你同樣的機會。」話一說完，他把卡吉之冠丟了過去。

賈迪爾本能地接下皇冠。「爲什麼還給我？這不是會治好我的傷嗎？我傷好之後，你要關住我可不容易。」

帕爾青恩聳肩。「我不認爲你在拿到卡吉之矛之前會離開，不過我已經把皇冠的魔力吸乾了。沒有多少地心魔域釋放的魔力能到達這麼高的地方。」他揮手比向四周的玻璃窗。「而且每天早上陽光都會淨化這個房間。卡吉之冠可以提供魔印視覺，但在重新灌滿魔力之前沒有太多其他用處。」

「那爲什麼要還給我？」賈迪爾又問一次。

「我想和你談談。」帕爾青恩說。「我要你在交談過程中看清我的靈氣。我要你知道我在說眞話，看見寫在我靈魂中的堅定決心。或許到時候，你就能夠看清眞相。」

「看清什麼眞相？」賈迪爾問。「天堂是謊言？沒有任何寫在你靈魂裡的東西能讓我看清這個，帕爾青恩。」雖然他這麼說，但還是戴上卡吉之冠。石室立即在皇冠視覺前活了過來，賈迪爾鬆了口氣，像伊弗佳中記載的那個被卡吉治癒雙眼的盲人一樣。

窗外，片刻之前只是陰影和輪廓的土地，在阿拉釋放的魔光中變得清晰無比。所有生命體內都帶有能量的火花，賈迪爾能夠看見樹幹裡逐漸滋長的力量、攀附其上的苔蘚，還有所有棲息在樹枝和樹皮上的生物。魔法穿越平原上的草地，照亮了地面上和空中的惡魔。阿拉蓋如同燈塔般耀眼，喚醒他體內一股狩獵與殺戮的原始慾望。

正如帕爾青恩所說，他的石室魔光黯淡。幾絲微弱的魔力沿著塔壁而上，受到玻璃窗上的魔印所吸引。魔印閃閃發光，形成抵抗阿拉蓋的護盾。

儘管石室陰暗，帕爾青恩卻比惡魔還要明亮。明亮到理應難以逼視的程度，但並非如此。相反地，他身上的魔光耀眼、鮮艷動人。賈迪爾啓動卡吉之冠的力量，試圖吸收一點他的魔力，不多得讓帕爾青恩發現，但或許足以加速他的療程。一絲魔力如同焚香的煙絲般朝他蜿蜒而來。

帕爾青恩剃掉了眉毛，不過他左眼上方的魔印上揚，明顯做出表情。他的靈氣轉變，顯現出的饒富興味大於敵意。「啊哈，靠自己吧！」突然之間，那絲魔力調轉方向，又被他吸了回去。

賈迪爾臉上不動聲色，不過他懷疑這樣有什麼差別。帕爾青恩說的沒錯。他可以解讀他的靈氣，看見他所有情緒，而且毫不懷疑他老朋友也有同樣的能力。帕爾青恩很冷靜、很專注，並不想傷害賈迪爾。他的靈氣內沒有欺瞞。只有疲憊，擔心賈迪爾太過頑固，不肯好好聽他說話。

「再說一次，你爲什麼把我抓來，帕爾青恩。」賈迪爾說。「如果目的和你以前的想法一樣，是剷除世間阿拉蓋，那爲什麼要和我作對？我已經非常接近你的夢想了。」

「沒有你想得那麼近。」帕爾青恩說。「而且你的做法令我作嘔。你強迫人類爲了生存而戰，完全不顧代價。我知道你們克拉西亞人喜歡穿黑袍白袍，但世界並非如此單純。世界上還有其他顏色，以及各式各樣的灰色地帶。」

「我不是笨蛋，帕爾青恩。」賈迪爾說。

「有時候我懷疑。」帕爾青恩說，他的靈氣也如此表示。見他向來非常看重又尊敬的老朋友把自己看得這麼扁，讓賈迪爾覺得十分難受。

「那你爲什麼不殺了我，奪走卡吉之矛和卡吉之冠？」賈迪爾問。「見證人都身受榮耀羈絆。我的人民會接納你爲解放者，追隨你展開沙拉克卡。」

怒氣如同野火般席捲帕爾青恩原本平靜的靈氣。「你還是不懂。」他大聲道。「我不是天殺的解放者！你也不是！解放者是人類合而爲一，而不是人類其中之一。艾弗倫只是我們加諸於一個概念的名號，不是天上某個對抗黑暗的巨人。」

賈迪爾緊閉雙唇，心知帕爾青恩能在自己的靈氣中看見這種褻瀆的言語所燃起的怒火。許多年前，他曾發誓再讓他聽到帕爾青恩說這種話，他就會殺了他。如今帕爾青恩的靈氣在挑釁他動手。

賈迪爾很想動手。他還不曾使用皇冠眞正的實力去對付帕爾青恩，而皇冠現在正戴在他的頭上，他不像外表看起來那樣無助。

但是他的阿金帕爾的靈氣中還有另一項特質阻止了他。他已準備應付攻擊，隨時可以展開正面衝突，但是另一個畫面籠罩著他，阿拉蓋在燃燒的世界手舞足蹈。

如果兩人無法達成協議，他所擔心的一切都將成眞。

賈迪爾深吸口氣，擁抱他的憤怒，隨著這口氣排出體外。房間對面的帕爾青恩沒有任何動作，不過他的靈氣如同沙羅姆壓低矛頭般緩緩撤退。

「那有什麼差別？」賈迪爾終於開口。「不管艾弗倫是天上的巨人，還是我們用來稱呼在夜裡起身戰鬥的榮耀與勇氣的詞彙……如果人類要齊心合力對抗阿拉蓋，就一定要有個領導人。」

「就像心靈惡魔領導軀殼？」帕爾青恩問，期待藉此誘導賈迪爾踏入邏輯陷阱裡。

「就是這樣。」賈迪爾說。「阿拉蓋的世界向來只是人類世界的影子。」

帕爾青恩點頭。「對，戰爭需要將領，但將領是爲人類服務，不是反過來。」

這下輪到賈迪爾揚眉了。「你認爲我不是在爲我的族人服務，帕爾青恩？我不是安德拉，腦滿腸肥地坐在王座上，眼睜睜看著子民流血挨餓。我的領土上沒有饑荒、沒有犯罪。我親自在黑夜中作戰，確保子民安全。」

帕爾青恩哈哈大笑，嘲弄式的刺耳笑聲。賈迪爾理應感到被冒犯，然而帕爾青恩靈氣中的懷疑阻止了他。

「這就是差別所在。」帕爾青恩說。「因爲你們眞的相信那堆惡魔屎！你們跑到根本不屬於你們的土地上，屠殺數千男丁、強姦他們的女人、奴役他們的小孩，還自認你們的靈魂純淨，只因爲他們的聖典和你們的有那麼一點點不同！你幫他們抵擋惡魔，沒錯，但是躺在砧板上的雞絕不會稱屠夫爲解放者，就只因爲他能把狐狸拒之門外。」

「沙拉克卡即將到來，帕爾青恩。」賈迪爾說。「我把那些雞訓練成獵鷹。如今艾弗倫恩惠的男人已經可以保護他們自己的女人和小孩。」

「窪地人也一樣。」帕爾青恩說。「但是他們沒有自相殘殺。沒有強姦女人。沒有強奪人子。我們沒有爲了對抗惡魔而化身惡魔。」

「你就是這樣看我的？」賈迪爾問。「我是惡魔？」

帕爾青恩微笑。「你知道我的族人叫你什麼嗎？」

沙漠惡魔。賈迪爾聽過這個名號很多次了，不過只有在伐木窪地才有人敢公然這麼叫。他點頭。

「你的族人都是笨蛋，帕爾青恩，如果你把我和阿拉蓋畫上等號的話，你和他們一樣。你們或許沒有殺人、沒有強姦，但是也沒有統一世人。你們的北地公爵只會爭權奪利，即使地底深淵在他們面前敞開、奈的大軍已經準備傾巢而出也一樣。奈才不在乎你們的道德。她才不在乎誰純眞無辜、誰腐敗墮落。甚至不在乎阿拉蓋。她的目標是剷除世間的一切。」

「你們族人的時間都是借來的，帕爾青恩。借來讓你對抗沙拉克卡來臨之日，到時你的懦弱讓他們淪爲地心魔域食物。然後你就會希望屠殺過上千人，甚至上萬人，如果需要殺那麼多人才能訓練部隊的話。」

帕爾青恩哀傷地搖頭。「你就像頭戴眼罩的馬，阿曼恩。只看見支持你信仰的東西，忽略其他一切。奈不在乎那些是因爲她根本不存在。」

「言語不能改變事實，帕爾青恩。」賈迪爾說。「言語不能殺死阿拉蓋，也不能讓艾弗倫停止存在。光靠言語，無法在一切來不及之前統一全人類參與沙拉克卡。」

「你老說統一，但你根本不了解統一的意義。」帕爾青恩說。「你所謂統一在我看來就是支配、是奴役。」

「統一在同一個目標下，帕爾青恩。」賈迪爾說。「所有人爲了一個目標努力。剷除阿拉上的惡魔。」

「如果要仰賴一個人維持統一的話，根本就不是眞的統一。」帕爾青恩說。「我們都是凡人。」

「我所達成的統一不會如此輕易瓦解。」賈迪爾說。

「不會嗎？」亞倫問。「我在艾弗倫恩惠期間探查了不少情報，阿曼恩。北地公爵不會追隨你的族人。你的達馬不會追隨賈陽。你的沙羅姆不會追隨阿桑。沒有任何男人會追隨英內薇拉，而你的達馬基們寧願自相殘殺也不要同桌共飲。沒有人能在不先打贏內戰的情況下坐上頭骨王座。你寶貴的統一即將如同沙造的宮殿般分崩離析。」

賈迪爾感覺下巴緊繃。他咬牙切齒。帕爾青恩說的沒錯，當然。英內薇拉很聰明，可以穩定局面一段時間，但他不能消失太久，不然，他努力打造的部隊會在沙拉克卡才剛開始的時候就自相殘殺。

「我還沒死。」賈迪爾說。

「是沒死。但你短時間內不會回去。」帕爾青恩說。

「走著瞧，帕爾青恩。」賈迪爾突然發難，施展卡吉之冠的力量，猛力吸取帕爾青恩的魔力。帕爾青恩毫無防備，靈氣中爆發震驚的情緒，接著在賈迪爾取得魔力時扭曲變形。力量竄入賈迪爾體內，治療肌肉和骨頭，令他身強體壯。他身體一抖，胸口的綳帶爆裂，腳上的石膏粉碎。他跳下床鋪，轉眼衝過石室。

帕爾青恩及時採取守勢，不過是沙羅姆的防禦架勢，因爲他沒在沙利克霍拉受過訓練。賈迪爾輕易繞過他的防禦，一把箝制住他。帕爾青恩呼吸不順，面紅耳赤。

但接著他化身魔霧，就像在懸崖上決鬥時一樣。突然失去支撐讓賈迪爾失去平衡，帕爾青恩在他摔倒前重新現形，抓住賈迪爾的右臂和腳，把他摔過房間。他重重撞上窗戶，就連以魔法強化的骨頭也撞斷了，魔印玻璃上卻連一條裂縫都沒有。

魔印表面上有一層薄薄的魔力，賈迪爾本能地吸爲己用，在開始覺得痛之前，利用這些魔力治療他的斷骨。

帕爾青恩在房間對面消失，接著又在近處現形，不過賈迪爾已經很熟悉這個把戲了。魔霧才剛開始重塑，他已經展開行動，避開帕爾青恩的拳腳，在他再度化煙前重重揮出兩拳。

他們就這樣交手數秒，帕爾青恩在賈迪爾有機會打傷他前消失然後現形，但也無法出手攻擊。

「可惡，阿曼恩，」他叫道。「沒時間來這套！」

「這點我同意。」賈迪爾站定位說道。他拿房間裡唯一的椅子丟向帕爾青恩，一如所料，對方在可以輕易避開的情況下依然化身煙霧。

你的能力讓你鬆懈，帕爾青恩，他一邊心想，一邊衝向樓梯井。

「你哪都別想去！」帕爾青恩現形吼道，憑空繪製魔印。賈迪爾看見魔力凝聚，衝擊法術朝他襲來，能像大鎚般把他打飛。他無可閃躲，於是咬緊牙關，盡可能承受這一擊的力道。

但是他完全沒有受傷。卡吉之冠突然發熱，綻放強光，吸光了法術的魔力。賈迪爾不假思索地憑空繪印，轉化那股魔力爲足以將一打木惡魔燒成灰燼的純粹熱能。

帕爾青恩舉起一手，將魔力吸回他自己體內。賈迪爾魔力外洩，頭昏眼花，冷冷瞪他。

「我們可以這樣耗一個晚上，阿曼恩。」帕爾青恩說著化身煙霧，在賈迪爾和樓梯之間現形。「而你還是無法離開這座塔。」

賈迪爾雙手交抱胸前。「就連你也沒辦法關我一輩子。太陽會出來，到時候你就無法施展惡魔的把戲和霍拉魔法。」

帕爾青恩攤開雙手。「不需要。等到黎明東昇，你就會自願留下。」

賈迪爾差點笑出聲來，但是帕爾青恩的靈氣再一次阻止了他。他相信。他相信自己接下來說的話能動搖賈迪爾，不然就沒有任何東西能夠動搖他。

「你到底帶我來這裡做什麼，帕爾青恩？」他最後又問一次。

「提醒你眞正的敵人是誰。」帕爾青恩說。「然後請你幫忙。」

「我幹嘛要幫你？」賈迪爾問。

「因爲，」帕爾青恩說。「我們要獵捕一頭心靈惡魔，強迫他帶我們前往地心魔域。」

「該是我們主動攻擊阿拉蓋的時候了。」

第二章 權力眞空 333AR 秋

回到克拉西亞營地後，英內薇拉毫不浪費時間。趁阿山默默挑選戰士，展開搜救任務，並命令其他人拔營出發時，她傳喚阿邦前來沙達馬卡大帳中的私人會客室。

沙羅姆已經開始質疑解放者爲什麼沒有一起返回。他們還沒有正式公布決鬥的情況或突如其來的戰果。但是消息很快就會傳開，野心勃勃的傢伙會試圖利用她丈夫的失蹤。老奸巨猾的人早已策畫好這種情況的做法，等到搜救行動落空後就會立刻展開行動。衝動的人或許會更快動手。

阿邦顯然很清楚這些，於是在他的卡沙羅姆團團保護下前來大帳。戴爾沙羅姆依然瞧不起這些身穿褐袍的戰士，但是英內薇拉派去刺探阿邦住所的閹人間諜卻陳屍它處，表示那些卡非特戰士的實力不容小覷。她也看到他們武器和裝備上的魔光，他們仔細利用陳舊的皮革和塗料掩飾，可是上好的品質就連用魔印玻璃製作的解放者長矛隊菁英戰士盾牌和矛頭都比不上。

*你越來越令人敬畏了，卡非特。*這個想法令她不悅，卻也沒有像從前那樣令她擔憂。數週前當骨骰顯示阿邦的命運和她休戚與共時，她並不了解其中的意義，但是現在情況很明朗了。他們是阿曼恩最親密、最信任的顧問，而直到幾小時前，他們都身受絕對的力量保護，沒人敢動他們。但隨著她丈夫消失，那股力量絕大部分都蒸發殆盡。英內薇拉得盡快行動，小心謹慎地讓阿山掌權，但一旦權力交接，領導他們族人的將會是他的聲音，而非她的。阿山不像阿曼恩那麼睿智——也沒他那麼圓滑。

阿邦的處境比她更糟。儘管他的卡沙羅姆實力堅強，一旦他的敵人不再擔心傷害他會觸怒阿曼恩，這個殘廢商人還能多活一天就算很幸運了。不久之前，她還會很高興看到他死，現在她需要他。

卡非特對解放者寶庫裡每一枚卓奇都瞭若指掌，熟知王座積欠的債務、穀倉裡所有存糧。更重要的是，阿曼恩會和他討論就連達馬基都不知道的計謀與祕密、部隊調度、戰鬥計畫、目標。

肥胖的卡非特笑著一拐一拐地步入她的會客室，顯然知道她需要他，艾弗倫詛咒他。

他背後跟著最近幾週與他如影隨形的卡沙羅姆壯漢，這個聾子是最早響應解放者召喚的人之一。他入帳時繳出了武器，不過此時聳立在卡非特身後的模樣依然深具威脅性。阿邦並不矮，但還是只到他貼身保鏢的肩膀而已。

「我說要私下會面，卡非特。」英內薇拉說。

阿邦在他駱駝頭拐杖所能允許的範圍內鞠躬。「很抱歉，達馬佳，但是現在阿曼恩不在這裡管束那些戴爾沙羅姆，妳總不會不讓我帶個保鏢保護自己吧？無耳聾得和石頭一樣，不會聽見我們談話。」

「聾子也有偷聽之道。」英內薇拉說。「如果他有眼睛能讀唇語的話。」

阿邦再度鞠躬。「說的沒錯，不過就算我這個謙卑的僕人學過這種技巧，達馬佳的面紗也能夠避免這種情況，而我敢在艾弗倫面前發誓他沒有。」

英內薇拉相信他——這種情況很少見。她自己的閹人護衛都爲了守護她的祕密割掉舌頭，她知道阿邦肯定會珍惜一個不能偷聽祕密、進而背叛他眾多計謀的人。儘管如此，她最好還是不要退讓太多。

「他可以去門口守著。」英內薇拉說，接著扭腰擺臀走向會客室對面的枕頭。從前阿邦絕對不敢偷看，但她懷疑阿曼恩不在他還敢不敢。她可以利用這一點。她回頭看了一眼，但阿邦沒有偷看。他朝巨人比了幾個手勢，儘管身形高大，巨人依然動作靈巧地走到門口站定。

阿邦一拐一拐地走過去，小心翼翼地在她對面的枕頭上坐下。他始終面帶微笑，不過偷看保鏢的動作卻洩露了他內心的恐懼。他知道英內薇拉可以在巨人趕來相助前殺死他，而且就算是無耳也不敢對達馬佳出手。她也可以用超過一百種方法殺掉卡沙羅姆——她甚至不必親自出手，只要交給躲在暗處的保鏢阿希雅、蜜佳、賈娃處理就好了。

他們中間擺著一副銀茶具，茶壺還在冒煙。她點了點頭，卡非特動手倒茶。

「蒙妳傳喚令我受寵若驚，達馬佳。」阿邦拿著茶杯坐回原位。「可以請問找我有什麼事嗎？」

「當然是為了提供保護。」英內薇拉說。

阿邦看起來非常驚訝，不過肯定是裝出來的。「達馬佳什麼時候開始看重既可憐又毫無榮譽可言的阿邦了？」

「我丈夫看重你。」英內薇拉說，「如果他回來時發現你死了，一定會勃然大怒。你最好接受我的幫助。骨骰說如果沒有我的幫忙，你命就不長了。我兒子比達馬基更討厭你，那絕對是不能輕忽的問題。你也別以為哈席克會忘記他的男性象徵是誰割掉的。」

英內薇拉以為這些話就足以嚇到卡非特，她見過他面對危機時露出懦弱的模樣。但這裡是談判桌，而阿邦很熟悉談判桌。

阿曼恩曾告訴過她，阿邦內心軟弱，不過一旦開始談判，他堅定的意志能讓沙羅姆相形見絀。

阿邦微笑點頭。「說的沒錯，達馬佳。但妳的情況也沒有好到哪裡去。少了丈夫，達馬基會讓妳坐在七級台階上多久？他們向來無法忍受女人地位比他們高的屈辱。」

英內薇拉覺得自己下巴越繃越緊。除了她丈夫以外，已經多久沒人膽敢這樣對她說話了？更別說是卡非特。她想把他另一條腿也打瘸。

但是不管有多不敬，他說的都是事實，於是英內薇拉讓它們如同微風般透體而過。

「所以我們更應該合作。」她說。「我們必須想辦法互相信任，就像阿曼恩要求的那樣，否則我們兩個要不了多久都將踏上孤獨之道。」

「妳對我有什麼要求？」阿邦問。

「像對我丈夫那樣對我回報，」英內薇拉說。「在帳目和計畫上繳達馬基議會前先向我報告。」

阿邦揚起一邊眉毛。「那我的好處是？」

英內薇拉微笑，透過淡紫色的薄面紗也看得見。「我說過了，保護。」

阿邦輕笑。「請原諒我，達馬佳，但是聽妳號令的戰士比我還少，只要有一個達馬基或妳兒子決定要除掉我，這些兵力依然不足以保護我。」

「我可以利用恐懼。」英內薇拉說。「我的兒子懼怕我。達馬基懼怕我。」

「他們怕妳，沒錯。」阿邦同意。「但是等到新人坐上頭骨王座後，妳的恐懼又能維持多久？絕對的權力會讓人膽大包天。」

「除了艾弗倫外，世上沒有絕對的權力。」英內薇拉舉起骨骰。「阿曼恩不在，我就是他在阿拉上的代言人。」

「那玩意兒再加三卓奇就能幫妳買個簍子。」阿邦說。

這是句克拉西亞俗諺，不過還是讓英內薇拉感到不安。她母親是大市集裡生意很好的織簍匠。阿邦是控制艾弗倫恩惠半數商業活動的人，肯定有和她交易，但是英內薇拉花了很多心力隱瞞自己家人的身分，不讓他們受到她的世界裡那些政治權謀所影響。

他只是隨口說說，還是在威脅她？不管有沒有利用價值，英內薇拉絕對會為了保護家人而毫不遲疑地除掉阿邦。

再一次，英內薇拉希望自己能像丈夫一樣看穿人心。大帳厚重的帆布牆讓她能看見卡非特的靈氣，雖然模糊不清，不過阿曼恩可以輕易解讀的細微變化和色彩組成的圖案，在她眼中還是一團謎。

「我認爲你會發現我的話比你想像中更有份量。」英內薇拉說。

「如果妳能夠鞏固地位的話，」阿邦同意道。「我們現在要討論的是我爲什麼要幫妳鞏固地位。解放者宮廷裡並非人人都是笨蛋，達馬佳。我或許無法再享受阿曼恩賜給我的權力，但是只要與他們之一合作，我還是可以獲得保護和利潤。」

「我會讓你在宮廷裡取得長久席位，」英內薇拉說。「讓你親眼見證所有能夠加以利用、中飽私囊的交易。」

「好一點了。」阿邦說。「但是整個解放者宮廷裡都有我的眼線。比妳想像中還多。」

「不要這麼肯定。」英內薇拉說。「不過很好。我可以提供一樣連你都無法拒絕的東西。」

「喔？」阿邦似乎很感興趣。「在大市集裡，說這種話是在威脅人，不過我想妳會發現我沒有那麼容易遭人逼迫。」

「不是威脅，」英內薇拉說。「不是逼迫。」她微笑。「起碼不是威逼。我會讓你知道違反協議得面對什麼下場。」

阿邦微笑。「我洗耳恭聽。達馬佳認爲我最想要的東西是什麼呢？」

「你的腳。」英內薇拉說。

「呃？」阿邦吃了一驚。

「我可以治好你的腳。」英內薇拉說。「現在就治，如果你想要的話。輕而易舉。你可以把你的拐杖丟到火裡，大搖大擺地走出大帳。」她朝他眨眼。「不過根據我對狡猾阿邦的了解，你會像來時般瘸著出去，永遠不讓任何人知道你腳好了，除非有利可圖。」

卡非特神色懷疑。「如果這麼簡單，達馬丁爲什麼不在我摔斷腿當下就治好我？爲什麼要讓我從此殘廢，讓卡吉部族損失一名戰士？」

「因爲治療是最耗費霍拉的霍拉魔法。」英內薇拉說。「當年我們沒有魔印武器，作爲魔力來源的阿拉蓋骨有限。即使時至今日，阿拉蓋骨還是要經過處理，過程很繁瑣。」她手指沿著杯緣畫圈。「多年以前，我們爲你擲骰，確定是否値得爲你消耗阿拉蓋骨。你知道它們怎麼說嗎？」

阿邦嘆氣。「說我不是戰士，投資不會獲得多少回報。」

英內薇拉點頭。

阿邦搖頭，一臉失望，但並不驚訝。「妳確實找到了一樣我想要的東西。我不否認我眞的很想治好我的腳。」

「那你會接受嗎？」英內薇拉問。

阿邦深吸口氣，彷彿要說話，但沒有開口。片刻過後，他緩緩吐氣，好像洩氣一樣。「我父親以前常說，*不要喜歡任何東西到不能把它留在談判桌上的程度*。我聽過許多古老傳說，知道魔法都要付出代價，而且代價往往比表面上看起來更高。我已經拄拐杖走路二十五年了。它是我的一部分。謝謝妳的提議，但恐怕我必須拒絕。」

英內薇拉不耐煩了，她沒有理由隱藏自己的情緒。「你在考驗我的耐心，卡非特。如果你有什麼想要的東西，直接說出來。」

阿邦臉上那勝利的笑容明白表示他就是在等這一刻。「只是幾件簡單的小事，達馬佳。」

英內薇拉輕笑。「我早已知道和你有關的事情絕對不會簡單。」

阿邦點了點頭。「從妳口中聽到這話令我備感榮幸。首先，妳提供的保護必須擴及我的手下。」

英內薇拉點頭。「當然。只要他們不和我作對，或是犯下在艾弗倫眼中無可原諒的罪行。」

「還要包括來自妳的威脅。」

「保護你不受來自於我的傷害？」英內薇拉問。

「如果我們要合作的話，」英內薇拉注意到他並不是說幫她做事。「那我就必須在不必擔心有性命危險的情況下暢所欲言。就算我說的不是妳想聽的話——特別是那些時候。」

她會說出妳不想聽的事實，骨骰曾經這麼說她母親。這種顧問有其存在價值。事實上，其他任何顧問都沒有價值。

「成交。」她說。「但如果我選擇不採納你的建議，在任何情況下，你都要支持我的決定。」

「達馬佳很睿智，」阿邦說。「我相信只要我權衡利害關係，她絕不會做出浪費的行爲。」

「就這樣嗎？」英內薇拉問，心知他還沒開完條件。

阿邦再度輕笑，在兩人的茶杯裡添滿茶。他從衣服內袋裡拿出一個小酒瓶，在茶裡添加一些庫西酒。他是在測試她，英內薇拉知道，因爲伊弗佳禁止飲用庫西酒。她無視這個動作。她討厭庫西酒，雖然這種酒能讓男人變得衰弱、愚蠢，但是她族人中有好幾千人都會暗藏小酒瓶在長袍裡。

阿邦輕啜一口摻了酒的茶。「偶爾我或許會有些問題。」他目光飄向她腰間的霍拉袋。「只有妳的骨骰能夠回答的問題。」

英內薇拉保護性地抓起霍拉袋。「阿拉蓋霍拉不是給凡人問問題的，卡非特。」

「阿曼恩不是每天都問嗎？」阿邦問。

「阿曼恩生前是解放者……」英內薇拉連忙住口，「現在還是解放者。骨骰不是幫你獲利的玩具。」

阿邦鞠躬。「這個我很清楚，達馬佳，我保證不會隨便請妳擲骰的。但如果要我效忠於妳，這就是我要求的報償。」

英內薇拉坐回原位，仔細考慮。「你自己也說魔法必須付出代價。骨骰也可能會說出我們不想聽的事實。」

「別種事實有價值嗎？」阿邦問。

「你可以問一個問題。」英內薇拉說。

「十個問題，最少。」阿邦說。

英內薇拉搖頭。「十個問題已經超過達馬基一年的份量了，卡非特。兩個問題。」

「兩個問題並不足抵妳要求我做的事情的代價，達馬佳。」阿邦說。「我也許能接受半打……」

「四個，」英內薇拉說。「但是我要你保證不隨便浪費這種能力。如果把艾弗倫的智慧浪費在微不足道的貪婪和競爭上，那麼一個答案就會讓你失去一根手指。」

「喔，達馬佳，」阿邦說。「我向來不會貪圖微不足道的東西。」

「完了嗎？」英內薇拉問。

阿邦搖頭。「不，達馬佳，還有一件事。」

英內薇拉將那副不悅的表情放回臉上。那是藝術，不過不難。卡非特幾乎在考驗她的耐心。「你要求的報償已經開始超過你的價值了，阿邦。說，快點說完。」

阿邦鞠躬。「我兒子。我要拔掉他們的黑袍。」

阿邦一拐一拐走出會客室時，克拉西亞營地正處於一陣騷亂。英內薇拉看到阿山快步朝她走來。

「怎麼了？」英內薇拉問。

阿山鞠躬。「妳兒子，達馬佳。賈陽告訴戰士們他父親失蹤了。沙羅姆卡表現得好像我們已經決定讓他坐上頭骨王座一樣。」

英內薇拉深呼吸，找到中心自我。她料到賈陽會這麼做，只是她以為他不會這麼快動手。

「請沙羅姆卡親自率隊搜尋他父親的下落，留下一些戰士留守營區。剩下的人必須盡快趕回艾弗倫恩惠。拖慢速度的東西通通不要帶。」

他們以坐騎能夠承受的極限盡快趕路。太陽一下山，英內薇拉就派沙羅姆先行擊殺阿拉蓋，利用他們充滿魔力的膿汁在馬和駱駝上繪製耐力魔印，讓他們有力氣連夜趕路。

如此公然使用霍拉魔法有其風險。聰明的人可能會學到一些達馬丁數百年來守護的祕密，但她對此無能為力。骨骰建議她盡快返回——還警告她這樣或許還不夠快。

接下來幾天，命運將出現無數分歧點，阿曼恩苦心建立的脆弱和平很可能分崩離析，讓他們再度陷入混亂。有多少因為數百年來搶奪水井和互相殘殺引發的世仇，在解放者的命令下暫時和解，但各部族依然懷恨在心？

儘管她費盡心思，賈陽和解放者長矛隊還是比他們早一步抵達艾弗倫恩惠。那個笨孩子一定提早放棄搜索，和戰士一起橫跨原野，將他們強壯的馬斯譚馬逼到極限。戰士在夜裡屠殺惡魔可以達到她用膿汁強化坐騎的效果，在將阿拉蓋的力量導回他們身上的同時，利用長矛和坐騎鋼蹄上的魔印吸收能量。

「母親！」賈陽轉身看見英內薇拉、阿山、阿雷維拉克和阿桑闖入王座廳時驚慌叫道。他已經把剩下的達馬基和他最信任的軍官召集過來。

跟在英內薇拉的人馬後進來的是十二名達馬基丁，卡吉部族的魁娃和阿曼恩另外十一個部族的妻子。這些人全都只效忠英內薇拉。阿山身後跟著他最有權勢的手下，哈爾文和希瓦里達馬。他們三個都和解放者一起在沙利克霍拉中學習。阿山不在時代表卡吉部族發言的兒子阿蘇卡吉與其他達馬基一起等在裡面。

阿邦以其拐杖所能允許最快的速度，一拐一拐地走進王座廳，混亂之中沒有吸引任何注意。他與他的保鏢安安靜靜地溜到一座壁龕中觀察形勢。

幸好她先催促隨從盡快趕路，賈陽顯然期望有更多時間可以收買達馬基。他趕回艾弗倫恩惠不過短短幾小時，還沒有膽子爬上七級台階，坐上頭骨王座。

由於解放者的心腹和最有權勢的達馬基缺席的緣故，他沒有足夠的正當性登上頭骨王座，不過一旦坐上去，想讓他退位就必須採取暴力手段。儘管有諸多缺陷，英內薇拉依然深愛自己兒子，但他要是敢明目張膽奪權的話，她會毫不遲疑殺了他。阿曼恩用窗簾遮蔽王座廳裡的大窗戶，好讓他使用皇冠視覺，也讓英內薇拉能在白天施展霍拉魔法。包覆琥珀金的心靈惡魔手臂骨就掛在她的腰帶上，蘊含其中的能量釋放出一股暖意。

「謝謝你替我召集達馬基，我兒。」英內薇拉說著走過目瞪口呆的賈陽，登上七級台階，坐在她位於頭骨王座旁邊枕頭床上的老位子。即使相隔數呎，頭骨王座還是緩緩脈動，這或許是當今世上最強大的魔法物品。台下，神聖的男人和女人依照幾世紀的習俗站至定位，達馬基排在王座右邊，達馬基丁在左邊。她爲能及時趕到鬆了口氣，雖然她知道之後還有很長的路要走。

「尊貴的達馬基，」她說著透過一副魔印首飾吸收魔力，將她的聲音如同艾弗倫的聖諭般遠遠傳開。「我想我兒已經告知各位，我神聖的丈夫、沙達馬卡、艾弗倫的解放者失蹤的消息。」

人們聽到她肯定賈陽的說法後開始竊竊私語。阿山和阿雷維拉克輕輕點頭，不過他們都沒有蠢到在確定賈陽說了什麼之前發表任何細節。

「我已經擲過骨骰。」英內薇拉過了一會兒說道，加持過的嗓音在沒有刻意提高音量的情況下蓋過所有議論的聲音。她舉起骨骰，令其綻放強光。「骨骰告訴我，解放者爲了追殺一頭惡魔前往奈的深淵邊緣。他會回歸，當他回歸之時，就是沙拉克卡的開端。」

這話又掀起了另一陣討論，英內薇拉讓眾人討論片刻，然後繼續說下去：「阿曼恩親口指示，他妹夫阿山將會在他遠行期間以安德拉的身分坐上頭骨王座。阿蘇卡吉將會擔任卡吉部族的達馬基。等到沙達馬卡返回，阿山會在王座台下迎接他，不過保有他的稱號。我們會爲他另起一張王座。」

所有人倒抽一口涼氣，只有一個人大聲驚叫。

「什麼？」賈陽叫道。即使不能像阿曼恩那樣解讀靈氣，她還是不會看錯他身上散發出來的那股怒氣。

英內薇拉瞄向安安靜靜站在阿山身邊的阿桑，也在他的靈氣中看見認定這樣做不公平的怒意，不過至少她的次子知道要隱忍不發。阿桑一直以來都想得到安德拉的頭銜，自從他哥哥登上長矛王座後，他曾不只一次要求戴上白頭巾。

「這個決定太荒謬了。」賈陽吼道。「我是長子。王座應該是我的！」數名達馬基低聲表示贊同，不過最有權勢的人都很睿智地不作表態。眾所皆知阿雷維拉克不喜歡那個男孩，而勢力第三大的梅寒丁部族的安卡吉，則是從來不曾公開表態。

「我兒，頭骨王座不是隨隨便便傳給子嗣的東西，」英內薇拉說。「它是我們族人的希望和救贖，你才十九歲，尚未證明你有資格坐上王座。如果你不給我閉嘴，我想你永遠都不會有機會坐上去。」

「我們怎麼知道不讓自己兒子繼位真的是解放者的意願？」坎金部族的伊察奇達馬基大聲問道。伊察奇向來都是議會屁股上的芒刺，但不少達馬基都點頭認同他的質疑，包括阿雷維拉克在內。

「好問題。」年長的祭司說著轉身對與會眾人說話，但他的話顯然是說給英內薇拉聽的。要繼位頭骨王座，就表示阿山放棄了達馬基議會的控制權，而沒有達馬基膽敢質疑阿雷維拉克接手管事的權力。「沙達馬卡沒有公開宣布過，甚至沒有對我們私下提過。」

「他對我提過。」阿山上前說道。「月虧第一夜，達馬基離開王座廳時，我兄弟要我答應，如果他戰死在阿拉蓋卡手下，我就要繼承王座。我以艾弗倫之名發誓所言不虛，否則解放者會在死後世界懲罰我。」

「謊言！」賈陽說。「我父親絕不會說這種話，而且你也沒有證據。你爲了一己野心背叛他。」

阿山臉色一沉。他打從賈陽出生起就認識他了，但他從來不曾以如此不敬的語氣對自己說話。「再說一次，孩子，我就殺了你，不管你是不是解放者的子嗣。阿曼恩提出要求時，我曾爲你辯護，但現在我看出他的想法沒錯。長矛王座的高台只有四級台階，而你還沒有調整好看待事物的角度。頭骨王座有七級台階，你會看得頭昏眼花。」

賈陽怒吼一聲，放低長矛，殺氣騰騰地衝向阿山。達馬基冷眼看他，只等賈陽逼近後展開反擊。英內薇拉低聲咒罵。不管誰打贏這場架，他們兩個都會淪為輸家，同時還賠上她的族人。

「夠了！」她大聲道。她舉起霍拉魔杖，手指靈巧地調整魔印，召喚出一道魔光，擊碎兩人之間的大理石地板。

賈陽和阿山都被震波震得摔倒在地，還有好幾名達馬基也一樣。塵埃飄落，所有人都震驚到說不出話來，現場只聽到碎片落地的聲響。

英內薇拉站起身來，動作刻意地撫平長袍。所有人的目光都集中在她身上。達馬基丁全學過霍拉魔法，儘管沒人能夠施展出這種程度的法術，她們還是保持冷靜。厚厚的大理石地板中間現在多了一個焦黑大洞，大到足以吞下一個人。

男人目瞪口呆地看著她。只有阿曼恩本人展示過這種實力，他們顯然以為少了阿曼恩，她的力量會迅速衰弱。

這下他們會重新評估這個假設了。只有阿桑不為所動，因為他月虧當晚就在城牆上見識過母親的力量。他也和其他人一樣看著她，目光冰冷，靈氣難解。

「我是英內薇拉。」她說，強化過的聲音在王座廳中迴盪。這個名字是有意義的，直翻過來就是「艾弗倫的旨意」。「艾弗倫之妻、阿曼恩．阿蘇．霍許卡敏．安賈迪爾．安卡吉的吉娃卡。我是達馬佳，我丈夫不在，你們似乎就忘記了這個事實。我也見證阿曼恩對阿山達馬基下達命令。」

她高舉她的霍拉魔杖，再一次調整琥珀金上的魔印刻紋，這一次綻放出一道不具傷害力的光芒。

「如果這裡有人想違背我要阿山繼位王座的命令，現在就站出來。其他人只要額頭抵地，我就原諒你們傲慢的態度。」

整個王座廳的人皆採取明智之舉，當場跪倒，額頭抵地。他們肯定還在陰謀策劃，忍受跪拜女人的羞辱，但是沒有人，包括賈陽在內，蠢到在她展現那種力量之後公然挑釁她。

除了年長的阿雷維拉克以外。當其他人跪倒在地時，年長的達馬基大步走到王座廳中央，抬頭挺胸。英內薇拉暗自嘆了口氣，不過外表不動聲色。她一點也不想殺害達馬基，但是阿曼恩早在許多年前就該殺了他。或許該是糾正這項錯誤，剷除貝麗娜的長子馬吉所面臨的威脅的時候了。

所有其他部族都徹底臣服。只有阿雷維拉克在反抗阿曼恩之後還能活下來講述當時的故事。這個老傢伙在那場決鬥中贏得無上光榮，阿曼恩還贏到賜給他一項其他部族都沒有的特權——當他去世時，阿雷維拉克的子嗣有權挑戰阿曼恩的馬甲部族子嗣，爭奪馬甲部族的統治權。

阿曼恩顯然認定馬吉會成為偉大的戰士，贏得決鬥，但那個孩子今年才十五歲。阿雷維拉克每一個兒子都能輕鬆打死他。

阿雷維拉克深深鞠躬，鬍子距離地面不到一吋。八十多歲的老人動作如此矯健實在很了不起。據說阿曼恩打上頭骨王座台階時，他就是最大的阻礙。阿曼恩扯斷了達馬基的手臂，但他並未因此心生恐懼。自己的魔法同樣無法使他卻步並非意料之外。

「神聖的達馬佳，」阿雷維拉克開口道。「請原諒我對妳和阿山達馬基提出質疑。他一直公正並榮譽地領導卡吉部族和達馬基議會。」他看向依然站在王座台下朝他點頭的阿山。

「但是打從世間出現安德拉以來，就沒有任何一任安德拉是指派上任的。」阿雷維拉克繼續說道。「這樣做有違我們所有聖典和傳統。想要戴上珠寶頭巾的人必須面對其他達馬基的挑戰，所有達馬基都有資格坐上王座。我很了解霍許卡敏之子，我不認為他會忘記這項傳統。」

阿山鞠躬回應：「尊貴的達馬基說的沒錯。沙達馬卡指示我要立刻宣告就任，殺死任何擋在我與王座之間的人，不讓其他達馬基有機會謀害他的達馬子嗣。」

阿雷維拉克點頭，轉而直視英內薇拉的雙眼。連他也在她展示實力時吃了一驚，但他已經冷靜下來，靈氣平和。「我不是違逆妳的命令，達馬佳，或是解放者的，但是要讓眾部族接受新的安德拉，我們就必須遵照傳統。」

英內薇拉張嘴欲言，不過阿山搶先開口：「當然，達馬基。」他鞠躬，轉向其他達馬基。根據傳統，達馬基可以輪流挑戰他，從最小的部族開始。

英內薇拉想要阻止此事。她想要強迫男人遵照她的命令，讓他們了解不可違逆她。但是男人的驕傲還是有底線的。阿山比其他達馬基年輕一大截，本身也是一名沙魯沙克大師。她必須相信他有能力爭奪王座，就像阿曼恩一樣。

她一點也不在乎那些達馬基——沒有任何一個值得她解決他們惹出來的麻煩。她寧願除掉所有達馬基，讓阿曼恩其他妻子透過他的達馬子嗣直接控制其他部族。

阿雷維拉克是唯一讓她擔心的達馬基，但是霍拉魔法可以確保馬吉在與老達馬基的子嗣爭奪統治權時勝出。

「沙拉奇部族的克維拉達馬基，」阿山點名。「你想為珠寶頭巾挑戰我嗎？」

依然跪拜在地的克維拉坐起身來，直視阿山雙眼。達馬基已經六十多歲，不過依然精力充沛。他是真正的戰士祭司。

「不，達馬基。」克維拉說。「沙拉奇部族對解放者忠心耿耿，如果他希望你接管珠寶頭巾，我們不會阻止。」

阿邦點頭，然後繼續點名下一個達馬基，不過答案都一樣。許多達馬基都在戴上黑頭巾後就養尊處優，不是阿山的對手，其他人則依然忠於阿曼恩，或至少怕他眞的會回來。所有人都有不同的理由，但是隨著阿山一個部族一個部族問上去，沒有任何達馬基提出挑戰。

直到阿雷維拉克。獨臂老祭司立刻迎上前去，擋住阿山通往王座台階的道路，擺開沙魯沙克的架勢。他膝蓋彎曲，一腳對準阿山，另一腳在一步距離外跟前腳垂直。他獨臂前舉，掌心向上，挺直手指指向阿山的心臟。

「原諒我，達馬基，」他對阿山道。「但是只有最強壯的人才能坐上頭骨王座。」

阿山深深鞠躬，拉開架勢。「當然，達馬基。我很榮幸能接受你的挑戰。」接著，他毫不遲疑地展開衝刺。

阿山一進入攻擊範圍立刻停步，抵消能讓阿雷維拉克借力打力的動能。他的拳腳速度驚人，但是阿雷維拉克的獨臂動作快到就與兩條手臂無異，擋下他所有攻勢。他試圖順勢而上，將攻擊的力道化爲拋擲，但是阿山迅速移動，很難抓住。

英內薇拉向來不把達馬沙魯沙克放在眼裡，因爲達馬丁的沙魯沙克更加精妙，但她還是不得不承認這兩個男人打得很精采。光從他們的靈氣來看，他們就與在泡熱水澡沒什麼兩樣。

阿雷維拉克的動作宛如毒蛇，不斷閃躲阿山的踢擊。他施展一個迴旋踢，緊接著又是一腳連達馬丁也未必施展得出來的凌空飛踢。阿山試圖拉開距離，但這一腳完全出乎意料之外，直接踢中他的下巴，讓他後退一步，失去重心。

英內薇拉呼氣舒緩緊繃的情緒，看著年長的達馬基上前利用阿山失去重心的機會。他的手指如同矛尖般刺向阿山的喉嚨。

阿山及時擋下這一擊，順勢帶動阿雷維拉克的身形，老人如果反抗，阿山就能扭斷他手臂。但是阿雷維拉克沒有反抗。事實上，大家都看出他就是要阿山這麼做，利用阿山本身的力量幫他縱身躍起，雙腳空中交叉，勾住阿山的脖子。他憑空轉身，利用身體的重量加強力道，阿山束手無策，只能放鬆肌肉，任由對方將他摔倒在地，以免扭斷脖子。

可是阿山還沒放棄。他在阿雷維拉克尚在半空中時反彈而起，利用這股力道直擊而上。即使是硬朗的阿雷維拉克也無法輕鬆接住這一擊，阿山則趁機雙腳一縮，翻身而起，隨即轉過去與達馬基相對而立。

阿雷維拉克火大了。英內薇拉看得出來，他的靈氣外圍出現一層薄薄的紅膜。但是他沒有受到情緒的影響。他集中力量，灌入動作之中，賦予他駭人的力量和速度。他將獨臂當作匕首出招，彷彿懂得達馬丁沙魯沙克中關於壓力點的知識。阿山肩膀中招，右手至少會癱瘓數分鐘。這在艾弗倫偉大的計畫中算不上久，但在打鬥中就等於是一輩子。

英內薇拉開始計算如果讓阿雷維拉克坐上王座的話，她還能保有多少影響力。

然而阿山再度做出驚人之舉，拉開與阿雷維拉克差不多的架勢，開始專注在防守上。他在大理石地板上快速踏步，前後移動，迫使阿雷維拉克轉身反應，但總是在全力進攻時收手，以免年長達馬基借力反擊。一次又一次，阿雷維拉克攻擊他，但阿山每一次都架開他的手，持續移動。他閃過阿雷維拉克的踢腿，或是用大腿、小腿和手臂擋下來。

他維持步調，靈氣平和，直到阿雷維拉克終於露出疲態為止。年長達馬基保存的體力耗盡，他的動作開始變慢了。

再度踏步上前時，他的速度已經無法阻止阿山踩住他的腳。阿雷維拉克刺出右掌，但是阿山扣住他的手腕，箝制住他，同時轉動腰身，強化不再麻痺的右手，朝對手胸口揮出猛拳。

阿雷維拉克狂噴一口氣，向後跌倒，但阿山緊扣他的手臂，在對手恢復過來前追加好幾拳，堅硬的指節沉入達馬基右臂的肩窩。他掃倒阿雷維拉克的腳，令他背部重重著地。摔上大理石的撞擊聲於王座廳中不停迴盪。

阿雷維拉克抬頭看阿山，目光堅定。「幹得好，安德拉。帶著榮耀解決我，坐上台階上的王座。」

阿山面帶悲哀地看著年長的達馬基。「我很榮幸能與你交手，達馬基。你在沙魯沙克大師間的聲望果然不是浪得虛名。但是傳統並沒有要求我取你性命，只不過是從道路上排除阻礙。」

他轉身就要離開，但是阿雷維拉克靈氣暴漲，英內薇拉第一次看到他如此接近失控邊緣。他伸出顫抖的手指抓住阿山的衣角。

「馬吉還在綁拜多布！」阿雷維拉克咳道。「殺了我，讓阿雷維倫繼承黑頭巾。沒有人會傷害解放者的兒子。」

阿山抬頭看向英內薇拉。這個提議很吸引人。馬吉可以擺脫阿曼恩發下的愚蠢誓言，不過馬甲部族會換成年輕的達馬基，有可能統治數十年之久。她微微搖頭。

「很抱歉，達馬基。」阿山說著自老人手中扯開袍緣。「但是解放者還有用得到你的地方，尚未輪到你踏上孤獨之道。如果在你死時，有任何人不是在宮廷裡透過公開挑戰的形式傷害解放者的馬甲子嗣，就連我對你所懷抱的敬意也不能阻止我殺光你們家族所有男丁。」他再度轉身，大步走向通往頭骨王座的七級台階。

阿桑在台階下阻擋他的去路。

英內薇拉嘶吼一聲。這個笨孩子想幹嘛？

「很抱歉，姑丈。」阿桑行了個正式的沙魯沙克禮。「相信你了解這並非私人恩怨。你待我如同父親，但我是解放者最年長的達馬子嗣，與所有在場達馬基一樣有權挑戰你。」

阿山看起來十分驚訝，不過他沒有拒絕挑戰。他鞠躬回禮。「當然，外甥。你的榮耀無止無盡。但我不會讓我女兒淪為寡婦，也不會讓我孫子沒有父親。我只說一次，請你讓開。」

阿桑哀傷地搖頭。「我也不會讓我表姊和妻子沒有父親。讓我阿姨沒有丈夫。宣告退位，讓我繼位。」

賈陽跳起身來。「這算什麼？我要求……！」

「閉嘴！」英內薇拉吼道。這一次她不需要魔法強化，她的聲音在殿上迴盪。「阿桑，過來！」

阿桑轉身，動作輕快地爬上台階，站在英內薇拉的枕頭床前。經過王座時，他的靈氣光芒大作。那是覬覦寶座的現象嗎？英內薇拉暗自記下這種現象，同時操作身邊一座小石台上的光滑石塊，遮蔽一些魔印，又揭露一些魔印。她可以透過架設在王座廳四周的霍拉提供魔力，利用這些石塊控制數種效果，現在她架構出無形的隔音牆圍住枕頭床，除了她兒子外，沒人聽得見她說話。

「你必須放棄這個愚蠢的挑戰，兒子。」英內薇拉說。「阿山會殺了你。」她見識過阿桑的沙魯沙克，心知這話未必是事實，但現在不是誇獎這個年輕人的時候。

「要有信心，母親。」阿桑說。「我這輩子都在等待這一天，我會獲勝的。」

「你不會。因為你不會繼續挑戰阿山。這不是艾弗倫的旨意。也不是你父親的。不是我的。」

「如果艾弗倫不希望我取得王位，我就不會取得。」阿桑說。「如果那是他的意願，那就也該是父親和妳的意願。」

「等等，我兒，」英內薇拉說。「我求你。我們一直都打算把珠寶頭巾交給你，但現在還不是時候。如果你現在接下珠寶頭巾，賈陽就會率領沙羅姆叛變。」

「那我就連他一起殺了。」阿桑說。

「沙拉克卡即將到來，而你還要在內戰中統治人民？」英內薇拉說。「不。我不允許你殺害你哥。如果你堅持，我就親手除掉你。收回挑戰，你就會在阿山死後繼位安德拉。我保證。」

「現在宣布。」阿桑說。「在所有人齊聚一堂的時候，不然就如妳所說除掉我。任何其他做法都不足以安撫我的榮譽。」

英內薇拉深吸口氣，讓體內充滿空氣，然後帶著她的情緒吐出體外。她點頭，滑動石台上的石塊，移除隔音簾幕。

「阿山死後，阿桑將有權挑戰達馬基，爭取珠寶頭巾。」

賈陽的靈氣情緒激動。怒氣依舊存在，不過似乎暫時不會爆發。如果他弟弟有機會爭奪比他更高的地位，沒人知道他會做出什麼事情。但是看到阿桑遭受打壓總是能讓賈陽開心。阿山還不到四十歲，會在賈陽取得父親的皇冠前阻擋在阿桑和王座之間。

他以長矛重擊地板，沒有告退就轉身離開王座廳。他的凱沙羅姆隨之而出，英內薇拉在他們還有許多達馬基眼中看出，他們認爲解放者長子的繼承權被搶走了。沙羅姆崇拜賈陽，而他們的人數遠比達馬要多。他的威脅將與日俱增。

但他暫時不會惹事，英內薇拉在阿山終於爬上高台，坐上頭骨王座時鬆了口氣。他看向聚在台下的顧問，依照英內薇拉的指示發言，雖然她聽得出來他有點言不由衷。

「我很榮幸在沙達馬卡遠行期間暫代王座，願艾弗倫保佑他的聖名。我會盡量保持解放者宮廷的原貌，由達馬基阿雷維拉克代表議會發言，卡非特阿邦繼續擔任宮廷書記兼後勤好手。一如往常，頭骨王座不會原諒任何膽敢阻擾或傷害他和他的利益之人。」

英內薇拉朝貝麗娜動動手指，馬甲達馬基丁帶著霍拉上前治療阿雷維拉克。沒多久達馬基就雙腳顫抖地站起身來。不適應的感覺很快就會消失，到時候他將比之前更加強壯。他起身第一件事就是朝頭骨王座鞠躬表示效忠。

儘管這個效忠的舉動令英內薇拉感到滿意，但還是無法與阿山向她請示這場戲演完了沒有的眼神相提並論。她微微點頭，阿山命令達馬基散會，接著走向阿蘇卡吉和阿桑，還有他的顧問，哈爾文和希瓦里。

「各位小妹。」英內薇拉說，達馬基丁在男人魚貫而出時留下，聚在王座台前進行私人覲見。

「妳沒有全盤托出，達馬佳。我的骨骰預見阿曼恩永不歸返。」貝麗娜語氣冷靜，但靈氣搖擺不定。大部分達馬基丁反應都差不多。她們不但失去領袖，還失去了丈夫。

「究竟發生了什麼事？說真的？」夸莎問。沙拉奇達馬基丁自制力不如貝麗娜，語氣無法維持冷靜。她最後一個字聽來彷彿玻璃上出現裂痕般哀鳴。

「阿曼恩在取得聖矛後偷偷饒了帕爾青恩。」英內薇拉說，語氣十足不認同。「對方活了下來，對他提出多明沙羅姆。」

女人們開始議論紛紛。多明沙羅姆字面上的意義就是「兩個戰士」，乃是三千年前由卡吉本人與其同父異母的凶殘弟弟馬甲第一次進行的決鬥儀式的名稱。據說他們在奈的乳房，南方山脈中最高的山峰上大戰七天七夜。

「事情當然沒這麼簡單。」達馬基丁魁娃說。「我不相信有人能在公平決鬥中擊敗沙達馬卡。」其他女人出聲認同。她們無法想像任何人或惡魔能對抗阿曼恩，特別是卡吉之矛握在他手上時。

「帕爾青恩全身都以墨水紋滿魔印。」英內薇拉說。「我並不完全理解，但是魔印讓他擁有恐怖的力量，與惡魔很像。阿曼恩在決鬥中佔了上風，本來可以打贏的，但是太陽下山後，帕爾青恩就像阿拉蓋從深淵現形一樣化身魔霧，沙達馬卡的拳頭根本碰不到他。帕爾青恩拖著他一起跳下山崖，我們沒有找到他們的屍體。」

夸莎放聲慟哭。蘇恩金部族的達馬基丁賁絲雅上前安慰她，不過她自己也開始啜泣。圍成半圓的女人紛紛哭泣。

「閉嘴！」英內薇拉斷聲道，她強化過的嗓音如同鞭子劃破哭聲。「妳們是達馬基丁，不是什麼可悲的戴爾丁吉娃，為死去的沙羅姆哭滿淚瓶。克拉西亞要靠我們支撐。我們必須相信阿曼恩會回來，努力守護他的帝國，直到他再度統治為止。」

「如果他不回來呢？」達馬基丁魁娃問，聲音如同平靜的清風。她是唯一沒有痛失丈夫的達馬基丁。

「那我們就努力維持部族統一，直到找出適當的繼承人為止。」英內薇拉說。「他回不回來完全不影響我們此時此刻必須採取的行動。」

她看向所有女人。「阿曼恩失蹤，祭司就會試圖奪取我們的權力。妳們看到我對達馬基展示的魔力。妳們每個人都有根備而不用的霍拉魔杖，妳們和手下最強勢的達馬丁必須找機會展示力量。隱藏我們實力的時刻已經過去了。」

她環顧圍成半圓的女人，在片刻前還哭紅雙眼的臉上看見堅定的神情。「所有奈達馬丁都要開始準備新的霍拉以便施法，都要在法袍上加繡北地人的隱身魔印。阿邦會送金絲到所有達馬丁的宮殿。我們不必理會任何試圖阻擾我們夜間出門的人。如果男人膽敢阻擾妳們，教訓他們，公開教訓。殺阿拉蓋、治療瀕死的戰士。我們要讓克拉西亞的男人知道，我們是男人和惡魔都該懼怕的力量，而且不在乎弄髒我們的指甲。」

第三章 阿希雅 333AR 秋

阿希雅在丈夫為了爭奪頭骨王座而挑戰她父親時嚇得渾身僵硬。她無法想像自己出面干涉戰果的情況，然而不管是誰勝出，都會大大影響她的生活。

她深吸口氣，再度找回中心自我。一切都是英內薇拉。

她微微轉身，放鬆一些肌肉，又繃緊其他肌肉，維持姿勢讓她掛在頭骨王座台左側壁龕上方，以手指和腳趾固定在拱型天花板上。她可以用這個姿勢一直保持在這個位置上，甚至有辦法在上面睡覺。

王座廳對面，她的長矛姊妹蜜佳也在相對的壁龕上維持同樣的姿勢，無聲地透過拱廊雕飾品後的針孔觀察形勢。賈娃待在頭骨王座後方的柱子後，除了解放者和達馬佳外沒有人可以通過。

藉由陰影的掩護，就算有人走進壁龕也不會發現凱沙羅姆丁。但是一旦達馬佳身受威脅，她們就能立刻現身，拋出一把尖銳的魔印玻璃。只要兩口氣的時間，她們就會手持長矛和盾牌，擋在她和任何危險之間。

凱沙羅姆丁和日漸眾多的長矛姊妹會在達馬佳移動時公開守護她，但是英內薇拉希望她們能盡可能待在陰影中。

宮廷終於完全散會，只留下達馬佳和她最信任的兩名顧問，達馬基丁魁娃和她女兒，奈達馬基丁梅蘭。

達馬佳輕輕彈指，阿希雅和蜜佳無聲落地。賈娃也從柱子後方現身，三人護送達馬佳前往她的私人住所。

解放者的戴爾丁妻室，塔拉佳和艾佛拉莉雅，準備好飲料等她歸來。她們的目光飄向她們女兒，蜜佳和賈娃，但她們知道不可以在凱沙羅姆丁守護達馬佳時與她們說話。反正不管在任何情況下，她們也都沒什麼好說的。

「我們幫妳準備好洗澡水，達馬佳。」塔拉佳說。

「還有乾淨的絲袍。」艾佛拉莉雅補充。

阿希雅依然無法相信這些逢迎拍馬的溫馴女子是解放者的妻子，雖然她神聖的舅舅在掌權前數年就娶了她們。她曾以爲這些女人隱藏了她們的技能和力量，就像她從前所受的教育一樣。

這些年來，阿希雅已經認清了事實。如今塔拉佳和艾佛拉莉雅只是名義上的妻子，因爲她們的子宮已經沒有用處了。她們只是解放者白袍妻子的僕人。

但是對英內薇拉而言，阿希雅心想，我也差不了多少。

「我需要新的絲袍。」英內薇拉說。「解放者……出門遠行。在他回來前，我只穿不透明的服飾。」兩個女人點頭，立刻遵命行事。

「還有其他消息。」英內薇拉轉過頭來，先是望向魁娃和梅蘭，接著目光轉往阿希雅和她的長矛姊妹身上。

「安奇度死了。」

阿希雅想像棕櫚樹，在來襲的強風中彎曲。她向達馬佳鞠躬。身後一步外的蜜佳和賈娃也做一樣的動作。「謝謝妳告訴我們，達馬佳。」她的語氣冷靜平淡，雙眼小心翼翼地凝望地面，透過眼角視物。「我不會問他是否英勇戰死，因爲不可能不是。」

英內薇拉點頭。「安奇度的榮譽早在他爲了學習達馬丁沙魯沙克的祕密而割舌斷根，服侍我的前身之前就已經無止無盡。」

梅蘭在英內薇拉提到她的前身——魁娃的母親、梅蘭的祖母、達馬基丁坎內娃——時渾身一僵。據說達馬佳爲了爭奪部族女性的領導權而掐死她。魁娃毫無反應。

「安奇度死在一隻阿拉蓋化身魔手中，奈的王子的保鏢。」英內薇拉繼續說道。「這種化身惡魔可以模仿任何形體，不管是眞實存在還是想像而成的生物。我親眼看著解放者與其中之一搏鬥。安奇度盡忠職守，在保護阿曼娃、希克娃和她們榮耀的丈夫傑桑之子時死去。妳們的表姊妹因爲他的犧牲活下來。」

阿希雅點頭，彎曲中心自我，接受這個消息。「這隻……化身魔還活著嗎？」如果還活著的話，她會想辦法獵殺它，就算要直接追到奈的深淵去也在所不惜。

英內薇拉搖頭。「阿曼娃和傑桑之子削弱怪物的實力，但是動手取走它污穢性命的人卻是帕爾青恩的吉娃卡。」

「能夠擊敗我們高貴的老師都無法擊敗的惡魔，她必定實力堅強。」

「如果有機會遇上的話，妳們一定要小心那傢伙。」達馬佳同意。「她幾乎和她丈夫一樣強大，但我怕他們兩個都過度沉浸在阿拉蓋魔法中，進而受到阿拉蓋魔力中的瘋狂所影響。」

阿希雅雙手交握，目光依然朝向地板。「我的長矛姊妹和我請求達馬佳允許，讓我們進入黑夜，每人殺死七隻阿拉蓋，一根天堂之柱一隻，藉以紀念他的榮耀，引導我們逝去的老師踏上孤獨之道。」

達馬佳手指輕揮。「當然。協助沙羅姆。」

阿希雅十分仔細地在指甲上繪印，她的指甲不像貴婦和某些達馬丁留得那麼長。安奇度的學生留著戰士的指甲，只比指尖長出一點，適合握持武器。

但是阿希雅不需要用指甲去抓阿拉蓋。那交給匕首或是矛尖就行了。她這麼做另有用處。

透過眼角，她看著她的長矛姊妹，安安靜靜，只有為了夜晚準備保養武器發出油和皮革的聲響。

達馬佳賜給她的凱沙羅姆丁魔印玻璃製的長矛和盾牌，就和解放者長矛隊一樣。匕首不需要磨尖，不過握柄和繫帶同樣重要，安奇度經常檢查她們的裝備，從來不曾滿意。如果盾帶上有一條線縫彎了，就算根本看不清楚，也不會影響功能，他還是會徒手拆掉厚皮帶，強迫盾牌的主人重做。

其他的缺失懲罰就沒有那麼輕微了。

艾弗倫恩惠裡留守三名凱沙羅姆丁。阿希雅、蜜佳和賈娃。蜜佳和賈娃都是解放者的親生女兒，卻是他的戴爾丁妾室——塔拉佳和艾佛拉莉雅——所生，她們也一樣不能穿戴白袍。

她們的血脈或許比解放者的外甥女崇高，但阿希雅比蜜佳年長四歲，比賈娃年長六歲。藉由每天晚上吸收的魔力，兩個女孩已經擁有成年女性的體態，不過她們依然以阿希雅馬首是瞻。

每天都有更多女人成為沙羅姆丁，但只有她們擁有解放者的血脈。只有她們配戴白面紗。

只有她們由安奇度親自指導。

那天傍晚，城門開啓，放沙羅姆進入號稱新大迷宮的區域。兩小時後，當夜色全黑，三名凱沙羅姆丁和牛打新的長矛姊妹無聲地溜過城牆。

達馬佳命令她們「協助」沙羅姆的指令十分明確。她們會在惡魔最多的新大迷宮外緣狩獵，幫有勇無謀的沙羅姆巡邏，解救沉浸在魔法的力量下、一心只想屠殺阿拉蓋而讓自己身受包圍的男人。

阿希雅和她的長矛姊妹會出面拯救男人。這種做法的本意是要盡可能與沙羅姆產生鮮血羈絆，但是被女人拯救會傷害戰士的自尊。這同樣也在達馬佳的計畫中，要她們引誘男人挑釁，打死或打殘一定數量的男人，對其他男人樹立明確的榜樣。

她們步伐迅捷，行軍快速。黑袍上繡有隱形魔印，阿拉蓋完全看不見她們，而她們的面紗上則有魔印視覺，讓她們夜間視物如同白晝。

沒過多久，她們就發現了四個過於激動的馬甲戴爾沙羅姆，遠離他們的部隊，遭遇一群田野惡魔突襲。三頭惡魔已經倒地，不過其中一名沙羅姆也抱著血淋淋的小腿倒地。他的夥伴不理會他，也不顧他們的訓練——在擺開陣型或許就能殺出重圍的情況下各自爲戰。

沉浸在阿拉蓋魔力的影響中，阿希雅對姊妹比手語道。她們知道魔法會以瘋狂影響她們，但是保持中心自我的戰士可以輕易擺脫這種影響力。我們必須從他們自己手中拯救他們。

阿希雅親手出矛刺死本來會殺死受傷沙羅姆的田野惡魔，蜜佳、賈娃和其他沙羅姆丁則攻向剩下的十幾頭惡魔。

死在矛下的惡魔往她體內灌注一股魔力。在艾弗倫的魔光下，她看見魔力如同火焰般沿著她靈氣中的力量線流竄。與伊弗佳丁中所描繪的力量線和她老師刺在身體上的線條一樣。安奇度之謎。

阿希雅感受力量與速度暴增，心知人有多容易受到這種感覺影響。她覺得所向無敵。攻擊的渴望拉扯著她的中心自我。她如同風中棕櫚樹般彎曲意志，讓其透體而過。

阿希雅檢視沙羅姆腿上深深的傷口，傷口已經在他所吸收的阿拉蓋魔力影響下開始癒合。「下一次，算準盾牌的角度。」

「女人怎麼會懂這種事情？」戰士大聲問道。

阿希雅起身。「這個女人救了你一命，沙羅姆。」

一隻惡魔朝她撲來，但她用盾牌擋開它，把它推往另一個戴爾沙羅姆，後者狠狠刺穿它。那是致命一擊，但是沙羅姆拔出長矛，一矛接著一矛猛刺，邊刺還邊大聲怒吼。

另一頭惡魔從他背後撲上，阿希雅必須推開面前的沙羅姆去攻擊它。她劃過惡魔，但是角度不對，阿拉蓋撲擊的勢道撞飛了她的武器。

阿希雅後退兩步，以盾牌架開惡魔的利爪。惡魔試圖咬她，她將盾牌邊緣塞入它的嘴中，高高舉起，露出它柔軟的腹部。她一腳將它踢倒在地，然後在它起身之前撲到它身上，箝制它的四肢，用匕首插入它的喉嚨。

正要起身時，後腦突然中了一擊。她順勢翻滾，起身面對剛剛被她所救的那個沙羅姆。他目光狂野，擺出顯然充滿敵意的架勢。

「妳竟敢推我，女人？」他喝道。

阿希雅環顧戰場。最後一頭惡魔已經倒地，她的沙羅姆丁毫髮無傷，擺開緊密的陣型。她們目光冰冷地看著那名沙羅姆。受傷的沙羅姆依然待在地上，但是其他人都迎上前來包圍她。

不要動手，阿希雅以手指告訴她們。我會處理。

「找出你的中心自我！」她在該名沙羅姆再度進攻時叫道。「你欠我一命！」

沙羅姆啐道：「我可以輕鬆擊斃那頭阿拉蓋，就像另外那頭一樣。」

「就是被我打昏在你腳邊的那頭？」阿希雅問。「當我的姊妹屠殺那群本來會殺光你們的阿拉蓋時？」

男人以揮動長矛作為回應，打算重擊她的臉。阿希雅一把抓住矛柄，順勢扭動，直到戰士的手腕脫臼為止。

其他沙羅姆展開猛烈攻擊，他們體內的魔法大幅強化侵略和厭惡女人的天性。光是在戰場上遭受挫敗，需要人救就已經夠丟人了。還被女人救。

阿希雅繞到戰士身後，翻過他的背，踢中另一個男人的臉。男人摔倒的同時，她衝向第三個沙羅姆，格開他的矛尖，一掌擊中他的額頭。他在震驚中向後跌開，但阿希雅一把抓起他，順勢拋向另外兩名還掙扎著起身的沙羅姆。

當男人爬起身來後，他們發現自己被沙羅姆丁團團包圍，矛尖指向他們。

「可悲。」阿希雅撩起面紗，朝男人的腳邊吐口水。「你們的沙魯沙克就與你們的自制力一樣差勁，竟然讓自己受到阿拉蓋魔力的影響。抬起你們的夥伴，和部隊會合，別讓我對你們失去耐心。」

她不等他們回應，率領長矛姊妹遁入夜色中。

我們的長矛兄弟寧願攻擊我們也不要接受我們的幫助，賈娃在她們奔跑時比手語道。

暫時如此，阿希雅也以手語回應。*他們會學著尊重沙羅姆丁。我們是解放者的血脈，而他會在沙拉克卡開始之前重整這群烏合之眾。*

萬一我神聖的父親不再回來呢？賈娃打手勢。少了他，艾弗倫的部隊會陷入什麼狀態？

他會回來的，阿希雅手語道。他是解放者。他不在期間，我們必須替所有人樹立榜樣。來吧！我們殺的阿拉蓋還不到足以送老師前往天堂的一半數量。

她們繼續前進，但是大部分沙羅姆都尊敬黑夜——還有他們自己的極限——所以她們沒有發現其他需要處理的狀況。她們繼續深入，拋下沙羅姆巡邏隊、穿越新大迷宮的範圍，來到北地人稱之爲黑夜的區域。

阿希雅找到一群阿拉蓋路過的足跡，其他人安安靜靜地跟著她展開追蹤。她們偷襲了將近三十隻毫無所覺的阿拉蓋，攻入這群阿拉蓋中心，然後以盾牌組成圓陣。阿希雅信任兩旁的姊妹能夠保護她，而她們也信任她。在不需要擔心反擊的情況下，她們開始沉著冷靜地刺殺惡魔，就像壓熄燭火一樣，一隻接著一隻。每殺一隻就有一股魔力竄入女人部隊中，讓她們更加強壯。魔力開始影響她們的意志，但對保持中心自我的女人而言不過是陣微風。

死傷過半之後，惡魔終於想到該逃命了。阿希雅和她的姊妹已經把它們趕入兩側坡度很陡的溪谷，不利於它們撲擊。在阿希雅的指示下，她的姊妹分成較小的陣型，每一隊應付幾頭惡魔。

阿希雅讓一群阿拉蓋擋在她和其他姊妹之間，引誘它們包圍她，逐步逼近。她可以看見它們四肢上的力量線，閉上雙眼，深吸口氣。

爲了你的榮譽，老師。她脫手放開矛和盾，睜開雙眼，擺開沙魯沙克架勢。

眾惡魔大叫一聲，朝她撲去，但阿希雅可以透過惡魔靈氣中的力量線看穿它們攻擊的手法。藉由竊取而來的魔力強化速度，她彎腰迴旋，一掌擊中首當其衝的惡魔下巴，將它攻擊的衝勢轉向其他兩頭惡魔身上。她跨步閃避，出指插入一頭惡魔的腹部，將其甩向一旁。

她指甲上的魔印綻放魔光，直接接觸產生的魔法反饋力比透過長矛木柄傳遞的強上百倍。田野惡魔飛身而起，肋骨焦黑，癱平在地，不過還想奮力起身。阿希雅在另一頭惡魔蓄勢撲出前踢中它的腿，踢得它五體投地。她以手刀砍中下一頭惡魔的腦側，令其一時無法視物。

那個男人怎麼敢從後面偷襲她？她應該殺了他，給其他男人做個榜樣。

阿拉蓋朝她猛揮前腳，但是她輕易擋下它的利爪，上前展開下一波攻勢。她閃入惡魔的防禦範圍內，手指插入它的咽喉。在攻擊的力道和滾燙的魔力加持下，惡魔皮開肉綻，膿汁四濺。

阿希雅將整條手臂插入惡魔的胸口。一旦攻破外皮，惡魔的內臟就和地表任何生物一樣脆弱。她運指成拳，扯出一把內臟。如今她的靈魂中充斥著震耳欲聾的魔力。

解放者失蹤了。達馬佳遊走在匕首邊緣。安奇度死了。她自己的長矛兄弟寧願爲了被閹割的自尊殺死她，也不要接受她的幫助。一切實在太難以承受了。

她狂性大發，放棄攻守兼宜的架勢，開始追擊撤退的惡魔，而不是引誘它們進攻。她剛剛才爲了同樣的行爲責備戴爾沙羅姆，但她是解放者的血脈。她意志堅定。

她抓住下一頭撲向她的惡魔的腦袋，順勢迴旋，利用它的衝勢扭斷它的脖子。

阿希雅繼續衝刺，拳打腳踢，拉開架勢，以致命的指甲對付阿拉蓋的力量線。

她眼角視線開始變紅，眼中只看得見下一頭惡魔。她甚至沒有費心去看它們的身體，只看得見它們的眞實形態——靈氣中的力量線。她只看見那些，也只攻擊那些。

突然間她視線變黑，進攻時絆了一跤。另一個目標突然出現，她奮力出擊，結果卻打中一張魔印玻璃盾。

「姊！」蜜佳叫道。「找回中心自我！」

阿希雅恢復理智。她渾身都是膿汁，四周躺滿阿拉蓋。一共七頭。溪谷裡的阿拉蓋都死光了，蜜佳、賈娃和其他人都瞪大眼睛看著她。

蜜佳抓起她的手肘。「剛剛那是怎麼回事？」

「什麼？」阿希雅說。「我在用沙魯沙克向老師致敬。」

蜜佳皺起眉頭，壓低音量，不讓其他人聽見。「妳知道我在說什麼，姊姊。妳失控了。妳想向老師致敬，但這種行爲只會讓安奇度蒙羞，特別是在我們這些小妹妹面前。幸好沒讓沙羅姆看到。」

這些年來，阿希雅承受過無數攻擊，但是沒有一次比這些話傷她更重。阿希雅很想否認，但是完全恢復理智後，她也認清了眞相。

「艾弗倫原諒我。」她低聲道。

蜜佳輕輕捏了捏她的手肘。「我了解，姊姊。我也感覺到魔力高漲。但是我們一直以妳爲榜樣。如今老師死了，我們就只剩下妳。」

阿希雅牽起蜜佳的手，緊緊握住。「不，親愛的妹妹。剩下我們了。山娃走了，沙羅姆丁也會以妳和賈娃爲榜樣。妳必須爲了她們表現堅強，就像妳今晚爲我所做的一樣。」

回到宮殿中她與阿桑和他們的小寶寶卡吉居住的房間時，阿希雅的戰袍依然沾滿惡魔膿汁。

通常她會在回宮殿前脫掉沙羅姆戰袍，換上女人的黑袍，以免加深她和丈夫之間的鴻溝。阿桑一直無法接受她拿起長矛，但那並不是他能決定的事情。解放者冊封她爲沙羅姆丁時，他們兩個都曾請求離婚，但是她舅舅拒絕了這個請求，這個決定對她而言仍是一團謎。

不過阿希雅已經厭倦掩飾，當她晚上出門教訓男人、屠殺阿拉蓋時，她不願意繼續在家裡扮演無助吉娃的角色，只為了維護一個根本不關心她的男人的榮譽。

妳會令安奇度蒙羞。蜜佳的話在她心中迴盪。她丈夫的不滿與此相比又算得了什麼？

她像幽靈一樣沒有發出任何聲響，不過阿桑不在房裡——她丈夫很可能跑去新達馬基的宮殿，睡在阿蘇卡吉的懷裡。只有阿希雅的祖母卡吉娃在家，睡在嬰兒房外的沙發上。神聖母親十分寵愛這個長曾孫，拒絕由其他人代為照料。

「有誰會比他的曾祖母更愛這個孩子？」她總是這麼說。言下之意當然表示她認為阿希雅既然拿起長矛，就不再有資格擔任稱職的母親。

阿希雅輕輕走過，沒有吵醒她，關上嬰兒房門，低頭看著她沉睡的兒子。

她本來不想生這個孩子。她擔心懷孕會影響她戰士的體格，而且她和阿桑之間根本沒有愛。她弟弟要自己姊姊懷下愛人子嗣的要求實在很噁心。

但是完美、可愛的卡吉一點也不噁心。哺乳了幾個月、抱著哄他睡覺、舉起他的小手觸摸自己的臉頰，阿希雅一點也不後悔生下他。他的存在是英內薇拉。

妳會令安奇度蒙羞。

嘎啦一聲，小床的床緣在她手中粉碎。卡吉睜開雙眼，張口尖叫。

阿希雅拋開碎裂的木頭，伸手去抱男孩。媽媽的觸摸向來能安撫他，但這一次卡吉在她懷中扭動，大力掙扎。她想要抓住他，但他叫得更大聲，她發現她摸過的地方浮現瘀青。

黑夜的力量尚未消退。

阿希雅立刻把兒子放回枕頭上，神色驚恐地看著他柔軟的皮膚瘀青一片，還沾上她身上的惡魔膿汁。空氣中瀰漫著膿汁的臭味。

房門突然開啓，卡吉娃闖入屋內。「妳這種時候來吵小孩幹什麼？」接著她看見小孩皮膚瘀青、沾染膿汁時大叫出聲。她轉向阿希雅，怒道：「出去！出去！妳該爲自己感到羞恥！」

她用力推她，而阿希雅深怕自己力量太大，毫不抵抗地讓她趕出房間。卡吉娃把孩子抱在懷裡，一腳踢上房門。

這是阿希雅當晚第二度失去中心自我。她雙腳軟癱，跌跌撞撞地走回自己房間，用力關上房門，然後癱倒在黑暗中的地板上。

或許我才令人噁心。

多年來第一次，阿希雅掩面而泣。她一心只希望老師在身邊陪伴她。

但安奇度已經踏上孤獨之道，就像她祖母以她爲恥一樣，她令他蒙羞。

第四章　沙羅姆之血　327~332AR

「坐直。」卡吉娃大聲道。「妳是卡吉部族的公主，不是卑賤的卡丁！我永遠無法找到配得上妳還願意娶妳的男人。」

「是，提卡。」阿希雅打個冷顫，雖然澡盆裡的水十分溫暖，還冒著蒸氣。她才十三歲，完全不急著結婚，但卡吉娃看到了她染血的棉墊，於是借題發揮。無論如何，她在她母親英蜜珊卓幫她洗背的時候坐直。

「沒那回事，母親，」英蜜珊卓說。「十三歲、長得漂亮，還是克拉西亞第一部族的達馬基長女、解放者本人的外甥女？阿希雅是全世界最多人想追求的新娘。」

阿希雅又打了個冷顫。她母親這些話本意是要安撫她，但卻造成了反效果。

和女兒意見不同時，卡吉娃常常會發脾氣，這次她卻只是耐心地微笑，指示媳婦塔拉佳在水裡添加熱石。她總是這樣指使她們，從嬰兒室、廚房到浴室都一樣。

她的子民就是她五個戴爾丁女兒——英蜜珊卓、霍許娃、漢雅、塔拉佳和艾佛拉莉雅——以及孫女阿希雅、山娃、希克娃、蜜佳和賈娃。

「看起來貝登達馬同意這種說法。」卡吉娃說。

所有人立刻轉頭看她。「他的孫子拉吉？」英蜜珊卓問。

祕密說出口，卡吉娃終於忍不住笑容滿面。「據說從來沒有男人為了一個新娘出這麼多聘禮。」

阿希雅難以呼吸。片刻之前，她還以為要過好多年才會面對這種事情，但是……拉吉王子？那個男孩既英俊又強壯，是白袍達馬的子嗣，擁有比安德拉更多的財富。她還有什麼好要求的？

「他配不上妳，姊姊。」

所有人轉頭看向阿希雅的弟弟阿蘇卡吉，背對女人站在門口。這並不稀奇。沒有男人可以進入女人的浴室，但是阿蘇卡吉才十二歲，依然在穿拜多布。再說，他是普緒丁，所有女人都知道，他對女人腦裡的八卦比較感興趣，而不是她們長袍底下的風光。

家族裡所有女人都很喜愛阿蘇卡吉。就連卡吉娃也不在乎他喜歡男人，只要他盡到對家族的義務，願意娶妻生子就好了。

「親愛的孩子，」卡吉娃說。「你來做什麼？」

「恐怕這是我最後一次造訪女子澡堂了。」男孩說，在場眾女紛紛發出失望的聲音。「今天早晨我參加了漢奴帕許。我將會換上白袍。」

卡吉娃領頭歡呼。「太好了！當然我們早就知道你會穿白袍了。你是解放者的外甥。」

阿蘇卡吉聳肩。「妳不也是解放者的母親嗎？他的妻子、妹妹、他的外甥女？為什麼妳們都不能穿白袍，而我可以？」

「你是男人。」卡吉娃說，彷彿這個答案再明顯不過了。

「那有什麼差別？」阿蘇卡吉問。「妳問阿希雅配得上哪個男人，但是眞正的問題在於哪個男人配得上阿希雅。」

「卡吉部族裡有誰的地位比貝登達馬的子嗣還要崇高？」阿希雅問。「父親不會把我嫁到其他部族去……對吧？」

「別傻了。」卡吉娃大聲道。「這個問題太荒謬了。」

但是當她看著祖母時，她發現她的表情有點遲疑。「那誰配得上她？」

「當然是阿桑呀。」阿蘇卡吉說。這兩個男孩幾乎形影不離。

「他是我們的表兄弟！」阿希雅震驚地說。

阿蘇卡吉聳肩。「那又怎樣？根據伊弗佳，卡吉的年代裡有很多表親結婚的例子。阿桑是沙達馬卡的兒子，英俊、富有、有權有勢。再說，他還能鞏固我父親和賈迪爾家族之間的關係。」

「我是賈迪爾家族的人。」卡吉娃說，語氣有點認眞了。「你父親是他的妹夫，我則是他母親。這樣還需要鞏固什麼關係？」

「直接關係。」阿蘇卡吉說。「從解放者的直系血脈生下一個兒子。」他大膽看向浴室一眼，直視阿希雅雙眼。「妳的兒子。」

「你們的關係已經夠直接了。」卡吉娃說。「我是神聖母親。你們全都是解放者的後代。」

阿蘇卡吉轉回身去，鞠躬說道：「我沒有不敬的意思，提卡。神聖母親是個很好的稱號，卻沒有把你的黑袍變成白袍。我身受祝福的姊姊也沒有。」

卡吉娃爲之語塞，阿希雅開始考慮他的話。嫁給一等表親在大家族裡也不是沒有先例，而且阿桑眞的很英俊，就像阿蘇卡吉所說的一樣。他繼承了母親的外表，而達馬佳的美貌無人能及。阿桑擁有她的相貌和身材，而且善加利用這些優勢。

「爲什麼不說賈陽？」她問。

「什麼？」阿蘇卡吉問。

「如果我要如你所說嫁給表親，爲什麼不嫁解放者的長子？」阿希雅問。「除非他要娶他妹妹，唯一比我這個沙達馬卡最年長的外甥女更夠格的女人？」

賈陽與阿桑不同，他繼承了父親的外表——身材高大，渾身肌肉。賈陽不是個溫柔的男人，不過強大的氣勢足以令阿希雅臉紅心跳。

阿蘇卡吉啐道：「沙羅姆狗。他們是爲了大迷宮配種而來的畜生，姊姊。我寧願妳嫁給豺狼。」

「夠了！」卡吉娃喝道。「別忘了自己的身分，孩子。解放者本人也是沙羅姆。」

「他以前是沙羅姆。」阿蘇卡吉說。「如今他已換上白袍。」

就在那一天，卡吉娃去向阿山搧風點火，然後帶著阿希雅、山娃和希克娃去找沙達馬卡，命令他冊封她們爲達馬丁。

但是沒人能命令解放者和達馬佳。卡吉娃和她的女兒得到了白面紗。阿希雅和她的表妹則被送往達馬丁宮殿。

「這樣很好，姊姊。」阿蘇卡吉在女孩被帶往達馬佳面前時說道。「現在我們父親和解放者都沒有理由反對妳和阿桑的婚事了。」

卡吉娃似乎並不滿意，但阿希雅看不出原因。解放者已經公開宣告她們是他的血脈，爲她們增添榮耀。阿希雅並不想成爲達馬丁，但是天知道她能在她們的宮殿中學到什麼祕密？

凱丁。她喜歡這稱號。聽起來很有力。很高貴。山娃和希克娃有點害怕，但阿希雅很樂意前往。

達馬佳帶著女孩走出大殿，穿越她私人專用的入口。這本身就是一項榮耀。卡吉部族的達馬基丁魁娃在裡面等待她們，還有她的女兒和繼承人梅蘭，外加達馬佳的一名啞巴閹人守衛。

「這些女孩每天會花四個小時學習文字、歌唱和枕邊舞蹈，」達馬佳告訴達馬基丁魁娃。「其他二十個小時就交給安奇度調教。」

她朝閹人點頭，阿希雅倒抽一口涼氣。山娃緊抓著她。希克娃開始哭泣。

達馬佳不理她們，轉向閹人。「把她們打造成材。」

奈達馬基丁梅蘭領她們穿越達馬丁的地下宮殿。據說達馬丁能以霍拉魔法治療任何傷勢，但這個女人的手掌和前臂卻布滿恐怖的傷疤，還扭曲變形，可怕模樣如同阿希雅在畫中看過的阿拉蓋利爪。

希克娃還在哭。山娃摟著她，雙眼也充滿淚水。

*妳是部族中所有年輕女子的表率，*她父親曾對她說過。*所以我對待妳會比其他人更加嚴厲，以免妳讓我們家族蒙羞。*

於是阿希雅學會掩飾恐懼、壓抑淚水。她和表妹一樣害怕，但年紀最大，她們向來以她為榜樣。她驕傲地挺起胸膛，來到一扇小門前。安奇度背靠門旁的牆壁，看著梅蘭帶她們進入一間大磁磚石室。牆壁上有幾排木拴，掛著白袍和長長的白絲帶。

「脫下妳們的黑袍。」梅蘭在門關上之後說道。

她兩個表妹驚呼遲疑，但阿希雅知道和艾弗倫之妻爭辯既愚蠢且毫無用處。她維持自己的尊嚴，拉下兜帽，從頭脫下上好的黑絲袍。絲帶包覆她剛開始發育的乳房。她的拜多布也是上好的黑絲，用簡單舒適的方式纏著。

「全部脫光。」梅蘭說。她目光飄向還在遲疑的山娃和希克娃，語氣變得嚴厲。「立刻！」

片刻過後，三個女孩赤身裸體，被帶往另一邊的澡堂，一個大型天然洞窟，上方的石塊綻放魔印光芒。澡池的地板是大理石塊鋪成的。華麗的噴泉讓水保持流動，空氣中瀰漫著溫熱的蒸氣。就連卡吉娃的澡堂也比不上這裡。

水裡有幾十個女孩，從小孩到即將成年的女人都有。她們全都站在石造澡池中洗澡，或是躺在澡池邊緣的濕滑石階上剃毛和修剪指甲。她們同時抬頭看向新來的女孩。

阿希雅和妹妹經常與其他女孩一起洗澡，但父親宮殿中的女子澡堂和這裡有著十分可怕的差別——這裡的女孩通通頂著大光頭。

阿希雅伸手觸摸為了取悅未來丈夫而細心保養一輩子、柔順油亮的一頭長髮。

梅蘭看到她的表情。「好好摸一摸吧，女孩。接下來好一陣子妳都摸不到了。」

她的表妹倒抽一口涼氣，山娃伸手護在頭上。

阿希雅強迫自己放開頭髮，雙手垂在身側，吸氣保持鎮定。「只是頭髮。會長回來的。」透過眼角，她看到表妹也都冷靜下來。

「阿曼娃！」梅蘭叫道，一個與希克娃差不多大的女孩迎上前來。她年紀太小，還沒有女人的身材，不過她的雙眼和臉型都與達馬佳很像。

阿希雅鬆了口氣。神聖阿曼娃是她們的表親，解放者和達馬佳的長女。她倆從前就像阿桑與阿蘇卡吉一樣親密。

「表妹！」阿希雅張開雙臂，熱情招呼。上次和阿曼娃玩在一起已經是好多年前的事情了，但是無所謂。她們血脈相連，她會在這個奇怪陌生的地方幫助她們。

阿曼娃不理會她，拒絕直視阿希雅的雙眼。她比阿希雅年輕幾歲，也矮小幾吋，但是她的態度顯然表示現在她自認這些表姊妹的地位都比她低賤。她的動作似水般優雅，繞過幾個女孩，面對梅蘭，以就艾弗倫未婚妻而言十分大膽的目光看著奈達馬基丁。

「來學枕邊舞蹈？」她笑嘻嘻地說。青少女來學枕邊舞蹈是很正常的事情，不過大部分來自窮苦人家，進入達馬丁宮殿學習枕邊舞蹈課程，然後被賣到大後宮去。有些少女會回到父親身邊，成為能夠換得好聘禮的新娘。

梅蘭點頭。「每天一小時。然後一小時學歌唱。一小時學寫字，還有一個小時沐浴。」

「剩下二十小時呢？」阿曼娃問。「妳不可能讓他們待在影之殿裡。」這個名詞令阿希雅皮膚上冒出雞皮疙瘩，儘管室溫很高，她還是得忍著不顫抖。

但是梅蘭搖頭。「剩下二十小時要學沙魯沙克。她們是安奇度的。」

有些女孩驚呼出聲，就連阿曼娃也臉色一變。

阿希雅壓下一股吼叫的衝動。她是解放者的血脈，安奇度只是半個男人，她或許必須遵循他的命令，但是她寧願死也不要當他的財產。

「剃光她們的頭髮，教她們拜多布的纏法。」梅蘭說。

阿曼娃鞠躬。「是，奈達馬丁。」

「謝謝妳，表……」阿希雅開口，但是梅蘭一走，阿曼娃就轉身離開。她輕彈手指，指向三個年紀較大的女孩，她們立刻走到阿希雅和其他人身邊，帶領她們步入池水。

阿曼娃回到一群女孩之間，繼續之前聊天的話題，完全無視阿希雅、山娃和希克娃的存在，讓奈達馬丁剪掉她們美麗的秀髮，把頭剃得乾乾淨淨。阿希雅直視前方，強迫自己不要在濃密的頭髮落地時露出悵然若失的表情。

接著奈達馬丁拿著肥皂和剃刀過來。阿希雅渾身僵硬地讓女孩在頭皮上塗抹肥皂，手法純熟地操弄剃刀。

剃完頭後，阿曼娃走了過來。她將目光保持在她們頭頂，完全不看她們的眼睛。「擦乾。」她指向一堆乾淨整齊的毛巾。「然後跟上。」

她再度走開，阿希雅和其他女孩擦乾身子，跟著傲慢的表妹回到更衣區。她們後面跟著剛才幫她們剃頭的三個女孩。

阿曼娃走過許多綑白色拜多絲布，來到更衣室深處一個光亮的箱子前。「妳們不是達馬丁。」她從箱子裡拿出黑絲布，丟給她們一人一條。「沒資格纏白布。」

「沒資格。」她們身後的大女孩覆誦道。阿希雅呑口口水。不管是不是艾弗倫未婚妻，他們都是解放者的血脈，不是普通戴爾丁。

當她們裹好薄薄的黑絲拜多布，披上黑袍走出澡堂時，安奇度就等在門外。山娃和希克娃已經不哭了，不過還是貼在一起，看著地面。

阿希雅勇敢地抬頭直視閹人的雙眼。她是解放者的血脈。如果這傢伙膽敢碰她，她父親絕對不會只是切掉他的陽具。她絕對不會怕他。

絕不怕。

閹人理都不理她，而是瞪著希克娃看，把她嚇得有如野狼面前的兔子一樣直打哆嗦。他輕蔑地比出一個手勢。希克娃愣愣看著，無法理解他的意思，接著又開始哭泣。

安奇度突然伸出一根手指，指向希克娃的臉，嚇得希克娃驚呼一聲，站直身子。她雙眼恐懼萬分，轉向中央，看著那根手指。

再一次，安奇度比出那個輕蔑的手勢。接著彷彿他那根手指就是唯一支撐她的東西，希克娃再度彎腰，越哭越慘。這個反應讓山娃也瀕臨哭泣邊緣，兩個人貼在一起，不住顫抖。

「她看不懂你的意思！」阿希雅叫道。她不知道這個啞巴閹人聽不聽得見聲音，因爲他連一眼也沒看她。

結果安奇度揮出手掌，狠狠甩了希克娃一巴掌，她的腦袋撞到山娃，兩人一起撞上牆壁。

阿希雅想都沒想就展開行動，上前擋在閹人和其他女孩中間。「你大膽！」她叫道。「我們是卡吉部族的公主，解放者的血脈，不是大市集裡的駱駝！沙達馬卡會砍掉你的手。」

安奇度打量她片刻。接著手掌微動，她已經向後飛出，下巴傳來一陣奇怪的刺痛感。撞上牆壁的時候，撞擊聲似乎比衝擊的力道還大。那個聲音在她落地時於腦中迴盪，她知道痛楚很快就會襲來。

但是山娃和希克娃需要她。她伸手撐地，掙扎起身。她年紀最大，有責任要……

她眼角突然一花，接著四周都變黑了。

她醒來時，安奇度、山娃和希克娃都還待在原地。她好像才昏迷一眨眼的工夫，不過把她的臉頰與地板黏在一塊的乾血塊顯示不是這麼回事。兩個女孩已經不哭了，挺直胸膛站著。她們驚恐地看著她。

阿希雅奮力以膝蓋撐地，然後搖搖晃晃地站起身來。她的臉從來沒有這麼痛過。但這種感覺並沒有讓她害怕，反而令她憤怒。他或許可以毆打她們，但是這半個男人絕對不敢打死她們。他只是要嚇嚇她們。

她站穩腳步，再度鼓起勇氣直視安奇度。她可沒這麼容易害怕。

但是閹人根本不理她，只是轉過身去，沿著走廊離開，揮手要她們跟上。

三個女孩一言不發地跟了上去。

安奇度站在三個嚇壞了的女孩面前，身處一間偌大的圓形石室，只有黯淡的魔印光線照明。就像地下宮殿其他地方一樣，這裡的地面和牆壁都是石版，表面刻有魔印，不過在長久使用過後已經磨得很光滑。地上的魔印排列成同心圓的形狀，像是射箭用的標靶。

除了掛在牆上各式各樣的武器之外，這裡沒有任何家具。矛和盾、弓和箭、阿拉蓋捕捉環和格鬥短刀、飛刀和短棍、鎖鏈和其他阿希雅叫不出名字的武器。

她們又被迫脫下長袍，掛在門旁的勾子上，身上只穿拜多布。

安奇度同樣只穿拜多布。那只是一小塊布而已，因為他沒有陽具可遮。他的身體精壯，體毛刮光，皮膚上紋滿無數點和線。圖案雜亂，但是阿希雅感覺出其中隱含著超越她知識範圍的規則。這些紋路蘊含著謎團。安奇度之謎。阿希雅向來很擅長解謎。女孩子從很小的時候開始學習解謎，好讓她們日後可以取悅丈夫。

啞巴沙羅姆擺開沙魯沙克架勢。三個女孩神色茫然地看著他一會兒，眼看他神色越來越不善，阿希雅猜測他的意思，擺出同樣的架勢。戴爾丁禁止學習沙魯沙克，但是就和解謎一樣，阿希雅和表妹都學過跳舞，而跳舞和沙魯沙克看起來也沒有多少差異。

「跟著他做。」

山娃和希克娃聽話照做，安奇度繞著她們，檢查姿勢。他用力抓著阿希雅的手腕，拉直手臂，粗魯地將她雙腳踢得更開。當他放開她的手，轉向山娃之後，她覺得好像依然被他抓著一樣。

山娃在大腿被狠狠甩了一下時大聲驚呼，跳向一旁，接著安奇度又擺了一次同樣的架勢。山娃不是傻瓜，立刻再度模仿。她這一次做得比之前像了，但安奇度踢開她的腳，讓她摔在地上。這一下嚇得希克娃向後退開，就連阿希雅也停止練習，轉頭面對他們。

安奇度指向她，這個簡單的手勢讓她心跳暫停。阿希雅恢復之前的架勢，希克娃則繼續後退。最後她頂到牆壁，像個幽靈般竭盡所能地想要縮到牆裡。

再一次，安奇度擺開架勢，山娃立刻爬起來模仿他。這一次她的腳步跨對了，但是背沒有挺直。安奇度抓起連接她光頭與下體之間的拜多布條。他用力一扯，大拇指壓入山娃的脊椎。她痛得大叫，但在他拉直她的背時完全無力抵抗。

安奇度放手，轉向希克娃。女孩神色驚慌地貼牆而立，雙掌捂住口鼻，瞪大雙眼，淚流滿面。闍人順勢擺開架勢。

「照做，妳這個小笨蛋！」阿希雅眼看女孩毫無反應，忍不住大叫。但希克娃只是搖頭，一邊啜泣，一邊努力想要沉入毫不動搖的牆壁裡。

安奇度以超乎阿希雅想像的速度移動。希克娃試圖逃跑，但轉眼間安奇度已經出現在她面前，扭過她的手臂，利用逃跑的力量順勢把她拋出去。希克娃在滾向石室中央的同時放聲慘叫。

安奇度瞬間趕到，一腳踢中她的肚子。希克娃騰空而起，接著背部著地。她滿臉鮮血，唉聲呻吟，四肢如同棕櫚樹葉般垂癱在地上。

「看在艾弗倫的份上，起來！」阿希雅大叫，但希克娃沒有——或是不能——照她的話做。安奇度又踢了她一腳。然後再一腳。她嚎啕大哭，不過就和對著雕像哭一樣沒有半點用處。也許那個閹人眞的是聾子。

他看起來不像是要打殘或打死她，卻也不像要輕饒她，也不打算在她爬起來擺開架勢前停止毆打。他每打一下就會稍停片刻，給她機會爬起來，但希克娃已經失去理智，恐懼到動彈不得。她的傷勢越來越重。希克娃的鼻子和嘴巴都在流血，腦側上也多了一道傷口。一隻眼睛已經腫起。阿希雅開始認爲安奇度眞會殺了她。她望向山娃，但是女孩呆立原地，無助地看著希克娃挨打。

閹人全神貫注在希克娃身上，沒注意到阿希雅停止擺架勢，偷偷往牆邊走來。聖法禁止她或任何女人碰觸長矛，所以她挑了一支沉甸甸的短棍，其上鑲有鋼環。這根短棍十分稱手。似乎很適合她。多年的舞蹈基礎讓她可以從安奇度背後迅速無聲地接近他。進入攻擊範圍後，她毫不遲疑，用足以打碎閹人頭顱的力道狠狠揮棍。

安奇度本來似乎沒有注意到她，卻在最後關頭及時轉身，伸出小拇指插向她的手腕。阿希雅幾乎沒有感覺，但是這一棍卻被轉向距離安奇度的腦袋很遠的位置。他目光冰冷地看著她，阿希雅明白他一直等著，想知道她會不會出手保護自己的表妹。

希克娃躺在地上，血肉模糊，不住顫抖。

他會打死她，阿希雅心想，*只爲了測試我*。她張牙舞爪，再度舉起短棍揮向他的腦袋，不過改變方向，從另一個角度出擊。

她是在佯攻，趁安奇度反應前轉身迴旋，打向他的膝蓋。

但是啞巴閹人沒有中計，又輕輕一指就隔開了她的攻擊。阿希雅一次又一次朝他揮棍，但是安奇度輕鬆擋下所有攻擊。她漸漸開始感到害怕，不知道他決定結束課程、展開反擊時會做些什麼。

片刻過後，答案揭曉，他以左手食指和大拇指扣住她的手腕，順勢扭轉。他看起來毫不費力，然而阿希雅的手臂彷彿被石塊包住一樣，完全動彈不得。安奇度另一手繞過她的手臂，一根手指直挺挺地插入她肩窩。

阿希雅的手臂立刻麻痺，安奇度手一放開，便軟弱無力地癱在身側。他做了什麼？她沒有感覺到手指鬆開短棍，卻聽到短棍落地的聲音。她低頭，強迫自己握拳、舉起手臂，但徒勞無功。她咒罵手臂的背叛。

安奇度撲向她，她本能地揚起另一手去擋；他探出一指，那條手臂也癱落在身側。她試著後退，而他再度出手。只輕輕一拍，她的雙腳便再也無法承受體重。她癱倒在地，腦袋像球般在地板上彈了幾下。

她奮力翻身，背部著地，視線旋轉，看著安奇度大步走到面前。她屏息以待，打定主意不要在最後一擊的時候叫出聲來。

但安奇度蹲在她身邊，輕輕伸手捧起她的臉，彷彿母親一樣溫柔。

他手指抵住她的腦側，然後用力壓下。那種痛完全超乎阿希雅想像，但她咬緊牙關，直到嘴裡嚐到鮮血的味道，拒絕讓他聽到自己的叫聲。

安奇度越壓越緊。阿希雅視線變窄，眼角轉黑。片刻過後，所有影像通通消失。一時之間，她眼前出現各式各樣的色彩，接著色彩也漸漸消失，她身陷黑暗。

安奇度放開手，站起身，朝她表妹走去。

她不知道自己在地上躺了多久，動彈不得，聽著她們慘叫。接著慘叫和哀鳴聲也消失了。阿希雅懷疑自己是不是暈了，還是兩個表妹暈了。她拉長耳朵，聽見細微的喘息聲、穩定的呼吸聲，還有輕輕的沙沙聲。

一襲金色的薄幕如同沙塵暴般罩上她的視線，她開始看見模糊的影像。不論閹人用什麼方法奪走她的視覺，效果似乎不是永久性的。

她嘗試握起麻痺的手指。手臂移動的幅度不大，不過和幾分鐘前的瀕死相比已經好多了。她隱約看見閹人扛起一個表妹。另一個還躺在附近。山娃，她在視線逐漸恢復時看清對方的身影。閹人回來，把山娃也扛走。阿希雅獨自一人待在石室中央，試圖控制逐漸恢復的四肢。她每動一下都劇痛難當，不過無力感也隨之而來。爲了擺脫這種無力的感覺，她願意戰鬥到死。

閹人回來扛她，成了擋在金色景象前的一片黑影。她感覺到他手掌平攤在她裸露的胸口，於是屏息以待。

安奇度用力下壓，擠壓肺部，逼出空氣。當阿希雅試圖再吸一口氣時，她發現自己辦不到。他就這樣壓著她的胸口一段時間。她用力抽動，想讓四肢聽號令攻擊他。

他依然沒有放手。最後阿希雅連掙扎的力氣和意志力都消失了。她逐漸恢復的視覺再度變黑。

回去睡，她心想，幾乎有種鬆了口氣的感覺。

接著閹人卻微微鬆開手。阿希雅試圖吸氣，隨即哽住。她的肺還是無法完全擴張，不過可以淺淺呼吸，於是她就這樣做。這口氣比她這輩子吸過的任何一口氣更加甜美，但還不夠，她又吸一口氣。然後再一口。

她在淺淺的呼吸中找出穩定的節奏，視線再度逐漸回復，四肢開始甦醒。但她沒有掙扎，全神貫注在保命的細微呼吸上。

接著安奇度進一步放鬆手掌。她終於可以一次吸半口氣，她貪婪地接受這個改變，再一次找出呼吸的節奏，彌補不足的另外半口氣。

他再度鬆手，讓手掌輕輕攤在她胸口。阿希雅吸滿一口氣，心知這是他送給她的禮物。生命中沒有任何歡愉能與完美的一口呼吸相比。

接著他又緩緩壓下。阿希雅沒有抵抗，讓他逼出肺裡的空氣。片刻過後，他放鬆，阿希雅再度呼吸。她就這樣讓他引導自己呼吸幾分鐘。在爲了呼吸拚命掙扎之後，這種情況等於休息，由安奇度幫她呼吸。

這種舒緩的感覺讓她覺得自己快要睡著了，不過他縮回手，轉爲按摩她的腦側，輕撫剛剛令她痛苦不堪的位置。

阿希雅視力恢復得越來越快，原先模糊的視線開始聚焦在閹人精壯的身軀上。阿希雅從未見過沒穿長袍的男人，知道自己應該要壓低目光，但是他身上的紋身再度引起她的注意。安奇度之謎。

閹人靈巧的手指從她的腦側移往她依然麻痺的手臂。他按摩的時候有種拉扯感，不過她還沒辦法透過皮膚感覺他在碰她。接著一陣刺痛讓阿希雅突然抽動。她猛然轉頭，看見安奇度正在按摩她肩膀上一塊瘀青。他的手指剛剛點壓的位置有圈近乎正圓的紫。

痛楚很快就消失了，隨著阿希雅的四肢恢復知覺，慢慢化作輕微的刺痛。

他微微轉身，阿希雅在閹人肩膀上看見幾乎和她瘀青一樣的紋身。

他的腦側也有類似的小圈，就是他剛剛擠壓阿希雅的位置。她目光轉向他的身體，順著連接那些點的線走。他身上有很多線條聚合點，有些比較大，有些比較小。安奇度接著揉她下背的一處瘀青。她扭身想看得更清楚，就在安奇度背上找到相對應的紋身。

閹人開始揉她的腳前，她就知道腳也要刺痛了。

他在教我，她發現。他身上的那些線條就是聖典。

她抬頭看向安奇度，只見他按摩她傷口時的表情幾乎堪稱溫柔。她伸出手，試探性地撫摸安奇度背上的聚合點。「我看到了。我了解了，我會告訴她們的……老師。」

安奇度向她低頭。一時之間，她還以為是自己的幻想。但不是想像，他低頭太久了。

安奇度鞠了個躬，像是老師對學生的模樣，然後把她抱在懷裡，彷彿她是個嬰兒，前往表妹沉睡的暖床。他放下她，輕輕以指尖滑過她的眼瞼，幫她閉上。

阿希雅沒有抗拒，伸出雙手保護性地摟住表妹，便沉沉睡去。

她們被巨響驚醒。安奇度或許是啞巴，但還是可以用公羊角發出如雷貫耳的聲響。感覺就像連牆壁都在搖晃。三個女孩摀住雙耳齊聲尖叫，然而安奇度直到她們起身後才停止吹號。阿希雅不知道時間，不過她們肯定睡了好幾個小時。她覺得精神飽滿，只是渾身痠痛。

閹人把號角掛回牆上，給她們一人一條毛巾，一聲不吭地帶領她們從訓練室前往澡堂。他們走成一列，阿希雅偷偷回頭看她表妹。山娃表情冷淡，思緒彷彿飛向遠方。希克娃走路微瘸，下樓時發出濁重的呼吸聲。

與之前一樣，她們進入更衣室時，安奇度就在外面等。脫下拜多布時，她們聽見噴泉的水聲，不過沒有其他聲響。澡堂確實空無一人。

山娃和希克娃緊張兮兮地四下打量，只覺得澡堂寬敞得有點嚇人。阿希雅拍拍手掌，吸引她們的注意。「奈達馬基丁梅蘭說我們每天可以在澡堂裡待一個小時。不要浪費了。」她步入水中，帶她們來到中央最大的噴泉旁。這裡有供沐浴者躺臥的長石椅，讓她們好好享受熱水。

希克娃在躺入熱騰騰的水池裡時呻吟一聲。「我看看，妹妹。」阿希雅說著走到她身旁，檢視她大腿上的瘀傷，像安奇度一樣輕輕搓揉。「瘀傷不嚴重。讓熱水緩和痛楚，很快就會好起來的。」

「還會有其他傷口。」山娃說，語氣平淡，毫無生氣。「他不會停手的。」希克娃渾身發抖，在溫暖的室溫中冒出雞皮疙瘩。

「他會的，」阿希雅說。「等我們解開他的謎。」

「謎？」山娃問。

阿希雅指向她肩膀上瘀青。山娃在那個位置也有一樣的，希克娃也是。「老師的皮膚上也有一模一樣的記號。攻擊這一點，手臂就會麻痺一段時間。」

希克娃又開始哭了。

「但那是什麼意思？」山娃問。

「達馬丁的祕密。」阿希雅說。「梅蘭說我們要學沙魯沙克。我敢說安奇度之謎就是其中一部分。」

「那爲什麼讓不會說話的老師教我們？」希克娃問。「那種……那種……」她又啜泣起來。

阿希雅輕捏她的大腿安撫她。「不要怕，表妹。或許沙魯沙克就是這樣學的。我們的哥哥從沙拉吉回來時，身上都有沙魯沙克造成的瘀傷。我們爲什麼不該？」

「因爲我們不是男孩！」山娃大叫。

就在這個時候，澡堂的門打開了，三個女孩立刻僵在原地。一群艾弗倫未婚妻走進來，領頭的是阿曼娃。

「或許不是。」阿希雅說，把兩個表妹的視線引回自己身上。「但我們是解放者的血脈，正常男孩可以忍受的東西，我們也可以。」

「妳們佔了我們的噴泉。」阿曼娃在她和其他人大步走來時叫道。她指向澡池另一邊一座小噴泉。「黑拜多布去那邊洗。」

其他奈達馬丁哈哈大笑，如同一群聒噪的鳥。阿曼娃才十一歲，其他比她年長、有些甚至已經快要獲得白面紗的女孩卻對她唯命是從，想要得到她的寵信。

希克娃腳上肌肉緊繃，阿希雅察覺山娃也準備像野兔般逃離現場。

「別理她們，小表妹。」阿希雅說。「跟我來。」她拉著兩人的手臂，輕輕扶起她們，一邊帶她們離開，一邊看向阿曼娃。「只要能享受一小時的寧靜，忍受較小的噴泉和女孩的嘲笑也算不了什麼。」

「不是女孩，」阿曼娃抓住阿希雅的手臂說。「是奈達馬丁。我們比妳們高級。妳們最好認清這一點。」

「妳爲什麼要這樣？」阿希雅大聲問。「我們是表姊妹、是親戚，都是解放者的血脈。」

阿曼娃猛拉阿希雅的肩膀，同時一腳滑到她腳後。阿希雅被抛到兩個表妹身上，三人一起摔進澡池，濺起大片水花。

「妳們是廢物。」阿曼娃在她們狼狽起身時說。「解放者已經下達旨意，讓妳們身穿黑袍來此。妳們是他那些一無是處的戴爾丁妹妹的產物，唯一的用處就是生產在大迷宮殺阿拉蓋的那些狼。妳們的血脈毫不神聖，妳們不是我的表姊妹。」

阿希雅當場失去冷靜。她比阿曼娃年長兩歲，比她高大強壯，她絕不會忍受被自己的小表妹欺負。

她使勁拍水，濺得阿曼娃本能地伸手遮臉。阿希雅動作快如毒蛇，當即矮身出擊，手指直挺挺地插中對方肩膀上安奇度紋身所指的位置，她和兩個表妹身上都有瘀傷的地方。

阿曼娃背部朝下落水，發出令人滿意的尖叫聲。所有女孩都僵住了，沒人知道該怎麼反應。

阿曼娃瞪大雙眼，看著自己動彈不得的手臂。接著她皺起眉頭，搓揉那個位置，直到麻痺的感覺消失。她試著伸展手臂，有點反應，不過很慢。

「看來安奇度已經教了妳一些沙魯沙克，」阿曼娃說著站起身來，擺開安奇度昨天示範給她們看的架勢。她微笑；「那就來吧。讓我看看妳學了些什麼。」

阿希雅已經知道對方會如此反應，於是提高警覺。*如果沙羅姆可以忍受這些，那我也可以。*這個想法讓她冷靜一點，卻無法幫她抵擋阿曼娃的攻勢所造成的痛楚。她彷彿動也不動就避開了阿希雅的攻擊，本身出招也是又快又準，連扭帶戳，專攻會引發劇痛的位置。當她厭倦這場遊戲時，就把阿希雅壓在水池地板上，將她的手臂扭得幾乎斷掉。她努力讓頭保持在水面上，滿心羞愧地了解到，如果這個小女孩想要淹死自己，她完全沒有能力反抗。

但阿曼娃只想弄痛她，扭扯她的手臂，直到她嘶聲慘叫。

最後阿曼娃放開手，讓她摔入水裡，激起一片水花。她指向小噴泉。看著三個表姊妹。「去妳們的狗窩吧，奈沙羅姆丁狗。」

號角響起，阿希雅在完全清醒之前就已經起身。她矮身擺開防禦架勢，盡可能保持低調，確認當前處境。

沒有人攻擊她。安奇度在女孩立正站好時若無其事地把號角掛到牆上。她們現在一共有五個人。達馬佳把她們交給安奇度沒多久後，她的表妹蜜佳和賈娃也加入她們。新來的女孩小她們好幾歲，不過在阿希雅所樹立的榜樣下迅速適應安奇度的世界。

幾個月下來，安奇度的訓練室成了她們世界的中心。她們睡在那裡，吃在那裡，用痛楚換取食物和休息。課程結束時往往會有某個女孩肢體麻痺，或是受到更嚴重的傷害。有時候她們聞不到味道、有時候會耳聾幾個小時。這些影響都不是永久性的。

如果滿意她們的表現，安奇度就會幫她們按摩，舒緩她們的痛楚，恢復麻痺的肢體和感官，加速她們復元的過程。

她們很快就發現，只要努力學習就能取悅他。以及堅定的決心、在受傷和劇痛的情況下依然堅持的意願。抱怨、哀求和反抗沒有辦法取悅他。

打從第一天晚上起，她們就沒有好好睡過一覺。有時睡二十分鐘，有時睡三個小時。閹人會在不尋常的時間叫醒她們、要她們演練複雜的沙魯沙克或是對打。什麼時候做什麼事似乎完全沒有道理可循，於是她們只要能睡就盡量睡。長期處於疲倦狀態讓她們第一週過得和朦朧不清的夢境一樣。

達馬丁的課程如同沙漠中的海市蜃樓般來來去去，她們毫不質疑地聽從艾弗倫之妻指示。安奇度十分清楚她們是否觸怒了任何白袍女人，並且能不發一言地讓她們明白為何不能再重複同樣的錯誤。

如果能讓我好好睡上一覺，就算叫我殺人都行。山娃的手指說道。

這些女孩對達馬丁教學的大半課程都不感興趣，卻全都非常認眞學習閹人的密語，那是一種混雜手勢和肢體語言的溝通方式。她們可以透過這種方式進行和言語一樣複雜的交談。

安奇度偶爾會透過手語下達指令或是傳授知識，不過閹人比較喜歡以實際範例沉默教學，強迫她們自行猜測他完整的意思。有時他好幾天都不用手語溝通。

儘管學習手語對於和老師溝通幫助不大，她們仍把它當作彼此間的主要溝通方式。安奇度並不是聾子，相反地，女孩們只要輕聲交談都可能會招來痛楚與羞辱，所以她們在他面前都保持靜默。阿希雅很肯定他不只一次注意到她們用手語溝通，但目前爲止他都裝作沒看到。

我也是，阿希雅以手語回應，驚訝地發現自己竟然眞的這麼想。

我沒力氣殺人，希克娃說。這樣睡眠不足下去，我遲早會死的。一如往常，蜜佳和賈娃沒有說話，但有注意她們交談。

妳不會死的，阿希雅回道。就像老師教我們淺呼吸一樣，他是在教我們淺眠。

山娃轉頭直視她。妳怎麼知道？她的手指問。

相信年紀比妳大的人，小表妹。阿希雅說，這些話讓山娃放鬆了一點。阿希雅無法解釋，不過她毫不懷疑老師的意圖。不幸的是，了解意圖並不會強化她的耐力。耐力必須經過鍛鍊而成。

安奇度突然比出他最受歡迎的手勢——指向毛巾，她們感覺暫時得救。她們一定睡得比想像中更久。五個女孩都步伐輕盈地拿起毛巾，在門口排隊。閹人揮手讓她們解散。

一天向安奇度學習二十小時，達馬佳的命令。三小時向達馬丁學習。在兩者之間，是那謝天謝地的、待在浴室裡的一個小時——那是安奇度唯一不能跟去的地方。她們可以暢所欲言或是自由閉上雙眼的一個小時。爲了換取片刻寧靜，臣服在奈達馬丁腳下也不算什麼。

艾弗倫未婚妻會在澡堂、走廊和課堂上冷言嘲笑奈沙羅姆丁——阿曼娃給他們取的封號。在達馬丁宮殿裡，黑拜多布永遠會凸顯出阿希雅和她的表妹們不同於其他女孩，就連來此學習枕邊舞蹈的戴爾丁女孩地位彷彿都高過她們。她們可以保留頭髮，犯錯了也不會挨揍。

阿希雅和表妹已經學會隨時閉嘴、管好自己，儘可能保持低調、沒辦法的話就假裝順從。

一如往常，她們最先抵達澡堂。奈達馬丁還要十五分鐘才會出現，不過阿希雅帶她們直接走去澡池邊的小噴泉，即使那裡的水因爲離加熱魔印太遠而沒有那麼熱。她們洗去皮膚上的汗水，彼此按摩痠痛的肌肉、磨平硬皮、治療水泡。安奇度教她們按摩和治療的技巧在澡堂裡非常好用。

門打開時她們聽見有人大叫。一群奈達馬丁進入澡堂，顯然有人在吵架。

阿希雅沒有蠢到盯著她們看，不過她若無其事地坐在噴泉上的水流旁，透過眼角觀察形勢。眾表妹二話不說，紛紛照做，一邊偷看一邊互相整理儀容。

這不是她們第一次目睹艾弗倫未婚妻爭吵了。她們以姊妹相稱，彼此間卻沒有多少感情，所有人都在爭奪權力以及阿曼娃的寵信。在公開場合，她們會以邏輯辯論，但在澡堂這種艾弗倫之妻看不到的私密場合，她們就採用刻薄的言語甚至沙魯沙克來解決問題。

吵架的是兩個年紀較大的女孩，潔雅和塞兒瑟。她們看起來幾乎要開打了，不過兩人都先看向阿曼娃，想要爭取她的支持。

阿曼娃轉身背對她們，允許她們開打。「我什麼都沒看到。」

其他未婚妻也照做，重複那句話，轉身背對她們，只剩下兩個大女孩相對而立。

誰會打贏？阿希雅以手語問。

塞兒瑟，希克娃想也不想。據說她很快就會完成骨骰，取得白袍。

她會輸，而且輸得很慘。阿希雅不同意。

她的架勢很穩，山娃注意到。蜜佳和賈娃沒有評論，不過她們一直在旁觀她們交談。

她眼中有懼意，阿希雅說。確實，塞兒瑟在潔雅上前時後退一步。片刻過後，塞兒瑟的頭被壓到水面下。潔雅一直壓到她停止掙扎、拍打地板認輸為止。潔雅把她壓得更深，然後放手，後退一步。

塞兒瑟嘩啦起身，奮力呼吸。

肺也很虛，阿希雅說。她才被壓在水裡一分鐘左右。

「我看到妳們在比手語，沙羅姆狗！」她們在阿曼娃大叫時抬起頭來。女孩怒氣沖沖地走向她們，身後跟著好幾個艾弗倫未婚妻。

「到我後面去，表妹。」阿希雅在阿曼娃走過來時輕聲說道。「看地上。這件事情與妳們無關。」眾表妹照做，阿希雅則揚起日光面對阿曼娃。這個動作似乎進一步激怒對方，她在觸手可及的距離內停下腳步。

擊殺區，安奇度的手指如此稱呼兩人之間的空間。

「妳什麼也沒看到。」阿曼娃說。「照著說，奈沙羅姆丁。」

阿希雅搖頭。「大噴泉不值得我和妳爭，表妹，但妳不能逼我對老師說謊，更別說是達馬丁。我不會主動告訴他們，但如果有人問我，我會實話實說。」

阿曼娃鼻孔開闔。「什麼是實話？」

「奈達馬丁缺乏紀律。」阿希雅說。「妳們以姊妹相稱，但卻不了解這個字的意義，像卡非特一樣爭吵打鬥。」她對澡池吐口水，其他女孩驚呼出聲。「而且妳們的沙魯沙克很可悲。」

阿曼娃目光飄向她的目標，隨即動手攻擊，但是她那一眼已足夠讓阿希雅出手擋格，並計算接下來的三記反擊。艾弗倫未婚妻一天花兩個小時學習沙魯沙克，阿希雅和她的表妹一天花二十小時，兩者間的差距已經顯露出來。

阿希雅有辦法像潔雅對付塞兒瑟一樣輕鬆把阿曼娃的頭壓到水裡，但她想多揍幾拳，就像她們抵達宮殿第二天阿曼娃所做的一樣。

兩個指節擊中腋窩，阿曼娃放聲慘叫。接著她砍中喉嚨，截斷她的叫聲，阿曼娃肺部一緊，瞬間瞪大雙眼。阿希雅用掌根擊中她的額頭，阿曼娃向後摔入水中，無法動彈。

阿希雅可以繼續打她，但她站在原地，看著阿曼娃跪起身來，不斷咳水。「如果妳現在離開，我就不會告訴達馬丁妳也是笨蛋。」

她當然是在刺激她，強迫阿曼娃自願繼續挨打，否則會在其他奈達馬丁面前顯得軟弱。

其他女孩全部屏住呼吸，看著阿曼娃緩緩起身，池水流下她的皮膚。她目露凶光，不過也讓阿希雅看出接下來該打哪裡。

眼睛會透露一切，安奇度的手指說過。阿希雅冷靜地站著，以穩定的節奏呼吸，放低防衛，挑釁對方進攻。

現在阿曼娃小心翼翼、提高警覺，利用虛招掩飾眞正的攻擊。

然而這一切徒勞無功。阿希雅能在阿曼娃動手前就預測她的招式，擋下她一連串攻擊卻毫不反擊，只爲了表現自己遊刃有餘。

她們大腿以下都在水中，阿希雅站穩腳步，完全利用上半身擋格閃避；但阿曼娃的動作都要移動腳步，這讓她出招緩慢，很快就開始氣喘吁吁。

阿希雅搖頭。「妳們這些未婚妻太弱了，表妹。我早該教訓妳們了。」

阿曼娃滿臉怨恨地瞪著她。阿希雅淺淺呼吸，心神寧靜，不過嘴角揚起笑容，進一步挑釁表妹。她已經清楚阿曼娃的計畫，不過她很想相信對方不會蠢到眞的這麼做。

但阿曼娃在絕望中鋌而走險，先發動一連串虛招，然後出腳踢她。

她的腳已經很累，而且還在水裡，這一腳慢得可悲。阿曼娃希望能夠得到突襲的效果，但光是突襲還不夠。阿希雅扣住她的腳踝，把整條腿扯上來。

「蠢到在水裡出腳的人根本不配用腳。」她毫不留情，挺直手指，狠狠插入阿曼娃大腿上的能量點。阿曼娃痛得尖叫，那條腿瞬間癱在阿希雅手中。

阿希雅趁她倒下時把她翻到背面，輕輕鬆鬆讓阿曼娃在她手下變成屈服的姿勢。

潔雅試圖插手，但山娃一言不發地迎了上去，迅速揮出兩拳，打癱大女孩的雙腳。她摔入水中，爲了讓頭保持在水面上而拚命掙扎。塞兒瑟本來可以上前幫忙，但是她和其他奈達馬丁都僵在原地。希克娃、蜜佳和賈娃在山娃身邊排成一排，擋在她們和阿希雅與阿曼娃之間。

阿曼娃先是奮力掙扎，然後就不動了。阿希雅等著她拍擊水面投降，但是這個女孩十分倔強，說什麼也不肯投降。她知道自己是解放者的女兒，就連阿希雅也不敢在大庭廣眾下殺她。

她把阿曼娃的頭拉出水面，讓她大口喘氣。

「解放者的沙羅姆血脈。照著說。」

女孩滿臉怒容看著她，一口啐在阿希雅臉上。

阿希雅在她有機會多吸一口氣前再次把她壓入水中，用力扭扯她的手臂許久。

「沙羅姆血脈，」阿希雅說，把她拉回水面上。「艾弗倫的長矛姊妹。照著說。」阿曼娃大力搖頭，喘氣掙扎，於是阿希雅又把她壓回去。

這一次她等了好幾分鐘，以雙手感應阿曼娃的身體狀況。當感應到肌肉在失去意識前的最後一次緊縮時，她第三度把阿曼娃拉出水面，湊到自己面前。

「澡堂裡沒有霍拉魔法，表妹。沒有達馬丁，沒有安奇度。這裡只有沙魯沙克。喜歡的話，我們可以每天都來一次。」

阿曼娃一臉憤怒地看著她，不過眼中同時也流露恐懼與認命。「解放者的沙羅姆血脈，艾弗倫的長矛姊妹。」她承認道。「表姊。」

阿希雅點頭。「如果當初我和妳相認時就這麼說，現在就不用搞成這樣了。」她放開她，後退一步，指著噴泉道：「我想從現在開始，艾弗倫未婚妻就用這座水溫比較涼的小噴泉。大噴泉是艾弗倫長矛姊妹的了。」

她看向在場的奈達馬丁，滿意地發現她們全都面露懼色。「除非有人想向我挑戰？」

山娃和其他表妹彷彿排練過般分到兩旁，讓出空間給挑戰者上前，不過沒人那麼蠢。她們讓路給阿希雅和眾表妹走向大噴泉，她們就在那裡繼續洗澡，彷若什麼也沒發生。艾弗倫未婚妻把阿曼娃和潔雅扶到長椅上，按摩兩人麻痺的肢體。她們茫然地看著阿希雅等人，完全忘了洗澡。

實在太棒了，山娃的手指說。

妳不該插手的，阿希雅回應。我命令妳不要插手。

山娃一臉受傷，其他人也很驚訝。

但是我們贏了，蜜佳打手語道。

今天贏了，阿希雅同意。但是明天，當她們群起而攻時，妳們全都得動手。

第二天，奈達馬丁眞的群起而攻。她們一窩蜂地擁入澡堂，團團圍起阿希雅和長矛姊妹洗澡的大噴泉，人數比她們多了三倍。

那天有六個奈達馬丁被她們姊妹抬出澡堂，因爲四肢麻痺站不起來。其他人則是瘸腿或是揉著瘀傷離開。有些人因爲呼吸不順而頭昏眼花，還有一個暫時無法視物。

上課期間，她們一直擔心會遭到報復，當達馬丁問起她們的情況時，奈達馬丁卻什麼也沒看見。

回到安奇度的訓練室，她們發現他跪在一張小桌子前，桌上放了六個冒煙飯碗。之前吃碗蒸丸子時，她們都是跪在牆邊吃，訓練室裡除了訓練裝備外從來沒有其他家具。

更讓她們驚訝的是碗裡發出的香氣。阿希雅轉身發現蒸丸子上竟然有肉，還淋了醬汁、添加香料。她口水直流，肚子狂叫。她已經十年沒吃過這種食物了。

幾個女孩迷迷糊糊地循著香味走向桌子。那感覺彷彿在飄。

*老師坐桌首。*安奇度打手語道。

*奈卡坐桌尾。*他指示阿希雅跪他對面。他要山娃和希克娃跪在一側，蜜佳和賈娃跪另一側。

安奇度伸手揮向熱騰騰的餐碗。*肉只有今晚，向沙羅姆的血脈致敬。*

他一拳捶在桌上，所有碗都跳起來。*桌子每天都有，向艾弗倫的長矛姊妹致敬。*

那天之後，他們每天都一起吃飯，就像眞正的家人一樣。

她們犯錯，他會懲罰，沒錯，但是安奇度也會獎勵她們。

這是她們吃過最香甜的肉。

一轉眼幾年過去了。十六歲時，阿希雅和眾表妹奉命留回她們的頭髮。如今頭髮感覺很重、很笨拙。她很仔細地把頭髮全綁在腦後。

十七歲時，父親派人來找她。這是四年多來她首度離開達馬丁宮殿，外面的世界反倒變得有點奇怪。她父親宮殿的走道看起來很明亮、很庸俗，不過只要身體夠柔軟、動作夠靈巧，還是能找到地方藏身。她想要的話，隨時可以消失，因爲她所受的訓練就是要她避開他人的目光。

但是不，她來就是爲了被看到。這是種很陌生的概念，彷彿是上輩子的事，只能隱約記得。

「親愛的女兒！」英蜜珊卓在她進入王座廳時起身過去擁抱她。

「很高興見到妳，尊貴的母親。」阿希雅親吻母親的臉頰。

她弟弟站在王座右側，身穿正式達馬的白袍。他向她點頭，但沒有趕在父親之前對她說話。

阿山沒有起身，眼神冷酷地看著她，想找些什麼不完美的地方來批評。但是在經歷過安奇度的洗禮後，她可以輕易滿足父親的期待。挺直背脊，目光向下，黑袍每一根線條都恰到好處，她無聲地走向父親，在精準的距離上停步鞠躬，等待父親開口說話。

「女兒。」阿山終於說道。「妳氣色不錯。達馬丁宮殿裡過得還習慣嗎？」

阿希雅站直身子，不過目光定在父親的涼鞋上。他門口站著兩個沙羅姆守衛，距離太遠，無法及時趕到。一個克雷瓦克觀察兵躲在王座後方的柱子後。從前她大概不會注意到他，現在他卻像身上戴了鈴鐺。對於卡吉部族的達馬基及其子嗣而言，這眞是很糟糕的守衛安排。

當然，阿山本人就是沙魯沙克人師，能在任何敵人面前保護自己。她很想知道他和她弟弟現在打不打得過自己。

「謝謝您，尊貴的父親。」她說。「我在達馬丁的宮殿裡學了很多。您把我和表妹送去那裡是很明智的決定。」

阿山點頭。「很好。但是妳待在那裡的日子已經結束了。妳今年十七歲，該結婚了。」

阿希雅覺得肚子上好像挨了一拳，但她擁抱那種感覺，再度鞠躬。「我尊貴的父親終於幫我挑好對象了嗎？」她看見弟弟臉上的笑容，在父親開口前就已經知道對方是誰。

「我們做父親的都已經同意了，」阿山說。「妳將會離開達馬丁的宮殿，嫁給解放者之子阿桑。妳家裡的房間還與離開前一樣。立刻和妳母親回房，開始準備。」

「拜託。」阿希雅開口時，阿山早已轉向他的顧問希瓦里。

「呃？」他問。

阿希雅看得出來父親神色不善。如果她打算拒絕這門婚事……

她下跪，雙手抵地，頭則頂在中間。「尊貴的父親，請原諒我打擾你。我唯一的希望就是在與尊貴的母親離開、踏上艾弗倫爲我鋪好的道路前，能夠先去見我表妹最後一次。」

她父親臉色稍緩，這是他最接近關愛的反應。「當然，當然。」

她忍著淚水來到訓練室。她的長矛姊妹正在練習沙魯沙克，但她們立正站好，朝她鞠躬。安奇度不在。

奈卡，妳回來了。山娃手語道。沒事吧？

阿希雅搖頭。我不再是奈卡了，妹妹。這個頭銜現在屬於妳了，照顧我們表妹的責任也要交給妳。我要結婚了。

恭喜，姊姊，希克娃手語道。新郎是誰？

阿桑，阿希雅手語。

榮譽，蜜佳手語。

少了妳，我們該怎麼辦？賈娃的手問道。

妳們還有彼此，阿希雅道，以及安奇度，直到我們重逢的那一刻到來。她擁抱每個表妹，依然拒絕哭泣。

然後門打開，安奇度走進來。他揮手，其他女孩魚貫而出，離開訓練室。

阿希雅看著她的老師，接著，被送來達馬丁宮殿後第一次，她哭了。

安奇度攤開雙臂，她衝入他的懷中。他從長袍中拿出一支淚瓶。他抱著她，如岩石般堅定，一手溫柔地撫摸她的秀髮，另一手收集她的淚水。

「我很抱歉，老師，」她哭完後輕聲說道。這是多年以來第一次有人在訓練室中開口說話。話聲迴盪在她敏感的耳中，感覺很奇怪，但這種時候又有什麼關係？

風暴來襲時，就連棕櫚樹也會哭泣。安奇度一邊比手語，一邊把淚瓶交給她。艾弗倫的長矛姊妹之淚十分寶貴，太稀有了。

阿希雅舉手，推開淚瓶。「那你就留在身邊。」

她偏開頭去，依然無法直視他雙眼。「我應該很開心。能嫁給解放者的兒子是任何女人夢寐以求的事。我以爲自己被送來這裡向你學習的時候就已經遠離了那個命運，此刻再度面對它，我卻不想接受。如果我終究還是要嫁人，當初何必送我來此？如果我永遠沒有機會運用那些技巧，那你的教導又有什麼意義？你是我的老師，我不想要其他男人。」

安奇度神色哀傷地看著她。我將自己交給達馬丁前也曾有過很多妻子，他的手指說道。很多兒子、很多女兒。但是他們都沒有像妳這樣令我驕傲。妳的忠誠讓我心花怒放。

她緊抱他。「阿桑或許是我丈夫，但你永遠是我老師。」

閹人搖頭。不，孩子。解放者的命令絕對不容違逆。妳或我都沒有資格質疑他的祝福，我也不會覬覦屬於他兒子的東西，進而令其蒙羞。妳會以自由之身嫁給阿桑，妳不屬於我所有。

阿希雅推開他，走向門口。安奇度沒有跟過去。

「如果你不再是我老師。」她說，「那你就不能左右我的心。」

婚禮完全符合她孩提時期的夢想，配得上克拉西亞公主和王子的身分。她的長矛姊妹站在她身旁，等待她父親護送她，走向等在沙利克霍拉頭骨王座底下的阿桑和賈陽。

安奇度也出席，負責守護達馬佳，監視儀式進行，儘管沒有賓客知道這一點。她和長矛姊妹察覺到他的蹤跡，看見他刻意爲她們標示自己位置所留下的線索。

誓言和儀式都模糊不清。宴會中新郎和新娘都有王座可坐，但是阿希雅一個人坐在座位上，等待她丈夫和阿蘇卡吉一起接受禮物、與賓客交談。

這場婚禮十分奢華，然而甜美的蜂蜜蛋糕在阿希雅口中平淡無味。她很想回到安全的地底宮殿，坐在安奇度的桌尾吃清淡的蒸丸子。

儘管迷迷糊糊地度過了一整天，眞正令她認清自己眞實命運的，卻是新婚之夜所發生的事情。她在枕廳等待阿桑以丈夫的身分佔有她，但是好幾個小時過去，廳外仍是一片寂靜無聲。阿希雅不只一次看向窗口，考慮逃走。

終於，走廊傳來聲響，不過並未抵達門口。

拱門上方有個通風口。阿希雅轉眼爬上牆壁，手指輕易在石塊間的縫隙找到施力點。她將眼耳湊到通風口，看見阿桑的後腦勺，他對面站著阿蘇卡吉。他們看來像在吵架。

「我辦不到。」阿桑說。

「你辦得到，也會去辦。」阿蘇卡吉說著雙手捧起她丈夫的臉頰。「阿希雅必須幫你生下我生不出來的兒子。梅蘭已經擲過骨骰了。如果你現在就上我姊姊，一切就結束了。只要一次，日後就不用再受這種折磨。」

眞相如同巴掌般甩在臉上。

男人喜愛同性不是罪。這在沙拉吉中十分常見，男孩發展出枕邊友情度過那段歲月，直到他們年紀大到足以迎娶第一妻室爲止。但是艾弗倫要求男人產下子嗣，於是除了最頑固的普緒丁外，所有男人都會結婚，和女人分享枕頭，至少會分享到生下一個兒子爲止。看在艾弗倫的份上，卡吉娃曾經多次對阿蘇卡吉提起這個觀念。

但她從未想過自己會變成普緒丁的妻子了。

片刻過後，他們進房。阿希雅有很多時間可以回到枕頭上，但她心思紊亂。阿桑和阿蘇卡吉是普緒丁愛人。她對他們而言毫無意義，只是一個能夠產下他們想要的噁心產物的子宮。

他們不理會阿希雅，阿蘇卡吉脫光他丈夫的衣服，用嘴巴弄硬他的陽具，直到他可以辦事爲止。他與他們一起上床，誘勸他們做愛。

他的撫摸令阿希雅渾身冒起雞皮疙瘩，但她淺淺呼吸，忍受一切。

儘管嘴裡說一套，她弟弟眼中仍帶有妒意，當阿桑高潮喘息、在她體內播種時神色陰沉。完事之後，阿蘇卡吉立刻拉開他們，兩個男人擁抱彼此，把她完全拋到腦後。

阿希雅當時就想殺死他們兩個。不是什麼難事。他們沉浸在彼此的懷抱裡，多半會到一切太遲之後才察覺有異。她甚至可以把現場布置成意外，讓別人以爲可憐的阿桑無法忍受此事，於是自殺身亡。她弟弟因爲愛人之死而發狂，寧願自殺也不願獨自活在這個世界上。

安奇度教過她要怎麼做這種事，乾淨俐落得就連解放者也不會懷疑。

她閉上雙眼，沉浸在幻想之中，完全不敢亂動，深怕自己眞的會動手。她呼吸，終於找回中心自我。她自枕頭間爬起，穿回新娘禮服，然後離開。

她丈夫和弟弟都沒有發現。

第五章　卡吉娃　333AR　秋

阿希雅震驚地抬頭看著魔印光灑入她躲著哭泣的房間。多久不曾有人能夠偷偷接近她了？難道她把老師教給她的一切通通忘光了嗎？

你會令安奇度蒙羞，蜜佳說，這話不假。如果不能領導自己，她要如何領導沙羅姆丁？

她轉向門口，以為會看到卡吉娃，結果在看見她丈夫時心裡一沉。或許讓阿桑看到她雙眼潮濕紅腫，在身為人母方面和在阿拉蓋沙拉克裡一樣失敗的模樣乃是英內薇拉。他會像之前一樣，告訴她應該要放棄長矛。也許他說的沒錯。

「提卡正大發雷霆。」阿桑從衣袖裡拿出一條潔白無瑕的手巾，遞給她擦眼淚。「不過我很有耐心地安撫她，天知道再多耐心都不夠。」

阿希雅在就著手巾哽咽時笑出聲來。

「妳今晚進入黑暗的事蹟已經傳入宮殿了，吉娃。」阿桑說。

阿希雅無力地看著他。他知道了。艾弗倫詛咒他，他已經知道自己在大迷宮外失控的事情。現在解放者不在這裡阻止他，他會強行拔下她的長矛嗎？阿桑和她父親一直以來都想讓她遠離阿拉蓋沙拉克。如今阿山坐上了頭骨王座，他們可以輕易阻止她。就連達馬佳也沒辦法拒絕他們。

「那些男人蠢到脫離部隊。」阿桑繼續說。「妳們出現在那裡拯救他們都是艾弗倫大發慈悲的關係。妳做得很好，吉娃。」

阿希雅感到欣慰，卻又混雜了強烈的罪惡感。這樣會讓她比較不愚蠢嗎？

眞正讓她困擾的是他讚美她的原因。阿桑這些年來有沒有說過任何讚美她的話？她一言不發看著他，等待進一步發展。

阿桑走到房間另一邊，來到她枕間的綠地床鋪。他坐下，沉入羽毛床墊，然後立刻又站起身來。

「艾弗倫的鬍子呀，」他說。「妳眞的睡在那上面？」

阿希雅這才想到丈夫從未進過她的臥房。她搖頭。「我怕會被床呑掉。我睡地板。」阿桑點頭。

「綠地人的習俗會把我們變得像他們一樣軟弱。」

「有些習俗，或許。」阿希雅說。「意志薄弱。但是我們解放者的血脈有責任教導他們更好的生活方式。」

阿桑看著她很長一段時間，然後開始來回踱步，雙手交扣背後，手掌塞在衣袖裡。

「我沒有盡到做丈夫的責任。」他說。「我知道我永遠不會是好丈夫，但我沒想過那會把妳變成這個樣子。」

「艾弗倫早在你娶我爲妻前就鋪好了我的人生道路。」阿希雅說。「達馬佳讓我成爲今天的我，成爲艾弗倫的長矛姊妹。她知道這一點，也曾反對我們的婚姻，但我們父親不願意聽。」

阿桑點頭。「阿蘇卡吉也一樣，我們的婚姻都是他一手促成的。但也許這一切都是英內薇拉。母親在月虧時告訴過我，偉人絕不會怕妻子奪走他的榮耀。他會靠著她的支持達到更高的成就。」

他走到她面前，伸手拉她起身，毫不在意她手指上髒兮兮的黑色膿汁。「看來我並不是偉人，但或許，在妳的幫助下，一切還不算太遲。」

阿希雅瞇起雙眼。她無視他的手，縮起雙腳，一躍而起。「你在說什麼，丈夫？請原諒我要求直話直說，我們之間已經有太多誤解。你希望我如何支持你？」

阿桑鞠躬。鞠得不夠深也不夠久，不算表達敬意，不過表現出的尊重還是令她十分驚訝。她丈夫打從婚禮當天就不曾向她鞠躬。「今晚？我只是希望不要與妳爭吵，同時希望能夠好好維持我們的婚姻，遵照解放者的命令。明天……」他聳肩。「就看黎明後情況如何了。」阿希雅搖頭。「如果你所謂『維持婚姻』是要我再讓你碰，幫你生更多兒子……」

阿桑揚起一手。「我有十一個奈達馬弟弟，還有幾十個奈沙羅姆弟弟。要不了多久我就會有幾百個姪兒。上一代差點滅絕的賈迪爾家族即將再度人丁興旺。我已經盡到我的責任，生下一個兒子兼繼承人。我不需要更多小孩。哪個孩子會比我們的卡吉更好？」

阿桑低頭望向地板。「我們都知道我是普緒丁，吉娃。我對女人沒有慾望。那天晚上……」他用力搖頭，彷彿要把腦中的景象甩開。接著他抬頭，面對她的雙眼。「但我以妳為傲，我的吉娃卡。如果妳允許，我還是可以用我的方法愛妳。」

阿希雅看著他良久，考慮他所說的話。自從新婚之夜後，阿桑和她弟弟在她心裡就已經是死人了。有人能從孤獨之道返回嗎？

「你為何以我為傲？」她問。

「呃？」阿桑問。

「你說你以我為傲。」阿希雅說著雙手抱胸。「為什麼？兩週前你還站在沙達馬卡面前，說你以我為恥，要求和我離婚。」

這下輪到阿桑凝視著她，審視自己的感覺，挑選用字遣詞。「而妳就站在我身旁，情緒激動，十分肯定自己在艾弗倫的計畫裡所扮演的角色。我羨慕那種感覺，表姊。他們叫我無位繼承人。我這輩子可曾了解自己在艾弗倫的計畫裡扮演什麼角色？」

他朝她揮手。「但是妳。沙羅姆丁之首，在神聖的阿拉蓋沙拉克中爲艾弗倫貢獻榮耀。」

他暫停片刻，目光再度垂向地板。他嘆了口氣，抬起頭來，直視她，凝望她。「我當初不該反對妳的，吉娃。我那麼做是出於嫉妒，而嫉妒是一種罪。我在造物主面前懺悔，但這罪是對妳而犯的。我希望妳接受我的道歉。」

阿希雅震驚不已。道歉？阿曼恩之子阿桑？她懷疑自己在睡覺，在一場奇怪的夢境中。

「嫉妒？」她問。

「我也渴望擁有夜晚戰鬥的權利。」阿桑說。「我不能爭取榮耀的原因不是性別，而是長袍的顏色。我很……難受，因爲就連女人都能得到我所沒有的權利。」

「隨著沙拉克卡逐漸逼近，傳統每天都在改變。」阿希雅說。「解放者是在盛怒之下禁止你上戰場的，或許等他回來……」

「如果他不回來呢？」阿桑問。「現在王座是你父親的了，但他沒有戰士之心，他絕不會容許達馬作戰。」

「當初他們也是這麼說我的長矛姊妹。」阿希雅說。「如果你想要的是這個，你該去和達馬佳談，不是和我。」

阿桑點頭。「或許。但我不知道該如何開口。我一直知道賈陽沒有資格繼承父親的志願，但我直到今天才發現我也辜負了父母的期待。」

「達馬佳承諾會讓你繼承頭骨王座。」阿希雅說。「那可不是小事。」

阿桑揮手。「意義不大。阿山很年輕。沙拉克卡很可能在他上天堂前就已經打完了，而我只能待在高塔裡旁觀一切。」

阿希雅伸手搭他肩膀。他微微緊繃，不過沒有避開。「達馬佳的壓力比你想像的還大，丈夫。去找她。她會將你導向榮耀之道。」

阿桑伸手搭她肩膀，兩人手臂緊貼。阿希雅也微微緊繃。這是鑽研沙魯沙克之人彼此信任的舉動，因為他們都在給對方展開攻擊的機會。

「我盡量試試看。」阿桑說。「但她第一個反應就是叫我和妳和好。」

阿希雅輕捏他肩膀。「我還未扭斷你的手，丈夫。你也沒有折斷我的。這樣已經算是和好了。」

英內薇拉換上新長袍，躺在頭骨王座旁的枕床。這套服裝以克拉西亞標準來看依然過於淫蕩，在所有好女人都穿黑袍、白袍或褐袍的文化裡，亮眼的彩色絲袍依然很難被接受。

但現在她身上的薄莎都不是透明的了。男人不再能看穿其下隨時可供解放者享用的肌膚。她沒有包覆頭髮，但髮絲全用髮帶和首飾緊緊綁起，而不是垂在身上任由解放者把玩。

她環顧王座廳中男人身上的靈氣。包括阿山在內，所有人都懼怕她。他不安地在王座上改變坐姿。

這也是種好現象。

「沙羅姆卡！」門口守衛在賈陽大步走入王座廳，經過達馬基，踏上階梯，和阿桑一起站在第四級台階上時宣告道。

這是他們討論了好幾個小時候才做出的結論。第四級台階高到足以低聲諮詢，但又低到雙眼位於坐在王座上的阿山之下，顯示出彼此位階。根據骨骰預言，如果他們兩個站在不同的台階上，街頭就會染血。

賈陽的隨從待在下面——哈席克，阿曼恩失寵的閹人妹夫，現在像是攻擊犬般跟隨賈陽。與他站在一起的還有凱沙羅姆祖林，他在山傑特遠行期間統領解放者長矛隊；還有賈陽同父異母的弟弟，凱沙羅姆伊察和沙魯，塔拉佳和艾佛拉莉雅的長子。他們兩個都十七歲，幾個月前才取得黑袍，不過已經統領大批沙羅姆。

「沙羅姆卡。」阿山向賈陽點頭致意。安德拉向來不喜歡英內薇拉的長子，但他沒有蠢到加深兩人之間的嫌隙。「艾弗倫恩惠的防禦狀況如何？」

賈陽鞠躬，只是淺淺行禮，完全沒有沙羅姆卡對安德拉應有的敬意。「狀況甚佳……安德拉。」英內薇拉幾乎可以聽到他抬頭看他姑丈時咬牙切齒的聲音。「月虧之後，距離王座方圓數哩之內完全沒有惡魔出沒。沙羅姆必須深入綠地才能弄濕長矛。我們在惡魔燒燬田野後殘存下來的青恩村落裡建立新的防禦工事和巡邏隊，然後把其他村落改成新大迷宮，於夜晚困住阿拉蓋展開屠殺，在月虧之役它們戰敗後進一步削弱實力。」

戰敗。因應政治考量而選用的字眼。就連賈陽也知道那並非事實。月虧之役中眞正擊敗阿拉蓋的關鍵在於太陽。它們會回來的，而且會比之前更加強大。

阿山點頭。「你做得很好，沙羅姆卡。你父親回來時會很驕傲。」

賈陽忽略他的讚揚。「我還有一件事情必須提出來討論。」英內薇拉皺眉，儘管骨骰已經預見了此事。

賈陽拍擊雙掌，十四個身穿黑拜多布的少年進入王座廳，在他身後排成一列，跪倒在地。所有人背上揹盾，手中持矛。英內薇拉看著他們，在每一張十六歲的面孔上看見她丈夫英俊的五官。其中之一是她第三個兒子，霍許卡敏，其他則是艾佛拉莉雅和塔拉佳的次子，以及除了魁娃外所有達馬基丁的長子。

「安德拉當然認得我的弟弟，沙達馬卡之子。」賈陽說。「最年長的兩個弟弟，」他指向伊察和沙魯，「還有我本人都是在十七歲的時候換上黑袍。但是儘管年輕，我弟弟都擁有我父親的沙羅姆之心。當他們得知他失蹤時，全都要求在夜裡起身作戰的權利。他們在沙拉吉和沙利克霍拉裡所受的訓練無懈可擊，我沒有理由拒絕他們。我親自擔任阿金帕爾，與他們在新大迷宮中浴血作戰。他們每一個人都已親手葬送不只一頭惡魔回歸深淵。根據伊弗佳律法，我要求冊封他們爲凱沙羅姆。」

阿山看向英內薇拉。只有經由達馬丁擲骰認可才能讓新進戰士取得黑袍，而只有英內薇拉和她的吉娃森才能爲解放者子嗣擲骰。

賈陽比英內薇拉想像中更加狡猾。骨骰告訴她是他要求那些男孩作戰的，不過所有人都心甘情願。一旦取得黑袍和白面巾，阿曼恩的每一名子嗣都會統領他們部族裡一大批戰士，而這些人全都效忠賈陽。在她兒子有可能政變的此時，晉升他們會大幅強化他的實力。

然而她又不能輕易拒絕此事。英內薇拉對眾吉娃森擁有很大的影響力，但就連她都不能一次通通把她們得罪光。她在所有男孩出生時就用他們的血擲過骨骰，而根據律法，如果他們已經在黑夜中作戰，並且殺過阿拉蓋，就可以要求屬於他們的權利。

她不動聲色地點了點頭。

「可以。」阿山有股鬆了口氣的感覺。「起來，凱沙羅姆。艾弗倫驕傲看顧解放者之子。」

男孩們動作流暢地起身，沒有高聲歡呼，只朝王座鞠躬，嚴守紀律地站在原地。然而賈陽卻難忍得意之情。

「解放者遠行期間，對克拉西亞而言乃是一段艱困的時期。」阿桑說。「或許他的達馬子嗣也該換上白袍。」

這話就像拿桶駱駝尿灑在達馬基頭上一樣。他們震驚呆立片刻，神色越來越憤慨，而英內薇拉很享受這種情景。她向來比較偏愛阿曼恩的達馬子嗣。那些男孩越快取得白袍，就能越早控制部族，讓她不用繼續聽那些老頭永無止盡的怨言。

「荒謬！」阿雷維拉克大聲說道。「從來沒有十五歲的男孩可以換上白袍。」如果昨天的戰敗打擊到他的士氣，此刻也沒有顯露分毫。接受貝麗娜的治療後，達馬基看來比過去幾年更加健壯。但如果他覺得自己欠阿曼恩的馬中妻子任何人情，也完全不能阻止他拒絕讓她兒子晉升。如果馬吉成為達馬，阿雷維拉克的損失會比其他達馬基更為慘重。

其他達馬基紛紛表達贊同，英內薇拉調整呼吸，保持中心自我。艾弗倫承諾她不用再忍受這群可惡的傢伙太久，他們一心只想鞏固自己的權力，完全不想幫助族人。

「沙達馬卡到來之前，我們會開很多先例。」阿桑說。「當達馬為了維護青恩村落和平而人力不足時，我們不該拒絕讓人民擁有更多領袖。」

阿山一邊考慮，一邊環顧王座廳。身為達馬基，他一直是卡吉部族中很強勢的領導人，但身為安德拉，他太過看重政治手腕，迫切地想要取悅所有人，以鞏固自己的地位。

儘管如此，阿曼恩命令他坐上王座，保住他兒子的性命，而明眼人都看得出來只要讓他們換上白袍，活命的機會就會大增。

「晉升他們。」她輕聲說道。魔印將這些話傳入他一人耳中。

「年齡無關緊要。」阿山終於說道。「想要取得白袍必須通過測驗，他們會獲准受測。解放者之子能否通過測驗就要看他們自己了。阿桑親自監考，向我回報。」

英內薇拉看出這個突如其來的決定在達馬基丁的靈氣中掀起一陣喜悅之情，與達馬基那種愁雲慘霧的模樣形成對比。解讀靈氣比解讀骨骰還要困難，不過她每天都在進步。

下一個議題就是黑夜中新進出現的沙羅姆丁。打從阿曼恩創建沙羅姆丁以來——讓青恩女子擁有男人的權利——越來越多女人開始加入屠殺阿拉蓋的行動，進而獲得男人的權利，擁有財物、擔任證人，還可以拒絕讓男人碰。每天都有女人前往達馬丁的宮殿，許多人都是偷偷跑去，哀求達馬丁訓練她們。英內薇拉把她們交給阿希雅負責，至今未曾對這個決定感到後悔。

不甘心受伊弗佳律法束縛的青恩女人成群結隊趕來，往往還受到丈夫的鼓勵。克拉西亞女人則如涓涓細流，三千多年卑躬屈膝的文化深深烙印在她們心裡，儘管女性運動日益茁壯，情緒激動的克拉西亞男人還是幾乎一致反對。丈夫、父親、兄弟——甚至包括還穿褐袍的兒子。他們禁止女人在無人陪同的情況下離家，在她們試圖溜去達馬丁宮殿時痛扁她們。

就連已經取得黑袍的女人也不安全。在魔印武器的幫助下，她們全都殺過阿拉蓋，但是她們之中最高強的女人也只受過幾週訓練，不能與大部分一輩子都在戰鬥的沙羅姆相提並論。不少女人遭到毆打、強姦，甚至殺害。

但攻擊事件總會留下可供阿拉蓋霍拉占卜的血跡，而英內薇拉找到施暴者時，阿希雅和她的長矛姊妹就會造訪對方。施暴者將受到罪行十倍嚴厲的懲罰，殘骸則被留在公開場合，讓人們學到教訓。

彷彿受到這個想法召喚一樣，阿希雅步入王座廳，護送兩隊女人前往台座。人數較多的那隊，二十名在達馬丁宮殿中受訓的女子列隊下跪，等候審判。有些身穿戴爾丁黑袍，其他則穿各式各樣的青恩服裝。

阿希雅一臉冷酷地看著那些女人，但英內薇拉在她的靈氣中看見驕傲。她日漸累積阿拉蓋能量線和聚合點的知識，讓她可以利用借力使力和精準攻擊來設計沙魯金套路，而不單靠手臂的力量。她將這種戰法稱爲艾弗倫的精確出擊，對這些女人傾囊相授。

另一隊人馬則比較奇特。七名戴爾丁，擠成一團跪著，靈氣中充滿恐懼與決心。好幾個女人的黑袍下都露出染有血跡的繃帶，那是被阿拉蓋打傷的跡象。其中之一整條手臂和半張臉都裹著已經染成棕色的白巾。火唾液。她可以在女人的靈氣中看出深度灼傷。不用魔法的話，她絕不可能痊癒。

另一個女人一眼瘀青，面紗下的鼻梁看起來也斷了。英內薇拉不必深入調查就知道那些傷不是惡魔打出來的。

「女兒，」阿山向阿希雅點頭。他對她的新職務還是很不滿意，不過不會在公開場合羞辱她。「妳帶什麼人來到頭骨王座前？」

「長矛姊妹的人選，尊貴的安德拉。」阿希雅說。她指向自己訓練出來的女人。「這些女人都在達馬丁宮殿中受過訓練，也在阿拉蓋沙拉克中殺過惡魔。我請求封她們爲沙羅姆丁。」

阿山點頭。他不喜歡讓女人拿起長矛的做法，不過阿曼恩經常這麼幹，所以他也不排斥。他望向達馬基丁魁娃。「妳們擲過骨骰了嗎？」

魁娃點頭：「她們夠資格。」

阿山朝女人揮手。「起來，沙羅姆丁。」

女人站起身來，深深鞠躬，然後阿希雅叫她們解散。

阿山打量著在王座台下擠成一團、神色恐懼的女人。「其他人呢？」

「坎金村落裡未受過訓練的戴爾丁。」阿希雅說。伊察奇達馬基神色一僵。「她們的榮耀無止無盡。他們自願響應解放者的召喚，深入黑夜殺死一頭惡魔。她們要求解放者承諾賜予她們的權利。」

「那只是妳的說法。」賈陽說。

阿希雅朝他點頭。「我表哥不認同。」

阿山靈氣一沉。「妳要展現應有的尊重，以沙羅姆卡稱呼他，女兒。」他的聲音低沉洪亮，與片刻前平淡的語調大不相同。「妳或許幫達馬佳做事，但賈陽還是妳的上司。」

阿山轉向賈陽。「我爲我女兒粗魯的態度向你道歉，沙羅姆卡。我保證會懲罰她。」

賈陽點頭，揮揮手。「沒必要，姑丈。表妹也許是戰士，但她是女人，我不期待她能控制情緒。」

「沒錯。」阿山同意。「沙羅姆卡對這件事情有什麼看法？」

「這些女人都是法外之徒。」賈陽說。「她們莽撞的行爲令其家族蒙羞，不但危及村民的安全，還讓一名無辜女子死亡。」

「很嚴重的指控。」阿山說。

賈陽點頭。「她們預先策劃，違反當地達馬的宵禁規定，不顧沙羅姆丈夫的命令，夜晚溜出家園，穿越村落魔印。她們引誘一頭火惡魔進入一處天然陷阱，然後包圍它。她們從她們榮耀的丈夫那邊偷學魔印，以拙劣的手法繪製在自製的武器上，然後攻擊火惡魔。在缺乏訓練的情況下，一個女人被殺了，好幾個女人負傷。戰鬥引發的大火差點燒掉整座村落。」

「才不是那——」一名女人脫口說道，但是其他人抓住她，摀住她的嘴。女人絕不能在安德拉面前開口說話，除非有人問她們，而且根據伊弗佳律法，她們在任何情況下都不能充當證人。他們的丈夫會代表她們說話。

賈陽轉頭看向引起騷亂的女人，不過沒有多說什麼。畢竟，她們只是女人。

阿希雅深深鞠躬，顯然是刻意裝出順從的模樣，在沒有眞正冒犯人的情況下表示嘲諷。「尊貴的克拉西亞沙羅姆卡、解放者長子、我表哥、榮耀的賈陽·阿蘇·阿曼恩·安賈迪爾·安卡吉，願他永世長存，剛剛說的都是實話，父親，只不過誇張了一些細節。」

賈陽雙臂交叉，嘴角上揚。

「而那些細節無關緊要。」阿希雅說。

「呃？」阿山問。

「我也曾違反宵禁，不顧丈夫的反對深入黑夜。」阿希雅說。「宵禁的作用就是不讓任何女人在夜晚外出。」她直視父親的雙眼。「解放者封我爲沙羅姆那天，你已經和他爭論過這一點，而宵禁當時並沒有成爲阻止他的理由，現在也不該構成阻礙。沙達馬卡親口說過，任何殺過惡魔的女人都可能成爲沙羅姆丁。」

阿山皺起眉頭，不過賈陽還有話要說。

「確實。」他說。「不過這裡有七個女人，她們只殺了一隻惡魔。誰知道最後一擊是誰刺的？誰知道她們有沒有全部出手？」

「同樣無關緊要。」阿希雅說，賈陽瞪了她一眼。「所有戰士都會分享擊殺數，特別是接受血禮的奈沙羅姆。用你那種算法，克拉西亞所有戰士通通虛報擊殺數。解放者本人第一天進入大迷宮時也是一打推進兵中的一員而已。」

「當時解放者才十二歲，女兒。」阿山說。「之後又去沙利克霍拉受訓了五年才取得黑袍。」

阿希雅聳肩。「不管怎麼樣，如果你們不算分享擊殺數，那麼你們就該把解放者尋回戰鬥魔印之前所有戰士的黑袍通通拔光，還有之後的半數戰士。接受血禮的目的並非要在沒有協助的情況下殺死一頭惡魔，而是要測驗戰士對抗阿拉蓋的勇氣。這些女人在黑夜中對抗惡魔。事實上，在缺乏正式訓練與裝備的情況下，她們的測驗更加嚴苛。難道這不正是沙拉克卡之夜所需的意志嗎？」

「或許是。」阿山同意。

「或許不是。」伊察奇達馬基插嘴道。「安德拉，你當然不打算晉升這些女人吧？她們是坎金部族的人。讓我親自處理這個問題。」

「我認為我沒得選擇，達馬基。」阿山說。「我不屬於任何部族，必須遵守解放者的命令。」

「你是安德拉。」阿雷維拉克說。「你當然有得選擇。你女兒曲解解放者的言語，令你難以應對，但她沒有說出全部的眞相。『任何女人在阿拉蓋沙拉克中殺死一頭惡魔都能成為沙羅姆丁。』解放者如此說。我不認為此事符合條件。沙羅姆血禮要有訓練官認可才能舉行。阿拉蓋沙拉克是神聖的儀式，不是一群笨蛋一時興起溜入黑夜幹的傻事。」

其他達馬基出聲認同，英內薇拉發現自己嘴巴越閉越緊。這群老人又開始引述經文，把不相干的事情亂套一通，然後擺出一副睿智的模樣，警告他們不可以隨便下放沙羅姆權利。她輕拍掛在腰帶上的霍拉魔杖，幻想著把他們通通炸入深淵會是什麼感覺。

「有男人見證此事嗎？」阿山在達馬基停止騷動後問道。他還是沒有詢問那些女人，很可能根本不會問。

賈陽再度鞠躬。「安德拉，這些女人的丈夫都在外面等候，希望能在你做出決定前和你談談。」

阿山點頭，傳召那些男人入殿。他們全身穿黑袍，不過從他們的外表和裝備來看，都不是什麼高強的戰士。他們的靈氣充滿憤怒、羞愧，以及對莊嚴的王座所產生的敬畏。其中一個男人特別激動，只能勉強壓抑他的暴戾之氣。

鰥夫。英內薇拉在她的枕床上微微調整姿勢。看好那個傢伙，她以手指道。

我看到他了，達馬佳。阿希雅的手掌垂在身側，迅速扭動手指回應。

「這些女人殺了我妻子，安德拉。」激動的戰士指著女人說道。「要不是受到她們影響，我的察巴娃絕不會忤逆我，做出如此愚行。我要她們血債血償。」

「說謊！」另一個男人叫道。他指向自己的妻子，遭受毆打的戴爾丁。「慘劇發生後，我妻子跑回我身邊，事情非常明白，察巴娃就是說服其他人參與此事的領袖之一。我對長矛兄弟的損失感到遺憾，但是他沒資格因自己做丈夫失敗而要求報復。」

鰥夫轉身攻擊他，一時之間兩名戰士大打出手。阿曼恩絕不容許任何人在他的宮廷中動手，但是所有男人，包括阿山在內，似乎都不打算阻止他們，直到鰥夫被痛苦地壓制在地。

阿山大聲拍手。「反對有效。艾弗倫不會讓騙子獲勝。」

英內薇拉調節呼吸。不是騙子。只是一個會打老婆的戰士。

第二個男人鞠躬。「我請神聖的安德拉將這些女人歸還給我們處置，丈夫本來就有權處置她們。我對艾弗倫發誓，她們再也不會令她們家族、我們部族或你的王座蒙羞。」

阿山背靠王座，十指交抵，看著那些女人。阿希雅的說法站得住腳，但英內薇拉從他眼中看出新任安德拉還是會拒絕她們。有機會的話，阿山會從所有沙羅姆丁手中奪走長矛，包括阿希雅在內。

她應該先帶那些女人來找我的，英內薇拉心想，但或許這種結果也是艾弗倫的旨意。

生活在女人與男人享有同等權利的北地，讓克拉西亞女人知道人生並非一定得活在丈夫的庇佑下。綠地人沒有能力對抗克拉西亞人的長矛，但在白晝戰爭裡擊中了敵人的要害。越來越多女人開始主張她們的權利，要不了多久祭司就必須正視這個問題。

英內薇拉並不打算在阿山第一天坐上王座就公然否定他的決議，但如果他不肯講理也別無他法。她張口欲言，不過在阿桑以整個王座都能聽見的音量清理喉嚨並且說話時住口。「我尊貴的妻子說的沒錯。」

阿山的表情十足震驚，就連英內薇拉也在阿桑走下台階，來到地面上時目瞪口呆。這個男孩在沙羅姆丁成軍時曾經激烈反對他妻子和眾表妹。

「我尊貴的父親確實認為惡魔一定要死在阿拉蓋沙拉克才算。」阿桑說。「但是阿拉蓋沙拉克究竟是什麼？就字面上的意義而言，就是『惡魔戰爭』，而戰爭並非儀式。阿拉蓋讓所有人類都成為它們的敵人，不管男人還是女人。任何對抗它們的戰鬥都是阿拉蓋沙拉克。」

賈陽嗤之以鼻。「讓我這個不懂戰爭的達馬弟弟來解釋戰爭。」

他不該在由祭司主導的議會裡說這種話，這又進一步證明賈陽容易說話不經大腦。阿山和達馬基全都神色不善地轉頭瞪他。

終於，阿山拿出骨氣，以片刻前對女兒說話的嚴厲語氣說道：「不要忘記自己的身分，沙羅姆卡。你要聽從白袍議會的決議。」

賈陽臉色鐵青，靈氣中充斥憤怒。他的手緊握長矛，如果他再愚蠢一點點，就會舉矛攻擊，讓全克拉西亞陷入內戰也在所不惜。

阿桑很聰明，曉得表面上要保持不露聲色，不過並沒有阻止阿山神色不善地轉過頭來瞪他。「還有你，奈安德拉。你兩週前不是才為了女人拿起長矛的事情與沙達馬卡爭論許久嗎？」

阿桑鞠躬。「的確，姑丈。我當時情緒激動，對自己的想法深信不疑。但是我錯了，而我尊貴的父親忽略我的論點乃是明智之舉。」

他轉身，以目光掃視全廳。「沙拉克卡即將到來！」他大聲道。「解放者和達馬佳都這麼說，但我們依然意見分歧，閒置大批人力，我們還絞盡腦汁去想阻止他們作戰的瑣碎理由。但我認爲當解放者在奈的大軍追殺下歸返時，大戰的榮耀絕對足夠所有人一起分享。我們一定要準備好，齊心一致，投入作戰。」

他指向阿希雅。「我確實曾反對妻子拿起長矛。但她爲我們帶來的只有榮耀。數百男人的性命都是她和長矛姊妹救的。她們帶著達馬佳的榮耀前赴戰場，深信她會守護她們。她們提升我們的整體戰力。女人替我們帶來力量。解放者對此表達得很清楚。所有願意參與沙拉克卡的人都能起身參戰。」

他暫停片刻，阿蘇卡吉彷彿排練過般走到他身邊。這兩個人向來最先跳出來支持彼此。

阿山搖頭。「艾弗倫呀，不要連你也來。」

阿蘇卡吉指向那群沙羅姆丈夫。「這些男人想要隱藏什麼？是不是害怕他們妻子晉升沙羅姆丁後可以作證指控他們？或許這種威脅可以讓某些丈夫變聰明一點。這些女人與阿拉蓋作戰，如果城牆倒塌，她們將會是守護孩子的最後防線。她們承擔這麼大的責任，爲什麼不能享有權利？」

「對呀，爲什麼不能？」英內薇拉在所有老頭有機會出言反對前問道。她微笑。「你們這些男人爭論得好像由得你們選擇一樣，但是解放者把沙羅姆丁交給我來管理，該晉升誰、不該晉升誰通通由我決定。」

阿山的靈氣微微鬆懈下來，慶幸自己不必針對這個肯定會樹立政敵的議題做出決議。

「烏莎拉。」她向她的吉娃森，坎金部族的達馬基丁比個手勢。「擲骰占卜她們的命運。」

所有人瞪大雙眼。占卜命運是很私人的事情。有此充分理由，達馬丁對於施展魔法向來保密。但是她必須提醒這些男人，王座廳裡並非只有政治一種力量在運作，指引他們意向的應該是艾弗倫的旨意，而非他們個人的需求。

所有女人在烏莎拉的擲骰布前跪成新月形。所有人身上都纏有血紅的繃帶，達馬基丁用骨骰接觸傷口，沾染預知命運所需的血液。

英內薇拉降低王座廳魔印光的亮度。並非爲了幫助施法，因爲魔印光不會影響骨骰。她這麼做是爲了讓所有人看見霍拉無可否認的魔光，在烏莎拉的禱告中緩緩脈動。男人彷彿遭受催眠般，在她每一次擲骰的魔光大作時微微顫抖。

最後，烏莎拉坐回地上。她轉身，無視阿山的存在，對英內薇拉說：「完成了，達馬佳。」

「妳看到了什麼？」英內薇拉問。「這些女人曾在黑夜中挺身而出嗎？她們夠格嗎？」

「她們夠格，達馬佳。」烏莎拉轉身，指向遭丈夫毆打的女人。「除了這一個。伊莉佳・娃・法楚假裝攻擊，在惡魔面前逃走，使察巴娃死亡，還有其他幾個人受傷。這頭惡魔之死與她無關。」

伊莉佳的靈氣轉爲恐懼的白色，但是其他女人還是站在她身邊，伸手支持她——就連嚴重灼傷的女人也一樣。英內薇拉出於同情多給她們一點時間，但是這種情況她也束手無策。骨骰是雙面刃。

「六名女子獲得晉升。」她說。「起來，沙羅姆丁。伊莉佳・娃・法楚則要回到丈夫身邊。」這樣很殘酷，但總比把她留給達馬丁伊察奇處置要好。他很可能會以在王座前做僞證之罪公開處決她。

伊莉佳在法楚走到她身後、一手抓住她頭髮往後拖時放聲尖叫。她跌跌撞撞，沒辦法站好，被法楚拖著離開王座廳，達馬基則滿意地冷冷旁觀。

日落前把拖她的那隻手帶來給我，她以手語告訴阿希雅。

阿希雅以她們慣用的溝通方式回應。遵命，達馬佳。

「等等！」一個女人喊道，吸引所有人的目光。「我以沙羅姆丁的身分代表伊莉佳作證，指控法楚・阿蘇・法楚・安伊成・安坎金的罪行。」

英內薇拉揮手，守衛壓低長矛阻止法楚離開王座廳。他放開伊莉佳，兩個人一起被帶回王座前。

達馬基伊察奇舉起雙手。「安德拉的宮廷已經淪落到這個地步了嗎？讓不知感恩的女人像是說長論短的洗衣婦抱怨她們丈夫的場合？」

數名達馬基認同地點頭，但是伊察奇最仇視的宿敵，甲馬部族的達馬基魁森卻面露微笑。

「當然不是。」魁森說。「但這場鬧劇是你們部族惹上宮廷的，我們當然要看它如何收尾。」伊察奇瞪著他，然而其他達馬基，包括片刻前還支持他的那些在內，全都點頭。他們或許不是洗衣婦，不過達馬基也一樣喜歡說長論短。

「說。」阿山命令道。

「我是烏瓦娜・娃・哈達・安伊成・安坎金，」女人這輩子首度像男人般以全名自稱。「伊莉佳是我表妹。她確實在阿拉蓋面前逃跑，沒有資格站在黑夜裡。但她丈夫，法楚・阿蘇・法楚・安伊成・安坎金，多年來一直強迫她賣淫換錢買庫西酒和賭博。伊莉佳是艾弗倫的榮耀之女，一開始拒絕他的命令，於是法楚把她打到在床上躺了很多天。我親眼見證她受辱。」

「撒謊！」法楚大叫，不過英內薇拉可以從他的靈氣中看出眞相。「不要聽這個惡毒女人的謊言！她有什麼證據？沒有！一切只是一個女人在空口說白話。」

手和臉被火惡魔唾液燒傷而纏滿白繃帶的女人到烏瓦娜身旁站定。靈氣顯示她渾身劇痛，但她還是抬頭挺胸，語氣堅定。「兩個女人。」

其他四人也上前站成一排。

「六個女人見證你的罪行，法楚。」烏瓦娜說。「六個沙羅姆丁。我們踏入黑夜不是爲了爭取我們自己的權利，而是爲了伊莉佳，爲了讓她脫離你的掌握。」

法楚轉向阿山。「安德拉，你當然不會選擇相信女人的話，而不相信忠心耿耿的沙羅姆吧？」

烏莎拉也抬頭。「你想要的話，我可以諮詢骨骰，神聖安德拉。」

阿山皺起眉頭，和所有人一樣清楚骨骰會帶來什麼答案。「你想要認罪嗎，法楚之子，還是要我們用霍拉證明你的清白？」

法楚面色發白，接著環顧四周尋求支持，可惜一無所獲。最後他聳肩。「我怎麼對待我妻子又有什麼差別？她是我的財產，不是沙羅姆丁。我沒有犯罪。」

阿山看向伊察奇。「他是你的族人，達馬基。你怎麼說？」

「我贊成丈夫的說法。」伊察奇毫不遲疑。「妻子有責任要工作支持丈夫。如果他不能支付他的債務，那就是她的錯，她必須支付債務，就算他要她躺下來也一樣。」

「或是跪下。」達馬基魁森說，其他男人哈哈大笑。

「坎金部族達馬基已經做出決議。」英內薇拉說，所有人都驚訝地轉向她。「法楚不需要爲了強迫妻子賣淫遭受刑罰。」法楚一聽這話立刻眉開眼笑，新進沙羅姆丁則深感失望。伊莉佳再度開始哭泣，烏瓦娜伸手摟著她。

「然而，關於欺騙頭骨王座一事，」英內薇拉繼續，「他有罪。判處死刑。」

法楚瞪大雙眼。「什麼？」

「烏莎拉。」英內薇拉說。

達馬基丁伸手到霍拉袋中，拿出一塊黑色的小碎骨——閃電惡魔的胸骨。達馬基丁指示旁觀者移開目光，不過所有人繼續看著她，結果都被刺眼的光線閃到難以視物，讓巨響震到耳朵都快聾了。

恢復視覺後，法楚之子法楚躺在王座殿門的半路上，胸口焦黑冒煙。空氣中瀰漫烤肉的氣味。

「妳逼得太快太緊，達馬佳。」魁娃說。「達馬基會反彈的。」

「讓他們反彈，如果他們如此愚蠢的話。」貝麗娜說。「當阿曼恩回來，發現整個議會都變成王座廳地板上的焦痕，部族全都落入他兒子掌控，他不會爲他們傷心落淚的。」

「如果他沒回來呢？」梅蘭問。

「那我們就更該恫嚇達馬基，並且盡量招募更多沙羅姆丁。」英內薇拉說。「連卡非特阿邦手下的士兵都比我多。」

「卡沙羅姆。」魁娃嘲弄道。「不是眞正的戰士。」

「去對哈席克說。」英內薇拉說。「解放者的貼身保鏢，被卡非特抓起來閹了。他們之前也是如此看待沙羅姆丁的，但是任何一個安奇度的長矛女兒都比一打解放者長矛隊來得強。」

她們抵達英內薇拉的私人花園，一座精心修剪的植物迷宮，大部分都是用直接從克拉西亞帶來的種子種出來的。這裡有醫療藥草和致命毒藥，新鮮水果、堅果和蔬菜，還有純粹觀賞用的草、灌木、花和樹。

英內薇拉可以輕易在花園裡找到中心自我，沐浴在陽光下，站在茂密的植物間。想要在克拉西亞的解放者宮殿裡維護這種花園是不可能的事情。土壤太貧瘠了。在艾弗倫恩惠，似乎只要朝任何方向灑出一把種子，植物就可以在不需照料的情況下成長茁壯。

英內薇拉深深呼吸，卻在聞到每次都會摧毀寧靜的香水味時，又被趕出她的中心自我。

「趁有機會的時候快逃，妹妹。」她低聲說道。「神聖母親在涼亭裡等我。」

這話讓她的吉娃森立刻以尊嚴容許的最快速度離開花園。身爲阿曼恩的吉娃卡，他母親乃是英內薇拉的責任，這是其他女人都非常樂意放棄的責任。

英內薇拉很羨慕她們。如果情況允許，她自己也會逃離現場。艾弗倫一定是不高興了，不然不會不透過骨骰警告我。

只有魁娃、梅蘭、阿莎薇膽敢留下。阿希雅已經消失在樹葉後，不過英內薇拉知道她在十分接近的距離內監看一切。

英內薇拉調節呼吸，在風中彎腰。「最好儘快打發她。」她喃喃說道，然後大步走向神聖母親等候的地方。

英內薇拉還沒看到卡吉娃就已經聽見她的聲音。

「看在艾弗倫的份上，背挺直一點，塔拉佳。」神聖母親大聲道。「妳是解放者之妻，不是大市集裡的戴爾丁商人。」

來到近處，只見卡吉娃從她另一個媳婦手中搶走一塊麵餅。「妳又開始發胖了，艾佛拉莉雅。」她轉向一名僕人。「我要的那瓶花蜜呢？這次一定要冰過。」她又轉向另一名手拿巨大扇子的僕人。「我沒有叫妳停止搧風，女孩。」她手掌像蜂鳥般急甩，給自己搧風。「妳知道我多會流汗。艾弗倫爲我見證，整個綠地都像澡堂一樣潮濕。他們怎麼忍得下去？好吧，我眞的有點想——」

謝天謝地，女人終於在英內薇拉步入涼亭時住嘴了。其他女人一副即將被人從地心魔物口中救走的模樣。卡吉娃或許把其他女人通通當作僕役使喚，但她還知道要尊重達馬丁，特別是英內薇拉。

正常情況下。

「我兒子呢？」卡吉娃大聲問道，怒氣沖沖地衝向英內薇拉。她身穿黑袍，頭戴凱丁的白面紗，不過還加披了一條白披肩，與阿曼恩的打扮很像。「宮殿裡謠言滿天飛，我的女婿坐上頭骨王座，而我卻像個傻瓜般什麼都不知道。」

這話說得對極了，英內薇拉心想。

卡吉娃的語氣越來越尖。「我命令妳告訴我究竟出了什麼事！」

命令。英內薇拉心中浮現一股怒意。這個女人忘了自己在和誰說話了嗎？就連阿曼恩也不敢命令她。她幻想自己把卡吉娃炸到花園另一邊去，就像王座廳裡的法楚一樣。

喔，如果事情這麼簡單就好了。但是儘管阿曼恩有可能原諒她剷除整個達馬基議會，他還是會追殺謀害他母親的凶手直到阿拉的盡頭，而他的皇冠視覺令她無法掩飾這種罪行。

「阿曼恩在深淵邊緣追殺一頭惡魔。」英內薇拉說。「骨骰認為他會回來，不過那是一條危險的道路。我們必須為他祈禱。」

「我兒子去了深淵？」卡吉娃尖叫。「孤身一人？解放者長矛隊為什麼沒有跟著他？」

英內薇拉伸手抓住卡吉娃下巴。表面上這個動作是為了強迫她與自己目光接觸，但是英內薇拉在一個聚合點上施壓，打斷了女人體內某些能量線。

「妳兒子是解放者，」她冷冷說道。「他可以去沒人能夠跟去的地方，不需要對妳解釋，甚至不用對我解釋。」

她放開卡吉娃，女人渾身無力地後退。塔拉佳撐住她，試圖扶她到石板凳去坐，但是卡吉娃站直身子，掙脫她的手，再度直視英內薇拉的雙眼。

頑固，英內薇拉心想。

「爲什麼不讓賈陽繼位？」卡吉娃問。「他是阿曼恩的長子，也夠格繼承王位。人民崇拜他。」

「賈陽太年輕、太頑固，不能代替阿曼恩領導人民。」英內薇拉說。

「他是妳兒子！」卡吉娃吼道。「妳怎麼能……」

「夠了！」英內薇拉叫道，嚇得所有人都跳起來，卡吉娃跳得最高。英內薇拉很少大聲說話，尤其是在別人面前。但是英內薇拉的婆婆是全世界最有能力測驗她耐心的人。「妳忘記自己的身分，女人，妳別以爲可以用這種語氣和我討論我兒子的事情。這一次我原諒妳，因爲我知道妳在擔心妳兒子，但是不要和我作對。克拉西亞需要我，我沒時間安撫妳所有情緒。阿山是在阿曼恩的指示下坐上頭骨王座的。妳只需要知道這一點就夠了。」

卡吉娃眨眼。已經多少年沒人膽敢這樣和她說話了？她是神聖母親，不是普通的戴爾丁。然而不管有多少特權、多少影響力，卡吉娃還是沒有任何實權。她甚至不是達馬丁，更別提要和達馬佳作對。她的財富和僕役都來自王座津貼，英內薇拉可以輕易在阿曼恩遠行期間廢除這些津貼，不過肯定馬上就會有很多人拿金錢來爭取她的寵信。

「母親。」英內薇拉和其他女人轉身看著阿桑步入涼亭。他走過來時就像安奇度一樣無聲無息。阿桑鞠躬。「祖母。很高興遇到妳們兩人。」

卡吉娃立刻開心起來，向他孫子攤開雙手。他迎向她的懷抱，以優雅又有尊嚴的方式讓她透過面紗親吻他，雖然這麼做不符合他的身分。

「提卡，」阿桑說，這是克拉西亞語中對於「祖母」的非正式稱謂，卡吉娃打從所有孫子學會開口說話前就一直灌輸他們這個稱謂。光是從阿桑口中聽到這個字，就讓她好像被下藥一樣進入順從狀態。「請善待我尊貴的母親。我知道妳擔心父親，但她是他的吉娃卡，肯定和妳一樣擔心。」

卡吉娃頭昏眼花地點了頭，望向英內薇拉，目光在點頭時尊敬地下移。「請原諒我，達馬佳。」

英內薇拉好想親她兒子。

「但是為什麼跳過你和你哥哥？」卡吉娃問，又重拾了一點決心。

「跳過？」阿桑問。「提卡，賈陽坐在長矛王座上，我是頭骨王座的繼位人選。阿蘇卡吉成為卡吉部族的達馬基。妳所有長孫如今都是凱沙羅姆了，要不了多久所有次孫會成為奈達馬基。多虧有妳，二十年前差點滅絕的賈迪爾血脈即將統治克拉西亞數個世代。」

這話造成了一些安撫效果，不過她還是繼續追問：「但你姑丈……」

阿桑與英內薇拉一樣伸手捧起她的下巴，不過沒有去壓聚合點，而是以拇指輕觸面紗。他如羽毛般輕輕撫摸她的嘴唇，這個動作就和英內薇拉的強勢手段一樣讓卡吉娃閉嘴。

「根據伊弗佳，所有達馬丁都擁有預知能力。」阿桑說。「達馬佳更是箇中翹楚。如果她允許我尊貴的姑丈坐上頭骨王座，很可能是因為她預見父親很快就會回來，但這種事她當然不能直說。」

卡吉娃看向英內薇拉，眼中浮現一絲懼意。克拉西亞人十分敬重那種預知能力，達馬丁的力量泉源。英內薇拉配合兒子，若有深意地看著卡吉娃，輕輕點了點頭。

卡吉娃回頭面對阿桑。「談論命運會召來厄運。」

阿桑在卡吉娃亂用這句古諺時鞠躬附和。「說得好，提卡。」他看向英內薇拉。「或許我尊貴的祖母可以想辦法讚美艾弗倫，祈求父親安全回來？」

英內薇拉心裡一驚，阿桑的話讓她想起自己母親曼娃針對神聖母親提出的建議。她點頭。「離下次月虧只剩不到兩週，在解放者遠行、奈的大軍重新集結的情況下，我方的士氣肯定低落。辦一場盛大的宴會不但可以提振戰士的士氣，還能讓所有人齊聚一堂，懇求艾弗倫讓阿曼恩勝利凱旋……」

「這個主意太棒了，達馬佳。」梅蘭上前說道。英內薇拉看向自己從前的宿敵，感謝她的支持。

「沒錯，」阿桑說。「或許神聖母親可以幫忙打理食物和飲料？」

「我本來想親自打理的……」英內薇拉撒謊道。

正如曼娃所料，卡吉娃立刻上鉤。「別再多想這件事了，尊貴的達馬佳。妳肩上的擔子已經夠多了。讓我來扛這個擔子，我求妳。」

確實，英內薇拉感覺自己放下了一個重擔。「我怕一場宴會或許不夠。月盈的時候或許還要另一場宴會，直到我們打贏沙拉克卡爲止。」

卡吉娃鞠躬，這是多年以來英內薇拉看她鞠得最深的一次。「能夠負責此事是我莫大的榮耀，達馬佳。」

「我會請安德拉從國庫裡撥一筆經費來辦理宴會。」英內薇拉說，心知阿山也會和她一樣高興能打發這個女人。他會同意任何條件，然後還覺得自己賺到了。「妳會需要助手，當然。園藝匠和廚師、負責邀請函的書記……」識字又懂算數的人，她在心中暗自嘲弄，因爲卡吉娃當然兩樣都不會，即使過了二十年宮廷生活還是一樣。

「我很樂意協助神聖母親。」梅蘭說。

「我也會協助，只要我有時間。」阿桑說著，若有深意地望向英內薇拉。她毫不懷疑他有一天會來找她還這個人情，但她很樂意付出代價。這可是個難以量化的人情。

「那就這麼決定了。」她說著向卡吉娃點頭。「全克拉西亞都將受惠於妳，神聖母親。」

第六章　孤掌難鳴　333AR　秋

阿邦依靠拐杖吃力地走下皇宮階梯，咬緊牙關忍受小腿上傳來的每一下刺痛。解放者議會裡所有人都磨刀霍霍，但有時候他覺得宮殿台階才是自己每天面臨的最大挑戰。他願意爲了利潤忍受幾乎任何事情，卻向來不擅長擁抱痛楚本身。

這不是他第一次後悔自己竟然固執地拒絕達馬佳治療他的提議。提醒她不能用舒適的生活賄賂他是很聰明的做法——但是他願意付出一切換取毫不痛苦地上下樓梯的感覺。儘管如此，他還是有一樣更加渴望的東西，而且很快就會得到了。

魁倫訓練官走在他身旁，上下樓梯比他輕鬆多了。訓練官左腳膝蓋以下截肢，用彎曲的彈性鋼鐵取而代之。他每走一台階，鋼鐵就會微微彎曲，可以輕易支撐壯漢的體重。魁倫的戰鬥技巧已經逼近受傷前的程度，甚至還在持續進步。

阿邦的卡沙羅姆不能進入宮殿，但是訓練官曾經訓練過解放者本人，所以他的榮耀無止無盡。即使受僱於阿邦，大部分場所還是會歡迎他，包括皇宮在內。這對保鏢而言很有用處，現在沒有人會蠢到去騷擾阿邦。

無耳在宮殿台階底下等候他們，打開阿邦的馬車車門。兩名卡沙羅姆坐在駕駛座上，長矛放在手邊，馬車後方的高椅上還有另外兩個手持北地人曲柄弓的卡沙羅姆。魁倫輕鬆跳上馬車，接過阿邦的拐杖，耳聾的壯漢則像提起小孩一樣將阿邦抬入車內，幫他免除走台階之苦。

由於身材太高大，不方便坐車，無耳關上車門，爬上一級台階，握著把手，站在馬車外。他拍拍馬車的外殼，車伕甩動韁繩。

「達馬基接受阿山擔任安德拉了嗎？」魁倫問。

阿邦聳肩。「達馬佳展示那種實力，根本沒給他們多少選擇。阿山是她的傀儡，沒有人蠢到去質疑她。」

魁倫點頭。他很清楚達馬佳的手段。「沙羅姆不喜歡這種安排。他們認爲沙羅姆卡應該要繼承他父親的王位。他們怕達馬登上王座會把重點從阿拉蓋沙拉克上轉移到其他地方。」

「那可眞是太悲慘了。」阿邦說。

魁倫冷冷看著他，一點也不覺得好笑。「只要賈陽振臂一呼，沙羅姆就會響應召喚。他可以輕易把阿山和達馬基的腦袋插上長矛，奪取王座。」

阿邦點頭。「但達馬佳更是隨手就能把他燒成灰燼。我們在浪費時間，訓練官，上面要怎麼搞不是我們管得了的。我們有自己的職責。」

他們抵達阿邦的堡壘，一面又高又厚的圍牆，上面還有武裝卡沙羅姆把守。車伕做出正確的手勢，大門開啓，露出其後許多四四方方的建築物。

這座堡壘守衛森嚴，但阿邦還是很小心——至少表面上很小心——不顯露任何會讓其他人覬覦的財物。這些建築都沒有美感，沒有花園或噴泉。空氣中瀰漫著鍛造爐的濃煙，還有鐵鎚的敲打聲。所有人都在工作，完全沒有閒置人力。

阿邦深深吸了一口惡臭的空氣，面露微笑。這是工業的味道、權力的味道。對他而言比任何花香都更甜美。

無耳將阿邦放到地上時，一個男孩跑了過來。他深深鞠躬。「阿卡斯大師要我告訴你樣品已經做好了。」

阿邦點頭，拋了一枚硬幣給小男孩。沒多少錢，但男孩還是眼睛一亮。「獎勵你腳程夠快。告訴阿卡斯大師，我們很快就會去找他。」

阿卡斯負責阿邦的鍛造爐，整座堡壘中最重要的工作之一。他是阿邦的姻親，薪水比大部分達馬還高。阿邦手下最強的卡沙羅姆觀察兵待在他附近的陰影中，表面上負責保護他，實際上也是在監視他有無背叛意圖。

「啊，主人、訓練官，歡迎光臨！」阿卡斯已經五十幾歲，因為在鍛造爐工作的關係，雙臂肌肉十分結實。儘管年長又身材高大，他還是像個情緒激動的年輕人般動作靈巧。他和阿邦一樣是卡非特，沒有蓄鬚，不過下巴上有明顯的鬍碴。他渾身都是汗水和硫磺的味道。

「產能如何？」阿邦問。

「解放者長矛隊的武器和護具都有達到進度。」阿卡斯說著比向放滿矛頭、盾牌、護甲的貨盤。「魔印玻璃，目前測試的結果都打不碎。」

阿邦點頭。「那我的百人隊呢？」他用這個稱謂稱呼阿曼恩賞賜給他的卡沙羅姆，但事實上共有一百二十人，其下還有將近一千名青沙羅姆。阿邦要讓他們全都使用金錢可以買到的最頂級裝備。

阿卡斯搔搔鬍碴。「有一些……延遲。」

魁倫不等阿邦指示已經雙手交叉，瞪視對方。阿卡斯是個壯漢，不過沒有笨到會弄錯這個動作的意思。他揚起雙掌安撫道：「但是有進展！過來看！」

他快步走到一片貨盤旁，這裡的盾牌和矛頭像鏡子般閃閃發光。他挑出一支矛頭，來到沉重的方形鐵砧前。

「魔印玻璃，」阿斯卡說著舉起矛頭，「依你要求，在表面上鍍銀，旁人看不出眞正的材質。」

阿邦不耐煩地點頭。這並不是什麼新鮮事。「那爲什麼會延遲？」

「鍍銀會減弱玻璃的強度。」阿卡斯說。「看著。」

他把矛頭放上鐵砧，用鉗子加以固定。接著他拿起一支沉重的長錘，握柄長三尺，錘頭起碼重達三十磅。鐵匠大師熟練地揮動長錘，利用重量與動能加強本身的力道。撞擊聲在鍛造場內迴盪，但阿卡斯沒有停手，竭盡全力又多打了兩下。

「讓這傢伙當卡非特眞是太浪費了。」魁倫說。「我可以把他訓練成高強的戰士。」

阿邦點頭。「但是沒有武器與護甲可用。傳說故事裡或許會說鍛造場裡的鐵匠都是殘廢，但只有身強體壯的人才能擔任這個工作，而這也是份榮譽的工作。」

打完三錘後，阿卡斯鬆開鉗子，把矛頭拿過來檢視。阿邦和魁倫就著光源來回翻轉。

「那裡。」魁倫指著一個地方說。

「我看到了。」阿邦看著玻璃上剛剛撞擊點附近的小裂縫道。

「再多打十下就會變成大裂縫。」阿卡斯說。「十二下就會斷了。」

「還是比普通鋼鐵硬多了。」魁倫說。「這已經算得上是戰士夢寐以求的武器。」

「或許。」阿邦說。「但我的百人隊不是普通戰士。他們接受當今世上最偉大的訓練官訓練，還有最富有的贊助人，所以應該使用符合身分的裝備。」

魁倫嘟噥一聲。「我不與你爭，不過鏡盾也有比透明玻璃好用的地方。我們在大迷宮裡會用鏡子驅趕阿拉蓋。它們很容易會被自己的倒影迷惑。」

「至少那也算是好處。」阿邦說著轉回阿卡斯。「但你說有進展？」

阿卡斯露出若有深意的笑容。「我用新合金做了一套裝備。」

所謂新合金乃是琥珀金，一種十分罕見又珍貴的金銀天然合金。解放者已經將所有已知來源的合金通通徵收給達馬佳運用。阿邦自己找到了合金來源，並且派人搜尋更多產地，但如果讓達馬佳發現他私藏神聖金屬的話，後果將會不堪設想。

「然後呢？」阿邦問。

阿卡斯從一塊布下拿出一副矛頭和盾牌。兩者都像擦乾淨的鏡子般閃閃發光。「至少和魔印玻璃一樣硬。這兩種材質都沒辦法熔化或打斷。但是新合金還有……其他好處。」

阿邦努力忍住嘴角的笑容。「說下去。」

「在裝備中灌注魔力時，戰士有些驚人的發現，」阿卡斯說。「盾牌不光是擋下阿拉蓋的攻擊。它還會吸收攻擊的力道。戰士正面承受石惡魔的甩尾攻擊，就連一吋都沒有被震退。」這話讓魁倫抬起頭來。

「灌注魔力後，阿拉蓋就無法接近到盾牌四周一支長矛的範圍之內。戰士想要攻擊還得移開盾牌才行。」

「這既是優點，也是缺點，」魁倫說。「如果戰士必須放棄防禦才能攻擊的話。」

「或許，」阿卡斯說。「但是攻擊威力強大！這支矛頭可以輕易刺穿石惡魔的鱗片，就像插入水裡一樣。看著。」

他把矛頭拿回鐵砧，拿另一把鉗子把它垂直固定，指向下方。他再度舉起長錘，狠狠揮下。就聽到一聲巨響，阿邦和魁倫同聲驚呼，看著那支矛頭插入鐵砧一吋有餘。阿卡斯又揮一錘，然後再揮一錘，每一錘都把矛頭好像釘子深入木板般擊入鐵砧。打到第四錘時，鐵砧裂成兩半。

魁倫走到鐵砧旁，神色敬畏地觸摸裂開的金屬。「此事一定要告知安德拉。每個戰士都要有一把。沙拉克卡贏定了！」

「安德拉早就知道了。」阿邦撒謊道。「解放者和達馬佳也是。爲了你的性命和進入天堂的希望著想，魁倫，你絕不能向其他人提起此事。光是抹在那些玻璃上的薄薄一層就比達馬基的宮殿還要昂貴，而且所有新合金加起來還不夠裝備一小部分的部隊。」

阿邦的嘴角在魁倫的笑容消失時微微上揚。「但那並不表示我的訓練官和他最信任的手下不能使用這種武器。」

訓練官張口欲言，不過沒有發出聲音。

「來吧，訓練官。」阿邦說。「繼續目瞪口呆地站在那裡，我們就要遲到了。」

魁倫訓練官跟著阿邦一起穿越新大市集，艾弗倫恩惠中一大片打定主意要重新找回——並且超越——克拉西亞大市集往日榮耀的區域。

此刻的進展已經很不錯了。北地人不太適應伊弗佳律法，但是他們了解商業行爲，在街道兩旁數百個攤位旁工作與購物的青恩就與戴爾丁和卡非特一樣多。撇開少了高溫和塵土，對阿邦而言，這裡感覺很像家鄉。

伊弗佳律法在大市集裡不具有多大意義。因爲每一個大聲叫賣的商人旁邊都有另一個人在小聲販售被伊弗佳律法或達馬禁止的商品。賭博、豬肉、庫西酒、武器、書籍、大回歸之前的骨董。只要有錢又知道該上哪兒去找貨，大市集裡什麼都買得到。

這種情況基本上是官方默許的。事實上，某些違禁品最主要的客源都是達馬和沙羅姆，而沒人膽敢逮捕他們。女人和卡非特就沒那麼幸運了，有時候會被達馬判刑，然後公開處刑。

儘管身高超過六呎，身負長矛、盾牌以及天知道多少隱藏武器，魁倫看來還是很不自在。他目光四下飄移，彷彿隨時都有可能遇襲。

「你看起來很緊張，訓練官。」阿邦說。「膽敢在黑暗中對抗阿拉蓋的男人怎麼會害怕在大白天上街？」

魁倫吐口口水。「這地方就和圍困阿拉蓋的大迷宮一樣容易迷路。」

阿邦輕笑。「這倒是真的，訓練官。大市集是用來圍困錢袋而非惡魔，不過設計上的概念差不多。顧客很容易會被吸引來，但要離開卻不太容易。這裡的街道曲折，還有很多死路，商人大軍隨時準備攻擊不留神的客人。」

「大迷宮裡的敵人很明確。」魁倫說。「男人夜裡都是兄弟，阿拉蓋不會帶著禮物和謊言上門。」他神色謹慎地環顧四周，伸手去摸錢袋，彷彿要確保錢袋還在。「這裡所有人都是敵人。」

「和我在一起就不用擔心。」阿邦說。「在這裡，我就是安德拉兼沙羅姆卡。此時此刻，這裡的人都把你和我標記在一起。若你明天再來，他們就會主動和你攀交情，希望日後你能向我講講好話。」

魁倫再度啐道：「來大市集買東西是我妻子的工作。趕快辦完事情，離開這個地方。」

「不會太久。」阿邦說。「你知道要怎麼做？」

魁倫嘟噥道：「在你出生之前我就已經在做把男孩打碎，然後重新拼湊成男人的事情了，卡非特。交給我處理。」

「你不拿什麼神聖的黑袍之類的東西來教訓我？」阿邦問。

魁倫聳肩。「我見過那些小鬼。他們很懶散、很軟弱。祖林和山傑特爲了讓他們和你對立而把他們寵壞了，我得用點強硬手段才能讓他們迷途知返。他們必須再度嚐嚐奈沙羅姆的感覺。」

阿邦點頭。「幫我做好這件事情，訓練官，謝禮絕對超乎想像。」

魁倫厭惡地揮手回絕他。「去。你讓我重返沙拉克，查賓之子，至少我能夠以此回報。不受兒子尊敬的男人什麼都不是。」

「就是這裡了。」阿邦說著指向一間餐館。前廊上有很多客人坐在矮桌旁，吃午餐、抽菸、喝著苦澀的克拉西亞咖啡。女人來回奔走，持續從餐館內端出裝滿飲料食物的杯碗，然後帶著空的杯碗和裝滿卓奇的錢袋回去。

阿邦領頭走進旁邊的巷子，用拐杖敲敲一扇側門。一名身穿褐袍的男孩打開門，靈巧地接下阿邦拋去的錢幣，帶他們走下樓梯。

室內充斥著骰子滾動和下注的聲音，空氣中瀰漫著菸斗的氣味。他們在一道門簾後停步，看著一群沙羅姆在一張疊著大批賭金的賭桌旁喝庫西酒。

「達馬丁應該……啊，」阿邦說著看到阿莎薇走下主樓梯。她的白袍在陰暗的地下室中顯得格外顯眼，但是心思都放在骰子上的魔印的男人們一直到她走到近處時才注意到。

「這是怎麼回事？」阿莎薇叫道，沙羅姆全都嚇得跳起來。其中之一——阿邦的兒子蘇斯頓——轉身面對她時灑出杯子裡的酒。達馬丁假裝後退一步，不過刻意揚起手來，讓酒都灑在衣袖上。

阿莎薇打量衣袖，現場陷入一片死寂，所有戰士都不敢吭聲。

阿莎薇摸了摸濕掉的地方，然後將手指舉到鼻子前。「這是……庫西酒？」她刻意強調最後那個字眼，在場的男人全都嚇得差點尿濕他們的拜多布。就連阿邦也嚇壞了，雖然這場戲是由他一手安排的。他的思緒回到三十年前，他父親查賓不小心在達馬的白袍上灑了墨水，然後就被當場處死。那段回憶讓他忍不住吞嚥口水。或許他兒子應該要學到類似的教訓。

「原諒我，達馬丁！」蘇斯頓大叫，拿起一條不太乾淨的布，伸手抓她衣袖，徒勞無功地想要擦乾酒漬。「我會弄乾淨……」

「你敢碰我？」阿莎薇叫道，一把扯開衣袖。她扣住他的手腕，拉直胳臂，反身一掌擊中蘇斯頓手肘後方。他的手臂嘎啦一聲折斷，就和查賓的脖子一樣。

蘇斯頓慘叫，不過當達馬丁再度出手攻擊他喉嚨時立時啞了。「你要用血清洗，蠢人！」她彎腰，一腿上揚，越過頭頂，踢中他的臉。

「漂亮。」魁倫看著她的招式低聲說道。阿邦看他一眼。他永遠無法了解戰士的想法。

蘇斯頓鼻梁粉碎，朝後倒落，摔在賭桌上，錢幣和庫西酒散向四面八方。沙羅姆紛紛後退，不在乎他們的錢，只擔心觸怒達馬丁。

阿莎薇大步上前，繼續毆打蘇斯頓。蘇斯頓試圖爬開，但是大腿上中了一腳，整條腿當場麻痺。下一腳踢在他的睪丸上，就連魁倫也在蘇斯頓尖聲哀號、鼻孔冒出血泡時面露痛苦的表情。

幾滴鮮血和鼻涕濺到阿莎薇的白袍上，她怒吼一聲，自腰帶上拔出匕首。

「不，達馬丁！」蘇斯頓的哥哥法奇叫道，衝過去擋在弟弟身前。「看在艾弗倫的份上，求妳大發慈悲！」

法奇沒拿武器，雙掌攤開，做懇求貌。他小心謹慎，不讓自己碰到達馬丁，但是阿莎薇動作宛如舞者，一腳滑到他的面前。她在法奇摔到她身上、兩人一起跌到骯髒的木頭地板上時發出令人信服的叫聲。

「該你出手了，訓練官。」阿邦說，但魁倫已然展開行動。他推開門簾，刻意不讓阿邦露面，大步走入賭廳。

「這是怎麼回事?!」魁倫吼道，在低矮的地下室裡有如雷鳴。他抓起法奇的袍領，把他從達馬丁身上提起來。

阿莎薇瞪他。「這些酒鬼是你的手下嗎，訓練官?」她大聲問道。

魁倫深深鞠躬，順手抓起法奇的腦袋去撞地板。「不，達馬丁。我在樓上用餐，聽到騷動就下來看看。」他一邊抓著法奇的袍領，讓他難以呼吸，一邊朝阿莎薇伸出一手。

達馬丁接過他的手，他拉她起身，然後轉頭看向縮在牆邊的那群男人。「我該為妳殺了他們嗎?」

這話聽來有點荒謬，一名戰士宣稱要殺掉將近一打男人，但是所有人都很嚴肅看待他的威脅。訓練官的紅面巾可不是隨隨便便就能戴上的，而且所有卡吉部族的戰士都認識魁倫，他在阿拉蓋沙拉克和訓練場上都是活生生的傳奇人物。

阿莎薇也一樣轉頭打量那群男人片刻，令人冷汗直流的幾秒鐘。最後，她搖頭。

「你們，」她對縮在牆邊的戰士說。「把這兩個的黑袍給拔了。」

「不!」法奇尖叫，但是那些男人，片刻前還是他的長矛兄弟的男人，動手的時候完全聽不見他的叫聲。魁倫把他丟向那些男人，其中一人用矛柄擊中他的下巴，使他無力反抗，旁邊六個人迫不及待地扯下他的黑袍。蘇斯頓就連象徵性地反抗一下都辦不到，在被其他幾人剝光衣服時低聲呻吟。

傳說中的沙羅姆袍澤情一旦遇到測驗立刻蕩然無存，阿邦饒富興味地想著。爲了討好達馬丁，他們什麼事都肯做。

「你們現在是卡非特了。」阿莎薇告訴兩個赤身裸體的男人。她看著法奇皺成一團的小雞雞，不屑地哼了一聲。「或許你們一直都是卡非特。帶著恥辱回去找你們父親吧。」

一名戰士跪在她面前，懇求地以雙掌和額頭貼地。「他們是兄弟，達馬丁。」他說。「他們的父親是卡非特。」

「恰當。」阿莎薇說。「果實不會離樹太遠。」她轉頭打量其他戰士。「至於剩下的人，你們要去沙利克霍拉贖罪，三天三夜不准吃喝，要是讓我知道你們這輩子膽敢再碰一杯庫西酒——或骰子——就會與他們分享同樣命運。」

戰士目瞪口呆，直到她大力拍手，嚇得他們通通跳起來。「現在就去！」

在差點尿濕拜多布的情況下，所有戰士匆忙退出賭廳，不停鞠躬，反覆說道：「謝謝妳，達馬丁。」他們在樓梯口撞成一團，踩到彼此的腳，然後轉身以穿涼鞋的雙腳所能達到的最快速度衝上樓梯。

阿莎薇神色鄙夷地朝兩個裸男看了最後一眼。「訓練官，處置這兩個不算男人的可憐蟲。」

魁倫鞠躬。「是，達馬丁。」

頭罩被扯掉後，法奇和蘇斯頓在陰暗的火光中眨眼。他們被綁在地下石室中的椅子上。根據魁倫的說法，兩人都被「軟化」過了，身上的瘀傷還在擴散，尚未由紅轉紫。蘇斯頓的手臂打上了石膏，鼻子也上了夾板。兩人都身穿破破爛爛的卡非特褐色衣褲。

「我家的浪子回頭了。」阿邦說。「不過似乎沒有我上次見到你們時那麼驕傲。」

兩個男孩瞇起雙眼看著他，直到適應室內的光線爲止。魁倫站在阿邦身後一步外，雙臂交抱，法奇雙眼越睜越大。阿邦看出他開始了解是怎麼回事。

或許他們也不算太蠢，他有點愉快地想著。有兩個戰士兒子已經夠糟糕了，如果還是笨蛋的話，乾脆直接幹掉他們算了。他還有其他兒子，不過都不是與莎瑪娃生的，而他只在乎這個妻子。看在她的份上，他必須想辦法收回這兩個兒子的心。

「爲什麼綁住他們？」阿邦問。「我自己兒子當然不會對我造成威脅。沒必要弄得這麼難看。」

魁倫嘟噥一聲，拔出匕首走過去，割斷他們的繩子。兩個男孩一邊哀鳴，一邊搓揉腳踝和手腕，促進血液循環。蘇斯頓看起來很虛弱、很無力，但是法奇眼中還有叛逆的神情。

「阿邦。」他朝地板啐道，一灘血和口沫混成的唾液。他看向弟弟。「我們的父親不甘心我們證明了自己比他強，晉升到更高的階級，想出辦法賄賂一名達馬丁，把我們拉回他那個商業交易和卡非特的世界。」

「你們現在也是卡非特了。」阿邦提醒他。

「你用欺瞞的手段奪走我們的黑袍。」法奇吼道。「在艾弗倫眼中，我們還是沙羅姆，比艾弗倫恩惠裡所有卡非特垃圾還強。」

阿邦伸手摸著胸口。「我奪走你們的黑袍？是我把庫西酒和骰子放到你們手裡的嗎？是我把你們的黑袍扯下來的嗎？爲了自保，你們自己的兄弟非常樂意效勞。你們會失去地位都是自己的愚蠢所造成的。我早就警告過你們如果不戒酒戒賭的話會是什麼下場。黑袍不會讓你們淩駕艾弗倫的律法。」

法奇兩眼一翻。「你從什麼時候開始在乎艾弗倫的律法了，父親？你的財產有一半都是賣庫西酒來的。」

阿邦輕笑。「這個我不否認，但是我還沒有蠢到賭光我的利潤，或是在公開場合喝酒。」

他一拐一拐地走向房間內第三張椅子坐下，透過駱駝頭拐杖上兩個駝峰間的空隙打量他兒子。「至於你們有沒有比卡非特強，我們很快就來測試測試。你們會飽餐一頓，睡個好覺。明天早上，你們會拿到矛和盾，然後和我的卡沙羅姆守衛對打。隨便哪一個，自己挑。」

法奇嗤之以鼻。「我會在你拖著那副肥胖的身軀穿越這個房間之前就宰了他。」

魁倫哈哈大笑。「如果你能撐過五分鐘，我就把我身上的黑袍脫下來給你，再把我的名聲通通賠上去。」

法奇臉上那副得意的神情消失。「你爲什麼要幫這個卡非特做事，訓練官？你訓練過解放者。聽命於比你低賤之人只會污辱你的名聲。你究竟收了什麼代價，把自己榮譽賣給吃豬肉的傢伙？」

魁倫走到法奇面前，彎下腰去，彷彿要低聲回答他。愚蠢的法奇湊上前去聽。

魁倫一拳打得他摔下椅子，倒在地上。法奇咳嗽，朝地上吐出一灘血，外帶一顆斷牙。

「你父親或許允許你以這種態度對他說話……」魁倫說。

「暫時允許。」阿邦插嘴。

「暫時允許。」魁倫同意道。「但就像你說的，我是沙羅姆訓練官。我訓練過無以計數的戰士，他們的戰技都歸我所有。我讓一百萬隻阿拉蓋見識陽光，小鬼，我不需要向你解釋任何事。你對我多說一句無禮之言，我就打斷你一根骨頭。」

魁倫在法奇瞪他時面露微笑。「沒錯。上呀。我從你的眼神中看出你想上。過來測試你的勇氣。阿邦有兩個兒子。或許他不在乎少一個。」

「如果他們蠢到攻擊你，那我兩個兒子都不需要，訓練官。」阿邦說。

法奇深吸口氣，肌肉糾結，不過依然待在地上。

阿邦點頭。「終於開始放聰明了。或許你還有點希望。」

第二天早上，法奇在空地上挑選了身材最矮小、外表最軟弱的卡沙羅姆對打。對方很瘦，還戴眼鏡，看起來不是和父親一樣又高又壯的法奇的對手。

哈曼家族的所有人通通集合起來見證這場打鬥。阿邦讓格鬥場最內圈的位置擠滿女人，法奇的妹妹、表親、阿姨和繼母。卡沙羅姆和青沙羅姆鬧哄哄地觀戰，阿邦雇的工人也一樣，爲了讓男孩倍感羞辱而得到額外的休息時間。

法奇謹慎地繞圈，以一種看起來很厲害不過沒有意義的手法轉動長矛。戴眼鏡的卡沙羅姆冷冷看著他，沒有跟著繞圈。他是沙拉奇部族的人，用的武器不是長矛，而是阿拉蓋捕捉環。那是一根中空的棍子，上面塞有一條繩索，頂端綁成套環，可利用握柄上的拉桿扯緊套環。

有個小販在人群中走來走去，販售甜堅果。

法奇的情緒終於瀕臨崩潰，於是他矛尖前指，衝向對手。戰士擋開矛尖，套環瞬間套上法奇的脖子，甩動捕捉環的棍身，利用他本身的衝勢來對付他。爲了避免扭斷脖子，法奇平空翻個筋斗，摔倒在地。

對方轉動棍身，法奇翻身趴下。阿邦對女兒希兒娃點頭，女孩上前一步，拿出一條短皮鞭。

「對不起，哥哥。」她說著拉下法奇的褲子和拌多布。男孩奮力掙扎，但是卡沙羅姆扯緊套環，迫使他待在地上。

阿邦看向站在身旁的蘇斯頓。他兒子目光低垂，不忍心去看場上的情況，但是每一下鞭打聲都讓他畏縮顫抖，爲哥哥如此受辱而流淚。

「兒子，我相信你已從中學到教訓。」阿邦說。

「有，父親。」蘇斯頓說。

阿邦點頭。「很好。希望你哥哥和你一樣聰明。如果你們證實自己夠格，魁倫就會好好訓練你和法奇，然後你們就能晉升爲卡沙羅姆。」

沙拉奇戰士操縱捕捉環把法奇拉到阿邦面前。男孩因爲地上都是他的眼淚而羞愧得滿臉通紅。阿邦朝戰士點頭，對方放開法奇，立正站好。

「這位是賴方。」阿邦指著沙拉奇戰士說。「他會指導你們。」

蘇斯頓看著他。「你說魁倫訓練官會……」

「會教你們戰鬥，沒錯。」阿邦說。「如果你們證明自己夠格。賴方會教導你們閱讀、寫字還有數學——那些你們母親之前有教、不過在應召前往漢奴帕許後就荒廢掉的技能。他說什麼，你們就要照做。等不動嘴巴就能閱讀、不用手指就能算數後，再來討論你們可不可以重執長矛。」

第七章　有勇無謀　333AR　秋

賈迪爾目瞪口呆地看著帕爾青恩，想從他靈氣中看出欺騙的跡象——或是發瘋。但是帕爾青恩很冷靜、專注而且非常嚴肅。

賈迪爾張嘴欲言，不過又閉上。帕爾青恩大笑。

「如果你是在開玩笑，帕爾青恩，我不會再忍受下去了……」

傑夫之子神態輕鬆地揮了揮手。爲了取得信任，他一路後退到背部碰到窗戶，然後貼窗滑下，坐在椅子的碎片之中。「不是開玩笑。我知道這對你而言很難接受。很多疑問，是吧？慢慢來，準備好再開始提問。」

賈迪爾情緒緊繃、內心疑惑。戰鬥時的熱血已經冷卻下來，但他的肌肉依然繃得很緊，認定只要稍微鬆懈，帕爾青恩就會撲上來。

但內心深處，他並不相信這種想法。帕爾青恩擁有諸多缺點，但並不是騙子。他那副一派輕鬆的神態讓賈迪爾回想起從前兩人耗費了許多時間詢問彼此，趁作戰時談論一切太陽底下的事情，藉以了解對方的語言與文化。帕爾青恩那種漫不經心的態度，向來能讓賈迪爾感到與自己族人在一起時欠缺的輕鬆自在。

他看向床鋪，不過床也和椅子一樣垮掉了，被他剛剛躍起時的力道壓爛。他後退到帕爾青恩對面的窗前，學他的模樣滑到地板上。他依然保持警覺，但是帕爾青恩說的沒錯。在太陽出來削弱帕爾青恩的優勢前，再怎麼鬥也不會有結果。

黑夜降臨時，男人必須暫時放下所有恩怨，伊弗佳如是說。

「我們要怎麼前往深淵？」賈迪爾問，在滿腦子的疑問中挑選一個出來問。「你可以像阿拉蓋一樣變成煙，但是我不行。」

「不需要。」帕爾青恩說。「有些地底通道。心靈惡魔會帶人類回到地心魔域，並且保住他們的性命。」他吐口水。「維持人腦的新鮮。」

「我們必須前往地底世界，拯救那些可憐人。」賈迪爾猜想。「到時候艾弗倫就會……」

帕爾青恩大聲嘆息，兩眼上翻。「如果每次我告訴你什麼你沒聽過的事情，你就要猜測艾弗倫的旨意，那我們得在這裡待很久，阿曼恩。」

賈迪爾皺眉，不過帕爾青恩說得有道理。他點頭。「請繼續。」

「反正我也不知道他們還有沒有得救。」帕爾青恩目光悲傷疏遠。「心靈惡魔將空虛的人腦視為美味佳餚。想像十幾個世代的人們在黑暗中出生死去，僅以青苔和地衣為食，充當任惡魔宰割的牲口。沒有衣服可穿、沒有語言可講。他們已經不再是人了。變成其他東西。黑暗、扭曲、野蠻。」

賈迪爾壓抑想要顫抖的衝動。

「重點在於，」亞倫說。「我們可以走很多條通道前往地心魔域，但是路途蜿蜒而又遙遠。有很多岔路、死路、懸崖和危險的路口。我們單靠自己的力量是不可能抵達目的地的。我們需要嚮導。」

「你想找個阿拉蓋卡的子嗣來充當嚮導。」賈迪爾說。帕爾青恩點頭。「我們要如何強迫它背叛自己的同類來幫我們帶路？」

「刑求。」帕爾青恩說。「折磨。惡魔毫無忠誠可言，也不喜歡遭囚禁。可以利用這一點。」

「你聽起來不太肯定。」賈迪爾說。「我們怎麼能相信謊言王子？」

「這就是計畫中的缺陷了。」帕爾青恩承認。他聳肩。「總得先抓一隻來試試。」

「你打算怎麼抓？」賈迪爾問。「我殺過兩隻。一隻是偷襲得逞，另一隻是與黎莎・佩伯和我的吉娃卡聯手解決的。它們都很厲害，帕爾青恩。有時間反應的話，它們可以——」

帕爾青恩微笑：「可以怎樣？變煙？憑空繪印？治療傷勢？我們也辦得到，阿曼恩。我們可以設置就連阿拉蓋卡也無法逃脫的陷阱。」

「我們要上哪兒去找心靈惡魔？」賈迪爾問。「我在月虧第一夜殺死一隻後，它的兄弟立刻逃離戰場。第二天它們保持距離，而且迅速轉移陣地。」

「他們怕你。」帕爾青恩說。「他們記得卡吉，心靈獵人，還有許多死在他的皇冠、長矛、隱形斗篷下的同類。他們絕不會主動進入你方圓數哩之內。」

「所以你承認卡吉就是解放者，而我是他的後裔？」賈迪爾問。

「我承認卡吉是讓心靈惡魔恐懼的將領。」帕爾青恩說，「當你帶著他的長矛和皇冠面對它們時，它們也會怕你，但並不會讓你成爲任何人的後裔。就算讓阿邦戴卡吉之冠、持卡吉之矛，它們一樣會嚇得屁滾尿流。」

賈迪爾皺眉，但是爭辯這個沒有意義。儘管帕爾青恩的話值得懷疑，態度十分不敬，他還是打從心裡燃起一股希望。帕爾青恩擬定了一個遠大的計畫。或許有點瘋狂，但卻是榮耀非凡的瘋狂，配得上卡吉本人的瘋狂。他擁抱對方的不敬，繼續問道：「我們怎麼知道要在哪裡設置囚禁心靈惡魔的魔印？」

帕爾青恩對他眨眼。「這就是重點了。我知道新月時它們會在哪裡。每一隻。」

「它們要去安納克桑。」

賈迪爾感到血液凝結。失落的卡吉之城，帕爾青恩偷走卡吉之矛，開啓之後一連串事件的地方。

「你怎麼知道？」

「不是只有你遭遇過心靈惡魔，阿曼恩。」帕爾青恩說。「你在臥房裡與其中之一陷入苦戰時，我就在窪地北邊和它的兄弟作戰。要不是瑞娜，我早就死在它手下了。」

賈迪爾點頭。「你的吉娃很厲害。」

帕爾青恩點頭接受他的讚美，不過還是深深嘆了口氣。「或許如果當初聽她的話，上個月我就不會在赤身裸體的情況下遭受三頭心靈惡魔夾擊。」他目光低垂，靈氣中充滿羞愧。「它們入侵我的腦中，阿曼恩。我無法阻止它們。它們好像翻箱倒櫃般檢視我的記憶。而其最主要的目的是要找出我是在哪裡找回戰鬥魔印的……」

「抬起頭來，傑夫之子。」賈迪爾說。「我從來沒有見過任何像你這麼拚命對抗阿拉蓋的人。如果連你都無法阻止它們，那就表示它們無法阻止。」

帕爾青恩抬起頭來，靈氣中浮現感激之情。「也不算全都是壞事。趁它們審視我思緒的機會，我也偷看到了它們的想法。它們打算回到安納克桑，完成三千年的沙暴也沒有完成的目標。我不知道那是因爲它們害怕安納克桑還會洩露什麼祕密，或只想在遠古敵人的頭上拉屎，但它們會挖開石棺、夷平古城。」

「我們必須竭盡全力阻止它們。」賈迪爾說。「我絕不讓他們褻瀆我的祖先。」

「別當傻瓜。」亞倫說。「爲了幾具蒙塵的骸骨拋開所有戰略優勢？」

「他們都是第一戰爭時代的英雄，你這個毫無信仰的青恩。」賈迪爾大聲道。「他們代表了人類的榮耀。我不會讓阿拉蓋玷污他們。」

帕爾青恩啐道：「卡吉本人也會命令你丟下他們。」

賈迪爾大笑。「喔，你現在自認可以代表卡吉說話了，帕爾青恩？」

「我也讀過他的戰爭論述，阿曼恩。」帕爾青恩說。「沒有什麼比勝利更加珍貴。卡吉說的，不是我。」

賈迪爾雙手握拳。「對你有利的時候，你就會引述聖典，傑夫之子；對你不利的時候，你就說那是神話傳說。」他的皇冠開始綻放強光。「卡吉也命令我們要尊敬在阿拉蓋沙拉克中付出生命的人的骸骨，不讓任何人褻瀆。」

帕爾青恩雙手交抱，皮膚上的魔印也綻放出與卡吉之冠同樣強烈的光芒。「告訴我我錯了。告訴我你願意放棄我們主動攻擊惡魔的機會，只爲了保存靈魂早已踏上孤獨之道的英雄軀殼的榮耀。」

我們的文化生來就會羞辱彼此，帕爾青恩，賈迪爾曾說過。如果想要繼續向彼此學習的話，我們必須抗拒遭受冒犯的衝動才行。

傑夫之子的靈氣十分坦然。他相信自己的想法是對的，但是不打算爭論這個話題。

「你沒錯。」賈迪爾承認道。「但如果你認爲我會袖手旁觀惡魔對著卡吉的遺骸拉屎，那你就太蠢了。」

帕爾青恩點頭。「我也不會要你這麼做。我是在要求如果事情走到那個地步的話，你會袖手旁觀它們在伊沙克、馬吉、梅寒丁、甚至賈迪爾的遺骸上拉屎——要是它們找得到他的話。」

「他們找不到的。」賈迪爾鬆了口氣說道。「我神聖的祖先埋葬在沙漠之矛。我們可以把卡吉的遺骸遷葬過去。」儘管如此，想到要任由阿拉蓋玷污伊弗佳中提到的偉大英雄的遺骸就讓他覺得十分不安。即使整個阿拉的命運都取決於此，他還是不確定自己有沒有辦法坐視這種事情發生。

「這樣的……犧牲能爲我們帶來什麼優勢？」賈迪爾語氣苦澀地問。

「我們不能遷葬卡吉。」傑夫之子說。「首任沙達馬卡將透過擔任我們在他陵寢中設置的陷阱誘餌，再度爲他的子民服務。安納克桑是座大城，我們無法預知心靈惡魔會攻擊哪裡，除了那座陵寢，因爲它們在我的記憶裡清楚見過。它們會去那裡，阿曼恩，會大舉入侵。而我們會在那裡等著，藏身在隱形斗篷下。當它們進入陵寢時，我們就俘虜一隻，利用突襲優勢盡量多殺幾隻，然後撤退。」

賈迪爾雙臂交抱，語氣懷疑。「我們要如何辦到這種事？」

「利用卡吉之冠。」帕爾青恩說。

賈迪爾揚起一邊眉毛。

「卡吉之冠的魔印力場可以驅退任何惡魔，甚至惡魔大軍，範圍最遠可達半哩。」帕爾青恩說。

「這個我知道。」賈迪爾說。「那是我的皇冠。」

帕爾青恩微笑。「那你知不知道你可以遠距離啓動力場？就像泡泡一樣，不讓惡魔進入，或是像在大迷宮一樣……」

「……不讓它們離開。」賈迪爾懂了。「如果我們夠接近的話……」

「……你可以把它們和我們困在一起。」帕爾青恩說。

賈迪爾緊握拳頭。「我們可以在沙拉克卡開打之前剷除奈的將領。」

帕爾青恩點頭。「但如果它們的女王能生產更多將領的話用處就不大了。」

賈迪爾看向他。「阿拉蓋丁卡。惡魔之母。」

「正是。」帕爾青恩說。「殺了她，我們就有機會打贏這場仗。殺不了她，它們就還有機會回歸，就算需要再過三千年也一樣。它們遲早都會殺光我們的。」

「要是我不同意你的計畫呢，帕爾青恩？」賈迪爾問。「你會偷走皇冠，自己去做嗎？」

「猜對一半。」亞倫說。「心靈惡魔新月時會出現在安納克桑，不管你去不去我都會去。如果你看不出這麼做的價值所在，那你就不是我想像中的那個男人。帶著你的皇冠逃回那張華麗的王座，把沙拉克卡交給我來處理。」

賈迪爾咬牙切齒。「聖矛呢？」

「卡吉之矛是我的。」亞倫說。「但如果你對太陽發誓願意和我並肩作戰，我不但無償把矛給你，還會自認是佔了便宜。如果你不願發誓，那我就帶著卡吉之矛去地心魔域，用它刺穿惡魔女王的心臟。」賈迪爾凝視他很長一段時間。「不需要這樣，帕爾青恩。我不喜歡你拿本來就是我的東西來找我討價還價，不過如果讓你獨自踏上這條道路，我還算是什麼阿金帕爾？你或許認為艾弗倫是場謊言，帕爾青恩，但事實上他一定非常愛你，才會賜與你這麼大的勇氣。」

帕爾青恩微笑：「我爸總說我有勇無謀。」

亞倫在廚房忙著做菜，雙手快得看不清楚。他向來不是高明的廚師，但是孤身在外旅行的歲月讓他非常擅長煮馬鈴薯、炸肉和蔬菜。他不用火；只要讓鍋子上的熱魔印吸收他的魔力就夠了。

「我可以幫忙嗎？」賈迪爾問。

「你？」亞倫問。「自封為世界之王的人這輩子碰過尚未處理的食物嗎？」

「你和我很熟，帕爾青恩。」賈迪爾說。「不過沒你想像中那麼熟。我難道沒當過奈沙羅姆嗎？

所有卑微的差事我通通幹過。」

「那就麻煩你去擺餐具。」隨口說笑的感覺很熟悉，亞倫都沒發現自己有多懷念這種感覺。這兩個異姓兄弟很容易就恢復了從前的相處模式。賈迪爾在亞倫第一晚進入大迷宮時與他並肩作戰，在克拉西亞，那是與血緣一樣強烈的羈絆。甚至更強烈。

但賈迪爾卻願意爲了權力殺害他。不是出於惡意而做，但還是動手了，即使到了現在，亞倫還是無法肯定有機會的話，他會不會再來一次……或是未來還會不會再有機會。亞倫在賈迪爾的靈氣中找尋線索，但若不吸收他體內的魔力，進而完全了解他的話，就沒有辦法解讀多少——但是賈迪爾肯定會察覺，而且絕對會感到被冒犯。

「問吧，帕爾青恩。」賈迪爾說。

「嗯？」亞倫有點驚訝地道。

「我看得出來有個問題很困擾你。」賈迪爾說。「問吧，我們把話說清楚。」

亞倫點頭。「待會兒問。有些事情最好吃飽了再說。」

他做好餐點，耐心地等候賈迪爾餐前禱告，然後開動。亞倫只要吃一碗菜就夠了，但是賈迪爾在懸崖上決鬥時身受重傷，儘管魔法可以在轉眼間治療所有傷勢，卻沒辦法憑空製造血肉。他連吃三大碗，然後還在亞倫收拾餐桌時拿水果吃。

回來之後，他一聲不吭地坐下，看著賈迪爾把水果吃到剩下梗、籽子和果核。

「問吧，帕爾青恩。」賈迪爾又問一次。

「大迷宮那天晚上，你是在激戰的熱血中決定要殺我的嗎？」亞倫問。「還是說我們的友情自始至終都是一場謊言？」

他仔細打量賈迪爾的靈氣，在受傷和羞愧浮出水面時感到一絲快意。賈迪爾很快就控制自己的情緒，抬起頭來，面對亞倫的目光，長長吐一口氣，鼻孔開闔。

「都是。」他說。「也都不是。第一天晚上，英內薇拉幫你擲骰後，她告訴我要把你當作兄弟看待，盡量親近你，因爲有朝一日我會爲了奪權而殺了你。」

亞倫情緒一陣激動，房間內游離的魔力自然而然地朝他竄去，讓他皮膚上的魔印發光。

「聽起來不像都是。」他咬牙切齒地說。「也不像都不是。」

賈迪爾絕不可能沒看見他身上魔印發光，不過沒有任何反應，目光保持在亞倫臉上。「當時我對你一無所知，帕爾青恩，除了沙羅姆與達馬差點爲了你要求進入大迷宮作戰的事情起衝突。你看起來像是崇尚榮譽之人，但當你的石惡魔突破城牆時，我不知道該怎麼想。」

「你說得好像獨臂魔是我想要偷偷夾帶入城的牲口一樣。」亞倫說。

賈迪爾忽略他的評論。「但接下來，當阿拉蓋從缺口擁入，令最勇敢的男人心生恐懼時，你卻堅守陣地，和我一起灑血，願意犧牲自己的性命捕捉那頭石惡魔，糾正一切。」

「我叫你兄弟的時候並不是在撒謊，帕爾青恩。我願意爲你犧牲性命。」

亞倫點頭。「那天晚上，你不只一次捨身救我，天知道後來還有多少次。但那都是在做戲，對吧？你知道自己總有一天會背叛我。」

賈迪爾聳肩。「誰說得準，帕爾青恩？預知這種行爲本身就是讓我們有機會改變未來。它們是未來可能的情況，並非一定會發生。不然的話，預知未來又有什麼意義？如果我自認永生不朽，開始冒一些正常情況下我不會去冒的險……」

亞倫想要爭辯，不過卻沒什麼好說。他說得很有道理。

「英內薇拉的預言很隱晦，而且經常不能依照表面上的意義解釋。」賈迪爾繼續。「我花了很多年的時間思考她的話。殺死，她這麼說，但是她骨骰上的這個魔印還有其他意義。死亡、重生、蛻變，我想要勸你皈依伊弗佳，或是給你找個妻子，讓你在克拉西亞生根，好讓你不用繼續當青恩，以伊弗佳教徒的身分重生，這樣就可以在饒你一命的情況下完成預言。」

幾乎所有亞倫認識的克拉西亞人都曾想幫他安排婚事，但是其中出力最多的就是賈迪爾。亞倫從來沒想過那是爲了要救他性命，不過賈迪爾的靈氣顯示他沒有撒謊。

「我想就某方面而言預言還是成眞了，」亞倫說。「一部分的我在那天晚上就已經死了，隨後在沙丘上重生。這點就像太陽昇起一樣明確。」

「當你帶著聖矛來找我時，我一眼就認出它是卡吉之矛。」賈迪爾說。「我感應到它的力量，必須壓抑住一股當場把它搶過來的衝動。」

亞倫嘴唇微翻，露出一點牙齒。「但你太懦弱了。結果你陰謀暗算，把我引入陷阱，讓手下和一個惡魔坑幫你完成那些骯髒勾當。」

賈迪爾靈氣閃爍，融合罪惡和憤怒的情緒。「英內薇拉也叫我殺了你、搶走聖矛。她說如果我不想弄髒手，她就在你的茶裡下毒，不讓你擁有戰士的死法。」

亞倫啐道：「好像我在乎這些東西一樣。背叛就是背叛，阿曼恩。」

「你在乎。」賈迪爾說。「你或許認爲天堂是場謊言，但讓你選擇死法的話，你會手持長矛面對死亡。」

「當年死亡找上門來的時候，我手裡可沒有長矛，阿曼恩。你搶走我的矛，我只有針和墨。」

「我還幫你說話，」賈迪爾說，沒有接受挑釁。「打從十二歲起，英內薇拉的骨骰就一直支配我的生活。在那之前、甚至之後，我都沒有違背它們或她過。即使爲了黎莎・佩伯也沒有。要是英內薇拉沒有那麼……恐怖的話，我很可能吵不過她就會動手打她。當天我前往大迷宮時心裡已經打定主意。我絕不會殺害我兄弟。我也不會搶他的東西。」

亞倫嘗試解讀賈迪爾的靈氣，但是他的情緒太複雜了，就連他也看不透。賈迪爾爲了此事糾結多年，至今依然無法說服自己接受當初的做法。這種情況並沒有平息他遭人背叛的感覺，但是此事尚有內情，亞倫想聽他說下去。

「爲什麼改變想法？」他問。

「我想起你說過的話。」賈迪爾說。「我站在城牆上，看著你率領沙羅姆清理大迷宮，卡吉之矛如同太陽般在你手中綻放光芒。他們呼喊你的名字，當時我就知道他們會追隨你。戰士們會讓你成爲沙達馬卡，只要你一聲令下，他們就會攻入奈的深淵。」

「你怕我搶走你的工作？」亞倫問。「從來不想幹那種事。」

賈迪爾搖頭。「我不在乎我的工作，帕爾青恩。我在乎的是我的族人，還有你的。阿拉上每個男人、女人和小孩。只要看到阿拉蓋流血，他們就會追隨你。我透過心眼看見那一切，榮耀非凡。」

「然後呢，阿曼恩？」亞倫失去耐心。「到底出了什麼事？」

「我說過了，帕爾青恩。」賈迪爾說。「我想起你說過的話。世界上沒有天堂。你說。我心想，如果沒有天堂的希望，當全世界都臣服在你腳下時，你還有什麼理由堅守正義？如果不在造物主面前謙卑，我們怎麼能夠信任擁有如此強大力量的人？奈會腐化無法摧毀的事物，我們必須信仰艾弗倫才有辦法抗拒她的中傷與謊言。」

亞倫難以置信地看著他。賈迪爾的靈氣證實他說的都是事實，但他無法接受這種說法。「我代表你所珍惜的一切，願意在第一戰爭中犧牲性命，但你背叛我竟然只是因爲我是爲了人類而做這一切，不是爲了天上某個虛構的實體？」

賈迪爾握緊拳頭。「我警告你，帕爾青恩……」

「警告個屁！」亞倫一拳揮落，整條手臂依然充滿魔力。餐桌當場爆裂、化爲無數碎片。賈迪爾向後跳開，閃避木屑，落地時擺開沙魯沙克的架勢。

亞倫知道不能與他近身肉搏。賈迪爾的擒拿手法比他俐落多了。他曾與達馬對打，最後僥倖逃生。賈迪爾曾向那些祭司學過多年武術，了解他們的祕訣。即使到了現在，在亞倫比世界上任何活人都更快更強的情況下，賈迪爾還是有辦法像對付小孩一樣打倒他。儘管亞倫很想和賈迪爾大幹一場，這麼做還是不會帶來任何好處，只會帶來各式各樣的壞處。

在任何情況下，賈迪爾高強的沙魯沙克技巧都無關緊要。他對於魔法的理解和控制都還停留在最基本的層面，自修而來而且缺乏練習，需要時間才能完全控制自己的能力；即使到了那個時候，他那些霍拉法器還是沒有辦法追上把魔法變成自己一部分的亞倫。如果想要殺死賈迪爾，他就可以殺死賈迪爾。

然後摧毀全人類的命運。亞倫或許不需要賈迪爾就能使用卡吉之冠，但是在缺乏幫助的情況下，他沒有多少機會能夠逃出安納克桑，更不可能孤身前往心靈宮殿。地心魔域會引誘他，距離越近，力量越大。

奈會腐化無法摧毀的事物。這是宗教的語言，不過還是蘊含一定的智慧。所有小孩都聽過卡農經中描述權力令人腐化的經文，絕對的權力則會造成絕對的腐化。地心魔域提供絕對的力量，但亞倫不敢去碰。他會失去自我，像是丟入慶典火堆裡的火柴一樣被吸收、燃燒殆盡。

他深吸口氣，冷靜下來，以免在衝動下做出什麼事情。賈迪爾保持警覺，但靈氣顯示他不打算動手。他們都知道翻臉的話會導致什麼後果。

「把你留在沙丘上的那天晚上，我對你承諾過一件事情，帕爾青恩。」賈迪爾說。「我丟了個水袋給你，承諾我會在死後世界與你重逢，到時候如果我沒有堅持自我，把阿拉變成更好的世界，我們就來算總帳。」

「好了，那天提早到來，」亞倫說。「希望你準備好了。」

離開那座塔時，賈迪爾抬頭看天空，試圖藉由星象研判他們的位置。艾弗倫恩惠的西南方，但這樣算不上什麼線索。大城市和沙漠之間存在著數百萬畝的荒地。他或許可以自己找路回去，但是天知道要找多久。

他不需要問帕爾青恩離塔要去哪裡。一切都清楚地寫在他的靈氣中，也反映在賈迪爾的靈氣裡。和許多年前一樣，並肩對抗阿拉蓋的希望還是有可能在兩人之間的憤怒與不信任中遭到摧毀。

*統一值得任何代價，*伊弗佳說。卡吉認爲統一是沙拉克卡的關鍵。如果他和帕爾青恩能夠統一陣線，那他們就有機會。

如果不能……

賈迪爾深吸一口夜晚的空氣。這種做法很恰當。*所有男人在夜晚都是兄弟，*卡吉如是說。如果他們在阿拉蓋之前都無法攜手合作，要在其他地方合作可能性就不大。

「它們很快就會聞到我們的味道。」帕爾青恩看穿他的思緒說。「首先要做的就是讓卡吉之冠吸滿魔力。」

賈迪爾搖頭。「首先要做的是把我的聖矛還給我，帕爾青恩。我已經同意你的條件了。」

帕爾青恩搖頭。「放慢步調，阿曼恩。卡吉之矛不會跑掉。」

賈迪爾用力瞪他，不過束手無策。他看得出來帕爾青恩不會讓步，繼續爭論只是白費力氣。他揚起拳頭，露出英內薇拉在指節上刻劃的魔印。「我的拳頭擊中阿拉蓋後，皇冠就會開始灌注魔力。」

帕爾青恩點頭。「不過沒必要等。」

賈迪爾看著他。「你是要我吸你身上的魔力？」

帕爾青恩神色不善。「你剛剛趁我不備。要是敢再來那一套，我一定會讓你後悔。」

「那要怎麼做？」賈迪爾問。「沒有阿拉蓋的魔力可吸的話……」

帕爾青恩揮手打斷他，指向他們四周。「魔法無所不在，阿曼恩。」

這是實話。透過皇冠視覺，賈迪爾黑夜視物如同白晝般清楚，因爲整個世界都在散發魔光。它們如同發光的霧氣般沉積在腳邊，被他們的腳步牽動，但其中蘊含的魔力不強，就像火焰燃燒時產生的煙。

「我不懂。」賈迪爾說。

「吸氣。」帕爾青恩道。「閉上雙眼。」

賈迪爾瞪他一眼，不過照做，呼吸緩慢而又規律。他進入在沙利克霍拉中學到的戰士冥想狀態，靈魂和諧，不過隨時可以動手。

「運用皇冠的力量，」帕爾青恩說。「感覺四周的魔力，宛如清風般低語。」

賈迪爾照他的話做，確實感應到魔力，隨著他的呼吸擴張又聚合。魔力飄浮在阿拉之上，受到生命吸引。

「慢慢吸收它。」帕爾青恩說。「就像呼吸一樣。」賈迪爾吸氣，感覺到魔力湧入體內。如果用火焰來形容攻擊阿拉蓋時吸收的魔力，此刻感覺就像是灑落在皮膚上的陽光。

「繼續。」帕爾青恩說。「放輕鬆。吐氣的時候不用停。只要穩穩地吸收就行了。」

賈迪爾點頭，感覺魔力繼續湧入。他睜開雙眼，看見魔力穩定地自四面八方飄向自己，如同流往瀑布的小河那般。這樣吸收魔力很慢，不過還是持續灌注。他開始覺得自己變強了。

喜悅之情令他失去中心自我，魔力停止流入他體內。

他看向帕爾青恩。「太驚人了。」

帕爾青恩微笑。「才剛開始而已，阿曼恩。你還要學很多東西才能對抗一整群心靈惡魔。」

「你不肯把卡吉之矛交給我，卻願意將你魔法的祕密傾囊相授？」

「沙拉克卡比一切更加重要。」亞倫說。「你教過我戰爭之道。我也要教你魔法才算公平。至少教點入門基礎。卡吉之矛只是根你已經依賴太久的拐杖。」他眨眼。「不要以為我會把我所有把戲通通教給你。」

帕爾青恩又花了幾分鐘指點他吸收魔力的技巧。

「現在維持住魔力。」帕爾青恩說著從口袋裡拿出一支摺疊匕首。他拉開刀刃，翻轉刀身，刀柄在前遞給賈迪爾。

賈迪爾神色好奇地接過小刀。這把刀上甚至沒有魔印。「我拿這玩意兒做什麼？」

「割自己。」帕爾青恩說。

賈迪爾好奇地看著他，然後聳肩照做。刀刃很利，輕易劃開他的皮膚。他透過傷口看見鮮血，但他吸收的魔力已經發揮作用，傷口在血液湧現之前就已經癒合。

帕爾青恩搖頭。「再割一次。不過盡量固守魔力，不要讓傷口復元。」

賈迪爾嘟噥一聲，再度劃開皮膚。傷口和之前一樣開始癒合，不過賈迪爾把皮膚裡的魔力吸入皇冠，傷口隨即停止癒合。

「當你的骨頭都在正確的位置，而你又有多餘的魔力可供運用時，療傷是很棒的能力。」帕爾青恩說。「但如果不夠小心的話，就有可能在骨頭移位的情況下癒合傷口，或是浪費需要用在別的地方的魔力。現在釋放一點魔力，直接送去需要的位置。」

賈迪爾釋放一點點魔力，看著傷口癒合到完全看不出來為止。

「很好。」帕爾青恩說。「不過你可以用更少的魔力達到這種效果。現在劃開兩道傷口，治療一道，別碰另一道。」

賈迪爾固守魔力，割傷一條手臂，然後又換另一手。他閉上雙眼，深吸口氣，釋放出和之前同等的魔力，以意志力將其引導到左手臂上。他感應到魔力順著手臂流動，睜眼看著傷口緩緩癒合，另一道傷口則在滲血。

不遠處傳來嚎叫聲，發自田野惡魔口中。賈迪爾轉往那個方向，但阿拉蓋距離還很遠。

「從那個方向吸收魔力，」帕爾青恩說。「透過眼睛吸入體內。」

賈迪爾照做，發現儘管與惡魔之間隔著許多障礙，他還是可以看見那些怪物在遠方朝他們逼近。

「這是怎麼回事？」他問。

「所有生物都會在空氣中的魔力裡留下印記。」帕爾青恩說。「像是染料落水般暈染開來。你可以看見它們的流向，看見超越眼睛限制的景象。」

賈迪爾瞇起雙眼，打量著接近而來的怪物。一整群惡魔，超過二十隻。結實修長的四肢以及壓低的身軀綻放猛烈的魔光。

「數量很多，帕爾青恩。」他說。「你確定不把聖矛還給我？」他觀察天空。已經有風惡魔受到他們的魔光吸引，在上空盤旋。賈迪爾伸手去摸他的隱形斗篷，準備披上，但帕爾青恩當然把斗篷也拿走了。

傑夫之子搖頭。「如果不能光靠『蓋沙克』對付它們，我們也別去安納克桑了。」

賈迪爾好奇打量他。這個字的意義很明白，由兩個克拉西亞字單字，意指「惡魔」的「蓋」與意指「徒手」的「沙克」組合而成。但他從未聽人這樣用過。

「沙魯沙克當初是設計用來對付人類的武術。」帕爾青恩揚起紋有魔印的拳頭。「得要稍加變化才能完全發揮魔印的效果。」

賈迪爾雙拳在胸口交叉，微微鞠躬，行了個傳統沙魯沙克學生向老師行的禮。行禮的動作做得非常完美，不過帕爾青恩當然能從他的靈氣裡看出諷刺的意味。

他朝迅速逼近的田野惡魔揮手。「我迫不及待地想上第一堂課了，帕爾青恩。」

帕爾青恩瞇起雙眼，不過嘴角露出一絲微笑。他的臉突然變模糊，身上的衣服隨即落地，只留下他的褐色拜多布。這是賈迪爾首度眞正見識到他朋友現在的模樣。正如北地人對他的稱呼，魔印人。

不難看出綠地人爲什麼會認定他就是解放者。他身上每一吋皮膚都紋滿魔印。有些魔印很大，威力無窮。衝擊魔印、禁忌魔印、壓力魔印。與賈迪爾一樣，惡魔無法碰觸帕爾青恩，不過他會強迫它們碰，而他的拳擊、肘擊、踢擊都能對阿拉蓋造成蠍尾刺般的效果。

其他魔印，像是他眼睛、耳朵和嘴巴四周那些則小到難以辨識，提供比較微妙的能力。他的手腳上還有許多中型魔印。全身加起來恐怕有數千個。

光是這個數量就已經非常驚人，而帕爾青恩向來是個魔印藝術家。他的圖案簡潔有力，但又美麗得足以讓伊弗佳照明者羞愧難當——所謂伊弗佳照明者就是一生致力於抄寫以英雄之血寫成的聖典的達馬。

相形之下，英內薇拉刻在他皮膚上的魔印非常粗糙。想要割出帕爾青恩那種魔印，她得把他的皮整個剝下來才行。

魔力沿著那些魔印的表面流竄，如同厚毛毯上的靜電般啪啦作響。它們緩緩鼓動，以一種令人著迷的節奏變亮變暗。就連沒有魔印視覺的人都看得見。他看起來已經不像是人了。他看起來像是艾弗倫的天使。

田野惡魔已經十分接近，因爲看見獵物而發足狂奔。它們排成長長一列，彼此相隔一段距離。與前面的惡魔纏鬥稍久，第二頭惡魔就會緊接而來，然後是第三頭，直到所有惡魔群起圍攻。賈迪爾開始緊張，打算一看到朋友應付不來就上前相助。

帕爾青恩勇敢迎上前去，但那純粹只是戰士的英勇行爲而已。沒有人可以獨力應付這麼多惡魔。但他朋友再度讓他大開眼界，行雲流水般地抓起領頭惡魔，利用它的衝勢施展出完美的沙魯沙克迴旋摔。田野惡魔的脖子在帕爾青恩放手前一瞬間折斷，發出宛如鞭打的聲響。他準頭甚佳，把死掉的阿拉蓋甩到第二隻身上，兩隻阿拉蓋一起摔倒在地。

帕爾青恩綻放刺眼的魔光。藉由短暫接觸，他從第一頭惡魔身上吸取了大量魔力。他衝向前去，用繪製了衝擊魔印的腳跟踩向還活著的那頭惡魔。一陣閃光過後，當帕爾青恩轉身應付下一頭惡魔時，賈迪爾看見惡魔的頭顱如同甜瓜般被踩得稀爛。

嘎啦聲和吼叫聲吸引賈迪爾的目光。一頭風惡魔趁他凝神觀戰時俯衝而下，狠狠撞上賈迪爾的皇冠朝四面八方製造出來的魔印力場，包括上方。

艾弗倫把我當傻子，賈迪爾責罵自己道。年輕的時候，他絕對不會輕率到不去注意周遭情況。帕爾青恩擔心聖矛會讓他懶散——或許確實如此——但皇冠才是真正在不知不覺中影響他的元凶。他的警覺心不比從前。這可能會在安納克桑害他送命。月虧之夜現身的那些惡魔王子還是能夠攻擊他。

賈迪爾撤銷力場，讓風惡魔重重摔在地上。它奮力試圖起身，儘管暈頭轉向，不過傷勢不重，但就像許多年前魁倫訓練官教過的一樣，風惡魔在地上時動作又慢又笨拙。翅膀蝠膜上連接的薄骨折起，難以支撐惡魔全部的體重，休息的時候它們會後腿屈膝，難以完全站直。

在它有機會爬起來之前，賈迪爾已經撲了上去，踢開撐地的肢體，利用它本身的體重再度摔出它體內的空氣。刻在賈迪爾手上的魔印沒有帕爾青恩的那麼細緻，不過依然威力強大。他坐在惡魔胸口，以膝蓋壓制惡魔翅膀，所處位置太高，惡魔無法以後腿的爪子攻擊。他用左手緊扣它的喉嚨，掌心中的壓力魔印開始發光，在他反覆捶打鳥喙上方的眼眶旁較爲脆弱的骨頭時逐漸凝聚力量。指節上的衝擊魔印閃爍，他感覺到骨頭斷裂，徹底粉碎。

接著，就像帕爾青恩所教的一樣，他開始吸收，感受阿拉蓋在阿拉中心吸收的魔力竄入身軀，令他體內充滿力量。

另一隻風惡魔趁他打鬥時俯衝而下，但這一次賈迪爾早有準備。他很久以前就已經學到風惡魔會以翅膀關節處的利爪在前俯衝。它們可以用那些爪子切斷獵物的頭顱，然後張開翅膀，停止向下的衝勢，以後腿上的爪子抓起獵物，再揮動翅膀，返回天上。

賈迪爾體內充滿魔力，動作無比迅捷，抓住惡魔翅骨關節利爪下方的部位。他轉身迴旋，向前一撲，阻止惡魔揚翅，利用俯衝的力量將它摔到地上。骨頭粉碎，惡魔慘叫，痛苦扭動。他迅速解決它。

他抬起頭來，看到帕爾青恩已經與那群惡魔大打出手。他殺了五隻田野惡魔，但是剩下的惡魔，總數超過已死的三倍，包圍了他。

儘管如此，他看來似乎沒有危險。一頭惡魔撲向他，而他當場化煙。阿拉蓋穿過他的身體，撞到自己的夥伴，兩隻阿拉蓋彼此糾纏、相互撕咬。

片刻過後，他在另一隻怪物身後現形，一把抱住它前腳下方，以沙魯沙克鎖喉法扣住它的脖子。在一聲脖子扭斷的聲音過後，另一隻惡魔展開攻擊。他再度化煙，在數呎外現形，一腳踢中一頭惡魔的腹部，腳背上的衝擊魔印發光，阿拉蓋當場飛出數呎。

賈迪爾是當今世上最高強的沙魯沙克大師，但就連他也只能勉強招架帕爾青恩那種變煙格鬥的戰法。用來對付頭腦簡單、四肢發達的阿拉蓋簡直不費吹灰之力。

「你作弊，帕爾青恩！」賈迪爾叫道。「你的新能力會讓你懶散！」

傑夫之子抓住一隻阿拉蓋的下顎，正在強迫它張嘴張到超過極限。惡魔發出尖銳的叫聲，身體劇烈扭動，但卻無法掙脫他的束縛。他抬頭看向賈迪爾，靈氣中浮現饒富興味的意味。「躲在皇冠魔印力場裡面的人說話了。如果你休息夠了，過來讓我見識一下該怎麼做。」

賈迪爾大笑，脫下身上的戰袍。帕爾青恩很瘦，肌肉像繩索般結實，與賈迪爾粗壯的身材形成對比。他的身體宛如英內薇拉以匕首上色的畫布。他縮小皇冠魔印力場的範圍，大步步入戰團。一頭田野惡魔撲向他，他抓住對方前腳，毫不費力地折斷，丟到地上，然後施展迴旋踢，擊中另一頭惡魔的頭顱下方。他腳背上的衝擊魔印打斷它的脊椎，當場將它擊斃。

其他惡魔在與帕爾青恩交手後紛紛收斂起飢餓衝動的本能，改採較為謹慎的戰法，一邊繞圈、一邊發出低沉威脅的吼叫聲，靜待攻擊的機會。賈迪爾看向退到一旁觀戰的帕爾青恩。他身上的禁忌魔印綻放強光，賈迪爾看到它們所產生的魔印力場外緣。力場以帕爾青恩為中心，朝四面八方擴張數呎，像是由牢不可破的玻璃所組成的隱形泡泡。

大迷宮那天晚上，就連他自己手下的戰士都認為帕爾青恩就是解放者。當時賈迪爾以為只是因為卡吉之矛的關係，但看來帕爾青恩命中註定會掌握權力。一切都是英內薇拉。

但是註定掌權並不表示他是沙達馬卡。帕爾青恩拒絕付出權力的終極代價，不願意拿起他的族人交給他的韁繩。他要學的還有很多。

「學著點，帕爾青恩。」賈迪爾說著刻意站穩腳步，擺出最基本的達馬沙魯沙克姿勢。他吸氣，整理周遭的一切、所有想法與情緒，擁抱它們，然後放到一邊。他以冷靜、輕鬆的專注神情打量惡魔，隨時準備採取行動。

他降低警覺，假裝分心，阿拉蓋馬上中計。圍住他的一圈田野惡魔以類似推進兵的精準動作同時朝他展開攻擊。

賈迪爾沒有移動腳步，但他宛如棕櫚葉般柔軟的腰部扭轉彎曲，閃開攻擊，借力打力。他只需要用掌心就能令尖牙和利齒轉向，拍開魔爪或田野惡魔的腦側，不讓它們打中他。怪物茫然地摔倒在地，搞不清楚狀況，不過也沒有受傷。

「你是在打架，還是在玩？」帕爾青恩問。

「我是在教你，帕爾青恩。」他回應。「聰明的話就專心學習。你或許擅長魔法，但是達馬卻會嘲笑你的沙魯沙克。沙利克霍拉的地下陵墓可不只是教導教義。蓋沙克有其優勢，但你還有很多要學。」

賈迪爾透過皇冠發出一陣魔力，彷彿以盾牆衝擊般推開阿拉蓋。他們搖頭晃腦，低聲怒吼，再度開始繞圈。

「過來，」賈迪爾指示他，刻意拉開沙魯沙克步法。「站穩腳步，開始上課。」

帕爾青恩化身煙霧，重新出現在他旁邊，雙腳模仿賈迪爾的站姿。賈迪爾嘉許般地哼了一聲。「你不要變煙。沙魯沙克的意義在於求生，帕爾青恩。如果不擔心送命，你就不可能掌握關鍵技巧。」

帕爾青恩直視他雙眼，點了點頭：「說得有理。」

惡魔再度展開攻擊時，賈迪爾嘲弄地對帕爾青恩眨眼。「但是別以為我會把我所有把戲通通教你。」

賈迪爾看著太陽侵襲被他們拿來練習沙魯沙克的阿拉蓋屍體。當晚還有比田野惡魔和風惡魔更強大的惡魔受到打鬥聲吸引而趕來。到後來他和帕爾青恩都沒辦法繼續故作輕鬆，必須施展渾身解數，以蓋沙克各自為戰。

但現在他們的敵人躺在腳邊，他和帕爾青恩則站著讓它們見識陽光。

就算賈迪爾活到一千歲，他還是不會看膩這種景象。惡魔的皮膚立刻開始焦黑，如同火熱的煤炭般發光，然後冒出火焰，朝他臉上噴灑陣陣熱氣。這景象每天都在提醒他，不管夜晚有多黑，艾弗倫都會帶著力量回歸。每天只有這個時候讓他覺得自己有可能帶領族人遠離阿拉蓋的魔爪。那是他覺得自己與艾弗倫和卡吉融爲一體的時刻。

他看向帕爾青恩，不知道自己這個沒有信仰的阿金帕爾在火焰中看見什麼。他的皇冠視覺隨著黑暗消失而減弱，不過還是隱約可以看見阿金帕爾的靈氣，還有充斥其中的希望和使命。

「啊，帕爾青恩，」他說，吸引對方的注意。「我們之間的不同有時會讓我忘記我們有多相像。」

帕爾青恩悲傷地點頭。「說的沒錯。」

「你是怎麼找到失落之城的，帕爾青恩？」賈迪爾問。

亞倫無法在白天解讀賈迪爾的靈氣，但是他那副刺探性的敏銳神情顯示這不是隨口問問。賈迪爾一直耐心等待亞倫放鬆戒心之後才提出這個問題。

這種做法有效。亞倫知道自己那一刻的表情已經透露了自己不想據實以告的意圖。他腦中冒出十幾個謊言，不過他把它們拋到腦後。想要一起走完這條路，他們必須成爲兄弟，必須坦白互信，不然這個任務會在開始之前就註定失敗。

「我弄到一張地圖。」他說，心知光講這樣還不夠。

「你從哪裡弄到那張地圖的？」賈迪爾逼問。「不可能在是沙漠裡找到的。如此脆弱的東西要是埋在沙裡早就爛掉了。」

亞倫深吸口氣，抬頭挺胸，面對賈迪爾雙眼。「從沙利克霍拉偷出來的。」賈迪爾冷冷點頭，彷彿失望的父親早就知道孩子幹了什麼壞事一樣。

但儘管故作鎮定，亞倫還是感覺得到他的怒意。任何聰明人都不會忽略的怒意。他提高戒備，不確定自己有沒有辦法在白天對付賈迪爾。

只要把皇冠打掉就好，他心想，也明白聽起來比實際去做簡單多了。他寧願不用繩索徒手去爬山。

「你怎麼辦到的？」賈迪爾以同樣疲憊的語氣問。「你不可能單憑一己之力溜進沙利克霍拉。」

亞倫點頭。「有人幫我。」

「誰？」賈迪爾繼續逼問，但亞倫只是歪頭。

「啊，」賈迪爾說。「阿邦。我們抓到他賄賂達馬很多次，但我以為他沒膽幹這種事，也沒想到他能騙我這麼久。」

「他不笨，阿曼恩。」亞倫說。「你可能會殺了他，或是更狠，對他施加野蠻的酷刑，像是割掉他的舌頭之類的。別否認。那並不是他的錯。他欠我一筆血債，而我要他用地圖來還。」

「他還是必須為此事負責。」賈迪爾說。

亞倫聳肩。「事情已經做了，世界欠他一份情。」

「是嗎？」賈迪爾問。他扯下冷靜的面具，瞪向亞倫，大步上前，直到兩人鼻子貼在一起。「萬一聖矛根本還不到出世的時候呢，帕爾青恩？或許我們還沒準備好，而你提早挖出聖矛，違逆了英內薇拉？萬一我們因為你和阿邦的自大而打輸了沙拉克卡怎麼辦，帕爾青恩？到時候要怎麼做？」

他的語氣越來越重，一時之間，亞倫感到些微畏縮。他一直覺得偷走地圖是件錯事，但即使到了現在，他還是不後悔當初這麼做。

「是呀，或許，」他同意。「如果是這樣的話，那就是我和阿邦的錯。」

他挺直背脊，身體前傾，以堅決的眼神面對賈迪爾的目光。「但或許我們打贏沙拉克卡最好的機會是在三百年前，全世界還有數百萬人，而你們那些可惡的達馬卻把找出戰鬥魔印的地圖鎖在迷信的高塔裡。那樣的話，自大的責難又該落在誰的頭上？萬一那樣做才是違逆艾弗倫可惡的計畫呢？」

賈迪爾停頓片刻，考慮這個問題，氣勢削弱了一些。亞倫看出他的想法，立刻向後退開。他雙手扠腰，沒有顯露敵對或是屈服的意思。「如果艾弗倫有擬定計畫，他也不會與我們分享。」

「骨骰——」賈迪爾開口。

「——有魔力，這點我不否認。」亞倫插嘴道。「但那不表示它們代表神的旨意。而且它們也沒讓英內薇拉叫你阻止我前往安納克桑。他們只說等我回來之後要好好利用我。」

賈迪爾思考這個新的可能，怒意持續減弱。他的老朋友在信仰上或許是個傻瓜，但也是個誠實的傻瓜。他是眞正的信徒，努力想爲伊弗佳中的僞善找藉口，而這讓他永遠看不清眞相。

亞倫攤開雙掌。「你有兩個選擇，阿曼恩。我們可以站在這裡討論抽象的神學，或是竭盡所能去打沙拉克卡，然後在取得勝利之後看看誰說得對。」

賈迪爾點頭。「那就只剩下一個選擇，傑夫之子。」

日子一天一天過去，他們努力和平共處，沒有進一步衝突。賈迪爾覺得比從前更能駕馭魔法，難以想像舉手投足間所發出的威力，不了解自己之前的眼光竟然如此狹隘。

但是不管進展多大，月虧還是逐漸逼近。他和帕爾青恩能在體內充滿魔法的情況下以極快的速度奔跑，但即便如此，安納克桑離他們可不近，而且還要布置陷阱。

「我們什麼時候要出發前往失落之城？」某天早上，他在他們等待陽光燒盡當晚的獵物時問道。

「今晚。」帕爾青恩說。「上課時間結束了。」

說完之後，他化身煙霧。賈迪爾透過皇冠視覺仔細觀察他竄入釋放魔力到阿拉表面的眾多通道之一。這是艾弗倫的生命能量，遭受奈的腐化。

他只離開一下子，但是透過從通道隨之而來的魔力流動，賈迪爾知道他剛剛跑去了很遠的地方。

他手裡拿著兩樣東西：一條斗篷和一支長矛。

帕爾青恩還沒完全現形，賈迪爾已經伸手去拿長矛。他的手先是貫穿長矛，不過他反手再抓，終於抓到矛柄，從帕爾青恩手裡搶走它。

他將聖矛舉在身前，感受其中的能量脈動，心知這是貨眞價實的卡吉之矛。少了它，他覺得空虛。彷彿自己只是一個軀殼。如今聖矛再度回到他手中，他終於放下心頭大石。

我們絕不要再分開了。他承諾道。

「你也會需要這個。」賈迪爾抬起頭來，剛好看到帕爾青恩把黎莎・佩伯的隱形斗篷丟向他。他手臂疾伸，在斗篷落地前接下它。

他不太高興地看向帕爾青恩。「不尊重黎莎女士神奇的斗篷等於是在侮辱她。」

黎莎的禮物不像聖矛那麼攸關緊要，但他無法否認那種上好布料和在最強大的阿拉蓋面前隱形的能力，給他一種他們瘋狂的計畫有希望成功的感覺。

「阿拉蓋抵達卡吉陵寢時，你要怎麼藏身？」他在帕爾青恩不做回應時問道。「你也有一條斗篷嗎？」

「我不需要。」帕爾青恩說。「我可以憑空繪製隱形魔印，不過那樣還是太麻煩了。」

他伸手雙臂，翻過手腕。他兩條前臂上都紋有隱形魔印。

魔印開始發光，不過帕爾青恩手臂上其他魔印都沒有反應。魔印之光強烈到看不清楚魔印的輪廓，接著傑夫之子消失，變得形體不定——若隱若現、模糊不清。這樣看他令賈迪爾感到頭暈目眩。一股無形的力量促使他偏開頭去，但他打從心裡知道一旦移開目光，他就再也找不到帕爾青恩，就算對方待在原位也一樣。

片刻過後，他又恢復形體。魔印上的光芒漸暗，又可以看清楚了。賈迪爾目光移動到隱形魔印上，突然覺得心臟彷彿跳到喉嚨裡。繪印就像寫字一樣，而這些魔印顯然都與黎莎·佩伯繡在他那件斗篷上的魔印一模一樣。

正常情況下看到這些他最喜愛的魔印都會讓他心情大好，但是此刻不是這麼回事。

「是黎莎女士幫你紋身的嗎？」他並不想要用吼的來問這個問題，但他就是吼了出來。光想到他的未婚妻摸過帕爾青恩的皮膚就讓他難以忍受。

幸好帕爾青恩的反應是搖頭。「我自己紋的，不過是她設計的魔印，我只是照她的字體去紋而已。」他彷彿深情款款地輕撫那些魔印。「感覺就像她陪在我身邊。」

他沒有完全坦白。他的靈氣宛如在歌唱。賈迪爾以皇冠視覺深入刺探，看見一個讓他怒火中燒的畫面。黎莎和帕爾青恩裸體躺在泥巴裡，像動物般抽插下體。

賈迪爾覺得心跳加劇，充斥在他耳中。黎莎和帕爾青恩？可能是眞的嗎？還是他的性幻想？

「你和她上床。」他一邊指責，一邊細看帕爾青恩的靈氣，觀察他的反應。

但是帕爾青恩的靈氣黯淡，滲入他的皮膚。賈迪爾試圖刺探，但是皇冠視覺在碰到他的阿金帕爾之前就撞上一面隱形牆壁。

「只因爲我三不五時讓你觀察我的表面靈氣，並不表示你有權進入我的腦海。」帕爾青恩說。「看看你喜不喜歡這種感覺。」

賈迪爾感應到帕爾青恩吸收他體內的魔力，彷彿愛人般探知他的一切。他試著阻止對方，不過帕爾青恩攻其不備，當他開始防禦時，一切都已經結束了。

賈迪爾舉起聖矛指向他。「膽敢羞辱我的男人通通不得好死，帕爾青恩。」

「算你好運，我沒那麼野蠻。」帕爾青恩說。「因爲是你先羞辱我的。」

賈迪爾抿起嘴唇，接著又鬆口。「如果你和我未婚妻在一起過，我有權知道。」

「她不是你的未婚妻，阿曼恩。」帕爾青恩說。「我聽到她在懸崖上對你這麼說。她寧願死也不要變成你第十五任妻子，就算讓她當第一妻室也不要。」

帕爾青恩在嘲笑他。「如果你偷聽到那段私人的交談，帕爾青恩，那你就該知道她懷了我的孩子。如果你膽敢自認有權擁有她的話……」

帕爾青恩聳肩。「對，她是個好女人，我喜歡過她。親過她兩次，還有一次更進一步。」

賈迪爾握緊聖矛。

「但她不是我的。」帕爾青恩說。「從來都不是。她也不是你的，阿曼恩。不管有沒有小孩。如果你不懂這一點，你永遠不可能得到她。」

「所以你已經不想要她了？」賈迪爾一副不相信的模樣。「不可能。她像太陽一樣明亮。」

遠方傳來馬蹄聲響，帕爾青恩微笑，轉身面對他的吉娃卡在黎明前的光線中策馬而來。她騎著一匹沒上鞍的巨馬，還牽了四匹差不多高大的馬。牠們的蹄上綻放魔光，速度比克拉西亞賽馬還快兩倍。

「我有我自己的太陽，阿曼恩。」帕爾青恩說。「兩顆太陽是自討苦吃。」

他指著賈迪爾，上前迎接他妻子。「你的太陽已經多到足以把綠地變成沙漠。自己好好想想。」

瑞娜飛身下馬，亞倫擁她入懷，回應她的吻。他集中精神，啓動肩膀上的寂靜魔印。賈迪爾會看見那道魔法，知道他們在講悄悄話，但亞倫不認爲他會多說什麼。男人有權和他妻子私下交談。

「窪地還好嗎？」他問。

瑞娜也看到他施法，於是把臉埋在他胸前，掩飾嘴唇的動作。「在這種情況下算好。希望你沒猜錯，惡魔不會趁這次月虧大舉來犯。他們沒辦法應付太多惡魔，特別是我們不在的情況下。」

「相信我，瑞娜。」亞倫說。

瑞娜向亞倫揚起下巴，不過他知道她是指自己身後的賈迪爾。「你告訴他了嗎？」

亞倫搖頭。「我在等妳回來。太陽一出來就告訴他。」

「或許你不該先把長矛還給他。」瑞娜說。

亞倫聳肩，微微一笑。「這和有一堆公平決鬥規則的多明沙羅姆不同。如果情況失控，還有瑞娜・貝爾斯會幫我，是吧？」

瑞娜親他。「我永遠都在。」

賈迪爾偏開目光，讓帕爾青恩和他的吉娃獨處。她帶著馬匹趕來表示他們即將去找阿拉蓋王子，而賈迪爾迫不及待想要面對這次挑戰，不過同時也感到有點失望。他與帕爾青恩終於言歸於好，多了這個難以預料的吉娃卡可能會對他們得來不易的平衡帶來不穩定的因素。

太陽終於冒出地平線，賈迪爾深吸口氣，在阿拉蓋的屍體冒煙燃燒的同時開始他的晨間冥想。艾弗倫總會讓一切回歸平衡，他必須對英內薇拉保持信心。

火焰熄滅後，他們把馬牽到隱密塔的馬廄去。近距離一看，這些馬都十分高大，和駱駝差不多。綠地的野生馬斯譚馬因爲每晚都要和阿拉蓋搏鬥而異常強壯。他的沙羅姆已經捕獲並訓練了好幾百匹，不過眼前這幾匹還是壯麗非凡。

磨蹭著帕爾青恩掌心的那匹大黑馬，身上披著魔印護具，頭上頂著一對足以刺穿石惡魔的鋼角，肯定就是名滿天下的黎明舞者。他吉娃的那匹斑點母馬幾乎和牠一樣高大，魔印畫在毛皮的斑點外，也刻在牠的蹄上。牠的腹部包著一圈皮革固定馬鞍。

另外還有兩匹公馬、一匹母馬，全都配備魔印馬鞍和馬蹄。強壯的猛獸——難以想像黎明舞者有辦法管束牠們。牠們踏步騰躍，不過還是乖乖跟著走入馬廄。

「我們才三個人，爲什麼要五匹馬？」他問。「你們還找了誰一起踏上這場神聖的旅程，帕爾青恩？你說需要我幫忙，但卻又不讓我得知你的計畫。」

「計畫本來只有我們三人，阿曼恩，不過遇上個難題。希望你有辦法幫我解決。」

賈迪爾好奇地看著他。帕爾青恩嘆了口氣，朝馬廄後方點頭。「跟我來。」

他扯下一塊舊毯子，抖掉上面的灰塵和乾草。地下有扇暗門。他拉開暗門，步入黑暗中。賈迪爾謹慎地跟了下去，心知帕爾青恩的吉娃跟在後面。賈迪爾並不怕她，但她靈氣的強度顯示她力量強大。強到如果大家一言不和、大打出手的話，她能幫帕爾青恩取得明顯的優勢。

回到黑暗中後，他的皇冠視覺再度回歸，不過帕爾青恩的魔印也開始發光，驅退黑暗，帶領他們來到一扇沉重的大門前。這扇門鑲有鋼板，還刻了威力強大的魔印。

帕爾青恩打開門，照亮身上只穿拜多布、被關在裡面的一男一女。

山傑特和山娃放開彼此，抬起頭來，瞇眼看向突來的光線。

第八章　眞正的戰士　333AR　秋

「解放者！」山傑特和山娃跳起身來，連忙自彼此身旁離開。在沒有面巾和外袍的情況下，他們沒辦法掩飾漲紅的膚色和罪惡的表情。

確實，他們的靈氣很符合他們的表情，充滿了羞愧與難堪。賈迪爾審視眼前的狀況，臉色十分陰沉。就算山娃是自願的，她畢竟還是山傑特的女兒，是賈迪爾的外甥女。不管他有無懺悔之心，賈迪爾都必須判處他的老朋友死刑。

他沉重地思考這種做法。打從在沙拉吉受訓開始，山傑特一直對他忠心耿耿，也一直是他妹妹霍許娃的好丈夫。更重要的是，第一戰爭開始之後，賈迪爾需要山傑特和他手下的沙羅姆。或許他可以拖延到沙拉克卡之後再來執行死刑。讓他忠心的僕人有機會死在阿拉蓋的利爪下，帶著榮耀踏上孤獨之道，直到面對艾弗倫的審判爲止。

「原諒我們，解放者，我們令你失望！」山傑特在賈迪爾開口前喊道。他和山娃當場下跪，掌心和額頭貼在蒙塵的地板上。「我對艾弗倫發誓我們已用盡一切手段逃跑，想要繼續搜查你的下落，但是帕爾青恩——」

「——利用霍拉魔法強化我們的牢房。」山娃插嘴。她的指甲斷裂，髒兮兮的。透過魔印視覺，賈迪爾看見他們在牢房所有牆面上留下的爪痕。

他環顧四周，沒看到外袍或面巾。帕爾青恩當然會在囚禁之前把他們剝光搜身。就連他也不會蠢到讓他們保有逃命的工具。房間裡唯一的器具就是一個蓋起來的便壺，又小又易碎，不能充當堪用的武器。

賈迪爾突然感到一陣羞愧。難道父親在受困黑暗地牢時安撫自己的孩子也算是犯罪嗎？他一來就做出最糟糕的假設，打算判處自己的老友死刑，而他的罪惡感卻是出自沒有盡到找尋自己的責任。

「你向來就急著背叛朋友。」帕爾青恩喃喃道，賈迪爾咬牙切齒。

「榮耀地起身，兄弟、外甥女。」他說。「你們不是帕爾青恩的對手。敗在他手上並不可恥。」

兩人還是跪在地上。山傑特呑呑吐吐，山娃代替他發言。「抓到我們的不是帕爾青恩，解放者。」

大部分父親都會爲了女兒在解放者面前代替自己發言而大發雷霆，但山傑特只是感激地看著她，並流露出賈迪爾從未見他對兩個兒子露出的驕傲神情。

「是我抓的。」帕爾青恩的吉娃說。賈迪爾懷疑地轉頭看她。他知道這個女人很厲害，但山傑特和他女兒乃是凱沙羅姆，克拉西亞的菁英戰士。

山娃抬起頭來，打量帕爾青恩的吉娃。「她的沙魯沙克很可悲，解放者。就連小孩都能打倒她。但是她的魔法很強大。即使擁有黑夜的力量，我們還是無法匹敵。我們的矛和盾都被打爛了。」

這些話讓山娃的靈氣充滿痛楚。賈迪爾用帕爾青恩教導的方法吸收她的魔力，看見了一道影像。英內薇拉命令山娃搜尋解放者。這是她的第一個任務，這個榮譽的任務令她難掩驕傲之情。在解放者和達馬佳面前表現自己價値的機會。

而她失敗了。徹底失敗。

另一個畫面浮現，她敗在帕爾青恩的吉娃手上。

「帕爾青恩也是用同樣的手法打倒我的，外甥女。」他說。「妳的訓練很扎實，但是挑戰他的吉娃卡乃是不智之舉……」他望向瑞娜的雙眼。「……特別是在夜裡。白天的時候，她就難以應付沙魯沙克，不會是妳的對手。」

帕爾青恩的吉娃瞪著他。賈迪爾在山娃的表情恢復冷靜後感覺到她放下了靈氣中的重擔。山娃以全新的目光打量瑞娜，獵食者的目光。

賈迪爾揮手指示戰士起身，然後滿臉怒容地轉身面對帕爾青恩。「如果你虐待我的妹夫和外甥女……」

「沒有。」帕爾青恩拂手道。「自己問他們。」

「他沒有虐待我們，解放者。」山傑特在賈迪爾轉頭看他時說。「我們找了你好幾天，她抓到我們後提供食物、飲水，還讓我們休息。帕爾青恩治好了我們被他吉娃卡打傷的地方。」

他看向女兒，靈氣中充滿愛意。「我也不後悔有時間可以多了解女兒一點。」

賈迪爾懂得這種心情。他也不了解他女兒，因爲她們都在很小的時候就被送去達馬丁的宮殿。他們被關進來的時候形同陌路，但是趁著黑暗中獨處的機會，這兩父女再度找回了彼此。

「我想讓他們眞情流露個幾天或許有好處。」帕爾青恩說。

「那現在呢？」賈迪爾問。「我不會容許他們繼續遭受囚禁的屈辱，帕爾青恩。」

「要繼續關就不會帶你來看了。」帕爾青恩說。「我們黃昏就要出發，到時候就不能餵食他們和清理便壺。我們帶他們一起去。」

賈迪爾搖頭。「他們沒辦法應付我們要走的道路，帕爾青恩。放他們走。不管結果如何，他們回到艾弗倫恩惠前，我們事情都已經辦完了。」

帕爾青恩搖頭。

賈迪爾神色不善地看他。「如果我執意釋放他們呢？你打算怎麼做？」

「那我就不會再相信你把沙拉克卡放在第一順位。」帕爾青恩回答。「心靈惡魔可以把人的記憶當點心吃。被偷走記憶的人根本不會知道出了什麼事。它們可以下達到白天依然有效的指令。到處都可能有間諜，阿曼恩，而我們只有一次機會。越少人知道我們還活著越好。」

「沙達馬卡！」這聲叫喊讓賈迪爾吃了一驚。山傑特什麼時候膽敢插嘴說話了？他轉頭面對老友，只見對方深深鞠躬。「如果你要踏上危險的道路，解放者，我們就有責任以生命守護你。」

山娃點頭。「達馬佳下令沒找到你不能回去。如果我們在需要的時候棄你不顧的話，她絕不會原諒我們的。」

「只要有勇氣，他們就能在安納克桑幫助我們。」帕爾青恩說。「不要低估惡魔王子。力場會削弱你的力量。即使有瑞娜在，我們還是寡不敵眾。」

「如果兩個戰士就能影響戰果，幹嘛不帶大軍出擊？」賈迪爾問。

「藏在哪裡？」帕爾青恩問。「我可以在兩個人身邊的空間繪製隱形魔印，但是再多的話就會讓心靈惡魔起疑，然後一切就白費力氣了。」

賈迪爾嘆氣。多兩個人確實令他心安，至少能平衡帕爾青恩的吉娃為他帶來的優勢。「好吧。」

「踩扁惡魔，給馬的速度魔印灌注魔力，我們就可以在五天之內抵達失落之城。」帕爾青恩在他們整理補給品時說，準備橫越沙漠所需的食物和飲水。進入一望無際的沙漠之後，他們幾乎就沒有地方可以補充補給。「拚命趕路的話或許可以在四天內抵達。」

「那我們就沒多少時間可以在月虧前準備，帕爾青恩。」賈迪爾說。

帕爾青恩聳肩。「我不希望留下我們出沒的跡象，所以準備得越少越好。反正抵達那裡後，除了等待，我們也沒多少事情可做。養精蓄銳比在陵寢中設置陷阱要有用多了。」

「山傑特和山娃需要新的長矛和盾牌。」賈迪爾說。

「我在沙漠裡藏了一批武器。」帕爾青恩說。「我還可以用黑柄葉墨在他們皮膚上繪製魔印，然後大家一起練習蓋沙克。」

「明智。」賈迪爾說。「我知道我的戰士有多強，但沒見過你的吉娃戰鬥。」

「幾個月前才開始教她。」帕爾青恩說。「她學得很快。」

賈迪爾耐心點頭，然後趁太陽高掛的時候召集五人一起練習。帕爾青恩和他的吉娃拿出刷子，在山傑特和山娃的拳頭、手肘和腳背上繪製衝擊魔印。他們割斷了重新取回的外袍的衣袖，讓魔印裸露在外。

正如預期，他的戰士學習蓋沙克的速度很快，但是帕爾青恩吉娃的架勢就連初學者都不如。山娃說得並不誇張。真要說起來，她已經算很婉轉了。

「妳的腳每次都踏錯地方。」賈迪爾在她打完一套沙魯金時說道。他已經糾正她十幾次了，但她總是不夠專注。

「有什麼不同？」她問。「我那樣也能打穿惡魔的腦袋。」

「不同處在於，笨蛋，如果它後面還有一隻，妳再打下去就會步伐不穩。」賈迪爾說。「阿拉蓋沙拉克不是遊戲，失敗的人不能擇日再戰。」

「我知道。」瑞娜說。她的語氣很不高興，不過他相信她說的話。她努力想要踏對位置，但就是辦不到。他不能要求她短短幾天內就學會手下戰士學了一輩子的技巧，但是他們也沒有時間縱容她。

「每天天亮，我們停下來休息、餵馬喝水之後，山娃負責教導妳。」他下令。

「什麼？」兩個女人同時叫道。

賈迪爾看向外甥女。「妳不能傷害她。妳要放下所有被她囚禁所產生的怨恨。」

山娃擁抱她的情緒，雙拳交疊，鞠躬道：「如你所願，解放者。」

「妳更要加倍克制，瑞娜。」帕爾青恩說。「妳需要這些課程，但是不要忘記妳比她強壯很多，新月時我們需要妳們兩個毫髮無傷。妳是在上課，不是在打架。」

瑞娜啐道：「我不會打斷什麼治不好的地方。」

兩個女人走到一旁去上課，帕爾青恩搖頭。「她會後悔說那種話的，是吧？」

「超乎你想像，帕爾青恩。」賈迪爾說。「但是我在她的靈氣中見過她的驕傲。所有戰士都必須了解他們的缺點，如果想要加以克服的話。」他看著走遠的女人。「山娃會讓她看見缺點，讓你的吉娃嚐嚐同樣的滋味。」

帕爾青恩大笑。「或許那會讓她也成為解放者。」

數小時後，亞倫走到馬廄，看著太陽逐漸西落。再過幾小時就要出發，而他急著想要開始趕路。他們把世界上所有人類的性命都賭在他的計畫上。

萬一我搞錯了？他心想。萬一我不過就是提貝溪鎮一個姓貝爾斯的笨蛋，自以爲比蜜蜂聰明而拿棍子去戳蜂巢？

但是內心深處，他知道這是唯一的辦法。留下的人民如今都很堅強，他們會撐下去，非撐下去不可。每個新月都躲在魔印後面是會導致戰敗的策略。惡魔擁有數量優勢，人類沒辦法把整個世界通通畫上魔印。建立在大魔印中的城市總有一天會人口爆炸，而那將只是一個開端。

地板上傳來嘎啦聲響，瑞娜突然出現，將他從幻想中拉回現實。他先是鬆了口氣，接著看到她的模樣。她渾身瘀青、處處染血，還有一邊眼睛腫了起來。淚水弄糊了她臉上的血，她用左手抓著斷掉的右手。

「妳沒事吧，瑞娜？」他問。

瑞娜停下腳步，沒想到會在這裡遇上他。顯然她是來馬廄獨自靜一靜的。她疲憊地聳肩，走過他身邊，進入承諾的畜欄。她背靠隔板，滑坐到地板上。承諾在她臉頰上磨磨蹭蹭，她則拉直斷臂，固定在正確的位置，讓血液中的魔法治療傷口。

亞倫點頭，讓她一個人獨處。回到塔裡後，他看到山娃和她父親笑嘻嘻地準備晚餐。那個女孩比瑞娜小七歲，沒有瑞娜的治療能力，不過身上沒有任何傷痕。她看起來像黎明一樣無瑕。

喔，瑞娜。他搖頭。賈迪爾說的沒錯。瑞娜迫切需要上這一課。亞倫試過親自指導她，但是失敗了。她太享受足以欺負村民的力量，那對任何人都沒有好處。她過去的經歷造就她現在的個性，但是……

奈不在乎戰士的私人問題，他聽賈迪爾說過。

但是了解瑞娜必須學習關於人性的問題與眼睜睜地看著他的愛人、他的妻子被人打得血肉模糊還是有差別的。唯一阻止他強迫山娃弄清楚上課和打架的差別的，就是事實上他知道瑞娜不會希望他這麼做。

黑夜呀，她永遠不會原諒他的。

你第一次去克拉西亞的時候，也沒有好到哪裡去。他心想。瑞根教他打鬥的技巧——他以爲那已經算是世界上最高強的武術。接著他遇上了克拉西亞的訓練官。

當時亞倫也不想要任何幫助。如果請人幫忙，克拉西亞人絕對不會尊重他，這對瑞娜來說也是一樣。她會慢慢贏得山娃的尊重。

那天晚上，當他們在前往安納克桑的路上遇上一群田野惡魔時，瑞娜的沙魯沙克明顯比之前進步。休息幾小時後，她回到毫髮無傷的狀態，不過大步向前迎敵時更加謹慎。攻擊時她還是和之前一樣殘暴，但是她學會伺機而動，並預先多想一步。

他擔心等瑞娜情緒上來，又取得黑夜的力量之後會和山娃起衝突，不過兩個女人在打鬥的過程中保持距離。

她們只有在戰鬥中交會一次。山娃準備迎戰三頭田野惡魔，而瑞娜則揚起一手，憑空繪製魔印。惡魔全身冒火，還沒衝到沙羅姆丁面前就已經化爲灰燼。

瑞娜不等她反應，轉身就走，靈氣中充滿得意洋洋的氣息。山娃或許有辦法應付那三頭惡魔，但那一幕強烈提醒她面對瑞娜的優勢只是暫時性的。入夜後，瑞娜．貝爾斯的力量絕非她所能及。

第二天下午，瑞娜下課後還是鼻青臉腫，不過嘴角還是帶有一絲微笑。

這是個開始。

帕爾青恩帶領他們走下冰冷的石階，遠離沙漠的燥熱。烈日是熟悉的試煉，不過賈迪爾並不特別懷念。現在他比較了解艾弗倫爲什麼要把他的族人丟到這種地方來測試、鍛鍊。綠地溫和的氣候和豐富的資源已經開始對他的族人造成影響。

沙拉克卡最好盡快降臨，他心想，但這是愚蠢的願望。他們最需要的就是時間。北地公爵不會不戰而降。想要表面上統一北地起碼還要十年。如果不統一的話，人類就不可能打贏第一戰爭。

「想拿什麼就拿什麼。」帕爾青恩在抵達石階底端時對山傑特和山娃說。「不過別讓自己負擔太重。我們達到目的後不會留在原地作戰，會像被整個地心魔域追殺那樣逃命。」

這話聽來像隨口說說，不過當他們步入黑暗，而他憑空繪製光亮魔印時，眾戰士都目瞪口呆地看著面前的武器庫。攜帶式魔印圈、各式各樣的弓、數十把長矛和盾牌、數百支箭與矢。一堆又一堆其他的武器——戰錘、斧頭、尖鎬和匕首。看來帕爾青恩似乎把所有能找到的東西通通放在這裡。所有武器上都有他巧手刻劃的精緻魔印。

賈迪爾以爲兩個戰士會衝進去，但他們遲疑，就像是目瞪口呆的卡非特獲准進入達馬基寶庫，還告訴他們可以拿走想要的任何東西。他們該如何在這堆珍寶前挑選？接著同時望向帕爾青恩，懷疑是否有任何他沒說的代價？

「去吧。」賈迪爾命令他們。「到處看看。找出最適合你們使用的武器。我們要到黃昏後才會離開。你們有幾個小時。善用這段時間。你們的決定關係全人類的命運。」

兩個戰士點頭，神色虔敬地走了進去。他們一開始動作遲疑，不過越來越有自信，開始拿起武器，測試重量和平衡感。山傑特拿把長矛耍套複雜的沙魯金，山娃則用同樣的方法挑盾，一直到挑出順手的爲止。

「其他房間在哪裡？」賈迪爾問帕爾青恩。「我想在啓程前休息一下。」

帕爾青恩聳肩。「就這一個房間而已。從前常來這裡時，我很少睡覺。這裡恐怕沒有華麗的枕廳可供陛下休息。」他指向一個工作台，旁邊放了幾張破布。賈迪爾已經離開沙拉吉很久了，不過看到鋪蓋的時候還是認得出來。

一段回憶湧上心頭，他與阿邦一起縮在堅硬、骯髒的地板上，分享一條根本蓋不住兩人的薄毯子。賈迪爾還記得難以抉擇要讓肩膀冷還是腳底冷的感覺。幸好還有阿邦在他旁邊，兩人一起分享體溫。其他男孩都必須獨自入眠，或是接受年長男孩的需求作爲得到夥伴的代價。當年賈迪爾會一邊顫抖、一邊聽著他們壓抑的喘息聲入眠。

他有多久沒在這種環境下睡覺了？帕爾青恩過了很多年這種日子，與世隔絕，專心在他的神聖使命上，白天製造對付阿拉蓋的武器，晚上屠殺它們。

並非所有綠地人都很軟弱，他提醒自己。

「如果你需要羽毛枕的話，我可以想辦法去獵隻鵝。」瑞娜在他悶不吭聲地看著鋪蓋一段時間後說道。帕爾青恩大笑。

*無禮。*賈迪爾擁抱這份羞辱，呑下反唇相譏的衝動。他不管那個女人，轉身面對帕爾青恩。「我住在宮殿裡是因爲那是我應得的權利，帕爾青恩，卡吉在伊弗佳裡說過，*眞正的戰士*——」

「——*只需要麵包、水和他的矛。*」帕爾青恩接下去說。他聳肩。「看來我不是眞正的戰士。我向來喜歡有毯子蓋。」

賈迪爾大笑，化解了房中緊張的氣氛。其他人都鬆了口氣。「我也是，帕爾青恩。如果我能活到寫完阿曼佳，我會在那句諺語後面添加毯子。」

他走向涼爽的樓梯井，背靠樓梯側面，消坐在地。他們已經騎馬趕路整整三天，只有在馬匹體力消耗到極限時才會休息。魔法支撐他們在夜裡狂奔，但是白天時，他們就和任何凡人一樣。就連賈迪爾也必須閉眼休息一兩個小時。

但是睡眠並不容易。他會胡思亂想，努力接受他們要做的事情。帕爾青恩的計畫很勇敢、很遠大，但缺乏細節。就像任何戰役一樣，你可以計畫如何展開第一擊，也可以準備好退路，但是剩下的……英內薇拉。

英內薇拉。真希望她能提供意見。他甚至願意聽聽她那些可惡的骨骰怎麼說。她沒事吧？她有像之前討論過那樣讓阿山登上安德拉的寶座嗎？還是達馬基已經把她和他所有兒子通通殺光？還是賈陽殺了阿桑，鞏固權力？他的族人是否已經展開內戰了？

他看著手下的戰士，想像每一個自己深愛之人此刻的命運。或許山傑特和山娃待在自己身邊還比較安全。

他們已經選好了矛、盾和匕首，熟悉到幾乎算是手臂一部分的武器。他們現在正神色好奇地研究那些弓。

在克拉西亞，遠程武器並不算不榮譽的武器，不完全算，但是從遠方射殺阿拉蓋所能爭取到的榮譽遠遠不如長矛擊殺，而且戰鬥魔印回歸之前，弓箭在任何情況下都傷害不了阿拉蓋。它們實用價值不高，只有在戰士訓練中拿出來用而已。只有一個部族，梅寒丁，還在使用遠程武器，在沙漠之矛的城牆上操控投石器和巨蠍，如今擅長以短弓遠距離擊殺惡魔，通常騎在馬背上。

但是山傑特和山娃是卡吉部族的人，不是梅寒丁，而北地的長弓與南方的短弓差異甚大。他們持弓的感覺很不順手。就連帕爾青恩也看出來這一點。他拿起一個箭筒，丟給山傑特。

「射我。」他指示，然後走到房間另一邊。

山傑特扣起一支箭，不過轉向賈迪爾。

「照他的話做。」賈迪爾說著揚了揚手。就算眞射中了，他也懷疑一支箭能對帕爾青恩造成多少傷害，而從山傑特緊握那把武器的模樣看來，他不太可能射得中。

山傑特鬆手放箭，箭射中帕爾青恩身旁一呎外的位置。

「我站在原地沒動，戰士。」帕爾青恩叫道。「阿拉蓋不會這麼好心。」

山傑特攤開手掌，他女兒拿起另一支箭給他。

「別光站在那裡，快點射我！」帕爾青恩拍拍胸口的一個大魔印。山傑特再度放箭，這一次只偏了幾吋。

「拜託！」帕爾青恩道。「吃豬的卡非特之子都射得比你準！」

山傑特大吼，又將一支箭拉到臉頰旁。他已經熟悉這把武器了，下一箭將會射中帕爾青恩的肩膀——如果他沒像動作靈巧的男人抓住馬蠅般憑空接下這一箭的話。

「可悲。」帕爾青恩大聲說道，舉起那支箭。他轉向山娃。「該妳。」

他話剛說完，山娃已經舉弓射箭。賈迪爾甚至沒發現她蓄勢待發。

這一箭很準，帕爾青恩驚呼一聲，及時化煙閃躲。箭插在他身後的牆壁上。

賈迪爾深感佩服。就連他都不擅長射箭，但是山娃和她的長矛姊妹是安奇度親手調教的，而安奇度的名字早在他尚未出生前就已經是大迷宮中的傳奇。

「好多了。」帕爾青恩凝聚實體時承認道。「不過妳是筆直瞄準，那是短弓的用法。近距離很好，但是抬高弧度的話可以提升距離和威力。」

「我會教她。」帕爾青恩的吉娃說。賈迪爾以爲山娃會反對，但她只是點頭。

「至於你嘛……」帕爾青恩說著轉向山傑特。

山傑特把弓丟在地上。「我不需要這種懦夫的武器。我使矛就夠了。」

「最後一定會用到矛和拳頭，」帕爾青恩同意。「但是此事不光只關係到你的榮譽，山傑特。想要保護你的主人，你就得學會射箭。」

「你要我在一天之內成爲射箭大師？」山傑特問。「我很自大，帕爾青恩，但還沒到那種地步。」

「不需要。」帕爾青恩拿起一張北地女人偏好的十字曲柄弓。木製箭身，末端如弓般包覆鋼鐵和擊發裝置，弦是用薄金屬絲交纏而成。

山傑特也認得這把武器。「女人的武器？接下來是不是要我戴面紗跳舞給阿拉蓋看？」

帕爾青恩不理他，拿起一面以魔印鋼鐵鑲在厚木框外的巨盾，靠著牆壁立好。他走到房間另一端，站在山傑特身旁。他用兩隻手指拉開粗粗的弓弦，直到扣住定位，然後放上一支弓矢。

「就像這樣。」他說著將弓柄抵住肩窩，與地板平行，透過弓身瞄準。他把弓交給山傑特，他依照帕爾青恩的方式持弓。

「要射之前手指再碰扳機。」帕爾青恩說。「把目標保持在末端兩條線中間，拿穩，扣扳機。」

咖嗆！山傑特沒預料到十字弓強大的後座力，當場被撞得後退一步。

「沒中。」他說。他靈氣中浮現羞愧，不過在繳回武器時還是一副嚴肅的模樣。

「沒中嗎?」帕爾青恩問。

山娃立刻跑到房間另一端，舉起盾牌檢視。所有人都看到她的手指從盾牌後面戳到前面。「直接貫穿。」她回頭看去，接著讓向一旁，讓其他人看見插在岩牆上的弓矢。

「艾弗倫的鬍子呀，」山傑特說著以全新的敬意看待那把武器。他試著像帕爾青恩一樣拉開弓弦，但是力氣不夠。

「拉曲柄。」帕爾青恩指向曲柄裝置。

山傑特轉動曲柄，臉上露出沮喪的表情。當弓弦終於卡入定位時，他抬頭。「拉弓的時間就夠我投擲三把矛了，帕爾青恩。」

帕爾青恩點頭。「然後你就無矛可用。別擔心拉弓的問題。取得黑夜力量後，你就不需要用曲柄。」

山傑特點頭，不過除了弓和矢筒外還挑了三把投擲矛。

「趁有機會的時候睡會兒。」賈迪爾下令。「我們黎明前就會抵達安納克桑，然後就只剩下兩天準備。」山傑特和山娃立刻在牆邊找個地方縮起來睡覺。賈迪爾閉上雙眼。

第九章　安納克桑　333AR　秋

太陽昇起時，亞倫心情沉重地看著遠方的失落之城安納克桑。克拉西亞人掠奪此地時毫不考慮後果。當年亞倫住在廢墟裡，尋找對抗惡魔的祕密時，他細心保存這裡的遺跡，謹慎挖掘，沒有弄壞任何東西。他唯一拿走的古物就是武器和護具，因為他要研究它們上面的魔印。而大部分的物品都在研究完畢後放回原位。

克拉西亞人一點也不在乎保存古老遺物的問題。古城現在看起來像是蝗蟲和野鼠掠奪過後的田地。到處都是大片沙土，聳立數千年的巨石如今化為碎屑。地面上到處都是洞口，克拉西亞人為了方便進入地下石室而打破屋頂，讓千年古蹟首度暴露在風吹日曬中。

唯一維持原貌的只有大陵寢。克拉西亞人拿走所有值錢的物品，但就連他們也不敢移動石棺，打擾神聖的祖先。

「而你竟然為了一支長矛想要殺我。」他喃喃說道。

「你無權拿走它，帕爾青恩。」賈迪爾回應。「這地方屬於我的族人。克拉西亞人，不是綠地人。」

亞倫轉向馬側吐口水。「掠奪來森堡的時候可沒看你擔心這種文化上的權利。」

「那叫征服，你這是盜墓。」賈迪爾說。

「所以搶奪必須毆打和屠殺的活人比拿取去世數千年的死人的財物還要高尚？」亞倫問。

「死人沒辦法保護自己，帕爾青恩。」賈迪爾說。

「那你們還摧毀祖先的安息地。」亞倫說。「黑夜呀，你的邏輯就像塵土惡魔一樣半空繞圈，是不是？」

「我要餵飽十萬個族人，而這裡沒有東西吃。」賈迪爾說。他臉上不動聲色，不過語氣越來越嚴厲。「我們必須快速動作，沒時間用刷子和工具把古城恢復元貌。」

他好奇地看著亞倫。「你是怎麼撐過來的，帕爾青恩？這附近沒東西吃，在沒帶大量行李的情況下，你不可能從黎明綠洲運送多少補給品過來。」

亞倫覺得幸好早晨的陽光掩飾了他的靈氣。這個問題是屬於少數他還不打算與賈迪爾分享的祕密之一。他很可能永遠不會透露。他待在安納克桑的那幾週裡是以惡魔肉爲食，而他知道克拉西亞人絕對不會理解這種做法，儘管這爲他帶來強大的力量。

「出去運送食物回來。」亞倫說。這並非謊言，不完全是。

他搖了搖頭，繼續爭論下去對大家都沒好處。他們必須攜手合作，現在比從前更需如此。他看向山傑特和山娃，發現他們以看待獵物的目光盯著他和瑞娜，彷彿等待賈迪爾趁著太陽箝制他們的力量時下令除掉他們。

但賈迪爾沒有下達這種命令。不管是好是壞，他們都是盟友。

「你們把值錢的東西拿走也不是壞事。」亞倫說。「既然這裡已經被惡魔發現了。我承認讓他們進入我的腦子裡是我的錯。」

「英內薇拉。」賈迪爾說。「或許你的錯誤能夠拯救我們。難得一次，我們知道敵人會進攻何處。難得一次，我們掌握優勢。我們一定要把握這個機會。」

「首先我們得在陵寢附近找個地方把馬藏好。」亞倫說。「在那周圍繪製隱形魔印。或許得在匆忙中騎馬逃命。」

「然後呢？」賈迪爾問。

「我們去卡吉陵寢挖條祕密通道。」他說。「找地方藏身，靜靜等待。」

「然後呢？」賈迪爾問。

亞倫呼出口氣。我知道就好了。

「靠左一點。」瑞娜說著低頭看向山娃指向天空的箭柄。「那個高度風勢會比較強。妳必須計算進去。」

她站在年輕女子身後，踮起腳尖與山娃的視線平行。瑞娜從不覺得自己矮，但是以提貝溪人的標準來看，就連身材中等的克拉西亞人也算高了。她的腳跟只離地一點點，但她還是討厭這種感覺。

山娃點頭接受她的指正，然後放箭。她的箭以很高的弧度越過沙丘，然後力道威猛地插入她們用來充當目標的沙包。這一箭並不完美，但是在這種距離下已經很了不起了。

「妳怎麼學射箭的？」山娃壓低長弓問道。她現在的語氣中帶有更多敬意，不過瑞娜還沒蠢到當她是朋友。「根據妳的說法，妳一直到最近才成為戰士，但是妳使弓的手法太熟練了，不可能只是向帕爾青恩學過而已。」

瑞娜搖頭。「我爸教的。我們家鄉的作物有時候會不夠吃，想吃東西的人必須出門打獵。」

山娃點頭。「我們族人禁止女人接觸武器，一直到最近才解禁。妳很幸運擁有那樣的父親。他叫什麼名字？」

「豪爾。」瑞娜啐道。「不過有那種父親並不幸運。」

「在克拉西亞，我們承受父親的榮譽，豪爾之女。」山娃說。「他們作戰獲勝的驕傲，還有失敗的恥辱。」

「那我得耗費很大的力氣才能彌補他的恥辱。」瑞娜說。

「如果我們今晚成功的話，」山娃說。「妳將可以洗刷家族的名聲，並加以鍍金，就算妳父親是阿拉蓋卡本人也一樣。」

「對我和我姊姊來說，他就是阿拉蓋卡。」瑞娜感到腦側抽痛一下。想到他父親、想到那座可惡的農場，就會讓她怒不可抑。回憶本身不是重點，重點在於它們所代表的過去。過去那個瑞娜。軟弱、恐懼、廢物。有時候她希望過去的自己是一條可以砍斷、永遠丟掉不管的手臂。

山娃凝望著她。她爲什麼會對山娃像普通女孩一樣分享心事？她們或許必須站在同一陣線作戰，不過她們不信任彼此，瑞娜看不出改變這一點的理由。

「妳說妳對抗過它們之一，」山娃說。「阿拉蓋王子。」

好像講起豪爾的農場還不夠私人一樣。瑞娜想起惡魔控制她心智時的那種恐懼、那種侵犯，深入她的腦海，像番茄蟲一樣鑽到內心深處。那是她最不想談論的話題，但是這件事情，山娃有權知道。她很快也會面對它們。

「是。」瑞娜說。「晚上一定要啓動心靈魔印。把魔印畫在額頭中央，不要信任頭帶。它們會深入妳的內心，吞噬讓妳……之所以是妳的一切。吞光它，然後再把能傷害妳愛的人的部分吐出來。」

山娃點頭。「但妳殺了它。」

瑞娜露出牙齒，那段回憶令她血液中的魔力沸騰。「是亞倫殺的。我一刀插入它的背部，但它還是繼續掙扎。」

「我的弓有什麼能力對付這種怪物？」山娃問。

瑞娜聳肩。「老實說？或許毫無用處。對付心靈惡魔一定要一擊必殺，不然乾脆不要出手。用弓很難一擊必殺。」

她看向山娃。「但心靈惡魔是亞倫和賈迪爾的問題。」聽到瑞娜用這個非正式的名稱稱呼舅舅讓山娃覺得不太高興，不過她沒有多說什麼。「我們的責任是要在他們解決心靈惡魔之前對付它們的守衛。」瑞娜繼續。「心靈惡魔能把方圓數哩內的惡魔通通叫來，還讓它們變聰明。」

山娃點頭。「我聽說過。」

「妳聽說過他們的保鏢？」瑞娜問。「化身魔？」

「只有一些傳聞。」山娃說。

「比其他地心魔物聰明。」瑞娜說。「有能力領導和召喚低等惡魔，不過那還不是最棘手的。」

「變形。」山娃低聲道，聽起來既像提問，又像陳述事實。

瑞娜點頭。「能變成所有它們想像得到的東西。前一刻裡妳還和這輩子見過最高大的石惡魔作戰，下一秒它身上就多了觸角或翅膀。妳以爲妳抓住它了，偏偏它又變成一條蛇。本來以爲幫手來了，但是它一眨眼就能變得和妳一模一樣，讓妳朋友不知道該射誰。」

山娃面無表情，但是氣味中浮現一絲恐懼，這是好事。想要活命的話，她就必須知道將會面對的狀況，並且尊敬對手。

「我上一次遇上的化身魔殺了超過兩打人，然後才被我們打倒。」瑞娜說。「如同闖入雞舍中的夜狼般貫穿一隊戴爾沙羅姆。它殺了半打人，包括卡維爾訓練官和安奇度訓練官。還有數不清的伐木工。要不是羅傑和……」

瑞娜不再說話，看著山娃瞪大雙眼。年輕女孩沒在聽她說話，張著嘴巴看著她，氣味出現戲劇性的變化，充滿恐懼與悲傷，眼眶中也開始湧出淚水。瑞娜從未見過她顯露如此強烈的情緒。

「我說了什麼？」瑞娜問。

山娃一言不發地看著她一段時間，嘴唇緩緩移動，彷彿必須先弄軟才能開口。

「安奇度老師死了？」她問。

瑞娜點頭，山娃嚎啕大哭。她一直哭到喘不過氣，然後轉為哽咽。

她一邊哭一邊在腰帶上掛的一個袋子裡亂掏，拿出一支小玻璃瓶，不過又從顫抖的指尖滑落。

瑞娜在瓶子落地前接下它，然後拿給她，但山娃沒有伸手去接。「拜託，」她哀求。「幫我接住。」

瑞娜好奇地看著她。「接住什麼？」

「我的眼淚！」她大哭。

聽起來很奇怪的要求，但瑞娜在新月過後見過克拉西亞女人前來認屍時這麼做過。她打開小瓶子，看著寬敞的瓶口，邊緣銳利，適合用來從臉頰刮落淚水。她踏上前去，在一滴淚水滴落前接起來，然後就著瓶口往上刮回去。

山娃哽咽得越來越厲害，彷彿她為了哽咽而故意讓自己陷入悲傷的情緒中。儘管動作很快，瑞娜還是很難跟上淚水滴落的速度。山娃哭滿了兩支淚瓶才停下來。

「那隻惡魔後來怎麼了？」山娃哭完後問道。

「我們殺了它。」瑞娜說。

「妳確定嗎？」山娃逼問，湊上前去抓她手臂。

「我親手砍下它的腦袋。」瑞娜說。

山娃癱坐回去，瑞娜從未見她如此挫敗，而她幾週前還把自己打昏過。

「謝謝妳。」山娃說。

瑞娜點頭，暗自決定最好不要提到她第一次見到安奇度的時候也和他打過一架。

他們在月虧第一天的早晨抵達安納克桑。亞倫帶他們前往卡吉之墓，然後他們就開始做準備。在沙漠的黑暗中，安納克桑是個魔力強大的地方，古老又深邃。每一粒塵埃都充滿魔力，數千年來透過強大的魔印吸收地心魔域的力量。亞倫釋放幾絲自身魔力，與此地的魔力相互融合，立刻感到古城活了過來，彷彿他本身軀體的延伸。它充斥著強大的力量，讓他有能力面對接下來的試煉。

賈迪爾領頭向艾弗倫禱告，亞倫忍住不出言冷嘲熱諷，禮貌性地低著頭。他看得出來克拉西亞人信仰虔誠，也看得出來信仰爲他們帶來的力量。

就連瑞娜也散發出信仰的光芒，雖然她過去曾經遭受卡農經迫害。

黑夜呀，眞希望我也能分享他們的信仰。此刻其他人都深信他們在執行造物主的偉大計畫。亞倫是唯一了解他們只不過是憑空想像艾弗倫旨意的人。

「夠了。」他終於在禱告彷彿沒完沒了，而他再也無法忍受下去時說。「快天黑了。就定位，不要出聲。」

賈迪爾神色不耐地看著他。太陽還沒下山。儘管如此，他還是點頭。現在不是內鬨的時候。「帕爾青恩說得對。」

山傑特和山娃在陵寢一面牆上挖了個埋伏洞，亞倫在洞旁刻上隱形魔印。在惡魔眼中，那面牆將完好無缺。

瑞娜披上隱形斗篷，走到陵寢入口旁站定。亞倫站在她對面，切斷自己與安納克桑魔力之間的連結，以免地心魔物王子察覺他的存在。

接下來一個小時是他這輩子所經歷過最漫長的一小時。隨著時間一分一秒過去，他幾乎希望能回頭繼續禱告。

黑夜降臨，但是攻擊沒有立刻展開。亞倫知道這樣可能會有危險，但是又等了一個小時後，他實在忍不住，於是打開心門，連結安納克桑的魔力，試圖感應敵人的蹤跡。

它們在外面。黑夜呀，總共好幾千隻。

心靈惡魔進過他的腦子，知道這座城市的結構，也知道卡吉陵寢的確實位置。但它們不趕時間，有三天可以玷污、摧毀這座城市，顯然打算好好享受。地面在惡魔開始摧殘古城時隱隱震動。

亞倫和其他人等了一整夜，一聲不吭、動也不動，唯一陪伴他們的就是地心魔物拆城造成的轟隆震動。但是當晚結束前，惡魔都沒有接近他們。

他們打算把卡吉留到最後。

破曉時分，所有人都精疲力竭，按摩痠痛的肌肉，神色疑惑地看向亞倫。

「你保證他們會來，帕爾青恩，」賈迪爾吼道。「這裡！這個地點！你以榮譽發誓。結果我卻藏身於此，侮辱卡吉——」

「他們會來！」亞倫堅稱。「你難道沒感覺到嗎？今晚只是開場而已。」

「你怎麼可能知道？」賈迪爾繼續吼。

「這座城市告訴我的。」亞倫說。

賈迪爾語氣變得不太肯定。「這座……城市？你瘋了嗎，帕爾青恩？」

亞倫聳肩。「應該是瘋得厲害，不過那與此事無關。這裡蘊含了古老魔力，阿曼恩。打從你們祖先還在世的年代就存在於此城中心的魔力。對它敞開心門，它就會和你交談。」

賈迪爾拉開腳步，閉上雙眼。亞倫看到魔力朝他飄去，但是片刻過後，他搖頭，睜開雙眼看著亞倫。「如你所說，這裡有古老魔法，帕爾青恩，但是安納克桑沒有和我交談。」

亞倫看向瑞娜，她已經閉上雙眼，像賈迪爾一樣吸收魔力。片刻過後，她睜眼聳肩。

「它曾與我溝通，」他堅持，推開他可能眞的瘋了的可能性。「你們只要練習傾聽就行了。」

「所以究竟是怎麼回事？」瑞娜問。

「它們沿城牆圍成一圈，」亞倫說。「卡吉陵寢就是圓心。它們由外往內大肆破壞，過不了多久就會抵達我們這裡。月虧結束時，它們不會留下任何完好的石塊。」

「再像那樣情緒緊繃地度過一晚，我可能會發瘋，更別說兩晚。」瑞娜說著走向門口。「上去透透氣。」

亞倫上前阻擋她。「我不認為那是好主意。不能讓惡魔聞到我們的氣味。」

「所以呢，我們要在陵寢中度過三天？」瑞娜問。

「如果非這樣不可的話，」賈迪爾說。「若有必要，我們就死在這裡。」

亞倫正要點頭，賈迪爾又繼續說道：「但我不認為有此必要。我要親眼見證上面破壞的情況，確認你所聽見的聲音不是出於想像。如果阿拉蓋打算在一次月虧中摧毀整座城市，那它們就不會費心辨識氣味。」

他大步走向門口，速度不快，讓亞倫有機會阻止他，不過他的靈氣表示那會是很愚蠢的舉動。亞倫點頭。

他們小心翼翼地移開擋在門口的魔印巨石，回到地面上，看見一片殘破的景象。

賈迪爾心情沉重地看著殘破不堪的安納克桑。帕爾青恩指控他的族人摧毀此地——不能說沒有道理——但是與阿拉蓋王子之怒相比，克拉西亞人只是刮花了一點表面而已。

心靈惡魔控制軀殼挖出埋在沙裡的沙石，然後將其磨碎或是燒成玻璃。正如帕爾青恩所說，城市外緣有道如同護城河般的毀滅圈。曾經佔地遼闊、生氣蓬勃的城市，如今淪爲布滿灰燼的大坑。沒有任何一塊碎片比山娃的小拳頭還大。

除了屍體之外。

惡魔從陵寢中挖出安納克桑偉大領袖的石棺，沿著毀滅圈邊緣擺放。賈迪爾揭開一副棺蓋，然後神色恐懼地偏過頭去，放下棺蓋喘氣。

棺材裡滿滿都是油膩膩的排泄物，散發出令人難以忍受的惡臭。賈迪爾必須強迫自己嚥下前一餐吃的食物、拉上他的黑夜面巾遮蔽口鼻。

這樣沒有多少幫助。臭氣燻得他雙眼刺痛、淚流不止，但他強迫自己再度上前，看著本來用來包裹祖先屍體的布塊漂在排泄物上。坎金，卡吉的第二個表弟，十二聖徒之一，躺在裡面，屍身遭到褻瀆。

瑞娜走上前去，當場又退了回去。「黑夜呀，那是什麼？」

「心靈惡魔屎。」就連帕爾青恩也臉色發青。「他們只吃人腦，所以排泄物特別噁心，看起來滑油油的。會黏在所有東西上。」

「可燃嗎？」賈迪爾問。

「可燃。」帕爾青恩說。「但是……」

「我不會放著我的祖先這個樣子不管，帕爾青恩。」賈迪爾說。

「你會。」帕爾青恩說。「地心魔物或許不會聞到我們的氣味，但如果燒掉它們的展示品，它們肯定會發現。我們回去。立刻。等它們找上門來，然後讓它們付出代價。」

賈迪爾想要爭辯。他渾身上下沒有一處不想洗刷他神聖的祖先所受的屈辱。但是帕爾青恩說的沒錯。唯一能平衡的方法，就是讓阿拉蓋為這種屈辱付出慘痛的代價。

亞倫一直感到胸口緊縮，必須提醒自己呼吸。他不敢透過安納克桑的魔力去理解敵人。當天是月虧第三夜，破壞聲比之前更近，直到整座石室彷彿都快坍塌。接著突然之間，一切通通安靜下來，唯一的聲響就是四周塵土還在緩緩落地。

即使沒有透過魔法感應，亞倫還是可以察覺心靈惡魔接近。不只一隻，很多隻。若他們沒有掌握所有突襲的要素與優勢的話，這數量肯定讓他們無法應付；但即使掌握了優勢，或許還是應付不來。

造物主呀，他心想，覺得自己這麼做有點愚蠢，如果你眞的存在，現在就是出手的時候了。

沒有回應，當然。亞倫也沒有期待回應，但此時他很希望自己對造物主的想法都是錯的。瑞娜在繫緊的上衣上擦拭手汗，伸展手指。她的手掌一直忍不住移動到獵刀刀柄上。

房間對面的山傑特變換站姿，調整持矛的位置。只有山娃看起來一點都不緊張。她已經好幾個小時沒有動過了，靈氣平穩到要是眼睛沒睜開的話，亞倫會認為她在睡覺。

外面傳來斷斷聲響，接著是惡魔抹除阻止它們進入的魔印時所發出的刮擦聲。亞倫看著突襲藏身處周圍的隱形魔印，不確定光靠那些魔印夠不夠。他啓動自己的魔印，看到瑞娜拉緊隱形斗篷。

一陣轟然巨響，巨石向內爆炸，碎片激射而出。瑞娜驚呼一聲，不過因為躲在入口旁邊所以沒受到什麼傷，但其他人就沒那麼幸運了。山娃即時舉盾，可是被碎石撞倒。一塊大石頭擊中山傑特的腦袋，他當場摔倒。山娃接住他，讓他保持在隱形魔印的範圍內，但顯然無法作戰。

化身魔在塵埃落地前竄入石室，形體不定，如同液體般流過地板。在正常肉眼下，它看來像沸騰的焦油，但是在魔印視覺下，它綻放強烈的地心魔光。所有人都情緒緊繃，靜觀其變，等著看他們有沒有洩露行蹤。

每當利用魔法藏身時都會有這種感覺，懷疑這次地心魔物會不會穿透魔法簾幕。亞倫胸口緊縮，強迫自己呼吸。

但就算化身魔感應到他們，也沒有表現出來。它在石室內繞了一整圈，沿著大魔印石棺蔓延，然後又回到門口聚成一團黏液。黏液中央冒出一個硬塊，像是有人從一缸糖漿裡爬出來，惡魔成形，越來越高，直到肩膀幾乎碰到低矮的天花板。它開始橫向發展，長出短而有力的雙腳和肌肉結實的手臂，末端有著巨大的黑爪。

一隻心靈惡魔進入石室，亞倫微微一笑，舉起一手要其他人待在原位，等待時機成熟。地心魔物身材矮小，就和他之前遇過的心靈惡魔一樣，擁有修長的四肢和纖細的爪子。球根狀的巨大腦袋上長有退化的魔角，還有一雙會反光的漆黑大眼。

他的微笑在第二隻心靈惡魔進入石室時逐漸消失。然後又是一隻。它們一隻接著一隻進來，直到石室中擠滿心靈惡魔，總共六隻。它們朝向石棺移動，石棺上的魔印發出刺眼的光芒，阻止它們前進。亞倫看出禁忌魔印像是大泡泡般在石棺四周形成無法穿越的力場。惡魔可以接近石棺，但是沒有近到能夠碰觸石棺。卡吉的魔印太強大了。

心靈惡魔一聲不吭地站了一段時間，研究那些魔印，退化的魔角在與彼此心靈溝通時無聲地緩緩鼓動。亞倫可以感受到空氣中的震動，但是因爲啓動了心靈魔印，他沒辦法聽見它們的想法。

接著它們動作一致，轉過身去，膝蓋彎曲。它們揚起本來可能是尾巴的隆起部位，在一陣恐怖的擠壓聲中噴出黑黑油油的排泄物。

小石室當場瀰漫在一股難以忍受的惡臭中。亞倫雙眼刺痛、淚如泉湧，肺部彷彿燒起來。他羨慕克拉西亞人有面巾可遮，雖然他懷疑能提供多少效果。瑞娜隱身的空間在她伸手捂住口鼻時浮現小小的漣漪，不過專心應付石棺的地心魔物並沒有察覺。

心靈惡魔渾身綻放魔光，比化身魔刺眼多了，而化身魔體內的魔力已經遠遠超過其他種類的惡魔。但是地心魔物王子能夠完全控制它們的力量，當它們死亡時也不會浪費那些力量。它們噴出的排泄物具有阻隔魔法的功效，蓋住魔印，隔絕它們的魔力。遭受覆蓋後，魔印上的魔光逐漸黯淡。接觸空氣後，噁心的排泄物迅速變乾，像混凝土般硬化。

亞倫蓄勢待發。時機幾乎成熟了，他強迫手掌停止顫抖，準備下達攻擊命令。他們不會再有第二次機會。

但是門外走道上傳來魔爪著地的腳步聲令他停止動作。所有心靈惡魔突然起身，自石棺前退開，移動到牆壁旁邊跪下，爪子伏地，露出脖子，恭迎另一隻心靈惡魔進入石室。其中有隻心靈惡魔就在瑞娜觸手可及的地方。另一隻距離山娃和她不省人事的父親不過一根長矛距離。

就外型來看，這隻惡魔和其他惡魔沒有多大不同，矮小、柔弱，有著像針般的細牙和看來十分脆弱的爪子，宛如安吉爾斯貴族仕女的彩繪指甲。

但是這隻惡魔體內的魔力強得驚人。亞倫從未在任何單一生物身上感應到這麼強大的力量，幾乎和窪地的大魔印旗鼓相當。它身上的魔力或許不比其他六隻心靈惡魔的魔力總合，不過也相去不遠。亞倫知道心靈惡魔王子會依照年齡和力量來區分身分高低，但上次的經驗讓他以為那純粹是出於不情願的敬意和尊重，而非絕對的順從。眼前這一隻肯定古老強大到真正能讓其他心靈惡魔緊貼牆壁，露出脖子。

是否強大到可以忽略隱形魔印，察覺他們的存在？他肌肉緊繃，只要一看情形不對，就立刻展開攻擊。他再度感到胸口緊縮帶來的灼燒感，但卻不敢在那頭惡魔路過他身旁朝石棺走去時呼吸。

它頭顱抖動，化身魔立刻行動，以魔爪抓起沉重的棺蓋，拋向一旁。強大的心靈惡魔動作出奇優雅，輕輕巧巧地跳上石棺，張開雙腳站在狹窄的棺緣上，低頭打量它們最偉大的敵人的屍體。它蹲下身去，抬起退化的尾巴，露出它的肛門。

就在這個時候，裹著隱形斗篷躲在棺材裡的賈迪爾展開攻擊。

惡魔還沒發現他前，賈迪爾已將卡吉之矛的矛柄甩向它雙腳之間，打得它整個身體騰空而起。同一時間，他啓動卡吉之冠，將它困在無法穿透的力場中，跟著跳起身來，再度攻擊。

「動手！」亞倫一聲大喊，在瑞娜和山娃展開攻擊時跳向離他最近的心靈惡魔。瑞娜乾淨俐落地砍斷目標的腦袋，她父親的獵刀如同霍格拿菜刀砍雞頭般貫穿惡魔的纖細脖子。

山娃也施展致命一擊，矛尖插入一隻惡魔王子的胸口，隨即扭轉矛柄，攪爛心臟。心靈惡魔能以難以想像的速度治好幾乎所有傷勢，但就連它們也沒辦法對付一擊斃命的重傷。

心靈惡魔正要轉頭看他，亞倫已經抓起它的魔角，將本身的衝勢轉爲扭轉的力道，扭斷它的脖子。爲了避免怪物有辦法治療這種恐怖的傷勢，他一腳抵住它的胸口，然後繼續扭動，一直扭到布滿鱗片的表皮和肌肉撕裂爲止。他大吼一聲，徒手拔下對方的腦袋。

三頭心靈惡魔死亡時的心靈能量化爲震波向外炸開。根據經驗，心靈惡魔死亡會殺死或逼瘋方圓一里內所有惡魔。就連有魔印守護心靈的亞倫也感覺得到那股力量，彷彿空氣本身在尖叫一樣。剩下的心靈惡魔和化身魔深受影響，伸爪抱頭吼叫。

亞倫不給它們時間恢復，奮力吸收安納克桑的古老魔力。魔力立刻回應召喚，彷彿迫不及待想要幫飽受荼毒的古城報仇。他繪製熱魔印和衝擊魔印，打散心靈惡魔，讓它們搞不清楚狀況。爆炸的力量撼動石牆，支撐天花板的石柱上也出現裂痕。他不敢再度施展這種力量。如果目標只是單純要殺光心靈惡魔的話，就算會犧牲所有人的性命，亞倫也不會有絲毫遲疑，不過他們別有目的。

他衝向一頭心靈惡魔，對準它的喉嚨施展魔印迴旋踢。山娃和瑞娜趕來協助。

但是心靈惡魔在被踢中之前看見亞倫，直接化身魔霧，逃出石室，找尋回到地心魔域的道路。亞倫只踢爛了牆上一塊石頭，天花板落下更多灰塵。

其他心靈惡魔採取同樣的行動，毫不遲疑地逃離現場。亞倫早就料到這種情況。心靈惡魔或許會服從力量更強大的心靈惡魔，但是它們沒有忠誠的觀念，樂意看到其他同類死亡、失去交配的機會。現在只剩下被賈迪爾困住的心靈惡魔還有它的化身魔保鏢。

賈迪爾撲倒地心魔物王子，和它在地上扭打，但惡魔比外表強壯，儘管卡吉之冠阻止它召喚幫手或是逃走，賈迪爾卻無法在維持陷阱的情況下取用皇冠其他力量。

惡魔王子尖叫，化身魔立刻回應，趕去幫忙。亞倫憑空繪製冰寒魔印，把它凝結成冰，瑞娜一腳踢斷它一條腿。那條腿在地上摔爛，她則轉身施展致命一擊。

但是在她擊中對方前，化身魔融化爲一灘黏液，導致她一腳踢空。接著黏液中凝聚觸角，迅速展開攻擊。瑞娜皮膚上和山娃盾牌上的魔印擋下對方的攻擊，不過禁忌魔印所產生的反彈力道還是撞倒了兩個女人。

但她們兩個經驗老到。山娃並沒有失去重心，伏身著地後立刻再度撲上。瑞娜比較狼狽，不過透過黑夜的力量立刻起身，在惡魔重聚形體前蓄勢待發。

這頭化身魔絕不容小覷。它們不單只是心靈惡魔的殘暴保鏢，同時也是地心魔物軍團的指揮官，智力遠高於一般軀殼。亞倫已經感應到它在召喚援軍。附近所有軀殼不是死了，就是瘋了，但是化身魔的訊號要不了多久就會傳出心靈惡魔的心靈慘叫範圍之外。它們無法在有魔印加持的陵寢中現形，但是外面的通道很快就會擠滿鱗片和利爪。

亞倫回頭看向還在與心靈惡魔纏鬥的賈迪爾，心下盤算當務之急。

「殺了化身魔！」他對瑞娜和山娃叫道。「留神援軍。」

就這樣，他丟下女人不管，撲上去對付心靈惡魔。

瑞娜和山娃同時進攻，瑞娜的獵刀插入再次塑形的化身魔胸口，山娃則從背後出擊。兩人都沒有命中目標，惡魔的血肉如同火焰之前的蠟般在魔印武器前融化。山娃衝勢不止，矛頭擦過瑞娜的臉。

「守住門口！」瑞娜叫道。「這個我來處理！」惡魔展開攻擊，她身上的化身魔印光芒大作，巨爪只打得她向後退開，並沒將目標砍成兩半。

山娃懷疑地看著她，但還是點頭，跑到門口，拉弓搭箭。

瑞娜根據亞倫的指示憑空繪製化身魔印，吸收大量安納克桑的魔力灌注其中。惡魔飛身而出，撞上對面的牆壁，天花板再度搖晃。她試圖繪製其他魔印設法困住它，但化身魔的爪子沉入牆內，扯下一大塊沙石，朝她丟來。瑞娜閃向一旁，但是遲了一步，肩膀中擊，翻身摔倒在地。她的腦袋撞上地板，眼冒金星。

她只花了幾秒爬起身來，穩定心神繪製魔印治療傷勢，但是惡魔已經扯下另一塊石頭，毫不在意石室即將坍塌，要不是山娃插手的話肯定會把她砸扁。山娃第一箭射中它手臂，讓它放下石頭。第二箭射中臉，魔印往它體內釋放殺戮魔法。惡魔尖聲慘叫，隨即融化。那支箭固定在空中片刻，然後在惡魔重新塑形時落地。

它抓起第三塊石頭想要丟向山娃，但是瑞娜擲出獵刀，打偏它的準頭。巨石擊中門框，山娃即時抬起盾牌。在化身魔恢復平衡前，瑞娜欺上前去，以魔印拳腳一陣猛攻。有些攻擊有擊實，她感覺到惡魔的魔力竄入自己體內，但是其他攻擊都打中煙霧，儘管惡魔無法接觸她的皮膚，它反擊時對魔印所造成的衝擊力道還是不容易承受。

她瞄向山娃一眼，發現那個女人此刻也應接不暇，站在陵寢入口外的走廊上連續射箭，瑞娜可以聽見回應化身魔召喚而來的沙惡魔在遠處尖叫。

亞倫看著賈迪爾和心靈惡魔在陵寢地板上的惡魔屎堆裡打滾。賈迪爾好不容易閃到它身後，卡吉之矛橫抵住它的下巴，把它球莖狀的腦袋扯向後方，弄得它拚命嘶聲喘息。被卡吉之矛碰到的地方吱吱作響，冒出白煙。

眼看賈迪爾制住它，亞倫決定花點時間在攻擊前了解敵人，趁地心魔物王子分心時吸收它的魔力、分析弱點。

但是心靈惡魔熟知這種把戲，儘管和賈迪爾打得難分難解，它還是守住了亞倫吸收的魔力，沒有透露絲毫弱點。

接著心靈惡魔開始腫脹，柔軟的皮膚逐漸變硬，長出尖銳多刺的背脊。心靈惡魔不能像保鏢一樣變形，但就算不太喜歡肢體衝突，它們也並非完全無助。

現在它的身體漲大到約莫七呎高，心靈惡魔掙扎起身，將賈迪爾整個拖離地面。只要賈迪爾不撤去力場，它就沒辦法逃脫或求援，但是他沒辦法運用卡吉之冠的其他能力，也不能用卡吉之矛的矛尖來對付它，以免殺死對手，一切白費心機。

亞倫在賈迪爾失去優勢前迅速撲上，反覆攻擊惡魔的肋骨和顏面。那感覺像是毆打牆壁一樣，他感到地心魔物的骨頭在自己的魔印拳頭下碎裂，不過儘管出拳的速度快如閃電，對方的傷勢還是會在他收拳再攻之前開始癒合。

惡魔跳向後方，帶著賈迪爾去撞牆，並將尖銳的背脊插入他體內。賈迪爾悶哼一聲，緊握長矛，惡魔踏向前方，準備再度撞牆。

亞倫不給它機會這麼做，狠狠踢中它的膝蓋，打斷那條腿。它單膝著地，試圖扯開令它窒息的長矛，但魔印阻止它的爪子抓住矛柄。一次又一次，亞倫重擊球莖狀的腦袋，不給惡魔機會反擊。

但惡魔突然縮小，轉眼縮得比一開始更小。它從長矛的縫隙中掙脫，迅速繪印炸開兩人腳下的地板，亞倫和賈迪爾摔倒在地。

卡吉之冠在賈迪爾倒地時摔歪，惡魔把握稍縱即逝的機會，瓦解形體，試圖逃命。

但亞倫爲了此事計畫多時，不打算放它走，立刻化煙展開追逐。他曾經在沒有實體的狀態下對抗惡魔，知道勝負的關鍵在於意志而非力量。他之前敗在三隻心靈惡魔手下，不過他有信心可以應付一隻。在肩負全人類命運的情況下，那隻惡魔的意志絕不可能敵得過他。

陵寢裡有魔印守護，地板都是人工切割的石塊，沒有辦法通往地心魔域。惡魔衝向門口，山娃站在門外的走道上連連射箭，努力阻擋呼應化身魔召喚而來的惡魔大軍。

亞倫在它穿門而過前趕上去，以虛幻的形體與之糾纏，將自己的意志強加在怪物身上。

但這隻心靈惡魔和他從前遭遇過的大不相同。就連之前三隻聯手的時候都沒有如此輕而易舉就破解了他的防禦，如同男人穿鞋般輕鬆進入他的腦海。亞倫就像第一次遭遇心靈惡魔時的本能反應一樣，完全撤去自己的防禦，全力進攻心靈惡魔的思緒，希望能找到弱點，但那就和想要撞倒克拉西亞大城牆一樣困難。心靈惡魔的思緒牢不可破，而它則徹底搜尋他的記憶——他的存在——毫不費力。

如果能夠出聲，亞倫肯定正發出慘叫。

結果是賈迪爾救了他。他在亞倫拖延惡魔逃脫的同時重建力場，舉起卡吉之矛，朝僵持不下的格鬥雙方形成的魔霧發射閃電。至於是察覺亞倫處於下風才決定冒險發出可能擊斃雙方的攻擊，還是他根本不在乎，這點無從得知；但是那道造成劇痛的能量短暫解除了惡魔的束縛，亞倫立刻凝聚形體，重重摔倒在地，心靈魔印再度成形。

他鬆了口氣。這不是他第一次差點被自大害死。他要是再和這傢伙比拚意志力的話就是蠢蛋，必須另想辦法。

賈迪爾移動到他身邊，但是沒有伸手去拉亞倫，目光一直鎖定飄在力場邊緣的心靈惡魔光霧上。在這種缺乏實體的狀態下，惡魔無法繪印，也沒辦法傷害他們。它沿著禁忌魔印飄浮，找尋逃生的縫隙。瑞娜和山娃在石室另一邊為生存而戰，不過她們還是隨時注意心靈惡魔的動向，一刻也不敢放鬆。

「我們該怎麼辦，帕爾青恩？」賈迪爾問。「我們不能一直這樣等下去。」

「不行。」亞倫說。「但是我們的時間比它多。」他走向牆壁，拉開擋在通往地表祕密通道的巨石。「拖它上來。太陽就快出來了。」

此言一出，惡魔立刻凝聚形體，展開攻擊。

瑞娜又被摔到牆上，體內的空氣全部撞出體外。她奮力一推，趴倒在地，重達數百磅的卡吉石棺蓋隨即擊中她剛剛撞上的牆面。

她轉眼起身，拳打腳踢，肘擊膝頂，對惡魔展開凌厲的攻勢。她看得出來每次療傷之後，惡魔體內的魔力都會逐漸減少，但是這種現象對她而言意義不大。他們兩個總有一個魔力會先耗盡，不過誰都猜得出來會是哪一邊。

化身魔保持實體，抓起一大塊棺蓋碎片，當作刀刃般甩動。瑞娜閃開一擊，不過石塊反彈，打碎她的下巴，震斷幾顆牙齒。

她順勢翻滾，無視疼痛，心知分心的下場就是死亡。她落地的同時便已開始繪製熱魔印和衝擊魔印，在惡魔臉前炸爛剩下的石塊，以免被它繼續攻擊。

這次施法令她頭昏眼花，不過她使勁吸收，魔力立刻湧入體內，能量充沛到彷彿要從身體裡燒起來般，蒸乾她的喉嚨和靜脈竇。她將所有魔力灌注在化身魔印之中，打得化身魔撞斷一根支柱，天花板坍塌，壓倒在它身上。化身魔被壓得稀爛，碎石中湧出黑色膿汁，不過不是隨機亂流，瑞娜知道它很快就會重新塑形。灰塵讓她呼吸困難、眼乾刺痛。黑夜呀，難道這隻怪物殺不死嗎？

她看向依然在與心靈惡魔搏鬥的亞倫和賈迪爾，而山娃則用矛和盾守住門口，想要對付化身魔就只能靠自己了。如果失敗的話，化身魔將會扭轉戰局，摧毀他們所有希望。

她繪製吸引魔印，躺在碎石中的獵刀飛回她手中。地上那灘黑黏液中冒出一條觸角，她一把抓住，砍成兩段。她還沒丟開觸角，觸角已經開始融化，恢復成了無生氣的黑色污垢。它可以治療自己，但無法重新長出被切斷的部位。

有必要的話，她會把惡魔的身體一塊一塊剁光。

惡魔也知道這一點，於是逃離她的面前，沿牆而上，在天花板上聚集。瑞娜跳上去刺它，不過沒有可供施力的實體，削不下任何東西。那灘黏液遠離刀鋒，冒出另一條觸角，從後方將她擊落。

她很快就站起身來，但惡魔已經完全現形，從天花板上撲下。她的黑柄魔印威力減弱，因爲皮膚上都沾滿了古老塵土，黏在身上油膩膩的血液與汗水上。它伸出雙爪抓住她，而她反手扣住它手腕，但就在她奮力阻擋時，它的手腕持續延伸，爪子抓住她的喉嚨，越掐越緊。

瑞娜出腳亂踢，但是惡魔完全控制住她，任由她踢，越掐越緊。她臉色漲紅、腦袋陣痛，迫切地想吸一口說什麼也吸不到的空氣。她眼睜睜地看著惡魔張開血盆大口，露出一排又一排的利齒。她奮力扭動，一腳踢入對方口中，在皮開肉綻的同時踢碎了好幾顆牙。但是與她的傷口不同，惡魔的牙齒在她視線開始變黑時又長了回來。

她必須想辦法脫身。非逃走不可。她徒勞無功地拉扯惡魔的手臂，但是手臂比鋼鐵還硬。她試圖繪印，但它長出觸角打亂手勢，不讓瑞娜畫完正確魔印。她試著轉移惡魔的重心，但它腳爪陷入地板，穩穩固定在原處。

她眼前一黑，感覺對方的牙齒陷入自己體內，但已經叫不出聲。

惡魔現身時，賈迪爾始終保持警覺、備好長矛，但是阿拉蓋王子沒有落地，而是飄浮在半空中，彷彿站在實地上。它伸出一隻爪子，像是每天簽署上百張文件的賈迪爾簽名般輕而易舉地憑空繪印。

魔印立刻產生效果。賈迪爾準備用長矛吸收殺戮魔力的攻擊，但他沒想到腳下的砂石地板會突然變成泥漿，而自己會嘩啦一聲沉入地面。

賈迪爾在吃到泥巴前及時屏住呼吸，揮手找尋施力點。他的矛尖刮到石頭，這表示法術的範圍有限，但他的手就是沒辦法抓到實地。賈迪爾與大部分克拉西亞人一樣，從未學過游泳。

他無從得知上面的情況，但賈迪爾知道帕爾青恩的性命、阿拉的命運，全都要仰賴他維持住這個陷阱。他擁抱恐懼，專注在卡吉之冠的禁忌力場上，不讓惡魔逃走。

奮力掙扎似乎讓他越沉越深，而他的肺部也開始灼痛。最後他放棄掙扎，揮手讓自己下沉，腳趾盡量往下，直到他終於碰到底部。

他放鬆，雙腳彎曲，吸入卡吉之矛的魔力，強化他的雙腳，準備躍向自由。

但接著四周變得一片死寂，冰冷到足以讓克拉西亞的冬夜變成夏日白晝。他身旁的泥巴突然變硬，他也和心靈惡魔一樣被困住了。

亞倫出手去拉摔落泥漿中的賈迪爾，隨即想到惡魔就是想要他這樣。它的法術沒辦法製造出足以吞噬他們兩人的大坑。

結果他雙腳彎曲，高高躍起，攻向惡魔，但卻穿透了一道幻象。真正的惡魔一定就在附近——既然它能繪印必定擁有實體，且顯然像亞倫一樣可以輕易隱形。

他撞上天花板，伴隨一堆石屑墜落，半身摔入困住賈迪爾的泥漿。但是他有辦法脫身，於是心靈惡魔繼續繪印，凍結泥漿，困住他的腳。

亞倫抓起手邊最大的石塊，丟向空中，然後繪製衝擊魔印。沙石爆炸，碎石標示出惡魔的輪廓，只見它正揚起手臂抵擋碎石。亞倫使盡全力拋出他的魔印匕首，接著雙手插入凍泥，拔出他的腳。裂縫如同蛛網般自那個位置向下延伸，片刻過後地下的岩石開始向上隆起。

賈迪爾還在頑強抵抗。

惡魔重重摔倒在地，隱形魔法當場失效。它伸手去拔插在肋骨附近的匕首，但爪子一碰到刀柄就開始冒煙，亞倫冷冷一笑。他繪製之前與心靈惡魔一戰時用過的魔印，但是惡魔早就料到，就像腳踏實地般輕鬆漂浮在泥漿上。它瓦解形體，亞倫最愛用的匕首隨即落下，沉入泥漿裡，就此消失。

由於陷阱尚未撤銷，心靈惡魔無法走遠，而處於虛幻的形體導致它無法繪印或吸收魔力。亞倫迅速繪製一連串魔印，釋放出一道衝擊波貫穿魔霧，迫使對方凝聚形體。

地板再度震動，卡吉之矛破石而出。亞倫利用對方分心之際瞬間拉近距離。他抓住惡魔的魔角，雙掌滋滋作響，一邊用力拉扯，一邊以繪製衝擊魔印的頭頂撞向它雙眼中間。

亞倫在賈迪爾持續掙脫陷阱時感覺到地面再度震動，不過他拒絕爲之分心，不停撞擊惡魔的大頭。地心魔物王子再度漲大身體，大到和木惡魔差不多，又比木惡魔要強壯許多。亞倫想要攻擊就必須先繪製近距離防禦魔印，而這讓惡魔有機會反擊。它使勁一推，兩者一起摔在地上，持續扭打。

「奈的怪物也要呼吸，帕爾青恩！」賈迪爾叫道。亞倫咬緊牙關，承受利爪和尖銳背脊的攻擊，拚命扣住對方的喉嚨。

他聽見一個聲音，隨即發現是自己的慘叫聲，但還是不肯放手。

瑞娜很想失去意識，但即使惡魔開始吃她，她還是不肯放棄。她吸收安納克桑的魔力，希望、祈求能對此刻的處境有所幫助，但沒辦法以魔印凝聚魔力，或利用魔力在沸騰的熱血中製造空氣。

但接著，彷彿來自遙遠的地方，她聽見了。

地心魔域的召喚。

透過碎石間的縫隙，一首歌自阿拉深處傳來，正如亞倫許久之前所描述的那樣；如同吟遊詩人的歌聲召喚著，或母親溫暖的懷抱。那裡不會有任何痛苦。不會有任何煎熬。除了造物主溫暖的光芒外什麼都沒有。

她伸出手，痛苦消失了。惡魔的爪子抓空，因爲她沉入地表，衝向那股無窮的力量，拋開地表上一切痛苦。不再有惡魔了。不再有人類了，不會再受傷，也不再接受幫助。

不再有日出了，不會焚燒她，奪走在夜裡吸收的魔力。

不再有亞倫了，不再會抱著她，輕聲述說愛意。

她突然停止沉淪。她飄了多遠？地心魔域很接近了，它的歌聲震耳欲聾，地表變得遙不可及。她沿著身後的道路強化感官，隱約還能聽見作戰的聲音。

亞倫，爲了人類的命運而與他一生最大的宿敵並肩作戰。山娃，放下即將失血致死的父親，阻擋一大群惡魔。而她，逃離戰場，奔向溫暖的懷抱。

她調轉方向，飛向地板上的裂縫。她看到化身魔重擊著包圍亞倫、賈迪爾和心靈惡魔的禁忌力場，但是那座力場不但不讓心靈惡魔出來，同時也阻擋化身魔進去。最後它把注意力轉移到山娃身上，走向她毫無防備的背後。

瑞娜伸手阻止它，但是她沒有肢體，她的身體依然虛無飄渺。她以意志力迫使自己凝聚形體，但就如亞倫所警告，這並不是件容易的事情。她感覺到自己所化身的雲霧聚集在一起，不過反應很慢。她集中精神，回想她的四肢，想辦法讓它們回歸現實，但又很清楚不可能來得及。化身魔揮出利爪，展開攻擊。

咖嗆！

一支曲柄弓矢貫穿化身魔的喉嚨，出口傷爆出大量膿汁。惡魔轉身面對山傑特，嚴重的傷勢開始癒合，戰士則放開掛在身上的曲柄弓，提起長矛衝向惡魔。

「惡魔，想碰我女兒得要先過我這一關！」山傑特出矛搖搖晃晃，頭部受創加上失血讓他力量衰弱、重心不穩，但還是刺得很準。長矛沉入惡魔體內，它在魔力流失，隨即化爲一波殺戮魔法回到體內時放聲慘叫。那股魔力只有一小部分形成反饋，沿著矛柄傳入山傑特體內，但是瑞娜看出山傑特的靈氣恢復平衡，讓他能再次全力作戰。

惡魔在長矛前融化，重新凝聚形體，但瑞娜也已經恢復人形，傷勢痊癒，變得比先前更加強壯。她一拳打歪惡魔的臉，讓它飛到石室另一邊。

「守住門口！」她大叫，然後轉眼間衝過石室，重擊惡魔，讓它難以起身，無法專注。它化身魔霧，但這一次瑞娜和它一起變成煙，回想亞倫描述他與心靈惡魔沉入地心魔域時的情況。她與對方的靈體糾纏在一起，以本身的靈體附著其上，然後接觸它的意志。

該惡魔的智力無法與常人匹敵。或許和小孩差不多，不過還是比惡魔中絕大多數的無腦軀殼要聰明多了。

智慧不足，但意志強大。它一心只想保護它的心靈，爲達目的不擇手段。瑞娜擋著它的路，它拚命想要剷除她。

但儘管惡魔的意志力集中在保護心靈惡魔上，對瑞娜而言，她要承擔的卻是全人類的命運。全人類，最重要的就是亞倫。如果無法阻止它，就會全盤皆輸，那她還不如逃到地心魔域去，還不如放棄掙扎，讓她父親爲所欲爲，就像伊蓮一樣。如果不能完成此事，她這輩子究竟爲何而活？

她以己身的意志力擄獲化身魔的意志，摧毀它、打散它的靈體。它炸成一團魔光，然後徹底消失。

賈迪爾以卡吉之矛的矛柄朝冰凍石塊揮出最後一擊，擊碎最後一塊困住他的石頭。帕爾青恩在慘叫聲中與阿拉蓋王子搏鬥，但他的沙羅姆精神毫不動搖。他撐住了。

只要拋出卡吉之矛，他就可以一舉剷除兩個敵人。他一生的宿敵和至今遇過最強大的阿拉蓋。他可以除掉他們，然後凱旋回歸艾弗倫恩惠，導正他缺席期間所引發的暴亂。少了帕爾青恩，綠地人的反抗勢力就會瓦解，而在地底深淵裡，奈的僕人會被艾弗倫戰士的力量嚇得發抖。

他只要拋出長矛就可以了，然後再次面對背叛帶來的愧咎。沉重的代價，或許，但是只要能在沙拉克卡中取得優勢，這點代價又算得了什麼呢？

*我們不能爲了對抗惡魔而化身惡魔。*帕爾青恩的話在他心裡迴盪。

就算死在奈的手下，他心想，*我也不要再度背叛我眞正的朋友。*

他把卡吉之矛插回背上的矛鞘中，拉起隱形斗篷的兜帽，伸手到腰間的布袋裡。

惡魔正在衰弱，亞倫感覺得出來。他可以吸收安納克桑的魔力，心靈惡魔卻受制於禁忌力場，迅速消耗儲存的魔力。儘管如此，它還是有辦法抗衡。他必須切斷在這個狀態中，惡魔王子能接觸到他皮膚上魔印的魔力，藉以繼續控制它，而它纖細脖子的皮膚和骨頭通通硬化到接近鑽石的程度。他的手受到的傷害並不下於惡魔。

但我可以呼吸，他心想。*它不能。*

惡魔張開嘴巴，無聲慘叫，露出漆黑的牙齦和數打如針般的利齒。它的下顎大張，牙齒逐漸逼近他的臉。他可以聞到它口中的惡臭。它的唾液濺灑在他臉上，令他噁心想吐。

但接著有人一拳擊中惡魔下顎，打碎牙齒，遠離他的臉。他轉頭去看，以爲會看到賈迪爾，結果出拳的卻是瑞娜，身上的魔光比從前更加耀眼。她神色堅決、靈氣壯大。他覺得眼中湧出淚水，很想開口說話，不過只能在她一拳一拳毆打惡魔的同時使盡全力箝制惡魔。

接著，突然之間，賈迪爾出現在惡魔身後，將亞倫耗費多時刻印的銀鎖鏈套上它的頭。在惡魔有機會喘氣前，亞倫放開雙手，賈迪爾拉緊鎖鏈，魔印大放光明。

惡魔劇烈顫抖，試圖瓦解形體，但是鎖鏈已經奪走了這種能力。它縮回原先瘦弱的體型，希望找到縫隙可鑽，但賈迪爾拉緊鎖鏈，等到惡魔縮到極限之後，亞倫在鎖鏈上加掛一個魔印鎖釦，就此封閉鎖鏈。

這時他們三個開始群起圍毆，賈迪爾施展行雲流水般的沙魯金，抓起惡魔四肢，以銀鏈加以綑綁，彷彿節慶時綁豬一樣。它單膝跪倒，然後顏面著地。片刻過後，它停止掙扎，靈氣緩和下來。亞倫在它喉嚨上加掛了比之前鬆兩節的鎖釦，然後解開第一個鎖釦，讓失去意識的怪物淺淺呼吸。

他們花了太多心力，絕不能讓它在這個時候死掉。

直到此時，他才開始注意石室內的情況，地板粉碎，還有部分天花板在打鬥中坍塌。化身魔已經淪爲石板上的幾塊黑色污垢。

門口激戰方酣。山娃箭盡矛斷，兩手分持自己和父親的盾牌，利用雙盾抵擋門外的大批惡魔。她的雙腳在強大的壓力下踏碎砂石地板。

山傑特站在一步之後，拿著他的曲柄弓。山娃身體一偏，盾牌露出縫隙，山傑特立刻鬆弦。她隨即封閉縫隙，等他以兩指拉開弦後，放入一支新的矢，然後又從另一個方位露出縫隙，讓他攻擊。

在亞倫或賈迪爾展開行動前，瑞娜已經化身魔霧，竄過石室。他在她如同強風般穿透守門戰士的身體時忍不住出聲驚呼，隨即聽見門的另一邊傳來打鬥的聲響。惡魔不再推進，山娃和山傑特終於可以停下來喘口氣。

接著整座陵寢在瑞娜打坍走道時劇烈搖晃。天花板上的沉重石塊開始鬆動，落下大量沙塵，四面八方傳來巨響。

「該走了。」亞倫說。

「卡吉——」賈迪爾開口。

「——將會永遠埋葬在他的後人擊敗數千年來世間最強大的阿拉蓋的地方。」亞倫幫他說完。

賈迪爾點頭。「山傑特！山娃！在前開路！」

兩名戰士自門口退開。山娃把盾牌丟回父親手中，兩人奔向撤退地道。

瑞娜在亞倫身旁凝聚形體。她花的時間比他久一點，但是已經比他剛開始研究瓦解形體的前幾個月還快了。

他想問她是如何取得這種新能力的，還想告訴她自己有多以她為傲，有多愛她，但是沒有時間，而且他相信這一切都已經明明白白寫在他的靈氣裡。

「先去備馬，」他對她說。「我們日出前必須遠離此地。」

瑞娜微笑，眨了眨眼，然後再度化身魔霧。

第十章　青恩叛變　333AR　秋

英內薇拉被耳中傳來的細微聲響吵醒。她向來睡得不沉，就算在生活安逸的年代亦是如此，而最近更是遊走在睡眠邊緣，隨時可以醒來。

那股震動發自她其中一枚耳環，賜給她最信任的僕役和顧問的禮物，作爲與她聯繫的方式，同時也是監視對方的方式。阿曼恩的耳環自從墜崖後就寂靜無聲，而他和帕爾青恩作戰的山頭遠在傳訊範圍外。她依然戴著它，每日清晨都向艾弗倫禱告，希望它會再度響起，宣告他的回歸。

但此刻響起的並非她丈夫的耳環。英內薇拉伸出一根手指順著耳垂觸摸，慢慢倒數，直到她感應到震動爲止。第八個耳環。不是神聖的數字，卡非特專用。

她轉動垂在耳環下的圓球，直到它卡至定位，將上下兩個內鑲惡魔碎骨的半圓球上的魔印對齊。連結啓動後，她開口說話，知道聲音會在相對的耳環中產生共鳴。

「天還沒亮，卡非特。」她低聲說道。「你最好是有要緊事，不然我會讓你──」

「儘管我很愛聽妳那些堪稱藝術的威脅言語，達馬佳，但恐怕我們沒時間來那套，如果妳希望比達馬基搶先一步聽到我的情報的話。」

阿邦還是像往常一樣油腔滑調，不過簡短的語句顯示他的情報肯定將在克拉西亞無法承受進一步亂局的此刻考驗她脆弱的統治。

「什麼事？」她問。

「外面都是妳那些親切的保鏢，我不能暢所欲言。」卡非特說，「這件事情最好親自詳談。請宣我晉見。」

宣他晉見。進入她的私人枕廳，她與解放者本人分享的寢室。卡非特提出這種要求等於是在找死。光是進入宮殿這條側翼就已經足以判他一百條更嚴重的罪狀，如果讓人看到他的話。他瘋了嗎？

不。阿邦擁有諸多特點，但瘋狂並非其中之一。既然他來了，就表示他很肯定此事刻不容緩，比自己的性命更加要緊。她迅速比劃手勢，房間另一頭落下一條身影。片刻過後，阿希雅帶著卡非特回來。

「說。」英內薇拉說。

阿邦看向神色不善地跟在身邊的阿希雅。他轉回頭去面對英內薇拉，朝向門口微微側頭。

「你走進那扇門的時候就已經死了，卡非特。」英內薇拉說。「如果你不在幾秒之內說出足以贖命的情報，阿希雅就會取你性命。」

阿邦臉色發白，往常那副得意洋洋的表情蕩然無存。英內薇拉看到他的靈氣外突然蒙上一層恐懼。他不是在演戲。

「說。」她再度說道。「阿希雅負責我睡覺時的守護工作。沒什麼事情不能在她面前說。」

「青恩叛變了。」阿邦說。

她過了幾秒鐘才反應過來。叛變？綠地人？

「不可能。」她說。「難以想像。我們入侵時，來森堡的青恩就像鐵鎚前的石板般不堪一擊，外圍村落更是不戰而降。他們不敢反抗我們。」

「石板或許不堪一擊，」阿邦說。「但卻會留下數千塊碎片，割傷不小心的人。」

英內薇拉感到腹部絞痛。她調整呼吸，找回中心自我。「出了什麼事？」

「七座青恩村落的沙拉吉被人放火燒了。」阿邦說。「同時行動，就在阿拉蓋沙拉克結束的號角響起，所有戰士和最資深的奈沙羅姆遠離駐地時。」

「小孩呢？」英內薇拉問。最資深的奈沙羅姆，十二歲以上的男孩，會在阿拉蓋沙拉克中幫觀察兵擔任偵查員和傳訊兵，但是更年幼的男孩，七歲到十一歲間，應該都在兵營裡睡覺。

「縱火前就被帶走了。」阿邦說。「克拉西亞和青恩小孩都一樣。照顧他們的達馬慘遭殺害。」

英內薇拉一言不發。一切都與小孩有關。打從青恩投降、對達馬俯首稱臣以來，自父母手中帶走小孩參加漢奴帕許一直都是反彈聲浪最強的政策。

青恩會為了他們的孩子起身戰鬥。她懷疑他們已經為了此事祕密集會多久。更麻煩的問題在於年幼到願意與他們同謀的克拉西亞孩童。他們接受青恩的教養方式，能充當綠地人寶貴的間諜。

七處失火。七座村落。在艾弗倫恩惠轄區數百座村落來講不算什麼，但這個數字具有特殊意義。七是一個神聖數字，這絕對不是巧合。

「遭受攻擊的是哪些部族？」她邊問邊猜測答案。

「蘇恩金、哈爾瓦斯、坎金、甲馬、安吉哈、巴金，還有沙拉奇。」阿邦說。「最小的七個部族。會因為失去一個沙拉吉和奈沙羅姆訓練班而深受打擊的部族。」

英內薇拉並不驚訝。敵人深入研究過他們。

「你抓到他們的領袖了嗎？」英內薇拉問。

阿邦搖頭。「我沒權力抓他們，達馬佳。沙羅姆還在救火，以免火勢蔓延。人犯已經消失在黑夜中。」

我們的部隊出現前令他們深感恐懼的黑夜，英內薇拉心想。我們教他們對抗黑夜，而他們用來對付我們。

「你說火勢尚未撲滅，」英內薇拉說。「你怎麼這麼快就得到消息？比統治那些村落的達馬基，甚至安德拉本人還快？」

阿邦微笑聳肩。「我在艾弗倫恩惠所有村落裡都有眼線，達馬佳，我會支付優渥的酬勞購買能夠幫我獲利的情報。」

「獲利？」英內薇拉問。

「騷亂總是能夠帶來獲利，達馬佳。」阿邦望向阿希雅。「就算我必須先買回自己的性命也一樣。」

英內薇拉揮揮手，阿希雅退開，再度消失在陰影中。她沒有離開枕廳，但是片刻過後，就連英內薇拉也失去了她的蹤影。

「達馬基多久後會聽說此事？」英內薇拉問。

阿邦聳肩。「最多一個小時。很可能不到。此事肯定會以血腥收場，達馬佳。當他們找不出人犯時，會殺到血流成河。」

「你爲什麼這麼肯定他們找不到人犯？」英內薇拉問，雖然她也這麼認爲。

「我們已經征服他們超過六個月了，達馬佳，駐地達馬都還不會說青恩的語言，更別說了解他們的文化。」阿邦說。「我們只是強迫他們接受我們的語言，我們的文化。」

「伊弗佳之道。」英內薇拉說。「艾弗倫之道。」

「卡吉之道。」阿邦說。「無數世紀以來由腐敗的達馬基爲了一己私利而扭曲詮釋的眞理。」

英內薇拉抿緊雙唇。她曾多次偷聽阿邦在她丈夫耳邊低語這些褻瀆的言語，事實上她往往都同意他的說法，但是忽略她本來就不該聽過的言語很容易，要忽略直接對著她說的話就困難多了。

「褻瀆的話不要亂說，卡非特。」她說。「我了解你的價值，不過我不會像我丈夫那樣容忍。」

阿邦微笑，微微鞠躬。「我道歉，達馬佳。」他的語氣中沒有片刻之前靈氣裡所顯示的恐懼。事實上英內薇拉能夠容忍很多阿邦說的話。她越來越了解這個卡非特陰險狡詐的天性。只要他保持忠誠，她幾乎可以容忍他所有言行。

阿邦知道這一點。

「妳丈夫和我在當奈沙羅姆時曾經造訪過一個叫作『巴哈卡德艾弗倫』的小村落，達馬佳。」

英內薇拉聽過這個卡非特村落。陶器大師德拉瓦西曾經住在那裡，她的宮殿裡有很多他的作品。「艾弗倫之碗許多年前就和沙漠之矛失去聯繫。惡魔攻陷了它，我相信。」

阿邦點頭。「精確說來，是土惡魔。它們佔據了整座村落，要不是阿曼恩，我早就死在它們手上了。多年前我派帕爾青恩去那裡辦事的時候，他也差點死在那裡。」

「告訴我這個做什麼，卡非特？」英內薇拉表面上不動聲色，實際上卻很在意他的答案。阿邦不可能知道她的骨骰透露帕爾青恩與她丈夫同樣有可能成為解放者的預言。唯一得知此事的人只有她母親，不過阿曼恩後來靠著皇冠視覺猜出了這一點。

兩個解放者人選都曾造訪過一個和阿邦有關的偏遠村落絕對是個不容忽視的巧合。這是艾弗倫在運籌帷幄。她一定要深入研究那個地方。

她已經不是第一次懷疑艾弗倫為阿邦鋪設了什麼樣的計畫。骨骰對於這個問題的回答非常含糊。

「很有趣的怪物，土惡魔。」阿邦說。他的靈氣中浮現一絲恐懼。「它們會融入環境，妳知道。它們外殼的圖案和色彩與巴哈的泥磚一模一樣。就算妳張大眼盯著——站在台階上、趴在牆上、躲在屋頂偷看——但是在它移動之前都不會發現。」

「霍拉可以看到肉眼看不見的東西。」英內薇拉說。

阿邦點頭。「英內薇拉，我希望如此。因爲艾弗倫恩惠的綠地人比我們多出六倍。他們就是泥磚，而試圖藉由這些攻擊令我們心生恐懼的青恩就是土惡魔。他們再度採取行動前，達馬不會發現他們，而受辱的感覺會迫使他們尋找代罪羔羊，只爲了挽回顏面。」

「這種行爲只會加深青恩的仇恨，強化他們的決心。」英內薇拉思索道。

「如果我們不謹慎以對的話，情況將會越演越烈。」阿邦說。「找出眞正的領導人，殺了他們，但是除了親自放火的那些人外，我們傷害的綠地人都會成爲反叛的殉道烈士。」

他們獲得來自北方的援助。

英內薇拉神色擔憂地坐在安德拉旁邊的枕床上，看著達馬基怒氣沖沖步入王座廳。他的兒子和外甥已經站在高台下方，等著其他人獲准晉見。

遣走阿邦、派出信差後，她花了將近一小時擲骰，但是唯一和反叛勢力有關的訊息只有這些。

他們獲得來自北方的援助。

最簡單的假設就是窪地部族。他們能從這類事件中獲得最多好處，特別是帕爾青恩存活下來的話。但是假設一些骨骰沒提的事情往往不是明智的做法。反叛勢力也有可能是其他北地公爵在幕後資助，像密爾恩的歐可或安吉爾斯的林白克。就連雷克頓——基本上算在東邊——同樣位於艾弗倫恩惠以北，而黎莎・佩伯已經派人警告，克拉西亞人接下來計畫征服的對象就是他們。李察德公爵和他的船務官會蠢到煽動這些攻擊嗎？

不。肯定是窪地。非是窪地不可，不是嗎？還是她讓自己對黎莎・佩伯的恨意蒙蔽了她的判斷？若是北地妓女在他們面前假裝微笑，卻在背地裡搧風點火，英內薇拉會很高興找到藉口殺死那個女巫，還有她肚子裡的阿曼恩子嗣。

有時候她痛恨骨骰。它們向來只提供隱晦的暗示和謎語，就連對過去三千年來最擅長解讀骨骰的英內薇拉而言也一樣。越重要的問題、越有可能影響未來的答案，骨骰就越隱晦。她每天擲骰三次，詢問丈夫的命運，但是骨骰的答案還是和阿曼恩墜崖時一樣，而就連那都比針對叛軍的內容更明確。

或許青恩叛變乃是艾弗倫計畫中的一部分，或是克拉西亞內戰，而在時機成熟前得知計畫內容都會違背艾弗倫的旨意。又或許她觸怒了他，而艾弗倫挑選了另一個代言人。

*或許北地妓女的子嗣也是英內薇拉。*這個想法令她噁心。她幾乎暗自慶幸那些達馬基開始大吼大叫，把她的思緒帶回現實。

「我一開始就說過，我們對待青恩太溫和了。」達馬基魁森埋怨。「我們應該要折斷他們，而不是逼他們彎腰。」

「我同意。」達馬基伊察奇說，彷彿是在提醒英內薇拉情況有多糟糕。如果魁森與伊察奇都意見一致，太陽簡直要從西邊出來了。

至於安德拉宮殿裡的狀況，骨骰就指示得比較明白。她暫時還能控制阿山。她兒子不把叛變視爲危機，而是當作爭取榮耀的機會。然而達馬基都是在安逸的艾弗倫恩惠裡越過越舒服的老頭。影響他們新財產的危機比奈的子嗣更讓他們害怕。

「我們該放火燒了遭受攻擊的村落，」達馬基安卡吉說。「把所有男女老幼的屍體吊在樹上，讓阿拉蓋啃光他們。」

「說得眞容易，達馬基，又不是你的村落遭受攻擊。」朱森達馬基說。蘇恩金部族遇襲的村落乃是他們的新首都。

「青恩不敢攻擊梅寒丁的領土。」安卡吉吹噓道，英內薇拉對此存疑。叛軍沒有攻擊勢力龐大的五個部族——卡吉、馬甲、梅寒丁、克雷瓦克和南吉——但如果有北方勢力在資助他們，這就只是個開始。

「阿拉蓋在月虧之役放火燒田後，我們的存糧就很吃緊了。」阿山說。「如果我們想要看見春天的話，不能繼續燒田或是屠殺照料田地的人。」

「我們怎麼能確保青恩接下來不會燒田？」安吉哈部族的山梅爾問。「就連最大的部族也沒有足夠的人從他們自己手中守護所有土地。」

「你不能不做適當的懲處，安德拉。」阿雷維拉克說。「青恩在夜裡攻擊我們，在所有男人都是兄弟的夜裡殺害達馬、焚燒聖地。我們必須採取行動，而且要快，不然會壯大敵人的聲勢。」

「我們會採取行動。」阿山說。「你們說得對，絕不能容許這種事情。必須找出罪犯，公開處決，但是如果爲了少數人的行爲怪罪所有青恩，只會增加反叛的人數。」

英內薇拉暗自偷笑。阿山依照她的指示，一字不漏地說出這些話，儘管他的第一個反應也和安卡吉差不多。

「請見諒，安德拉，但是所有青恩都該爲此負責。」巴金部族的達馬基雷吉說。「他們藏匿叛軍和孩童。親自放火和提供藏匿處有何不同？」

「我們必須讓他們知道反抗會付出代價。」賈陽說著敲擊矛柄。「慘痛的代價，所有人都不能倖免，這樣他們就會害怕觸怒我們而自動交出下一批叛軍。」許多達馬基立刻點頭同意這種說法，接著神色懷疑地回頭看向阿山。

「我哥說的沒錯。」阿桑看準時機，大聲說道，吸引所有人的目光。「但事情才剛發生，我們又沒蠢到忽略所有線索。可以等處決叛軍、找回失蹤孩童後再來決定如何處置同謀。」

賈陽一副不信任的模樣看著他，不過還是上鉤了。「這就是我打算帶著解放者長矛隊挨家挨戶搜查、挖出所有地窖、抓走所有孩童的親戚問話的原因。我們會找出他們的。」

達馬基再度點頭，但阿桑嘖了一聲，搖頭說：「我哥哥打算爲了收成果實而把樹砍倒。」

賈陽瞪他。「那我睿智的達馬弟弟有什麼高見？」

「派觀察兵去。」阿桑說著朝向戴著面巾的克雷瓦克和南吉部族達馬基點頭。他們分別是不同大部族的附庸，從不在議會中發言。克雷瓦克隸屬卡吉，南吉則歸附馬甲。

觀察兵部族擅長特殊武器和戰技，掌控克拉西亞情報網。他們中有不少審問員都會說青恩的語言，在艾弗倫恩惠各地布有眼線。就連他們比較遜色的沙羅姆都有辦法在不被發現的情況下移動，如同阿拉蓋自深淵升起般輕鬆通過障礙物。

「找回那些孩子，我們就會找出叛軍和同情他們的人。」阿桑說。

「然後呢？」賈陽問。

「然後我們把他們全部處決。」阿山說。「叛軍、同情者還有青恩孩童，讓綠地人知道反抗是沒有用的，還必須面對後果。我們要強迫其他青恩奈沙羅姆見證行刑，下一次，那些男孩就會抵抗來救他們的人。」

即便阿山有點脫稿演出，英內薇拉還是保持中心自我。殺害少數孩童和賈陽提出的大規模屠殺相比的確算慈悲，但她不知道行刑時自己能否袖手旁觀。

「好吧。」賈陽說。「我會依照你的命令，派遣觀察兵。」

我。這是個危險的字眼。賈陽還是主動控制搜查的行動。身為沙羅姆卡，這是他的職責與權利，但英內薇拉本來是要觀察兵向王座回報——向她回報——避免不必要的暴力行為。

她調整呼吸，維持中心自我。必須有所犧牲。她在沙羅姆卡的宮殿中布有足夠的眼線，而她的克雷瓦克和南吉部族達馬基丁妹妹會派手下的達馬丁持續回報相關事宜。

阿山等待七次呼吸的時間，讓她有機會發言，然後敲擊權杖。「那就這麼決定。派遣你的觀察兵，沙羅姆卡。一有進展立刻回報。」

賈陽得意洋洋地看了阿桑一眼，然後轉身走向在王座廳門口等候的新保鏢哈席克。

三天過去了，由於沒有找到叛軍和失蹤的奈沙羅姆，阿邦可以感受街道上瀰漫著一股沉重的氣氛。大市集裡更為嚴重。

本來戴爾丁、卡非特和青恩已經開始在大市集找到一定程度和平共處的方式，但是沙拉吉攻擊和綁架事件改變了這種情況。如今克拉西亞人都盡量遠離青恩，以不信任的眼神看待他們。他們也看好錢包，不和青恩交易。

達馬巡視大市集的頻率顯著提升，而那些達馬甚至不費心將阿拉蓋尾掛在皮帶上或纏在鞭杖上，隨時甩動那些武器毆打擋路的青恩，或吸引想要審問的青恩的注意。

至於那些審問——大市集中所有人，下至最低賤的青恩、上至阿邦本人都很害怕的審問越來越常發生。上頭禁止沙羅姆私闖民宅、任意搜索，但是達馬卻想盡所有藉口進行搜索，而他們管轄的範圍很寬。

阿邦從他帳篷的門簾後看著兩個卡吉達馬扯開一個青恩女人背上衣服，當眾以鞭杖毆打她，只因她面紗沒有戴好。

面紗掛在她脖子上，因爲忙著工作而滑落下來，且沒有立刻戴回去。

阿邦關上門簾，隔絕一些慘叫聲。

「我向艾弗倫祈禱盡快找出叛軍。」他說。「這樣對生意不好。」

「只要能辦得到，克雷瓦克部族一定會找出他們，」魁倫說。「能與他們在阿拉蓋沙拉克中並肩作戰是我的榮幸。阿拉上沒有比他們更厲害的追蹤者。」

訓練官到大市集的時候還是會渾身不自在，但阿邦已經不能再把他留在堡壘中訓練新兵。他必須仰賴魁倫的地位和經驗來保護自己。

他們進入阿邦的私人辦公室，卡非特打開寫字桌上的一塊祕密鑲板，拿出一捆手稿還是文件交給魁倫。「我有一些計畫要請你過目，然後在議會中提交。」

魁倫揚起一邊眉毛。和大部分沙羅姆不同，訓練官學過寫字，因爲管理沙拉吉得閱讀名單和帳目，還要了解計算建造防禦工事承載張力的方程式。但即便與阿邦最遜色的妻女相比，魁倫也只比訓練有素的狗好一點。連最簡單的記帳事務，阿邦也絕不會交給他去做，他們兩個人都很清楚這一點。

這個意想不到的請求激起魁倫的好奇心，他把文件攤平在桌面上，開始閱讀內容。他攤開地圖，細看帳目，睜大雙眼。

「這和我所想的一樣嗎？」他問。

「沒錯，你絕不能對任何人提起。」阿邦說。

「這爲什麼會在你這裡，而不是沙羅姆卡那裡？」魁倫問。

「因爲沙羅姆卡直到兩週前都只是傀儡而已。」阿邦說。「但是別擔心。要不了多久他就會認爲這一切都是他自己的主意。」

第二天早上，阿邦乘轎前往宮殿。他手下最高強的卡沙羅姆圍在抬轎的青恩奴隸四周，從四面八方守護他。他放下內鑲在沉重轎簾中那層能擋下長矛攻擊的金屬網，獨自坐在轎子裡。

達馬佳向來令他緊張，雖然沒有在她面前表現出來。她有辦法讓他放下心防，彷彿她能看穿他的內心，就像看見他臉上的污垢般輕易看透他的僞裝。

沒有阿曼恩的支持和命令，她要怎麼執行他的計畫？

轟！

即使透過沉重的轎簾，這聲巨響依然震耳欲聾。轎子下墜導致阿邦整個人撞上光滑的轎頂。他聽見手下大叫，轎子在顛簸中突然停了下來，他發現自己和一個摔進轎簾裡的轎夫正面相對。他低聲呻吟，目光呆滯。

阿邦不理會他，抓起拐杖，撐起瘸腿，奮力起身。

「主人！」其中一名守衛叫道。「你沒事吧？」

「沒事，沒事！」阿邦說著自轎簾間探頭出去。「扶我下轎……」

他突然住口，目瞪口呆。

沙利克霍拉在燃燒。

此地遠離爆炸中心，但所有人還是被震倒在地。接近失火現場的街道上躺著許多鮮血淋漓的人，被原本是綠地最大艾弗倫神廟的牆壁和彩繪玻璃上的碎塊所擊傷。

魁倫搶先恢復警覺，一邊命令其他人起身，一邊移動到阿邦身邊。由於戰鬥經驗豐富，訓練官有辦法拋下個人情緒，維持領導層級，但就連他看到燃燒的神廟時，眼中也不禁流露出驚恐的神情。

「什麼東西能有這種威力？」他問。「就算一打火惡魔都沒辦法引發如此大火。」

「青恩的火藥。」阿邦說。那又是另一個他尚未解開的祕密。「叫他們起來，我們必須盡快趕往宮殿。派觀察兵去查探消息，盡快回報。」

英內薇拉看著躺在她接待廳枕頭上喝冰水的卡非特。他臉色發白，沾滿塵土，滿身都是煙味。他其中一眼充血，衣衫破爛，沾有血跡。信差已經確認沙利克霍拉失火的消息。

「怎麼回事？」她終於沉不住氣問道。

「看來青恩比我想像中更大膽。」阿邦說。「燒燬沙拉吉只爲了分散注意力，讓我們把人力集中在偏遠村落，他們就能趁機攻擊心臟地帶。」

「你剛好出現在那裡目睹爆炸發生也未免巧得太不像話了。」英內薇拉說。「特別你還是第一個得知青恩叛變的人。」

阿邦表情冷淡。「達馬佳認爲我有能力編造如此複雜的謊言實在令我深感榮幸，但我並不是會爲了增加秘密計畫的可信度就跑去爆炸範圍裡的殉道烈士。我渾身無處不痛，還耳鳴，腦子模模糊糊。」

最後那句話讓英內薇拉不安。她需要阿邦，此刻比從前更需要。他的身體對她而言沒有多少用處，但他的腦子……

她上前檢視卡非特傷勢時，那副畏縮的神態簡直把她當作地道蛇一樣。他像女人般尖叫。

「不要動，聽我指示。」她道。「我是達馬佳，但依然是個達馬丁。」

雖然除了阿曼恩外，英內薇拉很少治療其他人，不過她的醫療技巧在離開達馬丁治療帳幾十年後沒有絲毫退步。卡非特瞳孔擴大、反應變慢、說話遲鈍，這些都是腦部受創的跡象。

她伸手到霍拉袋裡拿出她的治療骨——一整套心靈惡魔的魔印手指骨，包覆一層凝聚力量、阻隔陽光的琥珀金。她熟練地以指尖排列魔印，擺出正確的組合，然後啓動它們。

他眼中的充血消退、臉上的擦傷轉眼復元。英內薇拉繼續灌注醫療魔力，確保沒有瘀傷或是其他腦部創傷。

最後阿邦喘息著退開，眼中恢復往常的神采。

他哈哈大笑。「難怪沙羅姆說魔法比庫西酒更烈。我已經有二十年沒有這麼精力充沛過了。」

他好奇地打量自己的腳，然後站起身來，把拐杖留在枕頭上。一時之間，他似乎站得很穩，但接著他彎曲膝蓋，想要輕輕躍起，結果腳就撐不住了。幸好他早已熟練摔倒的技巧，於是向後摔到枕頭堆裡，而不是地板上。

英內薇拉微笑。「你拒絕讓我治好你的腿，卡非特。或許有一天我會再度提出同樣的條件，但絕對不會免費。」

阿邦點頭，笑著回應：「達馬佳在大市集肯定如魚得水。」

確實，英內薇拉從小在大市集中長大，但是她不希望阿邦或任何人知道這一點。想要她家人安全度日就不能洩露身分，而現在可能知道這個祕密的人已經夠多了。

「你認爲我和某個卡非特的女兒一樣厲害算是恭維我嗎？」她問。

阿邦鞠躬。「這已經是我這種身分地位所能想到的最大恭維了，達馬佳。」

她嘟噥一聲，假裝息怒。「浪費夠多時間了。把你印象中與攻擊有關的事情通通告訴我。」

「爆炸造成十七人死亡，包括一名達馬。」阿邦說：「四十三人受傷，神廟有好幾處結構遭到破壞。很多裝飾廟牆的英雄骸骨都被摧毀了。」

「這怎麼可能？」英內薇拉問。「爆炸在白天發生，不會是霍拉魔法。」

「我相信青恩是用雷霆棒引爆的。」阿邦說。

「雷霆棒？」英內薇拉問。

「青恩的煙火。」阿邦說。「我們的都是液態燃油，但是青恩有火藥。大部分只會產生慶典用的強光和巨響，但是用紙包成棒狀，就可以用在採礦和營造上。我曾見黎莎・佩伯用雷霆棒對付阿拉蓋，效果驚人。」

英內薇拉皺起眉頭，一時之間有點失態。她很快就把面具戴回原位，但卡非特顯然是刻意提起那個名字，藉以觀察她的反應。

「和我提起那個名字比不經傳喚跑到我的枕廳還要危險，」她說。「不要以為我不知道你試圖撮合我丈夫和那個北地妓女。」

阿邦聳肩，沒有費心否認。「此時此刻，黎莎・佩伯是達馬佳最不需要擔心的事情。」

如果眞是這樣就好了，英內薇拉心想。「我要製作火焰武器的所有細節。」

阿邦長長吐了一大口氣。「這是個問題，達馬佳。我那裡有幾根雷霆棒，是在解放者征服艾弗倫恩惠時，從礦坑那裡沒收來的。但我還不清楚製作方式。根據傳統，青恩是由藥草師將相關知識口頭傳授給學徒，並沒有記錄下來。」

「而你的妻子和間諜都還沒人策反她們，交出配方？」英內薇拉問。「我很失望。」

阿邦聳肩。「懂得這種知識的人本來就不多，就連藥草師也不是全都會，而所有藥草師都說不懂。她們沒有蠢到認為我們不會拿雷霆棒去對付他們。」

「我賦予你逮捕權。」英內薇拉說。「如果那些女人不肯接受賄賂，那就嚴刑拷打。拿些雷霆棒的樣本給我。這種武器太強大了，不能讓青恩拿來對付我們。」

阿邦點頭。「研究雷霆棒一定要非常小心，達馬佳。我有兩個手下在移動一批放在倉庫裡太久的雷霆棒時被炸死了。」

「有任何嫌疑犯嗎？」英內薇拉問。

阿邦搖頭。「雷霆棒的引信很短，但是爆炸前沒發現有人匆忙離開。死者中也有青恩。一定是其中之一點燃引信，犧牲自己。」

「看來青恩還是有點骨氣。」英內薇拉說。「可惜浪費在白晝戰爭裡，而不是阿拉蓋沙拉克。」

「達馬基不會坐視此事。」阿邦說。「艾弗倫恩惠將會血流成河。」

英內薇拉點頭。「更多人會投入賈陽的陣營。我們無法阻止他的沙羅姆控制全城。」

「為了保護艾弗倫恩惠。」阿邦說，靈氣中的諷刺意味比語氣更重。

「沒錯。」英內薇拉同意。

「又是一個送走他的理由。」阿邦說。

英內薇拉好奇地看著他。她當然很想送走他，但是要怎麼……有了。她在他的靈氣中看出來了。聰明的阿邦已經擬定計畫——或者說他認為自己擬好計畫。

「說吧，卡非特。」她道。

阿邦微笑。「雷克頓。」

這就是他的計畫？或許英內薇拉太看得起卡非特了。「阿曼恩失蹤、宮殿牆外又出現叛亂事件，你不可能還把雷克頓當作當務之急。」

「那些都讓我們更有理由攻打雷克頓。」阿邦說。「雷克頓居民兩週內會將稅收穀糧上繳給公爵。我們需要那些收成的糧食，達馬佳。我一定要特別強調，如果阿拉蓋繼續攻擊食物供給，或許我們只能仰賴那批糧食過冬。進攻計畫都已經準備好了。」

「你要我怎麼說服沙羅姆卡和達馬基在沙利克霍拉持續燃燒的情況下，派遣戰士前往距離一週外的地方作戰？」

「去。」阿邦指著英內薇拉的霍拉袋。「丟丟骨骰，告訴他們船務官就是這些攻擊的幕後主使者。命令妳的大兒子擔任艾弗倫之鎚，打扁他們，奪取雷克頓。」

英內薇拉揚起一邊眉毛。「你提議要找在達馬基議會裡捏造骨骰的預言？」

阿邦微笑。「達馬佳，拜託。不要污辱我們兩個。」

英內薇拉忍不住笑出聲來。儘管不願意承認，但她開始喜歡這個卡非特了。這個想法未必沒有好處。

她左手伸入霍拉袋，右手拔出彎匕首。「舉起手臂。」卡非特臉色發白，但不敢拒絕。霍拉染上他的血後，他神色驚恐地看著她搖晃骨骰，而骨骰在她手中開始發光。

「艾弗倫，天堂與阿拉的造物主，光明與生命的賜予者，你的子民需要指引。我們應該要依照卡非特的計畫，進攻湖邊的城市嗎？」

骨骰在她擲出時大放光明，於魔法的影響下偏離自然的行進路線。英內薇拉看熟了這種景象，但是阿邦目瞪口呆地看著她解讀骨骰上的標記。

若不給予戰鬥的目標，沙羅姆將會自相殘殺。

由於骨骰近期內都很隱晦，這個答案算十分明確，但仍不夠直接。它們沒有爲這個行動背書。

她再度搖骰。「艾弗倫，天堂與阿拉的造物主，光明與生命的賜予者，你的子民需要指引。攻擊雷克頓會成功嗎？」

湖邊之城不會輕易淪陷，必須智取。

英內薇拉凝視那些標記。解放者的軍隊沒有多少智慧。

「它們怎麼說？」阿邦問。

英內薇拉不管他，收起骨骰。「這樣做還是必須處理叛軍的事情，而且賈陽有可能會帶著更多榮耀返回，讓更多人支持他奪取王座。」

阿邦的靈氣彷彿鬆了口氣。他相信她會支持他。「只要賈陽不在，妳就比較容易剷除叛軍。這也是犖固妳本身權力的機會。」他微笑。「搞不好我們走運，他會被箭射傷。」

英內薇拉甩他一巴掌，指甲刮出血跡，胖卡非特摔下枕頭。他捂住疼痛的臉頰，眼中充滿恐懼。

英內薇拉指著她，透過一枚戒指召喚一道綻放強光但沒有傷人效果的魔印光。「不管我大兒子惹出多少麻煩，提起他的時候你最好小心一點，卡非特。」

阿邦點頭，痛苦地翻身跪倒，額頭抵地。「我道歉，達馬佳。沒有不敬的意思。」

「如果我有絲毫後悔這個決定的話，卡非特，你會後悔一萬倍。現在離開這裡。議會很快就會展開，我可不要讓人看到你偷偷離開我的寢室。」

卡非特拿起他的拐杖，以瘸腿所能允許的最快速度離開寢室。

門關上後，她再度拿起骰子。她已經超過一天沒有詢問丈夫的命運了，但還必須再等一等。發生了這場攻擊，加上阿邦瘋狂的計畫，她差點忘了今天就是月虧第一天。如果這次月虧的情況與上次類似，她的族人要在沒有阿曼恩的情況下存活下來就得碰運氣了。

「艾弗倫，天堂與阿拉的造物主，光明與生命的賜予者，你的子民需要指引。今晚月虧會為艾弗倫恩惠帶來什麼情況，我們該如何準備應付？」

她搖骰擲骰，如同看書般輕易解讀骨骰記號背後代表的意義。

阿拉蓋卡和惡魔王子這次月虧不會前來艾弗倫恩惠。

有趣。她掃視剩下的記號，立即吃了一驚。幾週來第一次，她一整天沒有擲骰詢問阿曼恩的命運，骨骰卻讓她瞥見端倪。

然後她的世界崩潰。

它們會去褻瀆沙達馬卡的屍體。

阿邦坐在頭骨王座陰影後的小寫字桌旁，看著安德拉的核心顧問——阿桑、阿蘇卡吉和賈陽。外圍顧問，包括十二名達馬基，要等到英內薇拉躺上枕床，核心顧問討論完畢後才會宣召晉見。阿邦已經可以聽見他們在走廊上爭吵的聲音。

這兩組人馬都習慣忽視阿邦的存在，直到他開口說話爲止，有時候甚至當他沒說話。阿邦鼓勵他們這麼做，只有在有人問話時才會開口回答，而阿曼恩缺席期間，幾乎沒人會問他的意見。

英內薇拉在她的寢室裡待了很久。看在奈的深淵的份上，什麼事情要搞這麼久？街道上有人民暴動，達馬基都快要失控了。

「他們先在夜裡攻擊我們，」阿雷維拉克大叫，「現在又在月虧第一天出擊，玷污英雄的骸骨，還有艾弗倫的神廟！這實在太過分了！」

「一切都是艾弗倫的旨意。」由於如今被迫要和阿桑分開來站的關係，達馬基阿蘇卡吉的手都蓋在長袍的衣袖裡，握著另一手的手肘。身爲克拉西亞第一部族的領袖，臉上柔順的皮膚透露出他還是個十八歲男孩的事實。「我們不能忽略這個徵兆。造物主生氣了。」

「這就是懦弱的青恩攻擊沙拉吉後不採取強硬手段的後果！」賈陽說。「我們溫和的反應等於是鼓勵他們採取更激烈的手段。」

「難得一次，我同意哥哥的意見。」阿桑說。「攻擊沙利克霍拉之事絕不能善罷甘休。艾弗倫要求血債血償。」

艾弗倫呀，阿邦一邊記錄他們的話，一邊祈禱。*現在在我面前變出一杯庫西酒，我就把我一個妻子送給達馬丁。*

但是一如往常，造物主不聽阿邦禱告。這些人——賈陽、阿桑、阿蘇卡吉——只是一群孩子，被迫扮演超越能力範圍的角色。他們應該繼續接受阿曼恩指導數十年。但現在全世界的命運有可能落在他們的手中。

這個想法令他不寒而慄。「我們會獻給艾弗倫一座血湖。」沒人注意到達馬佳已經走出她的私人寢室。就連阿邦也沒注意到，雖然她就站在他身邊幾呎外。阿邦只看了她一眼，不過足以察覺她補了新妝，但卻沒能掩飾紅腫的雙眼。

達馬佳剛剛哭過。

艾弗倫的鬍子哇，他心想。*天堂、阿拉和奈的深淵裡究竟有什麼東西能讓那個女人哭泣？*如果她地位沒有那麼崇高的話，他可能已經上前安慰她，但他太尊敬達馬佳了，於是回頭面對他的文件，假裝沒注意到。

其他人都沒有發現，也就沒有必要假裝。「你終於找到叛軍了嗎，母親？」賈陽問。

阿邦沒有阿曼恩那種看穿人心的能力，但是他根本不需要那種能力就能看出年輕沙羅姆卡眼中渴望的目光。今天賈陽打算贏得三場勝利。一場是在他所有敵人都錯的時候看起來像是對的，一場是平息叛亂時所能爭取到的榮譽，還有一場就是滿足他殘暴的天性，而那已經透過折磨青恩加以宣洩。

「叛軍都是傀儡。」英內薇拉若有深意滾動手中骨骰。「是我們眞正敵人安插在領土的害蟲。」

「眞正的敵人是誰，母親？」賈陽無法掩飾飢渴的語氣。「誰在幕後主使這懦弱的攻擊行動？」

英內薇拉召喚骨骰中的魔力，讓它們綻放魔光。骨骰在她臉上照出一股不祥的色調，爲她的回答增添艾弗倫的意志。「雷克頓。」

「那些漁夫？」阿山驚呼。「他們膽敢攻擊我們？」

「黎莎．佩伯警告過他們，」英內薇拉無法掩飾提到這個名字時的怨毒語氣。「說我們最快會在春天展開攻擊。顯然船務官認為製造騷亂可以讓我們的部隊按兵不動。」

這種說法非常合理，不過明顯是謊言——至少對阿邦而言是如此。他忍著臉上的笑容，其他人則毫不懷疑地接受她的指控。

「我會擊敗他們！」賈陽緊握拳頭。「我要殺光他們的男人、女人還有小孩！我要燒掉——」

英內薇拉於指尖調整骨骰，柔光轉為強烈，打斷賈陽的話，讓他和其他人偏頭眨眼。

「沙拉克卡即將到來，我兒，」英內薇拉說。「在沙拉克卡結束前，我們需要所有能夠舉矛作戰的人，還要有食物餵飽他們。我們不能為了雷克頓那些愚蠢王族的行動懲罰所有居民。你必須依照解放者的計畫行事。」

賈陽雙臂交抱。「什麼計畫？父親告訴我們他打算一個月後出兵，但是還沒討論過計畫。」

英內薇拉朝阿邦點頭。「告訴他們，卡非特。」

賈陽和其他人難以置信地轉向阿邦。

「卡非特？」賈陽大聲問道。「我是沙羅姆卡！這個卡非特知道什麼我不知道的作戰計畫？父親應該聽我的建議，不是吃豬肉的傢伙。」

「因為父親直接與艾弗倫對話，」阿桑猜測。「不需要你的『建議』。」他轉向阿邦。「他只需要帳目。」

阿桑目光中的冷酷判斷比賈陽的強勢態度更讓阿邦害怕。他撐著拐杖起身，然後把拐杖靠在桌旁。當他憑藉雙腳的力量站立時，這些男人會比較把他的話當一回事。他清清喉嚨，換上一副崇敬的表情，讓這些「比他高等的人」感覺好過一點。

「尊貴的沙羅姆卡。」阿邦說。「上次月虧損失的存糧遠比解放者估計的更為嚴重。如果不另行補充糧食，明年春天之前，艾弗倫恩惠就會陷入饑荒。」

這話吸引了所有人的注意。就連阿山也全神貫注地傾向阿邦。「十六天後就是雷克頓人慶祝青恩聖日『第一場雪』的時候——那代表冬天的開始。」

「那又怎樣？」賈陽問。

「同時也是青恩把收成的稅收糧食獻給雷克頓船務官的日子。」阿邦說。「那批糧食足夠我們的部隊吃到夏天。解放者擬定了大膽的計畫，不但奪走糧食，還一併佔領青恩的領土。」

阿邦暫停片刻，以為有人會在此時插嘴，但是核心顧問全都默不作聲。就連賈陽都在等他繼續說下去。

阿邦指示魁倫拿出阿邦的妻子依照青恩位於東方的地圖，仔細繡出來的大毯子，他放在地上用腳一踢展開毯子。阿邦一拐一拐走去，其他人則圍在旁邊。

「沙達馬卡打算派遣沙羅姆卡和解放者長矛隊，加上兩千名戴爾沙羅姆，祕密前往雷克頓。」他以拐杖末端沿著曠野指出一條行軍路線，避開信使大道和青恩村落。「在第一場雪當天清晨奪下這座碼頭鎮。」他以拐杖敲敲湖畔的大鎮。

賈陽皺起眉頭。「佔領一座城鎮怎麼能讓我們攻下湖心的城市？」

「這不是座普通城鎮。」阿邦說。「由於最接近雷克頓城的緣故，雷克頓有百分之七十的碼頭都在碼頭鎮裡，而所有碼頭都會停滿船隻，只等記帳師算完稅糧就把貨裝上船。在第一場雪的時候攻下碼頭鎮，就可以攻下糧食、艦隊以及最接近雷克頓的陸地。在缺乏糧食，又沒有船隻可以取得更多糧食的情況下，那些漁夫會主動獻上公爵外加船務官員的頭顱，只為換取一片麵包。」

賈陽興奮得緊握拳頭，不過他還不滿意。「兩千名沙羅姆足以攻下任何青恩村落，但是不夠封鎖湖畔一整個冬季。我們會被人數多出好幾倍的敵人包圍。」

阿邦點頭。「這就是為什麼英明睿智的解放者計畫一週後派遣五千名戴爾沙羅姆二軍沿著大路一一征服雷克頓村落、徵召他們參加沙拉克卡的原因。他們會充當矛頭，為四十名達馬及其學徒、一萬名卡沙羅姆、兩萬名青沙羅姆開路，沿路駐守，然後接應家人，幫助當地達馬執行伊弗佳律法。大雪真正降臨前，你就會擁有七千名最頂尖的沙羅姆可供驅策。」

「足以除掉任何蠢到膽敢反抗我們的人。」賈陽低吼道。

阿蘇卡吉手掌滑出衣袖，開始和阿桑以他們的私人手勢交談。正常情況下，就算瞪大眼睛看著他們的人也不會注意到這些細微的動作，但此刻他們有太多話要說，時間又緊迫。幸運的是，王座廳裡其他人都在煩別的事情。

阿邦沒辦法看懂那些手語，但他可以輕易猜測它們的意思。他們在討論賈陽離開艾弗倫恩惠，長時間進行沙拉克桑的好處和壞處，還有他們有沒有辦法阻止此事。

他們必定認定沒有辦法，因為這兩個最可能會反對此事的人沒有吭聲。

阿雷維拉克轉向阿山。「安德拉對這個計畫有什麼看法？在反抗勢力與日俱增的情況下派遣部隊進攻雷克頓是否明智？」

阿山的目光飄向英內薇拉。他們之間也有無聲的交流方式，不過當阿邦看見她的嘴唇在動時，立刻知道她也給了阿山一枚霍拉耳環。

「骨骰已經指示了，達馬基。」阿山說。「船務官幕後資助叛軍攻擊，藉以拖延我們出兵時間，必須讓他們知道這種策略無效。」

「另外，月虧又到了。」英內薇拉說。「阿拉蓋卡及其王子今晚將會降臨阿拉。就連青恩也知道那是什麼意思。將青恩列入宵禁，帶所有戰士迎戰，包括沙羅姆丁。骨骰告訴我第一惡魔本次月虧會去攻擊其他目標，但我們絕不能因而鬆懈。就連最差勁的惡魔王子都有辦法把無腦惡魔轉化爲協同作戰的部隊。」

即使命令他帶領女人上戰場，賈陽鞠躬時還是沒有流露往常那種自大的態度。當一切都比想像中更爲順利時，他懂得保持沉默。「當然，母親。我會處理。」

「如果需要所有戰士，我想也該允許達馬參戰。」阿蘇卡吉說。

「我同意。」阿桑立刻應和，阿邦彷彿能親眼看見他們排練。

「太荒謬了！」阿雷維拉克說。

「絕對不行。」阿山說。

「所以在我們迫切需要戰士的時候，你們寧願讓女人作戰也不要在沙利克霍拉受訓過的達馬？」阿桑大聲問道。

「解放者禁止達馬作戰。」阿山說。「達馬太重要了，不能冒險。」

「我父親上次月虧時禁止達馬作戰。」阿桑糾正他。「只有禁止那一次月虧而已。當時他也禁止沙羅姆丁作戰，但今晚她們會回應沙拉克之號的召喚。達馬爲什麼不行？」

「不是所有達馬都與你和我兒子一樣年輕壯健，外甥。」阿山說。

「我們不會強迫別人作戰。」阿蘇卡吉更改說詞。「但我們不該拒絕想要作戰的人在夜晚爲艾弗倫爭取榮耀。沙拉克卡即將到來。」

「或許，」阿山說。這一次，他沒有偷看英內薇拉。「但沙拉克卡還沒開始。達馬都要待在魔印之後。」

阿桑雙唇緊閉，再一次，阿邦想起他有多年輕。賈陽得意洋洋地朝著他笑，阿桑弓起背脊，盡量維持尊嚴，假裝沒有看見。

「那就決定了。」英內薇拉說。「月虧結束後的第一個黎明，賈陽及其戰士將以艾弗倫之名出發重創敵人。」

賈陽再度鞠躬。「敵人尚未察覺之前，碼頭鎭就會變成我們的，雷克頓也將註定敗北。」

英內薇拉點頭。「我毫不懷疑。不過我們要嚴格控管部隊的開銷，還要算清楚取得的糧食。」

「呃？」賈陽問。「妳當我是卡非特？竟然要我在手下衝鋒陷陣時把時間浪費在帳本和塡空格上？」

「當然不是，」英內薇拉說。「這就是阿邦要與你同去的原因。」

「呃？」阿邦說，彷彿肚子掉到睪丸裡。

第十一章　碼頭鎮　333AR　冬

「達馬佳，這其中一定有什麼誤會，」阿邦說。「我在這裡的工作——」

「可以等。」英內薇拉傳入他耳中的聲音打斷他的話。從她拒絕見他，只願意屈尊俯就透過霍拉耳環交談這點來看，這個決定已經沒有轉圜餘地了。

「你提出的計畫太成功了，卡非特，」達馬佳繼續。「我們需要雷克頓的稅糧才能維持部隊戰力，而我們都知道賈陽很可能在雷克頓稅糧上拉屎，也不願意把它們運回艾弗倫恩惠。你必須負責此事。」

「達馬佳，你兒子討厭我。」阿邦說。「一旦到妳管不到的地方……」

「就有可能是你無端中箭，永遠回不來？」英內薇拉問。「對，有這個可能。你必須小心，但只要你處理了他不想碰的事，賈陽就會看出讓你活著的價值。」

「那他的保鏢哈席克呢，被我手下閹掉的那傢伙？」阿邦問。

「那個怪物是你一手打造出來的，卡非特。」英內薇拉回道。「你得自己想辦法解決。哈席克之死不會填滿任何淚瓶。」

阿邦嘆氣。只要魁倫和無耳隨時待在身邊，哈席克就不太可能有機會攻擊，而他至少能讓自己有用到讓賈陽接受一小段時間。毫無疑問，他可以在雷克頓大撈一筆。對眼光好的人來說，可以大撈很多筆。

「那我可以和稅糧一起回來？」他問。他當然可以撐上幾週。

「你要等到雷克頓掛上克拉西亞旗幟後才能回來，早一刻都不行。」英內薇拉說。「骨骰說雷克頓必須智取，但我兒子的手下都沒什麼智慧。你必須引導他們。」

「我？」阿邦驚呼。「擬定戰略，對解放者之子下達命令？我沒資格做這些事情，達馬佳。」

英內薇拉大笑。「卡非特，拜託。不要侮辱我們兩個的智慧。」

正如英內薇拉所料，阿拉蓋沒有在月虧進行任何不尋常的攻擊，不過就連青恩叛軍也不敢在新月之夜削弱防守的戰力。月虧第三夜的黎明很快就來臨了。

「等通路安全後，我要你每天回報一切事務。」阿邦對詹莫瑞說。

詹莫瑞兩眼一翻。「你已經說七次了，舅舅。」

「達馬應該知道七是神聖數字。」阿邦說。「更神聖的數字是七乘以七十，而我打算對你說這麼多次，如果你那顆厚腦袋要聽這麼多次才聽得進去的話。」

世界上只有少數幾個達馬願意忍受卡非特用這種語氣和他說話——不打算踏上孤獨之道的卡非特——但詹莫瑞是阿邦的外甥。自從晉升到白袍後，他開始變得妄自尊大，不過如果他不夠聰明，阿邦根本不會找他入夥。他聰明得知道想過好日子就要讓舅舅開心。他會把所有生意上的事情交給家族中的女人——阿邦的妹妹和妻子——處理，然後充當門面，在阿邦遠行期間簽署文件、威脅任何膽敢侵犯阿邦地盤之人。

「我對艾弗倫還有所有神聖之物發誓，我會每天回報一切事務。」詹莫瑞信心十足地鞠躬說道。

「艾弗倫的睪丸呀，孩子，」阿邦輕笑。「我一點也不相信這個承諾！」

他擁抱這個除了親生兒子外最接近兒子的男孩，親吻他的臉頰。

「別像那些黎明時哭滿淚瓶的妻子一樣。」魁倫說。「你的新圍牆很堅固，阿邦，但如果沙羅姆卡打定主意對付你的話，圍牆就非得接受考驗不可。」

訓練官坐在一匹綠地巨馬背上。他看起來一點也不像幾個月前躺在自己尿裡的那個酒鬼。魁倫右腳的馬鐙特別為他的金屬義肢打造，而他駕馭馬匹的技巧純熟，絲毫不受斷腳影響。

「每天。」他在詹莫瑞的耳邊最後一次低語。

詹莫瑞大笑。「去吧，舅舅。」他把阿邦輕輕推向他的駱駝，以本身的體重拉穩可惡的繩梯，讓阿邦吃力地爬上去。「我該叫人拿副絞盤來嗎？」詹莫瑞問。

阿邦用拐杖抵住年輕祭司的手指，輕輕借力，爬上一級繩梯。詹莫瑞驚呼一聲，在他提起拐杖時抽走手掌，不過還是一邊甩手一邊微笑。

阿邦終於爬到駱駝背上，用繩子固定身子。阿邦和魁倫不同，只要騎馬一段時間就會痛到無法忍受。躺在他最喜愛的駱駝身上有遮棚的座位裡比較舒服。這頭駱駝很頑固，咬人和吐口水的時候與聽話的時候差不多多，不過在鞭打下可以跑得和克拉西亞衝鋒馬一樣快，而在開闊地行軍時，速度就是關鍵。

隊伍穿越大門前，他的目光一直維持在前方，接著停止前進，回頭看他厚重的堡壘圍牆最後一眼。這是阿曼恩帶領族人離開沙漠之矛後，第一個讓他有安全感的地方。圍牆上的混凝土才剛乾沒多久，守衛才剛習慣日常作息，他就已經必須離開這個地方。

「沒有達馬基的宮殿華麗，」魁倫在他身邊說。「但卻是座與沙漠之矛一樣牢不可破的堡壘。」

「帶我活著回來，訓練官。」阿邦說。「我就讓你比達馬基更有錢。」

「我要錢做什麼？」魁倫問。「我有我的榮譽、我的矛和沙拉克。戰士不需要其他東西。」

看到阿邦神色擔憂，訓練官哈哈大笑。「不要怕，卡非特！我已經宣示爲你服務，不管未來如何。在榮譽的要求下，我一定會帶你安然歸來，或是奮戰至死。」

阿邦微笑。「可以的話，請帶我安然歸來，訓練官。必要時再奮戰至死。」

魁倫點頭，踢馬率領隊伍前進。跟在他們身後的有阿邦的百人隊，魁倫親自挑選訓練的卡沙羅姆。解放者下令賜他一百名戰士，只有一百名，但是阿邦挑了一百二十名，以免有人在訓練中被刷掉或是殘廢。

截至目前爲止，所有人都表現優異，不過訓練才剛開始。除非頭骨王座下令，不然阿邦絕不會歸還這些戰士。他希望可以把他們通通帶去雷克頓，包括五百名青沙羅姆，但是詹莫瑞和阿邦的女人需要男人守護他的堡壘，而且他也不希望在賈陽的人馬面前展現所有實力——他們至少有幾個人可以數到一百以上。

沙羅姆卡正對從訓練場上找來的弟弟霍許卡敏下達最後的指示。賈陽要求安德拉宣布剛剛才取得黑袍的霍許卡敏在賈陽遠行期間坐上長矛王座時，議會成員全都驚訝到下巴都掉下來。

這是很大膽的做法，也顯示賈陽清楚離開自己的王座可能導致的危險。霍許卡敏經驗不足，無法當眞領導戰士，但是就與詹莫瑞一樣，解放者的三子和十一個弟弟都是用來唬人的代理人。

賈陽還是有可能坐上頭骨王座，阿邦心想，我最好趁有機會的時候討好他。

「我說騎馬，卡非特，」賈陽突然說道，神色不屑地看著阿邦的駱駝。「一哩外的青恩都能聽見那頭畜生的叫聲！」

其他戰士大笑，除了哈席克外，他神色怨毒地瞪著阿邦。據說那傢伙被阿邦閹掉之後就變得更加殘暴。在無法透過強暴女人來宣洩暴戾之氣的情況下，他開始變得……很有創意。聽說賈陽鼓勵他發展這種特質。

「部隊裡有卡非特乃是不祥之兆，沙羅姆卡。」凱維特說。「特別是這個卡非特。」凱維特達馬抬頭挺胸、一臉嚴肅地坐在他的衝鋒白馬背上。這個傢伙討厭阿邦的時間幾乎與哈席克一樣久，但是祭司老成世故，喜怒不形於色。凱維特還沒六十歲，依然老當益壯，曾在沙拉吉裡訓練過阿曼恩和阿邦。他現在是全克拉西亞最受人敬重的達馬，安德拉之父、卡吉達馬基的祖父。或許是唯一有資格管束賈陽的人。

或許。

凱維特身邊另一匹體型較小、但同樣潔白無瑕的衝鋒馬上坐的是達馬丁阿莎薇。其他達馬丁都會坐補給部隊的馬車，但是英內薇拉不希望這個任務出任何差錯。看到有女人——即使是達馬丁——像男人一樣騎在馬上，肯定會讓沙羅姆卡的心腹緊張不安，不過她是艾弗倫之妻，沒人敢阻止。

阿莎薇的目光比凱維特還難解讀。她的眼神完全沒有透露他們曾經見過面的跡象。阿邦很高興英內薇拉另外派人來，但他還沒有蠢到以為如果他觸怒賈陽的話，她會有辦法保護他。

「我沒辦法騎馬，沙羅姆卡。」阿邦說。「當然，我會在你征服城鎮的時候待在後方。我吵鬧的駱駝和我會等到你取得勝利，需要計算戰利品時才進入碼頭鎮。」

「他會拖慢我們穿越青恩土地的行軍速度，沙羅姆卡。」哈席克說。他微笑，露出四分之一世紀前在沙拉吉被魁倫打掉牙齒後換上的金牙，該次事件讓他得到「漏風者」這個綽號。「這已經不是阿邦第一次拖慢行軍速度了。讓我現在就殺了他，一了百了。」

魁倫策馬上前。曾經訓練過解放者本人的訓練官，就連賈陽也敬重他。「你必須先過我這一關，哈席克。」他微笑。「沒人比我這個教你格鬥的人更熟悉你的弱點。」

哈席克瞪大雙眼，不過驚訝的神情很快就轉為怒容。「我已經不是你的學生了，老頭，而且我的手腳都還健在。」

魁倫嗤之以鼻。「我聽說的不是這樣！來呀，漏風者，這一次我不會只打掉你幾顆牙齒。」

「漏風者！」賈陽笑道，化解緊張的局面。「我得記住這個綽號！退下，哈席克。」

閹人閉上雙眼，一時之間阿邦以為那是暴風雨前的寧靜。魁倫看似放鬆警覺，不過阿邦知道他可以在哈席克動手的瞬間及時反應。

但哈席克還沒有蠢到違背沙羅姆卡的命令。自從阿邦為了被強暴的女兒把他閹了之後，他的地位一落千丈，只有賈陽提供他機會討回榮譽。

「我們的恩怨遲早都要了結，吃豬的傢伙。」他吼道，在高大的馬斯譚馬背上鬆懈下來。

賈陽轉向阿邦。「不過他說的沒錯，你會拖慢我們，卡非特。」

阿邦以鞍具允許範圍內最恭敬的模樣鞠躬。「沒必要讓我拖慢你的戰士，沙羅姆卡。我和我的百人隊和補給車隊會和你們保持一天的距離。我們進攻前一天會在營地與你們會合，然後於第一場雪當天正午進入碼頭鎮。」

賈陽搖頭。「太快了。我們可能會交戰一整天。你們最好等第二天早上再來。」

意思就是你和你的手下需要一天好好洗劫碼頭鎮，阿邦心想。

他再度鞠躬。「請原諒，沙羅姆卡，但是任務要成功就不能交戰這麼久，一定不能。正如你對議會所說，你必須在他們發現前攻下碼頭鎮、奪下稅糧。迅速猛攻，以免他們乘船逃走或是放火燒糧。」

他在年輕的沙羅姆卡臉色越來越陰沉時壓低聲音只讓賈陽聽見。「當然我計算稅糧時的首要任務就是確保沙羅馬卡分到應得的戰利品，然後才將剩下的運往艾弗倫恩惠。頭骨王座賦予我權力分你百分之十，不過……這種事情總有彈性。我可以調整到百分之十五……」

賈陽露出貪婪的神情。「二十，不然我就把你當豬宰了。」

啊，沙羅姆，阿邦心想，壓抑嘴角的笑意。全都一樣。完全不懂怎麼討價還價。

他吐一口氣，裝作擔憂的模樣——不過那些數字當然毫無意義，他有辦法弄出一份賈陽絕對看不懂的戰利品清單，也不會發現帳本上少了一整個倉庫的糧草或上千畝田地的收成。阿邦可以讓沙羅姆卡以為他得到百分之五十，實際上卻連百分之五都不滿。

最後他鞠躬。「謹遵沙羅姆卡的旨意。」

或許情況沒有想像中糟糕。

阿邦躺在小山丘的椅子上，舒舒服服地透過望遠鏡觀察進攻碼頭鎮的情況。魁倫、無耳及阿莎薇寧願站著，但他並不覺得有何不妥。戰士和聖徒都有自虐傾向。

他選擇這座山丘是因為這裡可以將碼頭鎮和碼頭盡收眼底，而且開打後難民也不太可能朝這個方向逃亡。天氣十分晴朗，阿邦用肉眼就能看見湖心的城市遠在地平線上的模糊輪廓。用望遠鏡看比較清楚，不過他也只能看清碼頭和船隻而已。從這個距離來看，雷克頓比他想像中要大多了。

目光轉回碼頭鎮，調整鏡片，阿邦可以清楚看到碼頭上的工人。他們輕鬆自在，完全不知道即將面對什麼命運。

即使在這種距離下，阿邦還是聽得見克拉西亞人衝鋒的聲音。第一個察覺有異，抬起頭來的鎮民被衝鋒戰士投擲的輕矛射穿，當場死亡。戴爾沙羅姆都是沒受過教育的殘暴野獸，不過說起殺人無人能出其右。

他們入鎮後分散開來，有些騎上街道製造騷亂，制伏碼頭鎮民，其他人分兵左右圍攻碼頭鎮，然後加快速度，在水手都還搞不清楚狀況前從兩個方向進攻碼頭。

接著慘叫聲起，受害者的叫聲迅速啞掉，僥倖未死的人呼天搶地。阿邦不喜歡聽這種聲音，不過他沒有任何愧疚。這並非毫無意義的屠殺。迅速攻下此鎮所能帶來的利潤遠遠超過長時間圍城。讓沙羅姆盡情享樂，只要他們能奪下碼頭、船艦還有稅糧。

戰士爲了攻向目標而在鎮上四處放火，製造困擾與混亂。阿邦向來討厭把火當作戰爭的工具。火焰不會挑選攻擊目標，還會造成昂貴損失——因爲肯定會摧毀貴重物品；相較之下，沙羅姆的性命廉價多了。

鎮上傳來號角聲，緊跟著又是碼頭的鐘聲。阿邦看著水手丟下手上的貨物，衝向船隻。

碼頭附近殺機四起，梅寒丁弓箭手開始放箭，沙羅姆也拋出投擲矛，殺死第一批甲板上的水手——他們手忙腳亂地拉繩揚帆——接著瞄準四下逃竄的工人。

阿邦微笑，將望遠鏡轉向湖面。幾艘正靠岸的船隻掉頭就走，不過其中一艘看準一座沒有敵人的碼頭，迅速靠岸，放下木板，讓女人和小孩逃命。

木板在兵荒馬亂之際凹陷，許多難民落水。男人也加入逃亡的行列拚命推擠，直到落水的人比上船的人還多。沒人費心去幫助落水之人，所有人一心只想上船。最後那艘船達到承重上限，吃水明顯過深。船長拿著號角發號施令，但是逃命的鎮民還是拚命登船。水手在他們壓沉整艘船前踢落木板，然後掉轉船帆，順風駛離漂滿絕望尖叫的難民的湖面。

阿邦嘆氣。他或許不會於心不忍，但不喜歡看人溺水。他將望遠鏡轉回鎮上，只見沙羅姆似乎已取得控制。他希望他們盡快救火，鎮上已經有太多濃煙了……

阿邦大吃一驚，迅速將望遠鏡移回碼頭。

「艾弗倫的睪丸，不要又來了。」他說。他轉向魁倫。「叫大家準備。我們出發。」

「離正午還有幾個小時。」魁倫說。「沙羅姆卡——」

「如果不趕快控制那些幹駱駝的戰士，他就會打輸這場仗。」阿邦大聲道。

「他們在放火燒船。」

「有什麼差別？」賈陽大聲問道。「你說奪下稅糧，你說不要放船離開，我們兩樣都做到了，而你竟然還敢跑來對我大吼？」

阿邦深吸口氣。他和賈陽一樣火大，而這是件很危險的事情。他可以用把阿曼恩當作笨蛋的語氣對阿曼恩說話，但他兒子絕不容許卡非特那樣。

他鞠躬。「沒有不敬的意思，沙羅姆卡，如果沒有船，我們要怎麼把你的戰士送去湖中城市？」

「我們自己造就好了。是能有多難……」賈陽越說越小聲，看著眼前巨大的貨船、船上複雜的索具。

「救火！」他叫道。「伊察！沙魯！立刻控制火勢。讓剩下的船離火遠一點。」

但是沙羅姆當然不知道要如何移船，而那些艾弗倫詛咒的東西似乎和油一樣一點就著。阿邦神色驚恐地看著一支由將近四十艘大船和數百艘小船組成的艦隊——外加大部分的碼頭——被燒到剩下十艘焦黑的大船和零星的小船。

賈陽神色不善，彷彿挑釁阿邦數落他損失艦隊，但阿邦十分明智地不發一語。船艦是春天才要擔心的問題，而冬天才剛開始。他們奪下了稅糧——既然損失船隻，就表示雷克頓也失去了與陸地聯絡的管道。

「恭喜你打了一場漂亮的勝仗，沙羅姆卡。」阿邦邊說邊準備他的手下在將戰利品分類後持續回報的帳目。大部分穀物都會運回艾弗倫恩惠，不過鎮上還有難以計數的烈酒可供阿邦私藏、轉爲利潤，還有其他寶貴的物品和地產。「達馬佳一定會對你的表現非常滿意。」

「你很快就會知道，卡非特，」賈陽說。「我母親永遠不會對我的表現滿意。永遠不會爲我感到驕傲。」

阿邦聳肩。「戰果十分豐碩。你可以雇用一千個母親一天到晚跟在你後面歌功頌德。」

賈陽斜眼看他。「多豐碩？」

「足夠給你手下所有最信任的軍官每人一些土地、房產、外加一萬卓奇。」阿邦說。這對大部分沙羅姆而言算是一整年的薪資，儘管數字聽來龐大，不過只發給十幾個人也算不了什麼。

「不要這麼急著把我的錢散出去，卡非特。」賈陽吼道。

「你的錢？」阿邦一臉受傷。「我不會這麼自以為是。這些都是由我離開前呈給安德拉批示過戰爭預期花費中支出。你的錢包已經滿到足夠償還積欠建築工會的龐大債務。如果你願意的話，我可以直接幫你安排支付事宜。」

就像大部分男人一樣，賈陽會在血壓開始升高時透露一些跡象。他壓響指節，阿邦知道自己說到他的痛處了。

賈陽的弱點就是他的宮殿。他打定主意要建立一座無人能及的宮殿，符合頭骨王座真正繼承人身分的宮殿。這個願望加上超過手指數目就不會數的數學能力，導致第一王子庫房空虛，每天都在累積超過他支付能力的利息。他不只一次為了打發債主而跑到頭骨王座前要求「戰爭經費」。沙羅姆卡宮殿營建工程做到一半就停工了，這是賈陽走到哪裡都無法擺脫的尷尬問題。

如果這個小鬼想要變得老成世故，就必須處理這個問題。

「我為什麼要付錢給那些狗？」賈陽問。「他們一直從我這裡撈好處！為了什麼？我宮殿的圓頂看起來像裂開的蛋殼！不，現在打了這場勝仗，他們必須開工，不然我就殺光他們。」

阿邦點頭。「那是你的權利，當然，沙羅姆卡。但到時候你就沒有技巧高超的工匠可用，剩下的人又沒有建材可用。還是你要把採石工人也殺光？排水管工匠？光靠威脅能夠養活這些沒錢吃飯的畜生嗎？」

賈陽沉默了一段時間，阿邦讓他好好想想。

「老實說，沙羅姆卡，」阿邦說。「如果你想要殺人，也該先殺那些利息高到不像話的放債人。」

賈陽緊握拳頭。眾所皆知他已經和克拉西亞所有放債人都借到借貸上限了。他張開嘴巴，打算來一段很可能以下達血腥又愚蠢的命令收尾的激動演說。

阿邦及時清清喉嚨。「如果你容許我代表你出面協商，沙羅姆卡，我相信我能幫你解決大部分債務，並且在不清空你皮包的情況下開始支付工資，讓營造宮殿的工程繼續進行下去。」

他壓低聲音，只讓賈陽聽見。「擁有欠債還錢的名聲只會增加你的權力和影響力，沙羅姆卡。就像你父親一樣。」

「別相信這個卡非特，沙羅姆卡。」哈席克警告道。「他會往你的耳朵裡灌毒藥。」

「相信我，」阿邦說著朝哈席克揚起下巴，「你就有錢幫你的狗弄根黃金陽具來搭配他的金牙。」

賈陽哈哈大笑，他的手下也跟著哄堂大笑。哈席克滿臉通紅，伸手去拔長矛。

賈陽兩隻手指塞在嘴前，吹了聲口哨。「漏風者！過來！」

哈席克難以置信地轉向他，但是年輕沙羅姆卡那副冷酷的表情明白表示他知道該如何處置這個傲慢的卡非特。哈席克垂頭喪氣，走到賈陽身邊。

「你做得很好，卡非特。」賈陽說。「或許我不是非殺了你不可。」

阿邦努力保持冷靜的神情和輕鬆的姿勢，眼睜睜看著包圍倉庫的戰士，不過嘴巴抿得很緊。他哀求賈陽讓他的百人隊去執行這個需要細心謹慎的工作，不要派沙羅姆，但是賈陽隨手打發他。這個任務可以獲得太多榮耀了。

巨大的碼頭倉庫有三面大窗面對如同三叉戟般深入湖面的三條長堤。據說當地的商人王子，船務官伊沙，和他的守衛躲在裡面頑抗。

根據阿邦的情報，船務官是雷克頓中眞正掌權之人。而李察德公爵是勢力最龐大的船務官，但除非票數相等，不然他那一票不會比其他船務官的票更有影響力。

「你派給他的任務實在太羞辱他了。」魁倫說。

阿邦轉身面對接近而來的訓練官，他朝無耳點點頭。阿邦百人隊剩下的人都分散在鎮上各地，調查狀況，準備報告。

「無耳是我見過最高強的近身格鬥戰士。」魁倫繼續，暢所欲言，因爲他知道戰士聽不見他說話。「他應該在外面對抗阿拉蓋，而不是幫怕曬太陽的卡非特胖子遮陽。」

老實講，這個身高七呎、肌肉結實、渾身武器的卡沙羅姆拿著一把紙傘幫阿邦遮陽看起來確實有點愚蠢。他是啞巴，所以不能抗議，雖然阿邦也不會在乎。他以爲在克拉西亞沙漠生活一輩子就不會怕陽光了，但是湖面的反射又把陽光的高溫推到截然不同的境界。

「我付很多錢給我的卡沙羅姆，訓練官。」阿邦說。「如果我要他們換上女人的彩袍跳枕邊舞蹈，他們最好也給我笑著跳。」

阿邦轉回頭去看著沙羅姆踢開大門，闖入倉庫。二樓和三樓窗戶有人射箭。大部分都被魔印圓盾擋了下來，不過三不五時還是有戰士慘叫倒地。

儘管如此，戰士還是前仆後繼，塞在門口。上方有人倒了一桶油下來，跟著又是一根火把，十幾個人當場著火。其中有一半夠聰明，衝向長堤，跳入水中，不過剩下的人在慘叫聲中跌跌撞撞，讓其他人起火燃燒。他們的戰士兄弟被迫將矛頭指向他們。

「如果無耳有點腦袋，」阿邦說。「他或許寧願幫我打傘。」

這是賈陽的手下第一次遇上有組織的抵抗，死傷在這裡的戰士比鎭上其他地方加起來還多。但是倉庫外有數百名沙羅姆，而伊沙只有十幾個守衛。他們很快就被制伏，火勢也被撲滅，沒有燒燬賈陽已經宣告爲他的碼頭鎭宮殿的大建築。

「艾弗倫呀，」阿邦說。「如果你曾經聽見我的禱告，就讓他們把船務官活著帶出來。」

「我在進攻前對戰士交代過，」魁倫說。「他們是解放者長矛隊。他們不會因爲幾個人被送去孤獨之道就違背自己的職責。他們都是英勇戰死，很快就會站在艾弗倫面前接受審判。」

「訓練最精良的狗也會在壓力下主動咬人。」阿邦說。

魁倫嘟噥一聲，這是他忍氣吞聲時的反應。阿邦搖頭。沙羅姆總是愛說一些和榮譽有關的鬼話，但他們都是情緒的產物，鮮少顧慮後果。他們分辨得出船務官和守衛的不同嗎？

威脅解除的訊號傳來，阿邦、魁倫和無耳在俘虜被帶出來時走過去加入沙羅姆卡。

先出來的是一群女人。大部分都穿著綠地風格的長裙和上好服飾。就克拉西亞的角度來看很淫蕩，但就綠地的角度來看還算保守。阿邦可以從他們的髮型和首飾看出這些都是透過血緣與婚姻擁有良好家世背景的女人，習慣奢華的生活。她們大部分都沒有受傷，不過戰士也沒有善待她們。賈陽會先挑選其中最年輕貌美的女人，剩下的就讓他的軍官瓜分。

有些女人和男人一樣穿褲子。她們鼻青臉腫，不過衣衫完整。

接下來走出來的青恩守衛就沒那麼幸運了。他們都被剝個精光，雙手架著矛柄綁在身後。戴爾沙羅姆又踢又推又鞭打，把他們趕出倉庫。

但他們都還活著。這在阿邦心中燃起希望，或許這一次沙羅姆可以超出他極低標準的期待。有些女人神色恐懼地看著眼前的場景，不過大部分都偏過頭去，低聲啜泣。其中有一個中年壯婦目光冰冷地看著敵人。她身穿男人的服飾，不過作工和質料都很好。其他女人都以她馬首是瞻。戰士踢倒青恩的膝蓋，在賈陽走近時以鞋底踩著他們裸露的背部，把他們的頭壓倒在地。

「船務官在哪裡？」賈陽的提沙語口音很重，不過還聽得懂。

哈席克下跪道：「我們整座倉庫都搜過了，沙羅姆卡。沒有看到船務官。他一定喬裝改扮，躲在守衛裡。」

「或是逃走了。」阿邦說。哈席克瞪他，但無法否認這個可能。

賈陽隨便挑選一人，一腳踢得他仰躺在地。他不安扭動，赤身裸體、無計可施，但是當賈陽以矛尖抵上胸口時，他還是擺出一副不屈不撓的表情。

「船務官在哪裡？」他問。

守衛朝他吐口水，不過吐得角度不對，口水落在他自己的肚子上。「吸你的老二吧，沙漠老鼠！」

賈陽朝哈席克點頭，他興高采烈地朝男人股間猛踢，一直踢到他的涼鞋染血，而對方的股間已經沒有東西可吸為止。

「船務官在哪裡？」賈陽等他的慘叫聲漸歇後再問。

「去死吧！」男人尖聲道。

賈陽嘆氣，一矛刺穿男人胸口。他轉向隔壁的守衛，哈席克朝對方背部踢了一腳。賈陽站到那個男人面前時，他已經哭得泣不成聲。「船務官在哪裡？」

男人低聲哀鳴，淚流滿面。他身邊的木棧道突然濕了一片。賈陽露出噁心神情，迅速跳開。「可悲的狗！」他大吼一聲，舉起長矛就要刺落。

「夠了！」

所有目光轉向說話之人。身穿上好男性服飾的女人推開眾人，上前一步。「我是伊沙杜兒船務官。」

「女士，不！」其中一個被綁的守衛叫道。他奮力掙扎起身，不過被人一腳踢回去。

伊沙杜兒？阿邦心想。

賈陽大笑。「妳?!女人？」他大步向前，一把抓住對方喉嚨。「告訴我船務官在哪裡，不然我就掐死妳。」

女人絲毫不懼，面對他野蠻的目光。「我說過了，我就是船務官，你這個可惡的野蠻人。」

賈陽吼叫一聲，開始掐她。女人繼續瞪了他一會兒，接著滿臉漲紅，無力地拉扯賈陽的手臂。

「沙羅姆卡！」阿邦叫道。

所有人轉頭看他，賈陽沒有鬆手，在她雙腳軟癱時透過喉嚨支撐她的重量。凱維特和哈席克緊盯著他，只要賈陽神色不悅立刻就要動手攻擊阿邦。

阿邦並不在乎必要的時候向人下跪，於是他迅速跪下，雙手和雙眼都貼在木棧道上。「綠地人的文化很奇特，最尊貴的沙羅姆卡。我聽說船務官的名字叫作伊沙。這個女人，伊沙杜兒，或許說的是實話。」

他沒有說出之前私下對這個男孩大力灌輸的觀念：活著的船務官比死掉的船務官值錢很多。

賈陽仔細打量那個女人，然後放開她。她臉色發青地摔在木棧道上，不停咳嗽喘氣。他以矛尖指著她。

「你是船務官伊沙？」他問。「如果妳敢騙我，我會把這個青恩城鎮裡的男女老幼通通殺光。」

「伊沙是我父親。」女人說。「六個冬季前去世。我是伊沙杜兒，在他的殉葬船火化後繼承他的職位。」

賈陽凝視著她，還在考慮要不要相信她的話，不過一直在觀察其他俘虜的阿邦已經深信不疑。

「沙羅姆卡，」他說。「你已經爲頭骨王座奪下碼頭鎮。現在不是應該升起旗幟了嗎？」

賈陽轉向他。這是他們詳細討論過的計畫。「好。」他終於說道。

號角響起，沙羅姆將俘虜的青恩用矛尖趕往碼頭，見證他們將伊沙杜兒趕到旗杆下，強迫她降下雷克頓旗幟——藍底上繡著一艘大型三桅帆船——然後升起克拉西亞的制式旗幟，兩把長矛在落日前交叉。

這完全是象徵性的行動，但卻非常重要。現在賈陽可以在不示弱的情況下饒過她的隨從，並且冊封她爲青恩公主。

「一個女人。」賈陽又說一次。「這改變了一切。」

「改變了一切，也什麼都沒變，沙羅姆卡。」阿邦說。「不管是男是女，船務官都掌握了情報和人脈，我們對待她的手段將會影響湖中城市掌權的那些人。讓那些傢伙以爲他們可以保有他們的頭銜和財產，他們就會把他們自己人放在盤子上交給我們。」

「如果要讓青恩保有這座城市，征服它又有什麼意義？」賈陽問。

「收稅。」凱維特說。

阿邦鞠躬表示同意。「讓青恩保有他們的船隻，彎腰操作魚網。但是當他們靠岸時，十條魚裡有三條必須上呈給你。」

賈陽搖頭。「這個女船務官可以保有她的稱號，但是魚是我的。我要娶她爲吉娃森。」

「沙羅姆卡，這些都是野蠻人！」凱維特大叫。「你當然不會眞的想要用青恩體內的駱駝尿玷污你神聖的血液。」

賈陽聳肩。「我有卡吉部族的兒子和吉娃卡來繼承我的血脈。我父親知道要如何馴服青恩，就像他馴服克拉西亞部族一樣。成爲他們的一員。他的錯誤是在黎莎女士尚未接受婚事前就讓她保有頭銜，導致她可以自由拒絕婚事。我才不會那麼蠢。」

阿邦緊張地咳嗽幾聲。「沙達馬卡，我必須同意偉大的凱維特達馬，全克拉西亞人都知道他英明睿智。你父親賜給黎莎女士頭銜，讓她擁有拒絕的自由，因爲如此營造的合法性才能讓她的子嗣繼承她的權位。如果她只擁有你賜給她的頭銜，那她就沒有其他頭銜讓你宣告了。」

賈陽兩眼一翻。「說完就擔心，擔心完又繼續說。你們這些老人專幹這些事情。打贏沙拉克卡需要的是行動。」

阿邦在凱維特接下去說話時轉開目光。

「不管怎麼看，她都太老了。」凱維特說得好像「老」這個字很噁心一樣。「起碼比你大一倍，不然我就是馬甲部族的人。」

賈陽聳肩。「我看過比她年紀大的女人懷孕。」他目光轉向阿莎薇。「辦得到。對吧，達馬丁？」

阿邦目光飄向阿莎薇，等待達馬丁爲這場鬧劇畫下句點。

結果阿莎薇點頭。「當然。沙羅姆卡很睿智，血緣是最強大的力量，讓女船務官生下你的子嗣就能讓這座城鎮歸你所有。」

阿邦努力讓自己不驚呼出聲。這是很糟糕的建議，至少會讓圍困雷克頓的行動多拖幾個月。達馬丁在打什麼主意？難道她刻意扯賈陽後腿？阿邦不會說她不該這麼做，看在艾弗倫的份上，他甚至願意主動幫忙，但總得先弄清楚計畫。他習慣當玩家，不是棋子。

「至少讓我協商條件，」阿邦說。「稍微延遲片刻，就當是做給外面看。最多一個月，我就可以……」

「沒什麼好協商的，不需要延遲。」賈陽說。「他和她所有財產都將歸我所有。今晚我們就會簽約，不然她和她的手下都別想看到明天的太陽。」

「這樣做會觸怒青恩。」阿邦說。

賈陽大笑。「那又怎樣？他們是青恩，阿邦。他們不敢反抗。」

「我願意。」伊沙杜兒船務官哭著說道。

阿邦的間諜施展渾身解數，在婚禮之前蒐集所有與那個女人相關的情報。她丈夫已經在保護她的時候戰死。阿邦將此事告訴賈陽，只希望那個蠢男孩至少會依照伊弗佳傳統給她七天哀悼期。

但沙羅姆卡完全無可理喻。他看那個女人的模樣就像夜狼打量羊群中最老的那隻，打定主意今晚就要上這個女人，絕不容許任何人動搖。當他認爲沒人看的時候，偷偷伸手調整長袍下的陽具。

啊，十九歲的少年，一想到女人就會變硬，阿邦哀悼。我甚至不記得那種感覺了。

伊沙杜兒也有小孩。兩個兒子，兩個都是船長，在賈陽攻擊時已經出海前往雷克頓。他們會努力從克拉西亞人手中保住這條血脈，賈陽會殺了他們，為了保住自己孩子的繼承權──如果他有辦法在阿莎薇的魔法幫助下讓這個中年女子懷孕的話。

兩人走向那份勉強算得上婚約的合約。克拉西亞婚約基本上都會填滿一張長長的卷軸。而阿邦的女兒簽訂的婚約往往長達好幾張捲軸，每一頁都有簽署見證。

賈陽和伊沙杜兒的婚約只有一句話。正如他所承諾，賈陽完全沒有協商，搶走一切，只提供伊沙杜兒一個頭銜，還有人民的性命。

伊沙杜兒彎腰沾墨，賈陽側頭欣賞她背部的曲線。他又拉了拉長袍，所有人，包括凱維特，全都低下頭去，假裝沒有看到。

就在這個時候，伊沙杜兒動手了。墨水在她轉身撲向賈陽，將銳利的羽毛筆插入他眼中時如同阿拉蓋膿汁般灑過婚約。

「不要動，如果你還想看見東西的話。」阿莎薇說。很少有人膽敢以這種語氣對沙羅姆卡說話，但賈陽母親在他心裡種下對達馬丁的極度恐懼，而且阿莎薇是他沒有血緣關係的阿姨。

賈陽點頭，咬緊牙關，讓阿莎薇用細緻的銀鑷子夾出他眼中最後幾絲羽毛。

沙羅姆卡渾身染滿鮮血，不過大部分都不是他的。當賈陽終於轉離聖壇，像頭野獸般喘氣吼叫時，插在他眼睛上的羽毛並沒有造成多少失血。

伊沙杜兒船務官就沒有那麼幸運了。阿邦一直認爲人體裡面竟能容納那麼多血是件很神奇的事情。凱維特的奈沙羅姆僕役要花好幾天的時間才能把這裡清理到能充當艾弗倫神廟，開始接受青恩皈依。

「如果讓我失去這隻眼睛，我就要挖出一千個青恩的眼睛。」賈陽發誓道。他在阿莎薇挖羽毛時嘶吼一聲。「就算我保住這隻眼睛。我也不會讓任何漁夫保有兩隻眼睛。」

他用沒有受傷的眼睛瞪視阿邦、魁倫，還有凱維特，挑釁他們出言抗議。想激他們稍微說出這一切都是因爲不聽建議而咎由自取。他就像條想要找人來咬的狗，房內所有人都很清楚這一點。他們全都低著頭、閉著嘴，等待阿莎薇治療他。

這是你自己的試煉，沙羅姆卡，阿邦心想。你有可能變得溫馴，也有可能徹底顯露本性。猜測此事結果一點也不困難。如果有人蠢到願意和他打賭，阿邦會拿所有財產押春天來臨時湖面將會一片血紅。

「如果你願意喝安眠藥水的話，治療起來會容易很多。」阿莎薇說。

「不要！」賈陽大叫，不過在阿莎薇的目光下神色畏縮。「不要，」他語氣比較冷靜，恢復了一點理智。「我要擁抱痛苦，永遠記在心裡。」

阿莎薇面露懷疑地看著他。大部分達馬丁的病患在接受霍拉魔法治療時都不能選擇不喝安眠藥水，好讓他們不記得治療過程，也不會干涉。

但賈陽是在霍拉魔法隨處可見的宮殿裡長大的，眾所皆知他父親會拒絕在療傷的時候接受麻醉。

「悉聽尊便。」阿莎薇說。「但是天快亮了。如果我們不在天亮前爲法術灌注魔力，你就會失明。」

羽毛移除完畢，阿莎薇小心清理傷口。賈陽手腳緊繃，但是呼吸穩定，沒有亂動。阿莎薇拿把剃刀放到他眉毛上，清出一塊繪印的空間。

「黎明時把那個青恩妓女的殘骸吊到新旗杆下。」賈陽在達馬丁轉身準備刷筆和墨漆時說。

魁倫鞠躬。賈陽讓他父親的老師成爲顧問之一，因爲這樣可以讓自己在戰士眼中取得更多正統性。「我會處理，沙羅姆卡。」他在阿莎薇開始繪印時住嘴片刻。「我會叫沙羅姆下去準備，以免青恩鼓起勇氣叛變。」這是訓練官的老把戲，透過順著指示下達命令來指導經驗不足的凱沙羅姆。

「有什麼好準備的？」賈陽大聲道。「我們大老遠就會看見他們的船帆，碼頭和淺灘都會染紅。」

阿莎薇捏住賈陽的臉頰。「你每開口多說一個字，都會減弱魔印的功效，而我可沒時間重新繪印。」

魁倫保持鞠躬姿勢。「謹遵沙羅姆卡指示。我會派遣信差去找路上的弟兄，要求他們派人支援。」

「我的弟兄一個月內就會趕來。」賈陽說。「我已經得知青恩的實力。如果沒辦法堅守這座小鎮一個月的話，我就直接去深淵。」

「至少可以讓我在碼頭上安裝巨蠍吧？」魁倫問。

「讓巨蠍隨時可以在他們的船上打洞。」賈陽點頭。

「奈的黑心呀！」阿莎薇在他點頭弄花魔印時吼道。「眼睛沒壞的人通通給我出去！」

魁倫鞠躬鞠得更深，然後利用腳上的鋼鐵彈回來。阿邦和凱維特已經朝門口移動，魁倫及時趕到門口，幫他們開門。

賈陽不肯睡覺，於眾顧問緊張兮兮的日光下在黎明時的巨窗前來回踱步。就連祖林和哈席克都和他保持距離。

沙羅姆卡的眼睛一片白濁。他可以看見模糊的輪廓，就像透過一面髒兮兮的窗戶視物，不過稍微清楚一點。

二十艘雷克頓大船於海平面上下錨，在陽光潔白的光線灑落時靜靜觀察碼頭鎮。那些船上的船長此刻肯定透過望遠鏡在觀察他們，看著船務官的殘骸包覆在她商人家族的服飾中，吊在交叉長矛的克拉西亞旗幟下。號角響起，他們朝鎮上航行而來。魁倫派出的梅寒丁沙羅姆正在碼頭上匆忙架設巨蠍。

「終於來了。」賈陽握起拳頭，奔向他的矛。

「你不該出戰。」阿莎薇說。「獨眼會讓你誤判距離。你必須先習慣。」

「如果妳有好好治療，我就沒必要習慣。」賈陽尖酸刻薄地說。

阿莎薇深吸口氣，面紗飄動，不過她心平氣和地接受指責。「如果你肯接受麻醉，現在眼睛就會完好如初。暫時而言，我救回了你的眼睛。或許達馬佳可以進一步治療。」

再一次，阿邦懷疑她的動機。她真沒辦法治療他嗎？還是說這又是英內薇拉另一個控制衝動兒子的做法？

賈陽反感地朝她揮了揮手，走出門外，手持長矛。他的保鏢，解放者長矛隊，在他走過兩旁房間時一個個跟了上去。

正如沙羅姆卡所料，在敵艦有機會靠岸前，他們有很多時間召集訓練有素的沙羅姆在碼頭和城鎮外圍的沙灘集結。他們擺開緊密陣型，保護巨蠍抵抗敵艦抵達碼頭放下士兵前肯定會進行的弓箭攻擊。較小的船隻將會直接靠岸。

阿邦以望遠鏡觀察湖面的情況，計算船隻數量，與擄獲船艦的船艙空間比較相對的大小。計算結果不大妙。

「如果那些船上裝滿了人，」他說。「雷克頓部隊的總數可能破萬。我們的沙羅姆必須以一敵五。」

魁倫啐道：「他們是青恩，卡非特。不是沙羅姆，不是戰士。一萬個軟弱的男人擠在狹長的碼頭上或是跋涉淺灘而過，我們會擊潰他們。他們每佔領一塊木板就會犧牲一打人。」

「那就希望他們的鬥志會在突破防線前崩潰。」阿邦說。「或許我們該派人去找援軍。」

「沙羅姆卡不讓我們求援。」魁倫說。「你過度擔心了，主人。這些都是克拉西亞最精銳的戰士。就算在遼闊的戰場上，我都很肯定一個戴爾沙羅姆能夠打死十個漁夫。」

「你當然肯定。」阿邦說。「沙羅姆只有學過在手指和腳趾的數目後面加零的算數。」

魁倫瞪著他，阿邦也瞪回去。「不要因爲沙羅姆卡寵信你，你就忘了誰是主人，魁倫。我從一灘庫西尿裡把你拖出來，如果我沒拿寶貴的水把你清理乾淨的話，你現在還躺在那裡。」

魁倫深吸口氣，然後鞠躬。「我沒忘記對你發下的誓言，卡非特。」

「我們爲了稅糧攻擊碼頭鎮。」阿邦一副解釋給嬰兒聽的模樣。「其他的一切都是次要目標。少了稅糧，族人今年冬天將會挨餓。而我們才剛開始清點帳冊，更別提要把它們運往勢力範圍內。那個小白痴危害到我們的投資，所以請你原諒我沒心情聽那些沙羅姆的自吹自擂。賈陽在完全沒必要的情況下，挑釁數量遠超過我們的敵軍，而本來我們只要利用時間優勢，等待那些漁夫度過冬天就好了。」

魁倫嘆氣。「他想要大獲全勝，好讓他有資格爭取父親的王座。」

「全克拉西亞人都希望他能大獲全勝，」阿邦說。「從來沒有人肯定過賈陽的實力，不然他早就已經坐上頭骨王座了。」

「這並不能成爲他莽撞的藉口。」魁倫眨眼道。「我沒有派人求援，不過我曾送信給賈陽同父異母的弟弟，讓他們知道我們即將和敵人交戰。解放者之子全都渴望榮耀。他們會來的，就算沒有接獲命令。」

阿邦想起小時候魁倫隨手毆打他的模樣，試圖把他塞到一個沙羅姆的模具裡。當時阿邦痛恨魁倫，也很懼怕他。他從未想過有朝一日可以命令這個男人，更別說會喜歡他。

他轉回窗口，看著船隻進入巨蠍的攻擊範圍。賈陽下達命令，操控武器的梅寒丁隊伍高喊數據，調整張力，瞄準天際，接著二十根巨弩，比沙羅姆長矛更大更重，像箭一樣激射而出。它們竄入天際，黑暗、不祥地抵達頂點，然後開始下墜。阿邦調整望遠鏡，觀察攻擊結果。

結果一點也不振奮人心。

梅寒丁巨蠍能把於四百碼外衝鋒而來的沙惡魔插死在地上，這個距離遠遠超過弓箭手射程的兩倍。巨弩隊動作很快，第二波巨弩準備好時，第一波巨弩還沒射中目標。

或是還沒有錯過目標。

六支巨弩直接落入水中。一支擦過一艘船的欄杆，一支射中敵艦的船帆，劃破一個小洞，不過看來沒有影響船速。兩支插在敵艦的厚殼上，沒有造成任何傷害。

巨弩隊調整角度，再度射擊，結果卻差不多。

「那些深淵裡的笨蛋是怎麼回事？」阿邦問。「他們整個部族就只擅長一種技能！不會瞄準的梅寒丁比我鞋底的大便都還不如。」

魁倫瞇起雙眼，細看碼頭上隊伍的手勢。「因為這個天殺的天氣。天氣在沙漠之矛向來不是問題，我們發現巨蠍的張力彈簧不喜歡濕冷的氣候。」

阿邦看著他。「請告訴我你是在開玩笑。」魁倫神色陰沉地搖頭。

雷克頓船艦在梅寒丁巨弩隊手忙腳亂時持續逼近。觀察兵在他們進入弓箭射程範圍時吹響號角，沙羅姆立刻回復陣型，舉起盾牌，宛如蛇鱗般扣在一起。

弓箭像雨一樣灑在盾牌上，大部分都折斷或彈開，但有些釘在盾牌上搖晃。三不五時會有中箭的戰士發出痛苦的叫聲。

他們手裡握著長矛。再過一陣子，小船就會接近碼頭。他們會等到箭雨暫歇時壓低盾牌，在敵人下船時擊潰他們。

但是敵人的箭一陣一陣灑落，越來越多箭射穿盾牌或是盾牌間的縫隙，擊中戰士。

阿邦抬頭看到大船停止前進，待在可以遠程攻擊碼頭的位置。

「懦夫！」魁倫啐道。「他們不敢像男人一樣作戰。」

「這表示他們比我們聰明。」阿邦說。「如果想要撐到沙羅姆卡的弟弟帶著援兵趕來，我們就必須適應他們的作戰方式。」

雷克頓船艦甲板上的長臂投石器開始安裝彈藥。一聲號角令下，所有投石器同時發射，朝被盾牌陣型遮蔽視線的沙羅姆拋出小桶子。桶子撞擊粉碎，在盾鱗上撒下一種黏稠液體。阿邦在敵人第二波射擊，拋出一顆大火球時感到腹部一陣絞痛。

火球只射中一群沙羅姆，但是當液態惡魔火——另一個綠地藥草師的祕密——綻放白熱火光時，火焰像在碼頭上跳躍般，只要一點火星就能點燃沾上這種地獄黏液的盾牌。戰士在火焰滲入縫隙，像酸液般滴在他們身上時放聲慘叫。他們陣型大亂，著火的人在衝向湖面時推擠——或說點燃他們的同伴。

接著剛好趕上敵船發射另一波弓箭。在盾牌陣型大亂的情況下，數百名沙羅姆當場中箭。

「這場戰爭很快就會變成賈陽的困境，而非勝利。」阿邦說。魁倫點頭，阿邦則開始計算如果碼頭鎮失守的話，他們可以帶多少稅糧逃走。

許多戰士倒地，更多惡魔火桶飛來，火勢迅速蔓延，彷彿整條木棧道都陷入火海，甚至朝他們所在的制高點燒過來。

一支箭射穿玻璃，差點擊中阿邦。他一把縮起望遠鏡。「該走了。指示百人隊盡量多帶糧車。我們沿著信使大道行走，直到和援軍會合。」

魁倫舉盾保護阿邦。「沙羅姆卡絕對不會高興。」

「沙羅姆卡本來就把卡非特當作懦夫。」阿邦說著以枴杖所能辦到的最快速度朝門口移動。「這不會改變他的看法。」

魁倫臉上浮現痛苦的表情。訓練官努力要把百人隊訓練成能和任何沙羅姆匹敵的戰士，而他們也確實越來越強，這麼做將會影響他們的聲望，但活著離開此地才是當務之急。阿邦寧願眼看一千名沙羅姆戰死，也不要讓一個他的百人隊參與沒有意義的戰鬥。

當他們抵達街道時，到處都是濃煙和大火，不過賈陽沒有戰敗。數百名碼頭鎮民在矛尖下被推向碼頭，恐懼地擠在一起。

「至少那個小鬼沒有白痴到底。」阿邦說。「如果敵人看得到……」

看來他們看得到，因為即使梅寒丁弓箭手開始反擊，對方還是不再施放箭雨。巨弩隊還在掙扎，不過準頭有進步了，他們開始用投石器朝敵艦的船帆拋擲火球，沙羅姆弓箭手則射傷不少敵人。

「已經要逃了，卡非特？」賈陽和他的軍官和保鏢迎上來。

「我沒想到會在這裡看到你，沙羅姆卡，」阿邦說。「我以為你會站在碼頭上，準備擊退入侵者。」

「等那些懦夫下船之後，我會殺掉一百個。」賈陽說。「在那之前，交給梅寒丁處理就好了。」

阿邦看向雷克頓船艦，不過他們似乎只打算待在弓箭射程邊緣。投石器持續朝碼頭空曠處發射火球。

「船艦！」阿邦叫道，拿起望遠鏡，轉向他們擄獲的那些船隻停泊的碼頭。看來他們似乎還有時間。雷克頓人還沒開始攻擊他們寶貴的船艦，碼頭上有人來回奔走。

「動作快！」他對魁倫說，「我們要弄濕船，別讓……」

但接著他的望遠鏡聚焦，發現在碼頭上的不是拿水桶澆水的隊伍，而是雷克頓水手，大部分都沒穿上衣，渾身濕透，迅速操作索具，放下船帆。

碼頭上還有弓箭手，當沙羅姆發現他們時，他們就開始射擊，為在割斷錨索的夥伴爭取寶貴的時間。

第一艘被開走的船是所有船裡最大最好的一艘。它的三角旗上畫著一個女人瞭望遠方的輪廓，身後還有個手裡拿花、神色羞愧的男人。

碼頭鎮民裡傳來一陣歡呼。「黛莉雅船長奪回『紳士的嘆息號』了！」一個男人喊道。「我就知道她不會把它留在沙漠老鼠手中！」他手指放到嘴前，吹出響亮的口哨。「好，船長！出航吧！」

賈陽親手刺死那個男人，他的保鏢則用矛柄毆打任何膽敢歡呼的人，但是傷害已經造成了。又有兩艘大型船艦駛離碼頭，水手一邊大呼小叫，一邊對沙羅姆露出屁股。

戰士跳上剩下的船艦，確保沒有更多損失。水手完全沒有動手打鬥，只是打爛油桶，放火燒船，然後跳船，游向等在附近的小船。沙羅姆全都不會游泳，於是朝他們拋擲長矛，不過徒勞無功。遠方的雷克頓船艦停止射擊，在歡呼聲中掉轉船頭。其中六艘停在半路，下錨，剩下的船則駛回湖中城市。

賈陽環顧四周，看著損失的船隻、受傷的沙羅姆、燒燬的碼頭。阿邦沒有留下來看沙羅姆卡把氣出在誰身上，迅速離開他的視線範圍。

「這是一場災難。」魁倫說。

「稅糧還在。」阿邦說。「暫時就夠了，接下來我們得想辦法讓沙羅姆卡長點智慧。」

「叫手下去找間可以固守的倉庫當作基地。」他補充。「我們會在這裡待很久。」

第十二章　填滿空虛　333AR　秋

「我應該要出門打獵，」汪妲吼道。「而不是每天晚上回答同樣的問題、壓量秤，像妳那些想要恢復體力的病人一樣。」

「不這樣做就不能得到精準的結果，親愛的，」黎莎說著在帳本裡標註。「再添加一個砝碼，麻煩了。」

黎莎透過魔印眼鏡觀察，只見她年輕的保鏢渾身綻放魔光，如同其他女人推開一扇沉重的門般在秤上添加五百磅的壓力。黎莎在汪妲皮膚上繪製黑柄魔印、記錄結果至今已經將近一週了。

亞倫逼她發誓絕對不在皮膚上繪印，結果卻自己跑去在瑞娜·譚納身上這樣做。如果這樣和他宣稱的一樣危險，他會對自己的妻子這麼做嗎？

她本來打算在違背誓言前先去找他吵一架，但亞倫失蹤了一個月，還不告訴她眞正的計畫。就連瑞娜都當她的面撒謊。當他們兩個人都沒在月虧回歸時，她就決定自己動手了。

你們全都是解放者，亞倫曾對窪地人說，但他是眞心的嗎？當眞？他說要全人類齊心合作，但卻不肯與大家分享他力量的祕密。

於是黎莎花了一週的時間測試汪妲，建立她新陳代謝、力量、速度、精確度和耐力的基線數據。她每天平均睡多久、吃多少食物等所有可以記錄的數據。

然後她開始繪印。一開始只繪一點，在掌心繪製壓力魔印、指節上繪製衝擊魔印。天氣變冷了，汪妲白天可以輕易用手套遮住那些魔印。

晚上她們就獨自狩獵、跟蹤、隔離少數地心魔物，慢慢測試效果。一開始汪妲還是以慣用的右手拿匕首作戰，偶爾以左手出掌或出拳，實驗魔印的功用。沒過多久，她就自信滿滿地徒手格鬥，每天晚上都越來越強壯、迅捷。今晚她嘗試最危險的做法，慢慢用手掌壓碎木惡魔的頭顱。

汪妲緩緩鬆開秤柄，讓大秤的籃子著地，然後走到小心翼翼疊在一起的鋼鐵砝碼前。每個砝碼都剛好五十磅，但是汪妲一手提起兩個砝碼，就像黎莎端茶碟一樣輕鬆。

「一次一個，親愛的。」黎莎說。

「我一次可以舉起好幾個，」汪妲聽起來顯然很不耐煩。「爲什麼要浪費時間一次只舉一個？我現在就應該在外面殺惡魔。」

黎莎又記了一筆。這是汪妲過去一小時內第十一次提起殺惡魔。她可以短時間內吸收一整個伐木工巡邏隊獵殺一整晚所吸收的魔力，但不會因此滿足——或是難以承受，就像黎莎猜測的那樣——只會讓她迫切地想要吸收更多魔力。

亞倫警告過這種現象。魔法的快感是會上癮的——這點在伐木工身上已經獲得證實。那些戰士透過魔印武器的反饋吸收魔力。這些魔力把他們重塑爲完美版本的自己，治療傷口，甚至短時間提供非人的力量和速度。

但是在皮膚上繪印的效果截然不同。汪妲的身體直接吸收魔印，不會像透過反饋吸收一樣造成損耗。這讓她成爲一群家貓中的獅子，不過上癮的癥兆強烈得可怕。

「妳今晚殺得已經夠多了，汪妲。」她說。

「還沒到午夜！」汪妲說。「我可以去救人。那難道不比在紙上標記重要嗎？我覺得妳根本不在乎……」

「汪妲！」黎莎拍掌的力道強到把年輕女孩嚇了一跳。

汪妲目光低垂，後退一步。她雙手顫抖。「女士，我非常非常──」她哽咽一聲，說不下去。

黎莎走向她，伸出雙手做擁抱貌。

汪妲渾身緊繃，後退一步。「拜託，女士。我控制不了自己。妳也聽到我說了什麼。我醉魔法了，可能會動手殺妳。」

「妳絕不會傷害我的，汪妲．卡特。」黎莎說著捏捏汪妲手臂。黑夜呀，這個女孩抖得像是受驚的兔子。「這就是我只找妳來實驗這種力量的原因。」

汪妲還是渾身僵硬，神色懷疑地看著黎莎的手。「我生氣了。非常生氣。我都不知道爲什麼。」她目光驚恐地看著黎莎。儘管身材高壯、力量強大、英勇非凡，她畢竟只有十六歲。

「我就算過一百萬年也不會打妳，黎莎女士。」她說。「但是我可能會……不知道，搖妳或什麼的。現在的我連自己有多少力氣都說不準。或許會扯下妳的手臂。」

「我會在那之前吸光妳的魔力，汪妲。」黎莎說。

汪妲神色驚訝。「妳辦得到？」

「當然。」黎莎說。她認爲自己辦得到，在任何情況下。她早就準備好了毒針和盲目藥粉。「但是我們必須靠妳確保我永遠不必這麼做。魔法會試圖影響妳，但妳必須控制它，像是在強風中瞄準弓箭。妳做得到嗎？」

這個比喻似乎讓汪妲開朗了點。「可以，女士。就像我瞄準弓箭一樣。」

「我從未懷疑過。」黎莎說著回到帳本前。「請在秤上添加一塊砝碼。」

汪妲低頭，在發現自己還是一手拿著兩塊五十磅砝碼時神情有點訝異。她在秤上放了一塊砝碼，把其他的放回原位，然後走回秤柄。

黎莎想要拿起她的筆，不過手指緊繃得僵硬。她用力緊握拳頭，讓指節嘎啦作響，然後鬆開，繼續沾墨。她腦側的血管抽動，心知頭痛又將來襲。

喔，亞倫，她心想。你獨自經歷這些實驗究竟是什麼感覺？

之前在她的小屋裡互相學習魔印和惡魔知識的那些夜裡，他曾對她提過一些。休息的時候，他們會像愛人一樣分享希望和故事，但是從來沒有做出牽手之類的舉動。亞倫坐他自己的沙發，她坐另一張，中間總是謹慎地隔著一張桌子。

但她每晚都會送他到門口擁別。有時候——只是有時候——他會把鼻子埋到她頭髮中輕輕吸氣。每當有這種情況，她就知道他會接受一下輕吻，享受片刻，然後後退，以免兩人又有進一步的親密行爲。

他離開後，她就會躺在床上，感受他的唇貼在自己唇上，幻想著他留在她身邊的模樣。但是他不能留下。亞倫和汪妲一樣心懷恐懼、情緒起伏，深怕自己會傷害她，或是讓她懷上遭受魔法玷污的孩子。她說要喝龐姆茶，但那並不足以說服他。

但一切就像在皮膚上繪印般，在瑞娜．譚納出現後改變了。她幾乎和他一樣強壯，有能力承受亞倫深怕會在激情下對黎莎造成的傷害。全鎮的人都聽過那兩個人做愛時發出的聲音。

造物主呀，亞倫，你到底去哪了？她心想。她要得到一些答案，只有他或瑞娜才能提供的答案。

我不在乎有沒有機會親吻你，只求你快點回家。

「看看這個。」湯姆士說。他沒穿上衣，黎莎片刻過後才發現他手裡拿著一枚硬幣。他把硬幣拋向床鋪，她一把接下。

那是一枚亮面的木卡拉，安吉爾斯通用的貨幣。但是硬幣上沒有藤蔓王座的印記，而是蓋了一個標準的防護魔印圈，線條十分清楚。

「太棒了！」黎莎說。「口袋裡每一枚硬幣上都有魔印的話，晚上就不會有人沒帶魔印出門了。」

湯姆士點頭。「原始模具是妳父親做的。我已經有五十萬枚硬幣可以發放，壓模機正不分日夜地運作。」

黎莎翻過硬幣，然後哈哈大笑。硬幣反面印著湯姆士的畫像，看起來頗有嚴父的架勢。「看起來像是有窪地人看到你時忘記鞠躬的樣子。」

湯姆士把他的臉放到手上。「這是我母親的主意。」

「我以爲她會想放公爵的臉。」黎莎說。

湯姆士搖頭。「我們製造得太快了。商業公會擔心如果把這個當作窪地正式貨幣的話，公爵的卡拉會迅速貶值。」

「所以這些硬幣在安吉爾斯不能花用？」黎莎說。

湯姆士聳肩。「暫時不能，但我打算讓它們和克拉西亞金幣平起平坐。」

「說到那個，」黎莎說。「史密特今天又會找你抱怨莎瑪娃搶他生意的事情。」

湯姆士坐回床頭，伸手摟住黎莎，把她拉近。「他堅持要亞瑟把這件事情列入議題。我不能說他沒有道理。和克拉西亞人交易會有風險。」

「拒絕和他們交易也有風險。」黎莎說。「想和克拉西亞人展開文化交流、在艾弗倫恩惠安插聯絡人並不一定要與他們上床，只要透過貿易就可以了。」

湯姆士以刺探性的眼神看著她，她很後悔自己的用字遣詞。上床。幹嘛不像她媽一樣直接甩他一巴掌？

「再說，」她立刻補充。「史密特的動機並不單純。他只是想要打壓競爭對手，根本不在乎政治和安全事宜。」

臥室門上傳來敲門聲。剛開始和伯爵展開這段關係時，僕役敲門都會嚇到黎莎，特別是當她沒穿衣服的時候。但是她已經開始習慣湯姆士的手下在他們附近來來去去了。他大部分私人僕役都在他家裡服務許久，絕不需要懷疑他們的忠誠。

「讓我來應付他們。」黎莎穿上襪子和連身裙，然後搖鈴。湯姆士的男僕亞瑟閣下與一個老女僕一聲不吭地走進來。塔麗莎打從湯姆士出生就擔任他的保姆。湯姆士是世界上最有權勢的男人之一，但他還是會在塔麗莎彈指要他坐直時立刻照辦。

「伯爵大人，女士。」亞瑟低頭走過房間，完全不敢在塔麗莎過去幫忙繫繫帶時偷看黎莎裸露的美背。

「女士今天早上感覺如何？」女人問。她的聲音很溫柔，不管對於未婚女子出現在伯爵寢室裡做何感想，她從來沒有在臉上表現一絲一毫。當然，根據湯姆士的名聲，她很可能見過更糟糕的狀況。

「很好，塔麗莎，妳呢？」黎莎問。

「如果妳讓我處理一下妳的頭髮，我會覺得好過很多。」老女人說著拿梳子梳理黎莎的黑髮。「打從伯爵大人學會數到十以上和自己擦屁股後，我的生活就變得枯燥乏味了。」

「保姆，拜託。」湯姆士哀號道，把臉埋在雙掌中。亞瑟假裝沒注意到，黎莎則哈哈大笑。

「沒錯，保姆，拜託繼續說。」她說。「想怎麼梳都可以，要是妳把伯爵大人廁所練習的所有細節通通交代清楚就好了。」

她透過鏡子打量老女人的臉。她的笑紋在開始迅速梳開、夾起黎莎的頭髮後變得清晰可見。塔麗莎最喜歡講伯爵大人小時候的故事了。

「我都叫他小小救火戰士。」塔麗莎說。「因爲他會像水管一樣尿在……」

塔麗莎有很多故事可講，不過保姆靈巧的手指在講話時可沒有閒著。黎莎的頭髮造型精美，臉上撲粉，嘴唇上膏。這個女人甚至說服她換上一套新衣，湯姆士送給她的眾多禮物之一。

她以前很討厭爲了出入宮廷而打扮得花枝招展，但是待在隨時關注時尚風潮的湯姆士身邊讓她慢慢卸下心防。她是個領導人物，子民以她爲榜樣，以最美麗的姿態出現在眾人面前沒有什麼不好的。

黎莎離開湯姆士寢室時，汪妲已在外面等她，一言不發地跟在她身後。女孩看起來冷靜多了——黎莎叫她趁自己來找伯爵的時候去太陽下走走，燒掉過剩的魔力。汪妲一點也不懷疑她和湯姆在一起時都做些什麼，不過就像亞瑟和塔麗莎，她從不提起此事，也從不批評。

湯姆士還在裡面，挑選服裝、梳理鬍子，不過黎莎知道這不光是爲了要接見已經等他一段時間的顧問，同時也是讓她有時間祕密離開，然後再以適當的方式進入宮廷。

黎莎從一扇側門離開，來到她在伯爵住所中的私人藥草園。身爲皇家藥草師，伯爵大人的健康就是她的責任，所以從她的花園前往大門是再正常不過的事情。

對如此公開的祕密而言，這樣遮遮掩掩似乎很沒必要，但她沒想到會是湯姆士堅持要做做樣子，就算只是爲了避免他母親借題發揮也好。阿瑞安似乎認同他們的關係，而且——根據黎莎對那個老婦人的了解——多半不介意他們在床上幹些什麼，不過在宮廷中還是得顧全面子。

黎莎的手放到肚子上。再過不久，肚子就會變大，讓問題浮上檯面。所有人都會以爲那是伯爵的孩子，各方都會出現要求他們結婚的聲浪。到時候，她就必須在兩樣壞事之間做出選擇。

湯姆士是個好人。不太聰明，不過夠強壯，也看重榮譽。他高傲自負，要求子民順從，不過他願意在夜晚捨命保護他的子民。黎莎發現自己現在最想做的事情就是一輩子和他分享床鋪和王座，一起領導窪地。但等到阿曼恩的子嗣帶著橄欖色的皮膚出生，一切就會分崩離析。黎莎早已習慣充當伐木窪地的醜聞中心，但這次……他們不會原諒她。

然而另一個選項，當孩子還在子宮裡，無法保護自己的情況下公開父親的身分會更危險。英內薇拉和阿瑞安都會想要除掉這個孩子，同時很樂意連黎莎一併解決。

黎莎感到腦側肌肉抽動。晨間害喜的現象已經消退了，但是頭痛的情況卻比從前更嚴重，只要一點點壓力就會引發頭痛。

「黎莎女士！」妲西在宮廷大門附近的柱子旁等待。高壯的女人一邊笨拙行禮，一邊翻著手中的文件。伯爵剛剛抵達窪地時，黎莎本來想叫她和其他藥草師免除這些不必要的繁文縟節，但是湯姆士習慣皇宮裡的生活，期待底下的人行禮，而這是個很難戒除的習慣。如今黎莎所到之處總會有人向她鞠躬或屈膝行禮。

「我剛剛去藥草園裡找過，」妲西說。「看來我錯過妳了。」

黎莎深吸口氣，笑容溫暖眞誠。「早安，妲西。妳有好好照料我的診所嗎？」

「全力以赴，女士。」妲西說。「但是需要妳決定一打事情。」

她們開始邊走邊看文件，還沒開始往議事廳走，一打事情就已經變成兩打。黎莎研究病歷、批准換班和資源分配、簽署信函還有所有妲西可以推給她做的事情。

「希望薇卡趕快從安吉爾斯回來。」妲西埋怨道。「她已經去好幾個月了！我不是處理這些事情的料子。我比較擅長接骨和處理學徒間的紛爭，而不是規劃輪班表、找人自願捐血和照顧傷患。」

「沒這回事。」黎莎說。「這裡最擅長接骨的人就是妳，這是眞的，不過如果妳覺得自己只有那點價值的話就太妄自菲薄了。要不是妳，我去年根本撐不下來，妲西。妳是唯一膽敢對我直言不諱的人。」

妲西咳嗽一聲，臉色漲紅。黎莎假裝沒注意到，讓她有時間恢復。這個反應讓黎莎知道自己太少讚揚她了。妲西常常會惹惱她，但她說的都是肺腑之言，而妲西應該親耳聽到。

抵達議事廳時，她再度轉向妲西。「藥草師會議的事情說定了？」

妲西點頭。「所有診所都會讓學徒負責。幾乎每個藥草師都打算與會。」

黎莎微笑。「進去可別提此事。」

妲西點頭。「藥草師的家務事。」

她們開門時，其他議會成員都已經出席。亞瑟領主在前領路，所有男人則起身鞠躬，等待黎莎就坐後才跟著坐下。如此正式的禮節在伐木窪地似乎格格不入，但湯姆士絕不允許議會成員失禮，而亞瑟則透過言語威嚇讓最固執的人都接受這些禮節。

據說在安吉爾斯，客人可以從主人安排的座位看出自己的地位。大會議桌四周有十二張座椅。羅傑、亞瑟領主、蓋蒙隊長、哈利・滾球者、史密特、妲西和厄尼都坐在沒有扶手的椅子上，椅腳和椅背都是上好金木，其上刻有安吉爾斯皇室家族的藤蔓雕花。羽毛座墊都是在綠絲上加繡棕色和金色圖案。

海斯裁判官和加爾德男爵面對面坐在會議桌中央，兩人都是坐在凸顯他們地位的高背扶手椅上。牧師安靜文雅地坐在他的絨布座墊上。法蘭克輔祭坐在他旁邊一張沒有椅背的板凳上，坐姿標準。加爾德看起來像是勉強擠入椅子的樣子，彷彿坐在小孩王座上的大人。他的腳深入桌底，兩隻大手彷彿只要動得稍快，隨時都有可能把扶手拔掉。

黎莎位於桌尾的椅子稱不上王座，不過遠比正常皇家藥草師的座位來得華麗。那張椅子比男爵和裁判官的椅子加在一起還寬，放有軟軟的座墊、寬敞的扶手墊；如果她想要，還可以把腳縮在屁股下，整個人坐上去。

不過如果黎莎覺得自己的座位很豪華的話，只要往會議桌主位、湯姆士那張如同加爾德聳立在其他男人之前般聳立在其他椅子前的黃金王座看一眼就好了。即使此刻王座裡沒有坐人，還是能提醒其他人它所代表的權力。

片刻過後，一個男孩走進來向亞瑟領主打個招呼，他立刻搶先立正站好。其他人跟著起身，所有人都在伯爵進來時鞠躬。黎莎笑嘻嘻地朝他屈膝行禮。

「不好意思讓各位久等了。」湯姆士說，雖然他一點也不會不好意思。他顯然在房間裡踱步，在侍從告知所有議會成員都已就坐後還數到一千才出來。「亞瑟，第一件議題是什麼？」

亞瑟故意研究了一下寫字板，他當然很清楚第一件議題是什麼。他們挑衣服的時候就排練過了。

「和之前一樣，伯爵大人。選舉、土地和應得的權利。」亞瑟已經學會掩飾自己對於最後那個字的厭惡，但他依然噘起嘴唇，彷彿那個字弄酸了他的舌頭。「黎莎女士邀請雷克頓人前來避難，導致窪地郡的人口持續激增。」

應得的權利。黎莎也很討厭這個字，不過理由與亞瑟不同。這是個冷酷的字眼，是讓吃飽飯的人抱怨要餵沒吃飽的人吃東西而生的字眼。

黎莎微笑。「窪地之所以強大，閣下，不光是因爲領袖或魔法。賦予我們力量的是人民，而我們必須攤開雙臂歡迎所有願意加入的人。伐木窪地和另外三個男爵領地已經脫離了這個議程，開始爲窪地郡提供可觀的稅收。」

「近二十個男爵領地中只有四個開始繳稅，女士。」亞瑟特別指出。「還有三個在重建、一打才剛剛成形。我們的開支大大超越稅收。」

「夠了，」湯姆士說。「我來此的任務是要壯大窪地郡，飢餓的人民無法完成這個工作。」

「人民也不該挨餓。」黎莎說。「妲西和我今年夏天準備的肥料與種植技巧已經讓產量增加三倍。春天之前我們就會讓所有男爵領地採取同樣的方式務農。」她暗自感謝她的老師布魯娜留下那些古世界科學書讓這一切成爲可能。

她看向史密特。「兔子繁殖得如何？」

史密特大笑。「和妳猜測的一樣。蜜蜂和小雞也是。我們可以準時送貨。所有男爵領地都有蜂巢、兔穴和孵化場。就連只有幾個帳篷的領地也一樣。」

湯姆士望向加爾德。「男爵，伐木工的新大魔印進展如何？」

「本週應該會完成另一座。」加爾德說。「土地大部分都清空了，只要挖掘地基、修剪樹籬就好了。」「修剪樹籬」是伐木工的用語，指的是把樹木修剪爲魔印師指定的樹形。他側頭望向窪地魔印師公會的會長厄尼。

這兩個男人間的不同約當是他們座椅間的不同再乘以十倍。黎莎的父親看起來像是坐在狼旁邊的老鼠。

再一次，黎莎的心思跳回她抓到加爾德和母親通姦的那天晚上。她用力搖頭，甩開那個畫面。沒有其他人注意到，不過湯姆士朝她揚起一邊眉毛。她擠出微笑，眨了眨眼。

「大魔印應該可以在明天或後天啓動。」厄尼說。「不過那個區域巡邏嚴密。如今新月已經過去，人民可以開始搬過去蓋房子了。我們要等到房屋、牆壁和圍欄強化大魔印後才能確保該區安全。」

亞瑟交給湯姆士一張清單。「這些是建議的男爵領地名稱，還有經由選舉產生的新男爵或女爵名單，請您批准。他們全都願意臣服於您，發誓向您與藤蔓王座效忠。」

湯姆士嘟噥一聲，看了那份清單一眼。他還是不喜歡讓難民選自己的領袖，但是伯爵和來到窪地的林木士兵都是戰士，不是政客。最好還是盡量讓他們自行管理，只要能和平相處，爲窪地郡貢獻心力就好。

「召募士兵的事情呢？」湯姆士問。

「每個男爵領地都有人負責召募，讓大家知道我們提供訓練，只要加入伐木工軍團就可以保護他們自己人。每天都有新血加入，每晚都有新人出戰。」

湯姆士看向史密特。「新人的裝備如何。武器短缺的情況有改善嗎？」

「造箭匠正努力追上需求，伯爵大人，不過我們的矛倒是有些過剩。」史密特瞄向厄尼。「延遲是因為魔印的問題。」

厄尼神色堅定地面對所有人的目光。他或許不敢在老婆面前堅守立場，但是在會議桌上，他可不會輕易退縮。「我就讓伯爵大人決定哪件事情比較花時間，是削根棍子，還是在上面刻魔印。魔印師已經盡快趕工，但人力就是無法滿足需求。」

湯姆士也不讓步。「那就多訓練幾個。」

「訓練中。」厄尼說。「有好幾百人在學，但是魔印學不是一夜之間可以學成的。你願意拿初學魔印師刻的魔印去賭命嗎？」

史密特咳嗽，打破緊張的局面，把注意力引回自己身上。「這種事情需要時間，當然。另外，我們還會有更多馬匹。」

這話讓湯姆士坐直了起來。六週前的新月，他失去了他的愛馬和手下大部分騎兵。後來他買了一匹和加爾德的巨馬「坍方」很像的安吉爾斯馬斯譚馬，三不五時就把牠掛在嘴邊，弄到黎莎都說他可能比較想和那匹母馬發生關係。

加爾德點頭。「瓊·史達林恩雇用了一群窪地人去他的馬場。如今那座馬場已經發展到像座小鎮了，每天都有好幾百人出門抓馬、馴馬。他說等到春天，你就可以補回林木軍團損失的馬匹，而且還有剩。花費是比較貴一點……」

亞瑟兩眼一翻。「當然。」

「付帳。」湯姆士說。「我需要騎兵，亞瑟，沒時間討價還價。」

亞瑟的嘴抿成一條直線，在座位上微微鞠躬。「當然，伯爵大人。」

「妲西可以向大家報告一下傷兵恢復的狀況？」黎莎問。除了騎兵損失慘重外，月虧之役中還有數千名窪地人受傷。黎莎用霍拉魔法治療一些傷勢嚴重或位居要職的人，但是大部分的人還是得在藥草師處理過後自然復元。很多人的斷骨才剛恢復到堪用的程度，需要適當的復健才能康復。

妲西做了個很笨拙的動作，黎莎心想那大概是坐式屈膝禮。「我讓本地藥草師在整個郡內輪流照料病患。不少人自願在鎮中廣場幫傷者走動、伸展肢體，還有舉重。」她朝羅傑和哈利揚起下巴。「吟遊詩人一直在巡迴演出，提振人民的士氣。」

羅傑點頭。「不光是演出。我們還開堂授課。鎮中廣場不只是傷患的復健所。小孩子只要到了能握弓撥弦的年紀，我們就開始教他們音樂。」

「我們請安吉爾斯派遣樂器匠過來。」羅傑試探性地說著，從他的皮箱中拿出一張文件。「開支……」

「請交給我，半掌大師。」亞瑟說著伸手去接。上一次信使來訪時，安吉爾斯吟遊詩人公會已經將羅傑晉升為大師，但這個頭銜在黎莎耳中聽來還是十分新鮮。亞瑟很快看了看帳單，皺起眉頭傳閱下去。

就連湯姆士也在看到價錢後長嘆一聲。「你把吟遊詩人都收歸旗下，不受我管轄，半掌大師，直到需要錢才來找我。如果你願意重新考慮擔任皇家信使，幫你申請經費就方便多了。」

羅傑噘起嘴唇。數個月前，他在伯爵首度提出這個職務時拒絕了，不過黎莎知道在自己越來越有可能成為伯爵夫人的情況下，他拒絕的念頭也會越來越淡。不過羅傑十分固執，也不喜歡聽命於任何人。湯姆士如此相逼只會讓他更加反感。

「沒有不敬的意思，伯爵大人，我們請款不是為了過好日子。」羅傑說。「那些樂器能救的人命不比你的馬或矛少。」

湯姆士鼻孔開闔，黎莎腦側的抽痛也一樣。她懷疑羅傑在任何情況下都不可能擔任稱職的皇家信使。他有一種會說錯話的技能。

「你的吟遊詩人有多少人在月虧之役中犧牲，半掌大師？」湯姆士冷冷問道。他們都很清楚答案。一個都沒有。這種比較並不公平，但是湯姆士並不是喜歡公平比較的人。

哈利清清喉嚨。「我們現在都拿手頭上現有的樂器湊合著用，伯爵大人。所有人都能發聲，大部分都能哼出曲調。目前還不是每個男爵領地都有聖堂，不過都有唱詩班。羅傑大師和他的，啊，兩個妻子確保了這一點。每個第七日，你都可以從數哩之外聽見〈月虧之歌〉。威力足以抵擋一整群木惡魔。」

「羅傑大師甚至還創作了搖籃曲的版本，」哈利繼續說。「可以讓父母在安撫哭鬧的小孩時保護自己。」湯姆士看起來不太相信，不過沒有繼續深究這個話題。

「阿曼娃和希克娃也在開課教授沙魯沙克。」羅傑補充道。「簡單的沙魯金有加速肌肉治療、傷口癒合的功效。」窪地人或許還是不太能接受克拉西亞人待在鎮上，不過他們全都學沙魯沙克。本來亞倫也傳授伐木工，不過現在沙魯沙克已經成爲席捲窪地郡的風潮。

「在聖堂裡吟唱克拉西亞歌謠，」海斯裁判官埋怨道。「在鎮中廣場教授克拉西亞運動。讓異教祭司教造物主的唱詩班唱歌已經夠糟了，這下還要進一步腐化我們的人民，教他們沙漠老鼠的殺人之道？」

「對！」加爾德說。「要不是羅傑的音樂和克拉西亞戰鬥招式，很多伐木工早就死了。我和你一樣不喜歡沙漠老鼠，但是對能在夜裡壯大我們的東西不屑一顧，就等於忘記眞正的敵人是誰。」

黎莎眨眼。來自男爵的智慧。奇蹟眞是一波接著一波。

「不光是那樣，」海斯繼續道。「莎瑪娃賣的那些薄紗怎麼說？女人穿得像妓女一樣走來走去，完全忘記端莊，在男人心裡種下罪惡。」

「不好意思，」黎莎插嘴，揚起上週購買的一條絲質手帕。阿邦的第一妻室莎瑪娃和她一起來到窪地，在鎭上開了一家座無虛席的克拉西亞餐廳。她在餐廳外弄了大帳篷，用非常低廉的價錢販售南方商品，之後艾弗倫恩惠就開始持續運送他們迫切需要的物資過來。

「如果女人穿件薄紗就能在男人心裡種下罪惡，」黎莎說。「或許問題在於你的布道內容，裁判官，而不是克拉西亞人。」

「但他說得還是有理。」史密特插嘴。「莎瑪娃削價競爭，搶我生意，但是她背地裡又透過在工人面前晃金幣，卻支付他們克拉幣等方式把錢都賺回來。她用我們不需要的商品或是可以直接在窪地製造的東西讓我們的人依賴敵人的貨源。」

「看來一直是鎭上唯一商店這件事，讓你變得好逸惡勞了，史密特·音恩。」黎莎說。窪地鎭長在安吉爾斯的商業公會有很多人脈，去年所有人都在過苦日子的時候，他還能穩定累積財富。「我曾見過飢餓的鎭民爲了你的一片麵包付出的代價。生意上有點競爭對你有好處的。」

「夠了。」湯姆士插嘴。「我們現在沒有立場拒絕和克拉西亞人交易，不過從今天開始，來自克拉西亞領地的貨物都要繳交進口稅。」

史密特和海斯臉上浮現笑容，不過伯爵伸出一根手指叫他們別笑。「但是你們兩個都要開始習慣鎭上的薄紗和競爭。別老用這些微不足道的小事來浪費我的時間。」

黎莎在兩人嘴角的微笑消失時忍住笑容。

「我想新大聖堂不算微不足道的小事？」海斯不開心地說。

「一點也不，裁判官。」湯姆士說。「事實上，亞瑟整理帳目的時候都被大聖堂搞得焦頭爛額。你才剛剛動工，但從各方面看都超過了你的年度預算還有所有能動用的資金。」

「窪地人是全提沙境內最英勇的戰士，伯爵大人，但他們都是伐木工。」海斯說，幾乎完全掩飾住了那股嘲諷的語氣。「卡農經——智慧——要求傳道一定要有石造聖堂。在石匠比較多的安吉爾斯，成本只有三分之一。」

史密特咳嗽。他是等著裁判官付帳的眾多債主之一。

「你有什麼想補充的嗎，鎮長？」湯姆士問。

「請伯爵大人見諒，我對裁判官完全沒有不敬的意思，」史密特說。「但那種說法並不確實。新月時惡魔已經幫我們做好大部分採石工作了。在窪地石材很便宜，勞力也一樣。要把大聖堂做成史上第一座採用天殺的大魔印形狀的建築可不是我們的主意。」

「整個男爵領地不就是個大魔印嗎？」加爾德問。

「就連男爵也認為這是一種多餘浪費的設計。」史密特說。

加爾德滿臉緊繃，一副有人說了他聽不懂的話的模樣。「什麼？」

法蘭克輔祭不理會他，瞪著史密特。「你膽敢質疑裁判官？窪地大聖堂會是地心魔物攻佔窪地郡時的最後避難所，就像上次新月時的情況一樣。」

「但是那要幾十年才有可能興建完成。」厄尼說。「還會建造出不規則形狀的房間、浪費很多空間。採用基本的魔印牆壁既省錢又有效率。」

「惡魔可以一路攻入窪地中央，」加爾德說。「牆壁或魔印都無法阻擋他們。最好把聖堂用來祈禱解放者回歸。」

「貝爾斯先生本人都否認他是解放者了。」海斯提醒他。「親口否認。我們必須繼續依賴造物主的救贖。」

這話讓加爾德捏緊拳頭。他最近信仰比較虔誠，不過是信仰他自己想要信仰的東西——數萬名提沙人共同的信仰，也就是亞倫・貝爾斯就是解放者，是造物主派來世上率領人類對抗地心魔物的人。

裁判官乃是由安吉爾斯的造物主牧師派來窪地調查此事，預設立場是要證明此事是場騙局，宣稱亞倫是騙子。但是裁判官也不是傻子，與亞倫公然對立等於是與整個窪地郡的人爲敵。

「沒有不敬的意思，裁判官，」黎莎說。「亞倫・貝爾斯沒有這麼說過。他否認自己是解放者，沒錯，他希望我們仰賴的是彼此的力量。」

加爾德一拳捶在桌上，震得酒杯搖晃，文件跳起。議事廳裡所有人都轉向他陰沉的雙眼。「他是解放者。我不懂爲什麼到現在還有人說他不是。」

海斯裁判官搖頭。「根本沒證據……」

「證據？」加爾德大吼。「他在我們最絕望的時候拯救我們。幫我們找回能夠自救的力量。沒有人可以否認這個。你們全都看到他飄浮在空中，徒手釋放天殺的雷電，而你們還要更多天殺的證據？上次月虧沒有心靈惡魔出現算不算？」

他看向伯爵。「你聽到他在決鬥時說的話了。『除掉你是我進攻地心魔域之前必須完成的最後一件事情』。他這樣對賈迪爾說。」

「惡魔還是每天晚上出沒，男爵。」湯姆士說。「家園燃燒、戰士灑血，無辜之人喪命。我不否認貝爾斯先生的成就，但我也不覺得『被解放』。」

加爾德聳肩。「或許他負責處理最困難的部分，剩下的要靠我們自己。或許情勢還會再度變得艱困，他只是為我們爭取時間持續壯大。我不是牧師，不會假裝知道造物主的全盤計畫。但我知道祂一部分計畫，就像太陽會昇起一樣肯定。造物主派亞倫．貝爾斯將戰鬥魔印帶回人間，並教導我們如何戰鬥。」

他回頭看向裁判官。「結果如何，等決戰開始後就知道了。或許我們有資格贏回黑夜，或許我們罪孽深重，還是會失敗。」

海斯眨眼，不知道該如何回應。黎莎可以看見他內心在天人交戰，努力想在亞倫的「神蹟」和教會持續掌權之間取得平衡點。

「所以我們應該要臣服在亞倫．貝爾斯腳下？」湯姆士大聲說出所有人心裡的想法。「所有牧師和牧者——我和我哥哥還有密爾恩公爵？我們全都該主動退位，由他領導？」

「退什麼？」加爾德問。「當然不是。你見過他了。貝爾斯先生不在乎王座和書面文件。除了在夜裡守護我們安全之外，我不認為解放者在乎任何東西。所以認同他的成就有什麼壞處，特別是他正為了我們前往地心魔域作戰時？」

「那也只是他在講而已，男爵。」法蘭克輔祭說。

加爾德冷冷瞪他。「你說他是騙子？」

輔祭退縮，清清喉嚨。「當然不是，我，啊……」

海斯伸手放在他手上。「輔祭不要說話。」法蘭克的表情立刻像是鬆了口氣般，他低下頭去，不再爭論。

「我不認為爭辯這些能夠代表什麼。」黎莎插嘴道。加爾德也瞪她，不過她冷冷面對他的目光。

「如果亞倫想要我們叫他解放者，他就不會隨時都否認這一點。不管他是不是解放者，他都認爲人們如果只想等著讓人拯救，就不會主動起身作戰。」

裁判官點頭，或許點得太激動了點。接著黎莎轉向他。「至於你的計畫，裁判官，恐怕我必須同意我父親、史密特鎮長，還有男爵的說法。它們既不切實際又鋪張浪費。」

「那輪不到妳來決定，藥草師。」海斯大聲道。

「是輪不到，但要怎麼付帳就是由我決定了。」湯姆士的語氣透露出他的耐心已經快要用完，大家應該專心聽他講話。

所有目光轉向伯爵。「如果你堅持維持原來的大聖堂設計，裁判官，歡迎教會扛下建築費用。除非你更改爲比較合理的設計，不然別再妄想申請皇家資金。」

海斯冷冷凝視湯姆士，不過還是微微鞠躬。「如你所願，伯爵大人。」

「至於亞倫·貝爾斯的事情，」伯爵說。「我向你保證，男爵大人，你可以在公爵宮廷裡提出這個話題。你將會有機會親自與比瑟牧者和公爵討論此事。」

加爾德臉上那種狂熱的表情蕩然無存。「我又不是鎮長，伯爵大人。有很多人比我更適合討論此事。約拿牧師……」

「已經回答過很多關於此事的問題了，」湯姆士說。「但我哥哥還是不肯相信。你曾親眼見證他的崛起。如果你眞的相信亞倫·貝爾斯就是解放者，你就代表他發言；如果你沒有勇氣，那就是比你的言語更有利的證據。」

加爾德咬緊牙關，不過點頭。「解放者告訴過我，人生並非總是公平。如果此事非我不可，那我願意扛起這個重任。」

會議繼續進行一段時間，每個議員都輪流提出一兩個計畫向伯爵要錢。黎莎搓揉腦側，聽著每個議員提出的金額，計算著實際上的數目。即使她不同意湯姆士的決定，她還是很慶幸自己不是要做這些決定的人。她希望自己坐在桌子另一端，他的身邊，以便在他耳邊低聲提出建議。她很驚訝地發現這個畫面在她內心產生多大的共鳴。越是去想它，她就越想當伯爵夫人。

會議結束，其他議員紛紛離席時，她好整以暇地整理文件。她想要多和湯姆士相處一段時間再去診所，但是裁判官走向伯爵，搶走了她的機會。

黎莎慢慢離開會議廳，拉長耳朵經過他們身邊。

「我會讓你母親和哥哥得知此事。」裁判官警告道。

「我會親自告訴他們。」湯姆士回嘴。「還會讓他們知道你是個天殺的笨蛋。」

「你大膽，小鬼。」裁判官低聲吼道。

湯姆士揚起一根手指。「你的拐杖已經管不到我了，牧師。再想拿拐杖來打我，我就一膝蓋撞斷它，然後送你坐上下一輛前往安吉爾斯的馬車。」

黎莎握緊文件，笑著離開會議廳。

史密特待在外面，與他妻子史黛夫妮和他們最小的兒子基特講話。鎮長看到她，鞠躬說：「如果我剛剛冒犯妳，請原諒我，女士。」

「會議廳本來就是用來爭論事情的，」黎莎說。「我希望你知道，你願意在如此艱困的時期出任鎮長，全窪地的人都欠你一份情。」

史密特點頭，在基特肩膀上甩了一掌。「我正叫這小子看看我們能不能壓低麵包的價錢，就像妳要求的一樣。如果可以，他會想出辦法的。他很擅長算帳，就和他老爸一樣。」

史黛夫妮在他看不到的位置對黎莎兩眼一翻。她們兩個都知道基特其實不是史密特的兒子，而是窪地前任牧師米歐爾的私生子。

黎莎和布魯娜都曾利用這個祕密去威脅史黛夫妮，但如今自己肚子裡也懷了私生子，黎莎知道這麼做是不對的。

「私下說句話。」她在兩個男人走開後對史黛夫妮說。

「是？」女人問。她們向來沒有多大交情，但她們都曾爲了受傷的窪地鎮民而對抗地心魔物，彼此間也存在一定的敬意。

「我該向妳道歉，」黎莎說。「我以前拿基特的事情威脅妳，但我要妳知道，我從來不打算揭露眞相，不管是對史密特，還是基特。」

「布魯娜也一樣，不管那個老巫婆怎麼說。」史黛夫妮點頭道。「我或許不認同妳所做的每一件事，女孩，但妳沒有違背過藥草師的誓言，所以不必向我道歉。」

她朝史密特和男孩側頭道：「就算妳說了，史密特也不會相信。」她搖頭。「小孩有個特點，就是人們會在他們身上看見想看的特質。」

看到阿曼娃的馬車等在湯姆士堡壘的庭院裡時，羅傑忍不住面露微笑。公主的馬車上有強大的魔印，並以霍拉提供魔力，與窪地中任何建築一樣安全。

這輛馬車由四匹配以金色韁繩的白馬拉車，馬車本身的配色也很一致。白色和金色乃是克拉西亞工匠會採用的基本色調，但是在標準吟遊詩人的馬車看起來像是彩虹的嘔吐物、每個信使都有自己專屬顏色的北地，潔白的馬車看起來比湯姆士的皇家馬車更為搶眼。

車裡簡直就是吟遊詩人的天堂，幾乎所有表面都有五顏六色的絲綢或絨布。羅傑稱之為七彩馬車，他喜歡這個樣子。

駕駛是克里弗，賈迪爾派來護送黎莎車隊返回窪地的克雷瓦克觀察兵。這傢伙是個手段高超的冷血殺手，就和其他沙羅姆一樣，本來把羅傑視為遲早會有人下令踩扁的小蟲。

但是他們在新月的時候並肩作戰，而那似乎改變了一切。他們不是朋友——觀察兵沉默寡言到了極點——但現在羅傑遇上這個戰士時，他會對他點頭致敬，而這就是很大的改變了。

「她們在裡面？」他問。

觀察兵搖頭。「在阿拉蓋墳場帶沙魯沙克。」他語氣平淡，不過羅傑聽得出來他有點緊張。自從阿曼娃的保鏢安奇度死後，克里弗就自任起這個角色，從來不離開阿曼娃身邊，除非她直接命令他走遠一點。羅傑認為這傢伙從來不需要睡覺或尿尿。

或許他在那件寬鬆的褲子裡面掛了個羊尿袋。羅傑維持吟遊詩人的面具，沒有透露任何想法。

「我們去找他們。」

他感覺克里弗鬆了口氣。羅傑還沒關門，他已經揮鞭催馬。他在馬車突然前進時摔到枕頭上。他吸了一口兩個妻子香水的氣味，隨即輕嘆一聲。他已經開始想念她們了。

如果是去其他地方的話，至少希克娃會穿七彩薄紗在馬車裡等他。但是某種克拉西亞人的榮譽讓她們總是與伯爵堡壘保持一哩的距離，除非有正式邀請——而這種情況很少發生，阿曼娃對此十分滿意，畢竟她們是沙達馬卡的子嗣。

馬車在地心魔物墳場停下，他看到她們都在音貝棚裡，領頭做著動作緩慢但是難度極高的沙魯沙克。廣場上有將近千名女人、男人和小孩與她們一起練習。

她們施展蠍尾式，就連羅傑這種職業雜耍員都很難做到的招式。羅傑看到很多人四肢顫抖地苦撐這個姿勢——或是他們想像中最接近這招的姿勢——但表情都很寧靜，呼吸都很平穩。他們會盡量撐下去，每天都會比前一天更強。

越來越多人撐不住了。首先是男人，接著是小孩。很快就連女人也放棄了。然後就只剩下少數幾個人，包括羅傑最寵愛的學徒坎黛兒在內。等到所有人都放棄後，阿曼娃和希克娃還是毫無困難地保持蠍尾式，宛如大理石雕像。

羅傑稱她們為吉娃卡和吉娃森，他很喜歡這種稱呼。艾利克教羅傑要像懼怕瘟疫般遠離婚姻，但是他們的三人生活遠遠超越他的預期。

當他想要獨處時，希克娃似乎可以感覺出來，然後主動消失，接著又在他需要某樣東西時好像魔法一樣突然出現。那種感覺很神奇、很了不起。她溫柔婉約、楚楚動人，撫慰他、服從他的命令、滿足他的需求——當然包括他七彩褲下的慾望，她會施展渾身解數取悅他。他會和她躺在枕頭上，傾吐內心的想法，心知她會將一切回報給阿曼娃。

希克娃是他們這個小家庭的心臟，而阿曼娃，當然，就是頭腦。她總是那麼嚴肅、那麼自制，就算在做愛的時候也一樣。而且羅傑發現她的想法通常都是對的。阿曼娃要求他吐露一切，而羅傑的經驗告訴他最好照做。

除非是和小提琴有關的事情。打從他們第一次用音樂殺死地心魔物的那天晚上起，他的妻子就知道這是要交給他主導的領域。阿曼娃是頭腦、希克娃是心臟，但是羅傑乃是藝術，而藝術需要自由。

她們以背部著地的休息姿勢做收尾，然後翻身而起。她們的學生繼續躺在地上喘息呻吟，羅傑則走向音貝棚，親吻步下舞台的兩個妻子。她們呼吸平順。

坎黛兒是第一個爬起來的窪地人，起身後立刻朝他們走來。阿曼娃和希克娃對待其他學徒都像僕人一樣，不過卻接納了坎黛兒。她是最頂尖的學徒，能讓他們的三重奏變成四重奏，而且肢體柔軟到將來有可能學會最困難的沙魯沙克招式。她的呼吸穩定規律，不過有點急促、有點吃力。

「妳今天表現不錯，坎黛兒．安窪地。」阿曼娃以克拉西亞語道，嚴肅地點了點頭，對他的吉娃卡而言，這個罕見的動作所代表的意義遠超過高聲讚美。她們讓坎黛兒與羅傑一起學克拉西亞語，這樣對他幫助很大，因爲他就有個程度差不多的同學可以一起練習。

坎黛兒笑容滿面，拉起寬鬆的七彩褲，行了個大大的屈膝禮。「謝謝妳，公主殿下。」

她起身時練習袍有點下垂，羅傑目光一沉，看到她胸口那一大片傷疤。

坎黛兒發現他在看自己，先是面露微笑，接著發現他是在看傷疤而非乳溝時當場笑不出來。女孩突然面紅耳赤，拉起長袍遮蔽自己的胸口。羅傑立刻偏開目光。她臉上羞辱的神情讓他希望自己死了算了。

阿曼娃立刻察覺氣氛尷尬。她微微側頭看向坎黛兒，希克娃立刻握住女孩的手臂。

「妳可以學更進階的沙魯金，」希克娃說。「如果妳能練好蠍尾式的話。」

「我以爲我已經練好了。」坎黛兒說。

「或許比其他青恩好，」希克娃說。「但是想要學習進階招式，妳就必須達到更高的標準。來吧。」

坎黛兒看向羅傑，不過還是跟著希克娃到一段距離外去練習。阿曼娃看著她們走開，等他們走到聽不見說話的距離外後轉身面對羅傑。「丈夫，解釋。你常常不滿意別人看到你的阿拉蓋傷疤時表現出來的反應，但是你對自己學徒也是這個樣子。」

羅傑吞嚥口水。阿曼娃很懂得直指問題核心。有時候他真的很怕她。

「她會受傷都是我的錯。」他說。「我想讓人家見識一下她以小提琴魅惑惡魔的能力。在她還沒準備好時就逼她獨奏，然後又沒有待在身邊保護她。她犯了個錯，而我沒能及時拯救她。」淚水模糊了他的視線。「加爾德救了她，扛著她闖過一大群惡魔。黎莎治療時，她差點死了。我輸血輸到自己都快昏倒，但還是不夠。」

阿曼娃神情一變。「你輸血給她？」

這個語氣如同一桶冰水般嚇得羅傑站直身子。克拉西亞人有上千條法令和習俗都和血有關，但是羅傑一直都只知道個大概。輸血給坎黛兒或許會讓她變成他的妹妹，又或許代表她和希克娃必須拿匕首來打一架。只有造物主知道。

阿曼娃朝希克娃揚起一根手指。她和坎黛兒根本還沒開始練習多久，不過希克娃立刻稱讚坎黛兒持續進步中。片刻過後，她們又回到羅傑和阿曼娃身邊。坎黛兒一臉困惑，不過他和羅傑一樣，早就學會當他妻子開始出現奇怪的舉動時，最好的反應就是盡量配合。

「妳要與我們共進午餐。」阿曼娃的語氣既像邀請、又像命令，這是無法輕易拒絕的榮耀。

坎黛兒再行屈膝禮。「我的榮幸，公主殿下。」

他們全都爬進七彩馬車，前往莎瑪娃的餐館。伯爵禁止克拉西亞人擁有房產，不過當莎瑪娃看見這棟距離城鎮中心不遠的牧場建築時，這道命令並沒有讓她放慢手腳。阿邦第一妻室的口袋深不見底，而她只和屋主議價一輪就讓對方簽下在提沙境內任何地方法庭都有效力的百年租約。工匠日以繼夜地工作，增建外觀和樓層，現在它已經完全沒有原先那棟樸素建築的影子了。

首先完工的是克拉西亞貴族造訪時的奢華客房。他的妻子無法接受史密特旅舍的房間，立刻就把行李都搬過去。她們沒問羅傑意見，不過羅傑也沒什麼好抱怨的。沙瑪娃在羅傑的豪宅建造期間殷勤接待他們。

豪宅。他搖頭甩開這個想法。他從來沒有自己的家，自從艾利克過世後，他就只住過旅館客房。很快他家就能收留一整個樂團的人，而且還住不滿。

一大群人在人滿爲患的沙瑪娃餐館外候位。很多窪地人都愛上了克拉西亞的辣味菜餚，只要有人的背離開了地板上的枕頭，立刻就會有人坐下去。

但阿曼娃是克拉西亞皇族，沙瑪娃每次都會親自接待她——還有羅傑。「老座位，公主殿下？」

「英內薇拉。」阿曼娃說。這話的意思是「如果這是艾弗倫的旨意」，不過不管是坎黛兒還是任何人都知道這根本就是命令。「但首先，我要去澡堂洗去沙魯沙克的汗水。」

羅傑沒看到也沒聞到兩個妻子流汗，不過他聳肩。這兩個女人洗澡的次數超過安吉爾斯所有貴族。他可以趁她們洗澡的時候看看公文。

他護送兩個女人前往大澡堂，沙瑪娃的手下已經抬來熱騰騰的水桶幫水加熱。「我就在——」

「——和我們一起洗。」阿曼娃說，語氣愉快輕鬆，彷彿難以想像他會拒絕一樣。

羅傑和坎黛兒臉色尷尬地交換一個眼神。「我今天早上才洗過……」

「乾淨的身體是艾弗倫的神廟。」阿曼娃說，她手掌如鋼鉗般握住他的手臂，領著他進入蒸氣瀰漫的木板房間。希克娃也抓著坎黛兒進去。他們兩個都在對方開始脫他們衣服時出力反抗。

阿曼娃嘖嘖說道：「我搞不懂你們綠地人。你們會穿能讓枕邊妻子臉紅心跳的裸露服裝上街，但是在澡堂裡裸裎相見卻會害羞？」

「我們認爲男人在婚前不該看見女人裸體。」坎黛兒說。

阿曼娃不屑地揮揮手。「妳又沒有婚約，坎黛兒．安窪地。如果男人不能先驗貨，妳要怎麼找丈夫？」

希克娃開始解開坎黛兒的內衣。「達馬丁會確保妳的榮耀無損，妹妹。」

坎黛兒放鬆肢體，任由對方幫她寬衣解帶，但是羅傑在阿曼娃脫他衣服時感到一陣恐慌。她壓低音量，語帶斥責。「你能和你學徒分享親密的音樂，但卻不願意和她分享熱水？」

「她想怎麼洗就怎麼洗，」羅傑低聲回應。「我不需要看到她光溜溜的屁股。」

「你怕的不是她的屁股。」阿曼娃說。「而我不允許這種事情。你必須面對她的傷疤，想辦法原諒自己，傑桑之子，不然看在艾弗倫的份上，我會——」

「好啦，好啦，」羅傑說。他甚至不想聽完這個威脅會如何收尾。「我懂了。」他讓她脫光自己的衣服，然後下水洗澡。

羅傑的妻子總會在洗澡時服侍他，通常都服侍得讓他完全勃起。*我可不想讓她以為我想插她。*

永遠不要插你學徒，艾利克老師這麼說過。絕對不會有好事的。

幸運的是，羅傑神經太緊繃了，一直沒有勃起。但接著坎黛兒轉頭打量他，他突然間又開始緊張起來。

「女人可以原諒小雞雞，但是不能原諒委靡不振的雞雞。」艾利克教過他。羅傑轉身遮掩自己的胯下，然後迅速縮到水裡。他的妻子跟著下水，坎黛兒最後入池。

羅傑大部分的時候都刻意不看他的學徒，刻意到根本從未眞正看清她。她很年輕，沒錯，但也不是他想像中的小女孩。

而她的疤……

「它們很美。」羅傑本來不打算大聲說出口的。

坎黛兒垂下目光。羅傑發現她又不確定自己在看哪裡了。他故做姿態將目光下移片刻，接著又抬起頭來，笑著看她。「它們也很漂亮，但我是指妳的疤。」

「那爲什麼從我受傷以來，你就不肯正眼看我？」坎黛兒問。「你突然在我們之間加了一條河流。」

羅傑低頭。「妳會受傷都是我的錯。」

坎黛兒難以置信地看著他。「犯錯的人是我。我一心只想讓你刮目相看，沒把心思放在琴弦上。」

「我根本不該逼妳獨奏的。」羅傑說。

「我根本不該在還沒準備好的時候假裝準備好了。」坎黛兒回嘴。

阿曼娃嘖了一聲。「等你們辯完，水都涼了。誰的錯究竟有什麼差別？一切都是英內薇拉。」

希克娃點頭。「阿拉蓋是奈派來的，丈夫，不是你。坎黛兒活下來了，它們卻見到了陽光。」

羅傑揚起他僅存三指的手掌，這殘疾讓他得到「半掌」的綽號。「我妻子的族人了解傷疤之美，坎黛兒。我手掌短缺的部分代表母親爲我犧牲生命。我就像珍惜拇指一樣珍惜它們。」

他朝坎黛兒胸口被惡魔爪抓出來的疤痕，還有肩膀上被咬出來的半月形齒印點點頭。「我們見過很多人死在地心魔物爪下，坎黛兒。數百人，數千人；見過活下來傳頌故事的人，還有沒能活下來的。但我很少看到有人受到這麼嚴重的傷還能存活的。它們是妳生存的意志和力量所描繪的畫像，我從未見過如此美麗的事物。」

坎黛兒嘴唇顫抖。她臉上都是水珠，並非所有都來自澡堂的蒸氣。希克娃過去扶她。「他說得對，妹妹。妳應該感到自豪才對。」

「妹妹？」坎黛兒問。

「妳得到這些傷疤那天晚上，我們的丈夫輸血給妳。」阿曼娃手指沿著坎黛兒的傷疤撫摸。「我們是一家人。如果妳願意，我會接納妳爲希克娃的吉娃森。」

「是呀——什麼?!」羅傑本來已經輕鬆躺在水裡，這下又突然坐起，激起一片水花。

希克娃向坎黛兒鞠躬，她的雙乳浸在水裡。「我很榮幸接納妳，坎黛兒・安窪地，成爲我的妻妹。」

「先等等。」羅傑說。

坎黛兒不安地哼了聲。「我懷疑會有牧師願意幫我們證婚。」

「海斯裁判官連希克娃都不肯承認。」羅傑說。

阿曼娃聳肩，目光一直保持在坎黛兒身上。「不必理會那個異教聖徒。我是艾弗倫之妻、解放者之女。只要妳在我面前發下婚誓，我就能幫妳證婚。」

好像我根本不在這裡似地，羅傑在三個洗澡的女人討論他的第三個婚姻時想道。他知道該繼續抗議，但卻無話可說。他只有在完全必要的情況下才肯踏足聖堂，而且從來不把牧師的話放在心上。造物主知道他和他的老師曾經讓很多女人違背婚誓。至少違背幾個小時。

但是那種事情總會惹上麻煩。造物主或許不在乎，不過牧師的教條還是有點道理。

「好，」坎黛兒說，低頭看著水面，羅傑感到一陣快感襲體而來。她揚起目光，面對阿曼娃。「好，可以。我願意。我會的。」

阿曼娃微笑點頭，但坎黛兒揚起一手。「但我不要在澡堂裡發婚誓。我要先弄清楚吉娃森是怎麼回事，還要和我母親講。」

「當然，」阿曼娃說。「妳母親當然會想討論妳的聘禮，並尋求家族族長的祝福。」

這話讓羅傑放鬆了一些，坎黛兒似乎也已經平靜了點。

「我家沒有族長。」坎黛兒說。「地心魔物殺了所有人，只剩下我媽。」

「現在妳訂婚了，日後她也有個男人可以依靠。」阿曼娃承諾道。「我們丈夫的新宅中將會增建妳們兩人的房間。」

「是喔，等等，」羅傑說。「我都沒有發言權嗎？突然之間我就訂婚了，還得和我的新岳母同住？」

「我媽有什麼問題？」坎黛兒問。

「沒問題。」羅傑說。

「一點也沒錯。」坎黛兒說。

「小孩出生後，祖父母能幫很多忙，丈夫。」阿曼娃說。

「那我渴望自由的需求怎麼辦？」羅傑問。這話聽起來像是老鼠吱吱叫，所有女人，包括坎黛兒在內，都哈哈大笑。

「我可以坦承一件事嗎，妹妹？」希克娃問。

「當然。」坎黛兒說。

希克娃端莊的笑容微微擴大。「我結婚前就和丈夫一起躺在澡堂裡過了。」

羅傑以爲坎黛兒會滿臉通紅，但結果她也神色淘氣地轉頭看他。「是喔？當眞？」

黎莎看向水鐘，驚訝地發現已經快要黃昏了。她已經工作好幾個小時，但感覺好像才來地窖實驗室裡幾分鐘。研究霍拉魔法和戰士用魔印武器對抗地心魔物有同樣的效果。儘管在工作台前彎腰工作了好幾個小時，她依然感覺精力充沛，活力十足。

過去一年內，她在地窖裡幾乎都在製作火藥和解剖惡魔，但打從她自艾弗倫恩惠返回以來，這裡就變成了魔印室。她在那段旅程學到了很多東西，但最大的收穫就是霍拉魔法的祕密。過去，她一直都在陽光下繪印，只有需要灌注魔力時才需要黑暗和惡魔。現在，感謝亞倫和英內薇拉，她了解得更加深入。

她在自家土地上蓋了一間黑暗但卻通風良好的小棚屋，離居處夠遠，以免充滿魔力、緩緩脫水的惡魔屍體臭味飄過來。她以特製的不透明玻璃瓶保存膿汁，藉以提供法術所需魔力，而磨光的骨頭和風乾的肢體則加以繪印，然後包覆在銀或金裡，提供武器或其他物品可重複充能的魔力來源。有些物品甚至能在白晝使用。

這是難以想像的成就，甚至有可能改變惡魔戰爭的戰果。黎莎可以治好從前無法修復的傷口，並且在不費一兵一卒的情況下遠距離炸爛地心魔物。她圍裙上的口袋已經裝不下日益增加的繪印工具。有些窪地人稱她為「魔印女巫」，不過從來不敢當面叫。

儘管這些發現帶來強大的力量，光靠她一個人還是無法在魔印和霍拉魔法方面做出多重大的改變。她需要盟友，需要更多魔印女巫幫忙製作這些物品，並且開枝散葉，確保相關知識永遠不會再度失落。

她上樓，小心翼翼地關上厚重的簾幕，然後打開通往小屋的暗門。窗外還有一點微亮，但汪妲已經點燃油燈。

黎莎清洗乾淨，換上乾淨的衣服，接著參加藥草師集會的女人就陸續抵達。那幾分鐘內她的肌腱緊繃到和止血帶一樣。第一輛馬車駛上魔印道路時，她覺得自己的身體差點折斷。

但接著汪妲打開馬車門，黎莎看到吉賽兒女士走了出來。她是個五十來歲、身材魁梧的女人，頭髮花白，臉上帶有深刻的笑紋。

「吉賽兒！」黎莎叫道。「妳一直沒回信，我還以為……」

「以為我膽小如鼠，即使在家人召喚時也不敢在野外度過幾個晚上？」吉賽兒大聲問道。她一把緊緊抱住黎莎，壓得她喘不過氣，同時又讓她產生安全且受到保護的感覺。「我愛妳就像愛自己的女兒，黎莎．佩伯。我知道妳如果不是真正需要的話，絕對不會要求我們趕來。」

黎莎點頭，但她沒有放開手，頭繼續埋在吉賽兒溫暖的胸口一段時間。她突然一抖，忍不住哭出聲來。

「我好害怕，吉賽兒。」她低聲道。

「好了，孩子。」吉賽兒拍拍她的背。「我知道，最近全世界的重擔都落在妳的肩膀上，但我這輩子沒見過更堅強的肩膀。如果妳扛不動，別人也不行。」

她抱得更緊。「我與女孩們一定會挺妳到底的。」

黎莎抬頭。「女孩們？」

吉賽兒放開手，後退一步，伸手到乳溝裡拿出一條手巾，眨了眨眼。「擦乾眼淚，和妳這些新的老學徒打聲招呼。」

黎莎冷靜地深吸口氣，擦乾眼淚。吉賽兒站在她身邊，給她一點時間恢復自制，然後再度打開馬車門。朗妮和凱蒂，去年黎莎返回窪地前一直指導的學徒，直接從馬車裡跳到她懷抱裡。她們情緒激動，黎莎開懷大笑。

「我們看到大魔印啓動的魔光，女士！」凱蒂尖聲道。「實在太驚人了！」

「沒有我們看到的那些男人驚人。」朗妮說。「窪地人全都這麼高嗎，女士？」

「黑夜呀，朗妮，」凱蒂兩眼一翻。「我們夜晚站在戶外，而妳居然滿腦子都還是男孩。」

「是男人。」朗妮糾正她，就連黎莎也輕聲竊笑。

「夠了，兩個喋喋不休的小鬼。」黎莎說著輕易喚回嚴肅老師的語調。「我們可以晚點再聊魔印和男孩的事情。今晚，我們有正事要辦。」她指向最近才在庭院另一邊建好的手術教室。「去幫待會趕來的藥草師找位子。」兩個女孩點頭跑去。

「新的老學徒？」黎莎問。

「只要妳能忍受聒噪。」吉賽兒說。「他們在窪地能學的比安吉爾斯多多了。」

黎莎點頭。「這裡對醫療的需求也比較大。我們往往沒有乾淨的診所可以工作，吉賽兒。要不了多久，爲了把倒地的戰士活著帶回診所，她們得開始在外就地縫合傷口。」

「整個世界都要開戰了，沒人逃得過。藥草師不能繼續妄想躲在牆後。」吉賽兒伸手搭著黎莎的肩膀。「但如果一定要有人教導她們這些事情，我希望是妳。爲妳驕傲，孩子。」

「謝謝。」黎莎說。

「妳上次月經是幾週前的事情了？」吉賽兒問。

黎莎心跳停止。她渾身僵硬、瞪大雙眼，聲音卡在喉嚨裡。

吉賽兒神色挖苦。「不要那麼驚訝。布魯娜女士又不是只指導過妳。」

所有住在窪地郡範圍內的藥草師全都踏上了魔印道路。有些從一哩外地心魔物墳場的診所徒步而來；其他則乘坐黎莎派去接送的馬車，遠從最外圍的男爵領地和這兩者之間的所有地方趕來。少數幾個人甚至來自尚未被吸收到窪地郡勢力範圍內的小村落。

「強盜。」汪妲在和幾個凶神惡煞般的女人打過招呼後說道。

「別再說那種話了，汪妲．卡特。」黎莎說。「這是藥草師集會。這裡每個女人都曾發誓拯救人命，妳要對所有人抱持敬意。清楚了嗎？」

汪妲雙眼眨動，淚光閃爍，黎莎心想自己是不是太嚴厲了。但接著女孩吞了一大口口水，點頭說道：「是，女士。我沒有不敬的意思。」

「我知道妳沒有不敬的意思，汪妲。」黎莎說。「但妳絕不能忘記眞正的敵人來自地心魔域。它們新月時的攻勢只比佯攻猛烈一點，而即便亞倫和瑞娜都在窪地，我們還是差點被消滅。」

汪妲捏緊拳頭。「他會回來的，女士。」

「我們不能肯定。」黎莎說。「如果他回來，他也會親口告訴妳我們需要所有同盟。」

「是，女士。」汪妲說。「但我還是認爲妳該讓我把財物通通藏起來。」

黎莎搖頭，計算已經進入手術教室和還在路上的藥草師。如今停在路旁的馬車已經遠到視線範圍外了，所有藥草師都要走一段路過來。

最後抵達的是阿曼娃和希克娃。她們把羅傑與其他男人留在庭院裡，跟著黎莎和吉賽兒步入教室。在看到克拉西亞女人跟在黎莎身後出現在門口時，這群女人交談的音量突然轉大。

黎莎深吸口氣。吉賽兒在她肩膀上輕輕一捏，加以安撫，她隨即走到手術教室中央。吵雜的交談聲戛然而止。

黎莎原地轉了一整圈，試圖和所有與會者眼神交會，就算只有短暫交會也好。將近兩百個女人湊向前去，一臉期待地等著魔印女巫講話。

這樣根本不夠。根據記帳師估計，窪地郡及其附屬領地已經併吞了將近五萬個居民。在時局轉爲艱困之前，藥草師的數量就已經不多，如今更有許多藥草師在逃離克拉西亞入侵部隊的追捕時遭擒或被殺，或死於上次新月。

這些女人中只有不到一半是眞正的藥草師。黎莎透過相互通信和抵達窪地時的面談認識了大部分的藥草師。其中只有少數人學過眞正古世界的技巧與知識，其他都只是名不符實的接生婆，有辦法從母體中拉出嬰兒並且會煮一些簡單藥水的老祖母。沒有幾人識字，懂魔印的幾乎沒有，包括吉賽兒。

剩下的就是學徒了。有些受訓的少女，其他則是診所裡人滿爲患時跑來診所幫忙的年長女性，懂得的醫療技巧就只有煮開水和拿乾淨紗布。

妳們現在全都是藥草師了，黎莎心想。

「感謝各位前來，」黎莎大聲說道，語調強而有力。「很多人都大老遠趕來，我在此熱誠歡迎各位。上次在窪地舉行這種藥草師集會的時候，我的老師布魯娜女士還很年輕。」

很多女人暗自點頭。她們全都聽說過布魯娜的名號，享年超過一百二十歲，最後死於流感的傳奇藥草師。

「從前藥草師經常舉行集會。」黎莎說。「大回歸後，藥草師集會就是凝聚所有古世界祕密、試圖彌補惡魔焚燒大圖書館時所造成的損失的唯一方法。」

「我們必須再度這麼做。我們人數太少，需要分享的知識太多，如果想要在接下來的幾次新月中生存下來的話，必須像伐木工一樣招收新血，也像他們一樣集體受訓。我的學徒一直都在抄寫我的化學和醫療書籍——每個人回家時都會得到一份副本以供研究。從今天開始，我會在這間教室持續開班授課，課程從醫療、繪印，一直到惡魔解剖學。甚至還有一些火焰的祕密。有些課程我會親自教授，其他課程，」她轉向吉賽兒和阿曼娃。「我也會當學生。」

「喂，妳不可能期望我們去上克拉西亞女巫的課！」一個老女人大聲吼道。很多人發出認同的聲浪。太多人了。

黎莎轉向阿曼娃，儘管她知道年輕的公主自視甚高，她的表情還是保持冷靜，拒絕接受挑釁。黎莎拍掌，她的學徒立刻抬了一張躺著伐木工傷患的擔架進來。他喝了安眠藥，女孩們吃力地抬起沉重的壯漢，放到手術桌上。

「這位是馬康·歐查德，來自新來森男爵領地。」黎莎說著拉開蓋到他腰部的白布，露出橫跨他腹部一道縫合傷口附近的黑紫色瘀青。「他三天之前在為一處新大魔印清理場地時受傷。我花了八個小時縫合他的傷口。這裡有人見證此事嗎？」

六名藥草師和一群學徒舉手。儘管如此，黎莎還是指向剛剛大叫的那個老女人。「阿爾莎藥草師，對嗎？」

「是。」老女人面帶懷疑地說。她是逃難而來的藥草師，來自逃離克拉西亞入侵部隊的偏遠村落。確實，許多遷徙的難民淪為強盜，但是他們會鋌而走險不是沒有理由的。

「妳願意上前來檢視傷口嗎，麻煩了？」

藥草師嘟噥一聲，拄著拐杖站起身來。朗妮走過去扶她，阿爾莎朝她甩手，於是女孩聰明地保持距離，任由老女人慢慢走到教室中央。

儘管行為舉止有點粗俗，阿爾莎藥草師看來還是經驗老到，以穩定而溫柔的手掌檢視馬康的傷勢。她捏起縫線，用拇指和食指摩擦鼻孔下，然後聞了聞。

「妳手藝不錯，女孩，」阿爾莎終於說道。「這孩子能活下來算他命大。但我看不出來這與我們和沙漠老鼠分享祕密有什麼關連。」她粗魯地用拐杖去指阿曼娃。年輕的達馬丁看著拐杖，不過保持冷靜。

「算他命大。」黎莎覆誦。「即便如此，馬康還是要過幾個月才能走路，或是在不痛也不見血的狀況下排泄。他接下來幾週都要吃液態食物，可能永遠沒辦法作戰或做勞動工作。」

她朝阿曼娃比比。阿曼娃上前一步，與阿爾莎保持距離。她拿出一支彎曲的銀匕首。

「喂，妳想幹嘛？」阿爾莎邊問邊迎上前來，準備揮杖。黎莎伸手阻止她。

「請妳有點耐心，女士。」她說。

阿爾莎難以置信地看著她，不過沒有動手，任由阿曼娃技巧純熟地割斷黎莎綿密的縫線，扯出傷口，丟到一旁。她伸出一手，希克娃遞出一把馬毛刷，外加一個沾墨用的瓷碗。

馬康的胸口和腹部最近才刮過毛，露出乾淨光滑的皮膚供阿曼娃繪印。她沾了點墨，甩開多餘的墨水，然後在傷口四周繪製精確的魔印。她動作迅速，手法自信，不過還是畫了好幾分鐘。終於畫完後，傷口縫線痕外多了兩道半圓形的同心圓魔印。

接著她伸手到霍拉袋裡，拿出一塊看起來像煤炭的惡魔骨。她緩緩將惡魔骨壓在傷口上，魔印立刻開始發光。一開始很柔和，然後逐漸明亮。兩圈半圓魔印似乎分別朝著相反方向繞圈，魔印越來越亮，附近的人都必須伸手遮掩。

片刻過後，魔光消逝，阿曼娃拍拍雙手，清理惡魔骨的灰燼。希克娃再度上前，這一次拿了一碗熱水和一塊布。阿曼娃接過布，擦掉乾血塊和墨印，然後後退。

驚呼聲自四面八方而來。所有人都看到馬康的膚色由黑紫轉為粉紅，而且傷口完全消失。

阿爾莎推開黎莎，走過去檢視戰士，伸手觸摸沒有疤痕的皮膚，壓一壓、捏一捏、掐一掐。最後她抬頭看向阿曼娃：「這是不可能的。」

「在艾弗倫的祝福下，沒有不可能的事，女士。」阿曼娃說。她轉身對所有藥草師說話。

「我是阿曼娃，羅傑・阿蘇・傑桑・安音恩・安窪地的第一妻室。我們是克拉西亞人，沒錯，不過我的妹妻和我如今都隸屬窪地部族。妳們的戰士就是我們的戰士，再說，所有起身對抗黑夜的人都是達馬丁的責任。透過霍拉魔法，很多本來必死無疑的人都能救活，很多本來會殘廢的人都可以擇日再戰。明天晚上，馬康・安歐查德就會再度舉起長矛，和他的弟兄一起為了保護窪地而戰。」

她轉身，直視阿爾莎藥草師雙眼。「如果想學，我教妳。」

羅傑等在庭院中，聽不清楚手術教室裡正討論的事情，不過他訓練有素的雙耳還是能聽見人聲和語調，大部分都是黎莎的聲音。他花了好幾個小時訓練她像吟遊詩人般利用這間教室的音場。黎莎學得很快，特別是在有伯爵那種大師級表現可供研究時。湯姆士可以在不被偷聽的情況下用正常語調和身邊的人說話，也可以把輕聲細語清楚傳到會議廳的另一邊。打從出生起就接受統治訓練的安吉爾斯堡皇室能讓一整個表演團相形失色。在假設對方會服從命令的情況下，他們既可以維持親切的語調，直到受到威脅後才會轉為威嚴。

羅傑曾親耳聽過那種和藹可親的聲音突然變為嚴厲。只要稍加變化，他們就可以在保持禮貌、完全不冒犯對方的情況下表達自己的不悅，讓附近所有人都了解他們的領袖希望他們有什麼表現。

如今黎莎的聲音以同樣的氣勢迴盪在教室裡。彬彬有禮。令人生敬。掌控全場。

等到她和湯姆士不再偷偷摸摸，公開宣布兩人的婚訊後，她就會成為稱職的伯爵夫人，他希望這一天盡快到來。如果世界上有人應該得到一些快樂的話，那肯定就是黎莎·佩伯了。黑夜呀，就連亞倫也找了個老婆，而他比驚慌失措的馬斯譚馬還要瘋狂。

當阿曼娃表演所產生的魔光傳來時，整間教室變得寂靜無聲。表演結束後，他的吉娃卡主導了藥草師集會，她的聲音透過強力魔法盈滿整間教室。

阿曼娃不需要羅傑的訓練。就連普通克拉西亞人也可以表現出能與安吉爾斯皇室一較高下的戲劇效果，湯姆士是一個公爵領地的王子，而他的第一妻室則是全世界的公主。她以斬釘截鐵的語氣收尾，聽得羅傑都以為那些女人要開始排隊離開，但是藥草師集會又在演講、辯論、爭吵黎莎的新藥草師公會該採用什麼形式中持續了好幾個小時。沒有人對於黎莎出任公會會長有任何異議，不過大家對於其他細節都有很多看法。

羅傑不介意乾等。他一邊隨手彈奏新的曲調，一邊想著坎黛兒的事情。她的香氣、天賦、美貌。她的吻。

那才是幾個小時前的事情，不過已經像是作了一場夢。

但那不是夢。他想。事情真的發生過。明天阿曼娃會去拜訪坎黛兒的母親，然後事情將會一發不可收拾。

他情緒緊繃，於是演奏母親哄他睡覺的搖籃曲，直到冷靜下來爲止。

又不是說他們能把你趕出鎮上，他對自己說。你是魔印人的小提琴巫師。窪地需要你。

但他已經交出了〈月虧之歌〉。他們眞的還需要他嗎？

我必須和黎莎私下談談，他心想。她會知道該怎麼辦。她處理醜聞可謂經驗老到。

他在集會終於結束，女人開始離開時深吸口氣。他的妻子立刻來到他身邊，不顧其他女人的目光，動作端莊而又迅速地登上七彩馬車。

「我們快點離開，」阿曼娃說。「我或許同意指導這些女人霍拉醫療術，但一點也不想忍受她們的目光。好像她們愚蠢懦弱地在我父親光榮抵達時四下逃竄是我的錯一樣。」

「那是一種看法，」羅傑說。「我懷疑在被那些大火與屠殺趕出家園後，她們的看法會和妳一樣。」

「所有訓練都會留下傷痕和瘀青，丈夫。」阿曼娃說。「等我父親率領他們贏得沙拉克卡後，他們就會了解。」

羅傑知道不要和她爭辯此事。「講那種話在這裡是交不到朋友的。」

阿曼娃冷冷看他一眼。「我不是笨蛋，丈夫。」

羅傑微微鞠躬。「原諒我，吉娃卡。我沒有那個意思。」

他以為自己諷刺的語調會惹上麻煩，但是就像許多皇室成員一樣，阿曼娃聽慣了阿諛奉承的言語。「我原諒你了，丈夫。」她朝馬車台階側了側頭。羅傑還沒上車。「我們可以走了嗎？」

「妳們先走。」羅傑說。「我要和黎莎談談。」

阿曼娃點頭。「討論坎黛兒的事情，當然。」

羅傑眨眼。「……而妳沒意見？」

阿曼娃聳肩。「黎莎女士在安排我們的婚事上扮演你姊姊的角色，丈夫，而她說話誠實公正。如果你要和她討論婚約的事情，那是你的權利。」

討論婚約的事情，羅傑心想。就是說她可以協商聘禮，但是這場婚姻勢在必行。

「如果她告訴我這場婚姻不會有好結果呢？」羅傑問。

「姊姊有權利提出這種疑慮。」阿曼娃冷冷看著羅傑。「但她最好有個好理由，而不是綠地人的假道學。」

羅傑吞嚥口水，但點了點頭。他關上車門，後退幾步，阿曼娃搖動車鈴，駕駛駕車前往莎瑪娃的餐館。

藥草師有些走向她們的馬車，有些則成群結隊走在路上，喋喋不休地抱著黎莎分發的書本離開。

「我已經老到不適合再當學徒了。」一個老太太走到黎莎身邊時說道。她聞起來像焚香和茶葉，帶點乾乾的腐味。

「我不可能每次都大老遠跑來。」

「我不像以前那麼靈活了。」女士當黎莎沒開口般繼續說道。「我不可能每次都大老遠跑來。」

「我會安排在妳的男爵領地上課。」黎莎說。「我有學徒可以教妳基本的魔印技巧，幫忙訓練妳的學徒。」

「我寧願死也不要向襯墊還沒染紅過的小女孩學習，」女人大聲道。「我已經十幾年沒收過學徒了。克拉西亞人入侵前我就已經退休了。」

黎莎眼神一沉。「所有人日子都不好過，藥草師，妳要上課，還要收學徒。窪地郡不會有人因為妳固執到不知變通而白白犧牲。」

女人雙眼大張，不過知道不要與她繼續爭辯。黎莎看到羅傑等在一旁，於是轉身面對他，如同公爵老夫人一樣技巧純熟地支開她。

「不和你妻子回去？」黎莎問。

「我得和妳談談。」羅傑說。他的嗓音也受過訓練，而他的語氣表示事情十分嚴重。

黎莎深吸口氣，吸完後輕輕一抖。「我也必須和你談談，羅傑。我媽弄得我頭昏腦脹。」

羅傑微笑。「天呀，太稀奇了。那種事情只會發生在太陽有出來的日子。」

黎莎笑得有點緊張，羅傑不知道是什麼事情把她搞成這樣。她指示姐西和汪妲幫忙發書和送客。她和羅傑走進她的小屋。

結果發現瑞娜・貝爾斯等在裡面。

「也該是時候了。」瑞娜說。「我都開始以爲你們要弄一整個晚上才會結束。」

黎莎雙手扠腰。她現在很容易累，和窪地所有固執的女人爭辯耗盡了她的精力和耐心。唯一讓她覺得沒有耗盡的就是已經快要漲爆的膀胱。她沒心情應付瑞娜和那副高高在上的態度。

「如果妳事先讓我知道妳要來，而不是偷偷溜進我家，瑞娜・貝爾斯，我或許會招待妳。」她特別強調或許。

「我爲不尊重妳的魔印道歉，」瑞娜說。「我不想讓別人看到我。」

「爲什麼不？」黎莎問。「亞倫失蹤期間，妳就是他們唯一的希望，偏偏妳也失蹤了好幾個禮拜。妳究竟跑到哪裡去了？」

瑞娜雙手交抱胸前。「去忙。」

黎莎給她一點時間解釋，但瑞娜只是看著她，挑釁她繼續逼問。

「好吧，」羅傑說著站到兩人之間。「兩位的胸部都很大。可不可以別比了，坐下來談？」他伸手到他的七彩驚奇袋裡，拿出一個小陶瓶。「我有庫西酒可以消除緊張。」

「黑夜呀，我們需要的就是那玩意兒。」黎莎曾在喝酒後做過些這輩子最糟糕的決定。「麻煩請坐。我去燒茶。」

瑞娜已經接過酒瓶，喝了一大口。黎莎以爲喝那麼大一口會讓她噴火，不過瑞娜只是輕咳一聲，把酒瓶交還給羅傑。「造物主呀，我真的需要喝點酒。」

黎莎在煮開水、把茶杯和茶碟放上料理台時感到腦袋陣陣抽痛，不過和膀胱的壓力比起來根本不算什麼。她望向廁所一眼，不過不願意漏聽隻字片語。瑞娜和亞倫一樣，往往會趁別人一個不注意就不見了。

「很高興妳平安無事，」她回到客廳時正好聽見羅傑說。「新月降臨，而妳又不見人影時，我們全都擔心會發生最糟糕的情況。我們能在沒有妳的情況下活下來簡直是奇蹟。」

「心靈惡魔上次月虧的時候沒有跑來窪地。」瑞娜說。「它們在忙別的事。」

「什麼事？」黎莎問。「別再故弄玄虛了。妳去哪了？亞倫呢？」

「今晚之後，不要期待還能見到我們。」瑞娜說。「窪地必須自立自強。我們就是心靈惡魔找上門來的原因。我們會吸引它們。」

黎莎看著她很長一段時間。這種說法當然可以解釋亞倫消失的原因。如果是他把心靈惡魔引來窪地，他肯定會讓自己離窪地越遠越好。「爲什麼？」

「心靈惡魔和牧師一樣十分看重解放者的傳言。」瑞娜說。「它們非常害怕。統一者，它們這樣稱呼我們。力量強大到能夠凝聚群眾的人。它們會不眠不休地追殺，直到把我們通通解決掉爲止。你們還沒準備好面對那種程度的惡魔勢力。壯大窪地需要時間。」

「所以亞倫殺了阿曼恩，然後跑去躲起來？」黎莎問。「誰能阻止它們對付湯姆士？」

瑞娜不屑地揮揮手，黎莎覺得她冒犯了自己的愛人。「除非他學會從屁股裡射出閃電，不然心靈惡魔不會理會伯爵。」

她若有深意地看著他們。「話說回來，你們兩個就必須步步爲營了。心靈惡魔知道你們是誰。攻擊你們，它們就有機會取勝。」

黎莎覺得自己臉色發白。羅傑一副嚇得腳軟的模樣。「妳怎麼知道？」

瑞娜張嘴欲言，但是羅傑幫她回答。「她說得對。我在新月的時候親眼見過。一踏出魔印保護範圍，戰場上所有惡魔立刻轉向我。感覺好像我胸口有個會噴火的標靶一樣。」

黎莎透過心眼想像數百隻地心魔物冰冷的目光射向她和體內那脆弱的小生命。此刻孩子只比她的小拇指捲起來大一點而已，但她敢發誓他踢她。她的膀胱大聲要求解放，但她夾緊大腿，不去理會。

「所以你打算在惡魔的慈悲下離開窪地，然後去……怎麼樣，無憂無慮度個蜜月？」

「惡魔毫無慈悲可言，藥草師，」瑞娜說。「這點妳應該最清楚。別說我不在乎，窪地人對我比世界上其他人都好。我身不在窪地並不表示我沒有每晚都爲他們而戰。」

「那妳回來幹嘛？」羅傑問。「只是要告訴我們妳不會回來？」

「對。」瑞娜說。「我欠你們的。你們得知道我不會來幫忙。」

「妳大可留張字條就好了。」黎莎說。

「不識字。」瑞娜說。「不是每個人都有有錢老爸，也不是每個人都有空學寫字。我想你們有問題要問，快點問。」

黎莎閉上雙眼，深深吸氣。瑞娜很擅長把她氣到沒辦法思考。她可以直接問她亞倫是不是還活著，但這麼問意義不大。如果他死了，她絕不相信這個女人還能這麼冷靜。

「我只要知道一件事。」黎莎說。

瑞娜雙臂抱胸，等她提問。

「亞倫殺了阿曼恩嗎？」黎莎問。她手蓋在肚子上，彷彿不要讓小孩聽到這個答案一樣。

「他也不會回來。」瑞娜只有這麼說。「窪地人不是唯一必須自立自強的人民。」

「那可不是答案。」黎莎說。

「我只是叫妳問。」瑞娜說。「沒說我會回答。」

不可理喻的女人。黎莎看著她。「為什麼妳和亞倫白天可以保有力量，其他人不行？」

「呃？」瑞娜問。

「妳在伯爵的王座廳裡打敗安奇度。」黎莎說。「他的攻擊理應讓妳癱瘓，但妳卻逼退他，還把他丟到另一頭去。妳這種體型的女人在沒有魔力加持的情況下不可能辦到這種事，但當時是白天。怎麼回事？不只是黑柄魔印這麼簡單，對吧？」

瑞娜一時不語，慎選用字遣詞。這陣遲疑等於回答了黎莎的第二個問題，雖然沒有回答第一個。

正當女人開口回答時，前門突然打開。「黎莎女士！」汪妲叫道。

黎莎目光才離開瑞娜一瞬間，但是當她回頭時，女人已經不見了。

「造物主啊！」羅傑在發現對方消失時嚇得跳起身來。

汪妲轉眼衝入屋內。「黎莎女士！」她瞪大雙眼，神色恐慌。「妳要快點趕去！」

「怎麼回事？」黎莎問。

「克拉西亞人，」汪妲說。「克拉西亞人進攻雷克頓。伐木工在路上發現難民。他們盡可能帶他們回到鎮上，不過有人受傷了，還有很多人暴露在黑夜裡。」

「黑夜呀。」羅傑說。

「可惡。」黎莎低吼。「派信差去追藥草師，叫她們去診所和我們會合。伐木工會集結人馬，我要有人自願跟他們去。妳和妲西去幫加爾德。」

汪妲點頭，消失在門外。黎莎感到一陣微風，接著回頭。地板上有一片霧氣，本來還不明顯，但漸漸開始集中，越來越大，凝聚實體。

接著瑞娜再度現身。黎莎理應爲她和亞倫一樣瓦解凝聚形體感到驚訝，不過基於某些理由，她一點也不驚訝。手頭上有更重要的問題需要處理。

「妳說窪地人必須自立自強，」她說。『包括雷克頓人在內嗎？」

「我又不是怪物。」瑞娜說。「浪費時間講話就會耽誤我去救還在路上的難民。盡快派出伐木工。我會幫距離最遠的人撐到援軍抵達爲止。」

黎莎點頭。「願造物主看顧妳。」

「妳也是。」瑞娜說著在他們面前化煙。

羅傑和黎莎一言不發地站了一段時間，然後同時開口。

「我要上廁所。」

第十三章　壞掉的肉　333AR　冬

一聲巨響過後，瑞娜的視線扭曲，在她的眼珠化為數百億顆微小粒子時徹底粉碎。

在煙霧狀態下，人類的感官沒有多大意義。在這裡，魔法，永無止盡的魔法，就是唯一重要的感官。她可以感應到黎莎小屋的魔印，輕輕拉扯她的精神。她圍裙口袋裡的惡魔骨。他們不在窪地大魔印網的影響範圍內，不過她如同伸手觸摸牆壁般感應到它的輪廓。大魔印就像一座烽火，它的吸力宛如旋風，試圖把她吸進去，徹底吸乾。

但是她釋放力量，找尋通往地心魔域的通道。庭院中有好幾條這種通道，全都交纏在魔印網中，就像提貝溪鎮的佛德．米勒的水車。

黎莎的魔印網和她本身一樣具有強大的吸引力，但是一旦弄清楚他們的力量強弱後就可以輕鬆對抗。瑞娜溜入一條通道，向下前進，來到地底深處。

她立刻聽見地心魔域的召喚。在地面上時聽起來很遙遠，如同班妮敲鍋叫在田裡的他們回去午餐一樣。但當她接觸到通道時，地心魔域立刻以其美妙的歌聲擄獲她，承諾她會得到無窮的力量與不朽的生命。

然而，儘管悅耳動聽，瑞娜還是知道這首歌的內容不盡不實。惡魔在新月攻擊窪地時，她曾引導魔法擊退它們——而光是那麼一點魔力就差點吞噬了她。地心魔域的力量強大到難以形容，乃是全世界所有魔法之源。她本身那股足以讓她站上世界頂端的魔力和地心魔域相比就像試圖與烈日爭輝的燭光。她確實可以成為地心魔域的一份子，不過絕對不可能保有自我。就像一滴雨水落入大湖一樣。

她心知越往下走召喚就會越強烈，於是在來到夠膽抵達的最深處後再度釋放感知，感應回到地面的通道。四面八方都有通道，有些很寬敞，有些很狹窄，有些通往附近的地面，有些蜿蜒數哩才會回到地上。

她並沒有刻意在來時的通道中留下任何蹤跡，不過她畢竟還是留下蹤跡了，就像她自己的汗臭一樣熟悉。她沿著那條通道前進，轉眼間抵達數哩外。她在窪地南方凝聚成形，然後再度搜尋通道，透過同樣的方式找出下一條回去的路徑。

她在四次傳送過程中穿越數百哩地，片刻後出現在塔中。「喂，有人在嗎？」

沒人回答，她一咬牙，大步來到門口，踢開塔門。亞倫和賈迪爾在庭院裡，檢查囚禁囚犯的魔印。

「瑞娜？」亞倫問。他和賈迪爾都看到她的靈氣，於是放下手頭上的工作，把注意力轉移到她身上。

「地心魔域之子又動手了！」瑞娜大叫。

「什麼——」亞倫開口。

「克拉西亞人攻下了碼頭鎮。」瑞娜插嘴道，氣沖沖地朝賈迪爾揮手。「此時此刻正進攻偏遠村落。殺戮、焚燒、逼迫村民離家逃難。」

「不是此時此刻。」賈迪爾說。「我的族人不會在晚上進行沙拉克桑。」

「好像這對那些被你們丟給惡魔吃的人而言有任何不同一樣！」亞倫吼道。「你知道這件事嗎？」

賈迪爾冷靜點頭。「幾個月前我們就計畫在第一場雪時進攻碼頭鎮，不過想不到沒有我在，他們還會按照計畫行事。」

亞倫轉眼拉近兩人間的距離。賈迪爾伸手拔矛，但是亞倫一把將矛甩向遠方，然後衝勢不止，把賈迪爾撞到一棵金木樹上。樹幹厚達五呎，但瑞娜還是在他們撞上去的時候聽見一陣碎裂聲。

亞倫舉起拳頭，吸收魔力，指節上的衝擊魔印綻放魔光。「人命對你來說完全沒有意義嗎？」

賈迪爾看著拳頭，絲毫不懼。「動手，帕爾青恩。揮拳，殺了我。摧毀你自己的計畫。因爲如果你不動手的話，就等於是承認我是對的。」

亞倫難以置信地看著他。「怎麼說？」

賈迪爾雙手抽動，掙脫束縛，一掌重重拍上亞倫胸口，打得他退開數呎才站穩身形。他以十分駭人的目光回應。

*也該是亞倫教訓地心魔物的時候了，*瑞娜笑著想道。

賈迪爾似乎毫不在乎，拍拍身上的灰塵，拉直他的袍子。「你說得對，帕爾青恩。綠地人，當然還有少數沙羅姆，此刻正在我的命令下喪命。但是如果你認爲他們的性命對我毫無意義，那你就錯了。每多死一個人就等於少一份參加沙拉克卡的戰力，而我們的人數已經比惡魔少太多了。」

「而你還在做這些毫無意義的……」亞倫開口。

「並非毫無意義。」賈迪爾的聲音依然平靜到讓人發火。就連他的靈氣都正氣凜然。「綠地人太軟弱了，帕爾青恩。你知道這是事實。既軟弱又不團結，就和麥柄一樣。沙拉克桑就是收割豐碩作物的鐮刀。下一世代的青恩將會成爲長矛，在沙拉克卡中奮戰。如今損失的人命都是統一的代價，因爲統一是拯救阿拉的力量。」

亞倫啐道：「你這個自大的混蛋，你根本不知道那是不是事實。」

「而你也不知道我會不會成為你在地心魔域中戰勝的關鍵。」賈迪爾擦掉他的口水，沒有多說什麼，不過顯然他的耐心快要磨光了。「但你還是帶我來此，治療我的傷，不管我之前做過什麼。不管我還打算做什麼。因為你隱約知道有件事情遠比幾條人命重要。就是人類的未來，我們必須掌握所有優勢。」

「強暴、殺戮、縱火究竟能帶來什麼優勢？」亞倫問。「強迫人民崇拜另一個造物主？那要怎麼讓我們強大？窪地人都和你的沙羅姆一樣強，而我不需要摧毀他們的家園和親人就讓他們走到今天這個地步。」

「因為奈幫你摧毀了。」賈迪爾說。「我聽說過你拯救窪地的事蹟，剛好在阿拉蓋永遠摧毀窪地部族前抵達，就像我當初拯救沙拉奇部族一樣。」

「伐木窪地只是個開始。」亞倫說。「後來又有數千人加入伐木工的陣營。」

「被我趕去的難民。」賈迪爾說。「要不是被我戳破了安全的假象，你以為會有多少青恩拿起長矛？我們初次見面的時候，你曾告訴過我，你的族人大部分都不肯動手對抗阿拉蓋，就連親人的性命遭受威脅時也一樣。」

他瞇起雙眼，解讀亞倫的靈氣。瑞娜看向他，但是沒辦法像他們一樣看懂那麼多。

還不能。

「你的親生父親，」賈迪爾說，在察覺真相時點了點頭。「令自己蒙羞，在阿拉蓋攻擊你和你母親時袖手旁觀。」

瑞娜或許無法理解靈氣中的細微變化，但就連她也沒有錯過亞倫靈氣中強烈湧現的羞辱和憤怒。

但是賈迪爾的靈氣中也出現了變化。驕傲、尊敬。她的感知在夜裡十分敏銳，她看見他在深入了解亞倫時喉結因爲情緒轉變而緊縮。「是你救了她。才剛到參加沙拉吉的年紀，你就像受過訓練的沙羅姆般投入戰場。」

「那樣不夠，」亞倫說。「我還是失去她了。我來不及。」

「你後悔爲她起身對抗奈嗎？」賈迪爾問。

「從來沒有過。」亞倫說。

「這就是身爲沙達馬卡所代表的意義。」賈迪爾說。「下達其他人無法下達的艱難決定。像你父親那種弱者必須剷除，強者才有機會出頭。」

「傑夫．貝爾斯不是弱者，」瑞娜說，兩個男人向她看去。「那天晚上他也學到教訓，雖然一直到十五年後才再度接受測試。當我渾身是血、被惡魔追趕到他家門外時，他抓起工具，挺身對抗它們，救了我一命。讓他變堅強的不是你，克拉西亞人。如今提貝溪鎮挺身而出了，他們可沒有損失一半鎮民才開始改變。」

「英內薇拉，」賈迪爾說。「人們怎麼開始參與沙拉克卡並不重要，重要的是他們參與。」他看向亞倫。「帕爾青恩，是你說我們已經不該再去關心那些俗事的。進攻碼頭鎮是阿邦的計畫，到頭來究竟他和賈陽與雷克頓的船務官誰能勝出，就要看艾弗倫決定了。」

「我不該相信那個噁心的駱駝賊。」亞倫大叫。

賈迪爾輕笑。「這些年來我經常對自己這麼說。你唯一可以相信阿邦會做的事情就是做阿邦。他完全相信自己的良知，不過一旦有利可圖的時候就會拋開良知。」

「我要傳送到碼頭鎮去教訓他和你兒子。」亞倫說。

賈迪爾臉色一沉。「如果這麼做，帕爾青恩，我們的協議就作廢了。如果這麼做，我就會回歸頭骨王座，讓你自己去執行你那個瘋狂的計畫。」

亞倫嘴唇抽動，兩個人蓄勢待發，隨時都會再度開打。他們僵持片刻，接著亞倫搖頭。「走著瞧。現在，瑞娜和我要去幫助被你丟入黑夜的難民。」

「那可不——」賈迪爾開口。

「閉嘴！」亞倫大吼，激動到連賈迪爾都微微退縮。「現在是晚上，我絕不會讓我們的兄弟姊妹獨自面對黑夜。」

賈迪爾點頭。「當然這麼做毫無榮譽可言。我會叫山娃和山傑特過來，然後我們——」

「就給我待在這裡，看守囚犯。」亞倫大聲道。

「我們不是你的僕人，帕爾青恩。」賈迪爾說，「不是看守囚犯的獄卒。」

「它可不是普通囚犯。」亞倫說。「你知道我們抓到的是誰。」

賈迪爾身體一僵。「阿拉蓋卡。」

亞倫微微點頭。「如果我回來發現你們少了一個人，我們的協議就眞的作廢了。」

賈迪爾鞠躬。「不要被人看到。趁夜拯救你的族人，但白晝戰爭已經不關我們的事了。」

亞倫皺眉，不過還是點頭，轉身朝瑞娜伸出一手。她接過他的手掌，於化煙的同時緊緊握住，如同所有肉體接觸般親密。他們相互連結，竄入一條通道，一起傳送離開。

瑞娜傳回塔內，不小心在離地數吋的空中凝聚形體。夜復一夜地吸收魔力和傳送導致她頭昏眼花、魔力耗盡、筋疲力竭，還因為過度傳導魔力而渾身灼痛。

意外墜落扭傷了她的腳踝，導致她立足不穩，不過在她摔倒前有人及時扶住她。她神經緊繃，準備戰鬥。

「放鬆，姊姊，」山娃說。「是我。」

瑞娜搖頭，站穩身形，然後推開女人。「我什麼時候變妳姊姊了？」

「自從我們在卡吉之墓中並肩作戰後。」山娃說。「如今我們是長矛姊妹了。」

她的腳踝陣陣抽痛。瑞娜想要治療扭傷，但卻發現自己虛弱無力。她試圖吸收更多魔力，但這麼做讓她渾身滾燙。還是讓腳踝痛一下算了。

瑞娜看向地平線。天空微亮，不過日出還要一個小時。她必須在天亮前吃點惡魔肉，不然一整天都會毫無用處。「天亮後就不算了，白天我們就會變回敵人？」

山娃聳肩。「如果沙達馬卡命令我對付妳，我會奉命行事，瑞娜·娃·豪爾，不過不會是因為我想動手。我在妳和帕爾青恩身上看見榮譽，而我認為艾弗倫對我們一定有所計畫。」

「真希望事情有那麼簡單。」瑞娜說。

「是也不是。」沙娃說。「阿拉上沒有簡單的事情，不然這裡就是天堂了。艾弗倫不會透露他的計畫，但我們知道計畫存在。」

「是呀，」瑞娜同意，不過她也不算完全同意。這個女人在浪費她狩獵的時間，特別是在她腳踝受傷的情況下。她拔出匕首。「我要去打獵。恢復一點體力。」

山娃點頭。「我陪妳去。」

「不准妳陪。」瑞娜大聲道。

「妳很累了，姊姊。」山娃說。「多一個人安全點。」瑞娜搖頭。「我不需要不會傳送的人。妳只會拖累我的速度。」

「但我們……」

山娃的靈氣顯示她心靈受創，這讓瑞娜勃然大怒。「我們怎樣？是長矛姊妹？當我過去一週都在想辦法拯救被你們這些沙漠老鼠丟入黑夜的難民時，妳以爲那對我而言代表任何意義嗎？」

她抓起她的內衣，露出大片血跡。「我身上染滿無辜之人的鮮血，而這都是妳的沙達馬卡一手造成的，山娃。在這裡，天殺的黑夜裡。所以原諒我不希望和妳並肩作戰。」

她突然轉身，二話不說地闖入黑夜。

瑞娜一直到天快亮時才終於找到獵物。他們五個人已經把石塔附近的區域清得差不多了，就在她越走越遠的同時，許多地心魔物早已回到地心魔域的懷抱，躲避致命的陽光。

她追蹤這頭惡魔好幾分鐘，找到它時發現自己剛好趕上。田野惡魔已經躲到長長的野草所提供的掩護中，以免有人趁它瓦解形體的脆弱時刻偷襲。低等惡魔瓦解形體不像菁英惡魔或是她本人那麼快，而當它們處於瓦解形體過程中的出神狀態時，反應就和睡著沒什麼兩樣。

她看到對方開始出神時肌肉放鬆的反應，立即跳到它背上，一手一腳勾住惡魔的軀體，翻身以背部著地。惡魔無助地掙扎，讓她一刀插入胸口，向下劃開，露出內臟。

地平線上射出陽光，地心魔物的肉開始滋滋作響。瑞娜心裡著急，雙手插入惡魔的傷口，挖出裡面的肉塊，在太陽燒光它們之前塞到嘴裡。

瑞娜狼吞虎嚥地吃了幾口，接著就看到一點火花，流到下巴的膿汁起火燃燒。她驚慌大叫。

突然間唰地一聲，一根閃亮的矛頭如同鐮刀般劃破野草而來。山娃站在一旁，舉矛欲揮。但接著她看到惡魔屍體，當場僵在原地。

她立刻向後跳開，深深鞠躬。「請原諒我沒有遵照妳的要求，姊姊，但是我擔心妳。妳剛剛大叫，我還以爲……」

她抬頭。「不過當然不是。妳是瑞娜·娃·豪爾，沒有惡魔可以對抗……」

山娃的靈氣消失在逐漸明亮的陽光中，但她的眼神表示得十分明白。她知道了。

「山娃，等等……」她開口，但是女人轉身就跑。

瑞娜回來時，所有人都聚集在庭院裡，站在石塔的陰影下。山娃跪在地上，額頭抵地。山傑特手持長矛。

她走近時，所有人都轉頭看她。山娃跳起身來，矛頭指向瑞娜。「她是奈的僕人！」

「不可能。」賈迪爾說。「她和我們一起對抗阿拉蓋卡。」

「她腐化了。」山娃說。「我在艾弗倫面前用我的榮耀和進入天堂的希望發誓，解放者。我親眼看到她吃阿拉蓋的肉。」

「不可能。」賈迪爾再說一次，指向東昇的太陽。他和其他人都還站在陰影下，不過瑞娜完全曝曬在陽光中。「奈的僕人怎麼可能站在艾弗倫的榮光……」

但接著他突然轉身，看向亞倫。他瞬間拉近距離，抓起亞倫的手，刺探他的靈氣。

「是眞的。」賈迪爾低聲道。「艾弗倫保護我們，我相信你，而你從頭到尾都是奈的僕人。」

「可惡，停止這種愚昧的行爲！」亞倫吼道。

「不然你爲什麼要褻瀆你的身體……」

亞倫大叫一聲，用力推開賈迪爾，山傑特向旁閃開。所有人都蓄勢待發，但亞倫站在原地，沒有繼續衝突的意思。「你還有膽子問我爲什麼？黑夜呀，你以爲我喜歡？」

他氣沖沖地指向賈迪爾。「這都是因爲你，就和天殺的刺青一樣。」

「這下是你在說傻話了，帕爾青恩。」賈迪爾說。「我可沒有把惡魔肉塞到你嘴裡。」

「沒有，但你與山傑特和其他人把我丟在可惡的沙漠裡等死，」亞倫說。「在你們毆打我、搶我的東西，還因爲我膽敢打贏三千年來第一場阿拉蓋沙拉克而把我丟給惡魔吃之後。」

山娃瞪大雙眼看向山傑特。「父親，這不可能是眞的。」

山傑特壓低矛頭轉向她。「是眞的，女兒。我們當晚所做的事情令我們自己蒙羞，但是帕爾青恩偷走了卡吉之矛，我們絕不能讓他保有它。」

「你比大市集裡的卡非特還會玩弄文字遊戲。」亞倫啐道。「三千年來從未有人見過卡吉之矛。它的力量屬於全人類所有，而我誠心誠意地帶它去找賈迪爾，和你們分享。」

「沙羅姆會保持安靜！」賈迪爾說，目光一直保持在亞倫身上。「你也在玩文字遊戲。你說的話都不能解釋你爲什麼要吃這種噁心的肉。」

「不能嗎？」亞倫問。「你自己也說過，安納克桑沒有食物。那就是你的族人把聖城搞得比心靈惡魔還亂的原因。沒時間保持敬意。你只想要洗劫那座城市。」

「我警告你，帕爾青恩……」賈迪爾開口。

「別否認。」亞倫說。「身爲沙達馬卡表示要下達重大決定，是吧？那就爲你的決定負責。」

「我會負責。」賈迪爾冷冷說道。

「我也會。」亞倫說。「我和你一樣想要取得安納克桑的祕密。當我撐到黎明綠洲，把魔印紋上我的皮膚後，我就擁有足夠的食物可以逃離沙漠……」

「或是回安納克桑。」賈迪爾把話說完。

亞倫點頭。「我在那裡待了很久，研究魔印。唯一能吃的東西就是惡魔。必須存活下去，我要把我所學到的知識散布出去。」

他揚起一根手指。「但我把所有東西都放回原位。我敢說你的族人根本沒發現我去過。所以我們兩個誰比較尊重艾弗倫，誰和奈作戰表現得比較好？」

賈迪爾嗤之以鼻。「別向我提艾弗倫和奈，帕爾青恩。你根本不相信他們。」

「而我在你的宗教裡表現得還是比你好！」亞倫說著雙臂抱胸。

「你吃阿拉蓋肉。」賈迪爾說。「你眞的以爲不會被肉腐化？」

亞倫大笑。「你眞是天殺的假道學！你這一生、掌權的過程、征服的手段、你的一切都是依照阿拉蓋霍拉的安排在走，而你還有臉和我談腐化？你那扭曲的邏輯又怎麼解釋艾弗倫會透過惡魔骸骨和你溝通？」

賈迪爾噘嘴。「這個我也經常懷疑，但我又無法否認它們的力量。」

「當然不能。」亞倫說。「你可以看見天殺的魔法。」他指向卡吉之矛。「卡吉之矛內鑲惡魔骨核心。卡吉之冠也一樣。」

「魔法並不邪惡，地心魔物也不是什麼永恆之戰裡的士兵。」亞倫繼續說道。「它們只是動物，和我們一樣。在阿拉地底存活數百萬年的動物，沐浴在地心的力量中。它們進化到懂得吸收那股力量、利用那股力量，而我們則學會以那股力量反制它們。事情就是這麼簡單。」

他揚起魔印拳頭。「刺青帶給我力量，但是並不比你的魔印傷疤強。我眞正的力量源自惡魔肉。那就是我可以瓦解形體、憑空繪印的原因。可以做到你沒有長矛和皇冠就無法做到的事情。如今我擁有自己的惡魔骨核心了。」

「如果它們如你所說只是動物，」賈迪爾說，「繼續這樣下去，你就可能變成和它們一樣。」

「我知道。」亞倫說。「我已經很多年沒吃惡魔了，但力量沒有消失。」

「但你卻允許你的吉娃也以身犯險。」賈迪爾說。

亞倫再度大笑，而這一次並不是嘲弄他。他是眞心大笑。「允許？你沒見過瑞娜・貝爾斯嗎？沒人可以允許她做任何事。」

「說得一點也沒錯。」瑞娜說著牽起他的手。

亞倫神色愛憐地看著她，不過繼續對賈迪爾說話。「我叫她不要吃，她很清楚風險，但還是想要趕上我的進度。她認爲我會丟下她不管，自己跑去地心魔域對付阿拉蓋，而她不想要我這麼做。」

「別說得好像這是什麼瘋狂的想法，」瑞娜說。「你自己也說過地心魔域在召喚你。現在我也會傳送了，也聽得到來自地心的召喚。但是單憑我們兩個是打不贏這場仗的。」

她以爲賈迪爾會對地心召喚的說法大驚小怪，但他點頭。「奈的召喚很強烈，但是說眞的，你必須抗拒它。全阿拉的命運都掌握在我們手上，相信艾弗倫，祂會讓你更堅強。」

亞倫搖頭。「我向來只相信自己和我所關心的人。」

賈迪爾慢慢伸手，輕觸亞倫胸口。「艾弗倫在你心裡，我的朋友。不管是我們創造了祂，還是祂創造我們，那都無關緊要。在黑暗中，祂就是你體內的光明、祂是分辨善惡的聲音、祂是你在沙漠試煉中吸取的力量、祂是你在這個瘋狂計畫中所抱持的希望。」他微笑。「祂就是你體內拒絕接受我所帶來的眞相的冥頑不靈。」

亞倫微笑。「我承認你最後那句話，至少。」

「既然祕密揭露，或許我們就不需要囚犯了。」瑞娜說。「我們全都可以走捷徑下去。」

亞倫搖頭。「包括我在內，任何人都不該在太接近地心魔域的地方瓦解形體。那就像是把水桶丟到河裡，然後期待它會待在上游。」

賈迪爾雙臂抱胸。「不管是不是假道學，我的戰士和我都不會用阿拉蓋肉來褻瀆我們的身體。」

山娃和山傑特立刻點頭，瑞娜從他們的眼神看出他們都鬆了一大口氣。

「那我們就採用困難的方法。」亞倫同意。「但是要這麼辦，我們得先讓那頭可惡的惡魔開口才行。」

第十四章 囚犯 333AR 冬

惡魔親王縮在魔印力場中央，盡可能只有最少的皮膚暴露在可惡的白晝之星下。囚禁它的人面面俱到。鎖鏈和鎖頭都是用真實金屬打造，上頭的魔印威力強大，灼燒它的皮膚，將它封鎖在固體形態中。

它的囚室是圓形的，沒有任何家具。地板上鑲著有色石塊，形成魔印的形狀，就算它掙脫鎖鏈也逃不出去。魔印具有強大的吸力，惡魔親王必須把它的力量深深埋藏在體內，不然就會被吸乾。

魔力一旦被吸走就沒辦法補回了，因為惡魔王子的囚室遠離地面，沒有魔力通道可供吸取魔力。囚室的魔力來源就是惡魔親王本身的魔力，而它打定主意盡可能提供最少量的魔力，小心翼翼地善用僅存的力量。

塔牆外還有魔印。不讓外界發現它的囚室的魔印，不管是人類還是現在肯定在地表各地搜尋自己下落的軀殼。惡魔親王試著聯繫它們，但是禁忌魔印的威力太強了。第一次，它的心靈和軀殼的基礎本能和它其他兄弟複雜美麗的思緒通通失聯。心靈上的死寂令它瘋狂。

但是比這種羞辱更糟糕的部分在於白晝之星。囚室的窗戶用厚重的窗簾遮蔽，層層交疊，密不透風。室內漆黑到任何地表生物都和瞎了眼睛一樣，但是對惡魔王子而言，就連透過窗簾絲縫中滲透進來的微光都會造成痛苦，消耗它的力量，燃燒它的皮膚。惡魔唯一能做的就是緊閉雙眼，縮成一團，撐到黑夜降臨。

終於，白晝之星下山了，惡魔迅速在把它身體綑成一團的鎖鏈中坐起身來。慢慢地，惡魔親王擷取一點力量，治療越來越厚的燃燒壞死組織下的傷勢。

它再度擷取魔力，製造維生所需的養分。囚禁它的人夠聰明，沒有走到近處來餵它吃東西。

最後，它變形，將某個特定的鎖頭貼緊皮膚，讓它把最後一點魔力灌注其中，一點一滴地侵蝕金屬。如果灌注過量，鎖鏈就會吸走魔力，但是一點點魔力可以產生水滴侵蝕石頭般的效果。

如今惡魔已經研究它的鎖鏈超過半個週期，對它們的構造瞭若指掌。只要打碎鐐銬上的三處鎖頭，它就能恢復大部分行動能力。再弄斷兩個鏈結，它就可以擺脫鎖鏈。

擺脫鎖鏈後，它就必須解除有色石塊的魔印，然後瓦解形體，逃離囚室。這個過程要不了多少時間，但是魔印顯示在他成功之前就會被囚禁它的人發現。就算他們裡面最弱的一員都能輕易扯下窗簾，然後太陽就會標示出它的葬身之地。

惡魔親王可以耐心等候。它或許要過好幾個週期才有辦法扯斷鎖鏈，而那段時間中情況很可能會出現變化。人類心靈想要留它活口，這是研究刺探他們弱點的好機會。

美妙的諷刺之處在於，他們用來把它封鎖在固體形態的鐐銬同時也導致惡魔親王無法重塑喉嚨和嘴巴，讓它發出地表牲畜賴以交談的那種難聽噪音。它聽得懂他們的問題，但卻無法回答。

這讓那些人類心靈心情沮喪，加深他們之間的嫌隙。他們或許是統一者，但就和其他人類一樣，他們很愚蠢、情緒化。只比化身魔聰明一點點而已。

最重要的是，他們的壽命有限。他們遲早都會失去警覺的，到時候它就能夠逃離此地。

第十五章　魔印之子　333AR　冬

「打死我也不讓妳那雙油膩膩的沙漠手碰我女兒！」

黎莎抬頭，手裡捧著一個男人的腸子，看見一個胳臂超粗的雷克頓男人和他的青少年兒子舉起拳頭站在嬌小的阿曼娃面前。協助她的學徒全都嚇僵了。吉賽兒也停下手邊的手術，但是她和黎莎一樣沒辦法阻止或介入此事。

阿曼娃毫不擔心。「我不碰她，她就會死。」

「是呀，那是誰的錯？」男孩吼道。「你們沙漠老鼠殺了我媽，把我們趕入黑夜！」

「不要把自己懦弱無能、沒辦法保護妹妹的錯怪到我頭上。」阿曼娃說。「讓開。」

「死都不讓。」男人說著抓起她的手臂。希克娃上前一步，但是男人的兒子側步阻攔她。

阿曼娃低頭，一副好像他在她那件和黎莎一起於診所中工作好幾個小時依然一塵不染的白袍上抹大便的樣子。接著她手臂竄起，繞過男人巨大的二頭肌，擊中他的腋窩。她後退轉身，拉開男人的手臂，直到手肘卡住為止。她輕輕一扭，男人痛得大叫。

阿曼娃利用卡住的手臂像操縱傀儡般操縱男人，將他甩離手術台，撞向他兒子。男人的腳踢中男孩，讓他摔向門口，而阿曼娃又拉回尖叫不休的男人，朝向兒子走去，輕輕鬆鬆就把他們兩個丟出房間。

她在房門撞開時放開男人的手臂，反腳踢中他的太陽神經叢。兩人飛身而起，一個重重落在另一個身上。數十個正分類傷患的女人震驚地抬起頭來。

黎莎轉向朗妮。「出去找幾個身材最高大的伐木工來。叫他們在手術室門口站崗，如果讓不是病患和藥草師的人進來，我就會把他們的頭咬掉。」

「總得有人抬傷患進來。」朗妮說。「大部分伐木工都深入黑夜去救人了。」

「我這裡忙完就去找人幫忙。」黎莎說。「去。」

朗妮點頭，然後離開。阿曼娃已經開始救治那個女孩，她被田野惡魔咬得很慘。他們不是第一個看到阿曼娃的長袍和深色皮膚就失控的雷克頓人，但是必須忍氣吞聲——必要的話連牙齒也得吞下幾顆。

即使窪地所有藥草師都趕來幫忙，她們還是應接不暇。學徒可以接骨和縫合傷口，但是很少懂得割開病患的技巧，更別提修補內臟。阿曼娃是黎莎見過最厲害的戰地醫師。她絕不能讓她離開診所。

下一波病患還沒送來，她們終於可以喘口氣。黎莎完成手上的工作，讓凱蒂接手縫合。她伸個懶腰，走出手術室。肚子裡多餘的體重讓她更不方便彎腰在手術台前工作。

診所主病房一片混亂。打從難民開始出現至今已經超過一個禮拜，但傷患還是源源不絕地被伐木工與林木軍團的巡邏隊領入窪地。由於難民已經逃難數日，大部分都筋疲力竭、風塵僕僕；許多人傷在入侵部隊或路上的惡魔手裡。

但是在經歷過幾波來森難民和新月時的損失後，窪地人對於在混亂中建立秩序已經駕輕就熟。旁邊有兩個來森男人癱在一張板凳上，雙臂抱膝，凝視地板。她迫切地需要休息，但是這個畫面提醒她其他人的情況更糟。

黎莎了解難民看到阿曼娃時發怒的理由。她自己也很生氣。他們進攻碼頭鎮的時間拿捏精準，絕不是一時興起。阿曼恩已經計畫許久，當初勾引她的時候就已經計畫了。

她心裡有一部分既憤怒又受傷，希望亞倫真的把他殺了。

她朝他們走去。那個父親一直到她的腳直接出現在他們眼前後才抬起頭來。兒子則繼續盯著地上看。

「你女兒會沒事的。」她說。「你們全都會。」

「很感激妳這麼說，藥草師。」那個父親說。「但我不認為我們有可能會沒事。我們已經失去了……一切。如果卡蒂死了，我不知道我會……」他說著哽咽一聲。

黎莎一手搭上他的肩膀。「我知道那種感覺，我也曾陷入和你一樣的處境。不只一次。窪地人全都經歷過。」

「會好轉的。」史黛拉．因恩推著水車過來。她舀了兩杯水，又拿出一條毯子。「天氣轉涼了。營地裡有熱魔印，不過要晚上才會生效。他們是否分配營地號碼給你們？」

「啊……」男人說。「前面的男孩有說過些什麼……」

「七號。」他兒子說，依然盯著地板。「我們分配到七號營地。」

史黛拉點頭。「波拉克的田地。你們叫什麼名字？」

「馬辛．皮特。」男人朝兒子點頭。「傑克。」

史黛拉在筆記上做個註記。「你們上次吃東西是什麼時候？」

男人神色茫然地看著她，然後搖頭。「口袋都空了。」

史黛拉微笑。「我會趁你等消息的時候請加倫推麵包車過來。」

「造物主保佑妳，孩子。」男人說。

「看吧，」黎莎說。「已經開始好轉了。」

「是呀，」男孩說。「媽死了，家燒了，卡蒂即將死於惡魔感染。但是我們有毯子蓋，所以一切都很美好！」

「唉，要懂得感恩！」馬辛說著甩了他兒子的腦勺。

「除了毯子和麵包，還有其他東西。」黎莎說。「像你們兩個這麼強壯的男人馬上就能開始工作、砍樹、在新大魔印裡重建家園。」

「有給薪的工作，」史黛拉補充道。「一開始是食物券，然後你們的起薪會是一天五卡拉。」

儘管黎莎嘲笑過新錢幣，但是鎮民眞的很需要這種東西，在難民之間迅速流通，供不應求。

馬辛搖頭。「今晚惡魔突破營地魔印圈時，我還以爲我們都死定了。但我必須相信……解放者不會毫無理由地拯救我們。」

黎莎和史黛拉聽到這話立刻抬頭。「你見到解放者了？」史黛拉問。

男人點頭。「對。不只我見到。」

「你只有看到一陣魔印光。」傑克說。

「對，」馬辛點頭。「但是比我臨時繪製出來的魔印強烈多了。難以逼視。我還看到一條手臂。」

「可能是任何東西。」傑克說。

「不是任何東西都能凍死咬到卡蒂的火惡魔。」馬辛說。「或是點燃那頭木惡魔，讓我們有機會遇到路上的伐木工。」

黎莎搖頭。這不是她第一次聽說瑞娜出手的傳言，但是截至目前爲止，大家都只看見模糊的陰影或是匆匆一眼的魔印皮膚。

她是怎麼辦到的？黎莎懷疑。憑空繪印、瓦解形體、一個深呼吸的時間內移動數哩。光用黑柄魔印並不足以解釋這些。汪妲晚上越來越強人，但還是不能與她相提並論，而且太陽出來之後，她的能力就會恢復正常。

「我對太陽發誓。」馬辛說。「解放者救了我和我的家人。」

「當然是他，」史黛拉說。「解放者在外面看顧我們所有人。」

黎莎帶著史黛拉走到他們的聽力範圍外。「不要公開承諾這種事情。妳和大家都很清楚，就連亞倫・貝爾斯也不可能無所不在。人們必須想辦法自救。」

史黛拉行屈膝禮。「是，女士，如果我是手臂像樹幹一樣粗的伐木工，或是能把男人當娃娃甩的克拉西亞公主，要說自救當然輕鬆。但是像我這樣的窪地女孩能做什麼？」

的確，能做什麼？黎莎心想。史黛拉身體健康，但是身材矮小，手臂很細。這個女孩已經盡量幫忙了，但她說的沒錯。她天生不適合戰鬥。

「如果可以的話，妳願意作戰嗎？」

「願意，女士。」史黛拉說。「但就算祖父讓我作戰，我還是連曲柄弓都拉不開。」

「那個我們再研究。」黎莎說。

「女士？」史黛拉問。

「專心在工作上。」黎莎說。「我們晚點再討論。」

診所大門轟地一聲被人踢開。汪妲・卡特大步走入，肩膀上扛著兩個男人，手裡還抱著一個。她捲起衣袖，黑柄魔印微微發光。

診所裡的人全都開始指指點點。汪妲看見黎莎的目光，抱歉地聳聳肩。

「沒得選擇，女士。」汪妲等她們獨處後說。「我箭射光了，惡魔又直接撲向他們。我還能怎麼辦？看著他們死嗎？」

「當然不是，親愛的。」黎莎說。「妳做得對。」

「現在全鎮的人都在談論此事了。」汪妲說。「說我是妳的魔印之子。」

「事情發生就發生了。」黎莎說。「不必放在心上。我們不可能永遠隱瞞下去，而且目前研究的成果已經可以擴大實驗了。」

「喔？」汪妲問。

黎莎朝汪妲手臂上的魔印點頭，魔印還在發光。「等妳腎上腺素消退後，魔光就會消失。調節呼吸，直到魔光消失，然後下去找些自願者。記得我說過挑選條件嗎？」

「記得，女士。」汪妲已經開始放慢呼吸的節奏。

「汪妲，」黎莎朝房間對面點頭。「從史黛拉．因恩問起。」

太陽出來了，汪妲等待陽光照亮庭院，然後走下前廊，開始伸展四肢，進行每天例行的沙魯金訓練。今天早上很寒冷，但她只穿一件直筒內衣，盡量把魔印皮膚暴露在陽光下。

「妳今天覺得如何？」黎莎問。

「早上一開始照到陽光時，魔印會發癢。」汪妲說。

「發癢？」黎莎問。

「刺刺的。」汪妲說。「像被蕁麻枝甩到。」汪妲緩緩吐氣，移動到下一個姿勢。「但是不用擔心，女士。這種感覺只持續一兩分鐘。我頂得住。」

「好，」黎莎說。「光從外表看不出來。」

「我不打算有點疼痛就來浪費妳的時間，女士，」汪妲說。「我沒見過妳抱怨，而妳承受的痛楚遠大於我們。」

「妳必須告訴我這種事情，汪妲。」黎莎說。「現在比之前更必要，妳必須把一切通通告訴我。魔法正影響妳，我們必須確保安全無慮，爲了其他人著想。」

還有我，她心想。和我的孩子。

「妳已經一個禮拜沒睡覺了。」黎莎說。大部分伐木工都沒睡。汪妲和加爾德還有最初的伐木工，在伐木窪地之役中和亞倫並肩作戰的那些人，一直在支援戰況最激烈的地方。每到晚上，馬蹄上的魔印讓他們的馬能夠迅速奔馳，讓他們追蹤獵殺難民的惡魔，在它們展開攻擊前摧毀它們。白天他們就幫忙指引逃難的雷克頓人前往沿著道路建造的魔印營地。

「妳也一樣，女士。」汪妲指出這一點。「別以爲我不在這裡就不知道。女孩們告訴我，妳從難民開始出現後就沒睡超過幾分鐘。魔法也正影響妳。」

這話說的沒錯。

「確實。」黎莎語氣稍微嚴肅一點。「我上週使用的霍拉魔法比上個月加起來還多。我得到的魔力反饋不到妳畫黑柄魔印後的一半，不過還是足以體驗妳所經歷的一切。我覺得……」

「像是可以直闖地心魔域，一腳踢中惡魔之母的屁股。」

黎莎大笑。「比我原先想說的要生動多了，不過沒錯。魔法會在妳體內流竄，洗刷疲倦感。」

汪妲點頭。「天亮時，妳會覺得已經睡了一夜，還喝了一壺咖啡。不只。像是繃緊的弓弦，隨時可以發射。」

「妳隨時都拉滿弓弦嗎？」黎莎問。

「當然不。」汪妲停止練拳，看向黎莎。「那樣會弄壞一把好弓的。」

「這麼久不睡覺可不自然。」黎莎說。「我們或許不累，但我覺得體內有東西正流失。在沒有夢境可以逃避的情況——」

「——全世界都開始像是一場夢。」汪妲幫她說完。「對。」

「我會用潭普草加天花草幫妳煮一劑藥茶，」黎莎說。「應該能讓妳睡上八小時。」

「那妳呢？」汪妲問。

「我今晚再睡，趁妳帶她們出去的時候。」黎莎承諾。「我保證。」

汪妲嘟噥一聲，繼續回去練拳。黎莎心想亞倫或瑞娜是什麼感覺。他們會不會幾個月都沒有好好睡上一覺？他們上次作夢是什麼時候？

她害怕得到這個答案。或許那就是他們兩個都和貓一樣瘋狂的原因。

汪妲打完沙魯金，兩人一起進屋。汪妲從架子上取下她的木甲，準備她的保養用具。這套木甲是湯姆士的母親送給她的禮物，阿瑞安老公爵夫人；汪妲幾乎像珍惜亞倫送的弓和箭一樣珍惜它，每天早上她都會像幫嬰兒洗澡的母親般神色愛憐地保養她的武器和護甲。

黎莎抽點時間煮了壺開水，拿到洗澡間。她一邊吃小麵包，一邊拿毛巾擦澡，然後換上乾淨的衣服。

她深吸口氣。情況很快就會好轉的。難民持續擁入，但是窪地人在路上持續推進，現在已經開始接到剛剛上路、還帶有牲口和食物的難民。好幾座尚未遭受攻擊的村落在伐木工的指引下進行有組織的撤離行動。

窪地還是必須吸收他們，但是吸收帶著補給和財物，以移民姿態趕來的人，遠比第一波那種筋疲力竭、除了傷口沒帶任何東西的難民要容易多了。

今晚，黎莎可以抽空睡覺。或許。但是年輕的自願者已經開始在她的庭院中集結，根據基線資料進行力量和反應的測試，然後由她的學徒加以分組。當黎莎和汪妲開門出來時，門外竊竊私語的窪地人瞬間陷入一片興奮的沉默。

自願者全都是二十歲左右的年輕人，都是曾自願加入伐木工，但卻基於某些原因而遭拒的人。其中一人呼吸有問題。另一個需要眼鏡才看得清楚。其他人純粹是因爲身材瘦弱或是不夠強壯。

一不小心，我們就會變成人數日漸眾多的卡非特階級，黎莎心想。

「他們盯著我看。」汪妲說。

「對。」黎莎說。「偶爾感受一下這種感覺。對這些孩子而言，妳就和魔印人差不了多少。」

「別拿解放者開玩笑。」汪妲說。

「我們都是解放者，」黎莎說。「這是他說的。妳的工作是要啓發這些孩子，就像他啓發妳一樣。這世界需要很多解放者。」

「那爲什麼不在伐木工和沙羅姆身上繪印？」汪妲問。「爲什麼只挑這些當不成伐木工的人？」

「我們還在測試。」黎莎說。「我們需要小隊人馬、可以控制的小隊，測試整個過程，然後再用在金木樹那種體型的男人身上。」

他們一共分爲三組。史黛拉是其中之一。只比她大兩歲的舅舅基特則分配在另一組。就戰士的角度而言，這些人都不是伐木窪地中的首選。

第一組人，包括她朋友布莉安娜的兒子加倫．卡特在內，會分配一支黎莎親手刻印的特殊魔印矛。矛柄短，矛頭長，專爲強化吸收地心魔物魔力效果設計。

第二組人會得到和第一組差不多的武器，不過其中鑲有霍拉碎片，包覆一層刻有魔印的銀。這種矛白晝時也能像夜晚一樣保持有限的魔力，用完後還能重新充能。

最後是史黛拉的小組，三組人中最渴望力量的人，會在皮膚上繪製黑柄魔印，並和汪妲一起練習沙魯沙克。

這場測試需要持續好幾個月，不過如果黎莎的假設正確，下次惡魔王子率隊來襲時，窪地就會有一支解放者部隊等著應戰。

她的魔印之子。

「好了，畫完了。」黎莎在史黛拉皮膚上畫完最後一個魔印時，天色已經暗下來了。其他人都和汪妲一起在庭院裡等，神色讚歎地研究魔印武器和刺青。他們全都知道自己很快就會進入黑夜——很多經驗老到的戰士去了就沒再回來過的地方。

大家的情緒越來越興奮。他們可能會死，沒錯，但同時也有機會報仇，讓窪地人知道他們也能盡一份心力。沒有人能安靜不動，大家都不斷改變站姿或是來回踱步，等史黛拉好了之後就開始行動。

黎莎叫她過去，透過魔印眼鏡看她。庭院中充滿魔力，正常肉眼只能看見其中一小部分。有些魔印本身的用途就是發光，在庭院中提供照明，但其他魔印則充斥著需要魔印視覺才能看見的能量。

她看見魔力飄向史黛拉的腳踝，就像其他人的腳下已經凝聚不少魔力一樣。魔力順著黑柄魔印竄上她的腳，受到環環相扣的魔印拉扯，纏繞她的身體，湧入她的雙手和頭部，彷彿心臟推動的是魔力，而非血液。光是站在庭院中，魔印之子就能感受到魔力帶來的刺痛。一開始像是口味比較重的茶，然後變成腎上腺素激增的感覺。要不了多久，感官就會擴張，聞到各式各樣細微的氣味，聽見方圓一哩內所有聲響。起初會難以承受，直到思緒也開始加速爲止。

然後他們就會開始覺得無所不能。

「這個東西，」汪妲舉起一根長鋼管，末端有條套圈鋼索。「是把叫作阿拉蓋捕捉環的克拉西亞武器。」她將套圈套上庭院中的一根木樁上，一扭一拉就扯緊了套圈。「所有人上前拿一支。我在藥草師樹林裡設置了地心魔物陷阱。我們要用這東西抓出惡魔，然後用來練習。」

「喔，就這樣？」基特問。「我們不用先……我不知道，在庭院裡練習一下，然後再深入黑夜嗎？」其他人輕聲表達認同。

黎莎壓抑臉上的笑容。黑夜，確實。黎莎的地盤完全受到大魔印和魔印道路的保護。魔印之子或許覺得惡魔可以威脅他們，但事實上他們在整個過程中幾乎都很安全。

但他們必須盡快接觸惡魔，而身處險境的感覺能讓他們敬畏對手。這可不是遊戲。

看著汪妲率領魔印之子離開感覺好像作夢一樣。眼角的世界開始變得模糊。即使連續繪印十小時，她的目光焦點依然清晰。她腦側抽痛，腹部翻滾，不過這些感覺幾乎已經成為不會消失的老朋友，而她已經學會忽略它們。

但是當最後一個魔印之子離開魔印視覺範圍內後，她腦中開始出現一幕幕的想像畫面。加倫·卡特在惡魔爪傷下持續失血，大聲呼喚媽媽。布莉安娜從此不再和她說話。史密特也一樣，如果史黛拉或基特出事的話。一個畫面突然浮現，她看見木惡魔咬斷史黛拉的腦袋。她的心臟會在屍體發現自己已死前繼續跳動幾下。血液高高噴入空中。

她搖頭趕跑那些畫面，揉揉眼睛。終於。她終於可以好好睡一覺了，不然就要發瘋了。就算亞倫、阿曼恩和湯姆士全都在這個時候來到她的院子，為了爭奪她而大打出手，她還是要去睡覺。

她步伐穩健地走向家門，但是她的內心已經換上睡袍，吹熄蠟燭。她的床鋪十分溫暖舒適。

「黎莎女士！」身後傳來急迫的叫聲。黎莎沒認出那個聲音，不過語調卻表達得十分清楚。既然對方已經看到她了，就絕不會在把話說完之前離開。

她深吸口氣，數到五，讓她的心靈披上外袍。她掛回公爵夫人般的笑容，轉身面對身後的女人，隨即認出她是個曾在診所裡陪伴女兒多時的母親。露西·楊包勒。坎黛兒的母親。

楊包勒並非正式的姓，而是人們用來嘲笑沒有學成出師的紡錘匠學徒的稱謂。露西是個善良但卻毫無特色的女人，很難想像她怎麼生得出如此傑出的女兒。

「現在找我聊天有點晚了，露西。」她說。

露西行屈膝禮。「原諒我，女士。如果沒有要緊的事，我也不會來煩妳。」她哽咽一聲。「我只是不知道還能去找誰。」

黎莎的心靈抖落睡袍，換回正式的連身裙。她暗嘆一聲，走到女人身旁，握住她的雙臂。「好了，孩子，」她說，雖然露西比她大上幾歲。「事情沒有那麼糟。到屋裡來，我煮點茶喝。」
露西在黎莎的客廳中不停哭哭啼啼。黎莎坐在布魯娜的搖椅上，裹著老女人的披肩。她不只一次撐不住眼皮，點頭的時候才突然驚醒。
終於，黎莎加在女人茶裡的微量鎮定劑發生效用，她冷靜了下來。
「好了，露西，」她說。「很高興妳來訪，不過該談正事了。」
露西點頭。「抱歉，女士，我只是不知道——」
「——該怎麼做。對，妳說過了。」黎莎即將失去耐心。「什麼事？」
「坎黛兒和那些克拉西亞女巫的事情！」露西幾乎是在尖叫。
黎莎神色好奇。「誰？阿曼娃和希克娃？」
「對，妳知道她們幹了什麼？」露西問。
「我很肯定我不知道。」黎莎說，雖然她心裡有個底。「妳何不再喝一口茶，放低音量，然後從頭說起。」
露西點頭，咕嚕喝了一大口茶，然後吐了一大口氣。「她們今天下午來找我。說她們想和我購買坎黛兒。買她！像頭天殺的綿羊！」
「買她？」黎莎問，不過她這下已經非常清楚這個女人在講什麼了。
「讓她成爲那個地心之子羅傑的妓女。」露西說。「好像兩個老婆還不夠褻瀆一樣。他還想把我心愛的坎黛兒收入後宮。照她們的說法，就是打算把她當成母牛一樣生產。」
「克拉西亞人在處理這種事情方面……手法有點粗糙。」黎莎小心挑選用字遣詞。「對他們而言，婚姻是種合約，但是等到協商完畢後，她們和我們一樣看重婚誓。我肯定她們沒有羞辱的意思。」

「我才不在乎她們是什麼意思。」露西說。「我是說，除非我死了，不然羅傑休想得到坎黛兒。」

這種話可不該亂說。黎莎不確定阿曼娃會不會真的動手讓她死。

「那兩個妓女拂袖離去，彷彿沒禮貌的人是我一樣。」露西繼續說。「然後不到二十分鐘，坎黛兒跑到我面前大哭大叫，說她一定要嫁給羅傑，沒得商量。我告訴她沒有牧師會手持卡農經祝福男人娶三個老婆，妳知道她怎麼說嗎？」

「請告訴我。」黎莎嘆道。

「她說她不在乎。說卡農經和牧師都可以去死。她說她會在伊弗傑克前發立婚誓——」

「伊弗佳。」黎莎糾正她。

「罪惡之書。」露西回嘴。「坎黛兒向來喜歡羅傑，但是不能這樣。那個女孩已經失去理智了！那些克拉西亞蕩婦用巫術迷惑羅傑偏離造物主的道路已經夠糟糕了，我才不會讓她們連我女兒一起搶走。」

「妳或許沒得選擇。」黎莎說。

露西抬頭看她，神色震驚。「黑夜呀，女士，妳不可能認同這種事情。」

「我當然不認同。」黎莎已經開始計畫要把羅傑抓來罵一頓。「但是坎黛兒是成人了，她有權利選擇自己的道路。」

「等妳的女兒被人當作母雞拍賣的時候，」露西說。「我才不信妳會這麼冷靜。」

黎莎揚起一邊眉毛，露西大驚失色，突然想起自己是在對未來的窪地公爵夫人講話，一個也曾當過克拉西亞拍賣新娘的女人。她沒辦法面對黎莎的目光，於是低下頭去，想把臉埋在茶杯裡。她喝得太急，開始咳嗽。「我沒有不敬的意思，女士。妳當然了解。」

「我敢說我了解。」黎莎說。「我會盡快與羅傑還有阿曼娃談談，談完之後再找妳來。」

「謝謝妳，女士。」露西站起身來，笨拙地鞠躬，退出門外，轉身，然後快步離開。

「你是失心瘋了嗎？」黎莎已經披上布魯娜的披肩。從來不是好兆頭。

羅傑誇張地嘆了口氣，增加一點戲劇效果，好整以暇地把他的七彩隱形斗篷掛到門邊。黎莎的表情十足火大，通常她處於這種狀態時，最好的做法就是採取拖延戰術。黎莎沒有力氣保持不可理喻的狀態太久。至少對他不行。

他不知道自己之前為什麼會那麼怕她。在和阿曼娃相處過後，面對黎莎・佩伯就像是風和日麗的日子在鎮中廣場散步一樣。

他把他的小提琴盒放在門旁，緊閉盒蓋，不讓阿曼娃偷聽他們的談話。少了斗篷和小提琴讓他有種赤身裸體的感覺，但這也是他三不五時就該放下它們的理由，以免自己過度仰賴它們。

永遠不要讓自己深陷一種表演中，艾利克說過。不然你一輩子就只能演出那一種表演。我寧願深入地心魔域也不要每天晚上都講同樣的天殺笑話，一直講到我死為止。

他刻意忽略黎莎不懷好意的模樣和語調走到客廳，在最喜歡的椅子上坐下。他把腳蹺在小板凳上，靜靜等待。片刻過後，黎莎氣沖沖地走了進來，坐在布魯娜的椅子上。她沒有請他喝茶。

黑夜呀，她一定氣炸了。羅傑心想。

「露西來找妳，是吧？」他假設這就是黎莎半夜說要立刻見他的原因。倒不是說他晚上能睡多久，現在很少有窪地人能一夜好眠。魔印光照亮街道和小徑，所有人都不必擔心地心魔物。人們利用這份新的自由對地心魔物展開報復，現在街道不分日夜都很繁忙。莎瑪娃的市集和史密特的雜貨商店晚上都有營業。

「她當然來過。」黎莎說。「總得有人對你講講道理。」

「這下妳成了我媽？」羅傑問。「屁股髒了妳就幫我擦，不聽話了妳就伸手打？」他站起身來，假裝解開皮帶。「妳要我趴在妳的膝蓋上，然後打屁股嗎？」

黎莎伸手遮眼，不過披肩掉下來了。「羅傑，你給我穿著褲子，不然我就賞你一把胡椒！」

「這是我最好的褲子！」羅傑語氣驚訝地說。「我聽說妳才剪了一根藤條，女士。樹汁染到絲綢上可是洗不掉的。」

「我這輩子從來沒有打過任何人！」黎莎努力憋笑。

「那怎麼會是我的錯？」羅傑搔頭。「我可以指點一些技巧，我想，但是教人如何打自己感覺有點奇怪。」

黎莎笑岔了氣。「可惡，羅傑，我不是在開玩笑！」

「對，」羅傑同意。「但也不是什麼新月的時候魔印失陷的情況。沒人流血，沒東西著火，所以沒理由不能好好談。我是妳朋友，黎莎，不是妳的子民。我和妳一樣爲窪地盡心盡力。」

黎莎嘆氣。「你說得對，當然。我很抱歉，羅傑。」

「是呀，」羅傑眼睛瞪得像茶碟一樣。「黎莎．佩伯剛剛承認她錯了？」

黎莎嗤之以鼻，站起身來。「這是可以對你孫子說的故事。我去泡茶。」

羅傑跟著她前往廚房，在她煮開水的時候幫忙拿茶杯。他一直拿著自己的杯子。潔莎小姐——林白克公爵妓院的老鴇，羅傑小時候大部分時間都待在那裡——教他永遠不要相信藥草師不會在茶裡添加藥物。

就連我也一樣，羅傑，潔莎眨眼說道。黑夜呀，特別是我。

黎莎雙手扠腰，靠在料理台上，等待壺裡的水燒開。「不會有人認為你想娶坎黛兒當第三個老婆是好主意的。兩個老婆還不夠嗎？黑夜呀，她才十六歲。」

羅傑兩眼一翻。「比我小整整兩歲。沙漠惡魔比妳大多少，十二歲嗎？至少坎黛兒並不打算奴役所有窪地以南的人。」

黎莎雙手抱胸，這是羅傑開始惹毛她的徵兆。「阿曼恩失蹤了，羅傑。這場攻擊和他無關。」

「睜開雙眼，黎莎。」羅傑說。「他能讓妳爽到腳趾彎曲並不表示他就是解放者。」

「是呀，你還有臉說。」黎莎大聲道。「不到三個月前，你那兩個寶貝老婆還想下毒害我，羅傑。但是她們清空了你的精囊，所以你還是娶了她們，不管我怎麼想。」

羅傑本能地想要回嘴，不過想與黎莎．佩伯針鋒相對的話，她可是會和石惡魔一樣固執。他以冷靜的語調回應。「沒錯。我忽略妳的建議，跟隨我的感覺。妳知道嗎？我一點也不後悔。我娶坎黛兒也不需要經過妳的同意。」

「你需要牧師同意。」黎莎說。「在地心魔域找顆雪球還比較簡單。」

「牧師的話對我毫無意義，黎莎。」羅傑說。「從來沒有過。海斯也不肯承認希克娃。妳以為我會因此失眠嗎？」

「那露西呢？」黎莎問。「你也打算忽略她嗎？」

羅傑聳肩。「那是坎黛兒的問題。她成年了，不需要母親同意就可以決定要嫁給誰。露西不同意也好，這樣搬來和我們住的機會就更小了。」

「所以你打定主意要娶她了？」黎莎問。「你以前總說婚姻是愚人的遊戲。如今我只要一轉身你就要結個婚。」

羅傑輕笑。「我本來要先和妳談的。藥草師集會那天晚上，記得嗎？結果瑞娜跑來了……」

「然後我們都有更重要的事情要煩。」黎莎點頭道。

「我一開始也有些遲疑。」羅傑說。「我從來沒有對坎黛兒抱持遐想。說眞的。」他看著自己雙手，想辦法表達他的感覺。他可以輕易以小提琴抒發情感，但是音符對他而言總是比言語方便。

「我這種天賦，」他以悲傷的語氣開頭。「這種……吸引惡魔的天賦，以音樂影響它們的方法，妳和亞倫期待我能傳授給其他人的能力——坎黛兒是唯一眞正學會的人。吟遊詩人，甚至包括阿曼娃和希克娃在內，都只能搭配我的曲調、模仿我的音符，但他們……無法像坎黛兒那樣感受到音樂的魔力。當她和我合奏時，我們就像婚姻中的一切般親密與卓越。我們四人合奏時，根本就是天殺的天使唱詩班。」

他微笑。「演奏完畢後，會想要親親也是很自然的反應。」

「那就親呀！」黎莎說。「黑夜呀，隨便你們怎麼插呀。除了你和你老婆外根本不關別人的事。但是要結婚……」

「說過了，我們不需要牧師祝福。」羅傑說。「坎黛兒是我的學徒。和我們住在一起也很自然。她很快就會取得吟遊詩人執照，我們也會邀請露西同住。我家肯定比她現在和人合住的小屋舒適。」

「你以爲別人不會發現？」黎莎問。

「他們當然會發現。」羅傑說。「會成爲全鎮的話題。羅傑的後宮。我會親自宣傳這個故事。」

「爲什麼？」黎莎問。「爲什麼主動製造醜聞？」

「因爲不管我想不想要，這個婚都結定了。」羅傑說。「阿曼娃和坎黛兒在我搞清楚狀況前就達成協議，而只有笨蛋才會拒絕這種協議。所以就讓大家去說三道四，然後習慣此事。我會讓他們在這種情況下繼續愛我，等坎黛兒懷孕時，他們就能接受我把孩子登記爲正式子嗣。」

「這些是你的想法，還是阿曼娃的？」黎莎問。

羅傑雙手一攤。「我哪知道？」

羅傑在接近午夜時分離開。黎莎看著他走出庭院，開始盤算下次見到露西時該怎麼說。

如果坎黛兒願意，那妳不管怎麼做都無法阻止此事，她會說，然後沉默片刻，讓對方接受這話所帶來的震撼。妳唯一能做的就是設法拖延，希望她會恢復理智。同意談判，但是提出無理的要求……

她搖頭。這件事情可以等到天亮再說。如果我現在上床，在汪妲帶著魔印之子回來、人們開始在前廊聚集前還能睡上六個小時。

黎莎關上房門，直接走向臥室，沿路丟下髮夾和鞋子。進房的時候，她的連身裙落地，身上就只剩下睡袍和絲質內衣。她爬上床，跳過睡前的清潔事項。她的臉和牙齒可以再撐幾個小時。

她覺得好像才剛閉上雙眼就有人敲門。黎莎立刻坐起，不了解一個晚上怎麼會這麼快就過去了。

但接著她睜開雙眼，發現天還沒亮，屋內只有魔印的微光。

黎莎穿起外袍，走出房間，過程中敲門始終沒停過。今晚她刻意不使用霍拉，希望能夠自然沉睡，這下感覺比亞倫婚禮那天晚上喝醉酒還要糟糕。每一下敲門聲都讓她頭痛欲裂。

門外最好有人快要失血至死，不然很快就會有了。黎莎開門時毫不掩飾不悅的神情，結果卻發現她媽站在前廊上。

造物主在懲罰我，她心想。這是唯一的解釋。

伊羅娜上下打量一臉倦容又顯然火大地站在門後的她。「胖了一點，孩子。鎮民已經在傳言伯爵可能快要有後了。」

黎莎雙臂交抱。「妳不斷加油添醋的傳言。」

伊羅娜聳肩。「這裡眨眨眼，那裡擠擠肘。沒有正式公開什麼。妳喝醉酒在伯爵的車伕眼前上他的時候就已經把籌碼都放到桌上。現在說要撤回賭注已經太遲了。」

「我們才沒有在車伕眼前……」黎莎開口，不過隨即住口。她為什麼要和她廢話？她的床還在招呼她。「妳大半夜的跑來做什麼，母親？」

「去，現在才剛過午夜而已。」伊羅娜說。「妳從什麼時候起這麼早就上床了？」

黎莎調整呼吸。這個問題問得有理。她不分晝夜都會接見訪客，不過大部分都會先派人來知會一聲。

伊羅娜懶得等她邀請進屋，自己推開黎莎進去。「去燒開水，這才是好孩子。晚上的氣溫和地心魔物的心臟一樣寒冷。」

黎莎閉上雙眼，默數到十，然後關上房門，重新在壺裡裝水。伊羅娜當然完全沒有幫忙。她坐在客廳等黎莎端茶盤出來。布魯娜的搖椅坐起來絕不舒服，但伊羅娜還是坐在上面，只因為她知道黎莎喜歡那個位子。

黎莎保持尊嚴，在一張長沙發上坐下，抬頭挺胸。「妳來幹嘛，母親？」

伊羅娜啜飲熱茶，扮個鬼臉，然後加了三匙糖。「有消息。」

「好消息還是壞消息？」黎莎問，不過心裡清楚答案。她不記得她媽有哪一次帶來好消息過。

「就妳的情況而言，好壞參半。」伊羅娜說。「我想妳不是唯一有醜聞的人。」

「唯一？」黎莎問。

伊羅娜背部微弓，用另一手撫摸自己肚子。「我可能也搞出了個醜聞，剛好可以幫妳轉移一些注意力。」

黎莎張口欲言，不過不知從何說起。她凝視著她媽一段時間。「妳……」

「和貓一樣噁心想吐，而且月經沒來。」伊羅娜回答她的問題。「我不知道怎麼會有這種事情，但是事實擺在眼前。」

「當然有可能。」黎莎說。「妳才四十——」

「唉！」伊羅娜插嘴道。「不要在傷口撒鹽！我不是指年紀。二十五年前老巫婆布魯娜——妳的聖人老師——說過妳就是我子宮的最後機會。那之後我就沒有喝過龐姆茶或是叫男人射在外面過，而我再也沒有懷孕。妳是要告訴我突然之間我又變成鮮花了？」

「什麼都有可能，」黎莎說。「如果要我猜的話，我會說是大魔印的關係。」

「喔？」

「伐木窪地的人全都在能直接灌注魔力到土地中的魔印上生活將近一年了。」黎莎說。「即使沒有作戰的鎮民都能得到魔力反饋，讓他們變得更年輕、更強壯——」

「——還更能生。」伊羅娜猜道。她拿起一塊小麵包，接著一陣作嘔，又放回茶碟上。「也不全算壞事，我想。妳弟弟或妹妹和妳的小孩可以睡在同一張嬰兒床上，在花園裡一起玩。」

黎莎試著想像那個畫面，不過發現自己承受不起。「母親，我非問不可……」

「爸爸是誰？」伊羅娜問。「我知道就好了。過去幾年加爾德經常插我……」

「造物主啊，母親！」黎莎叫道。

伊羅娜不理會她，繼續說下去。「但是那個孩子崇拜起魔印人後就變得信仰虔誠了。那次在路上被妳抓到之後，他就沒再碰過我。」

她嘆氣。「可能是妳父親的，我想，但厄尼已經不比從前了。妳絕對無法想像我要做些什麼才能讓他硬起來……」

「噁！」黎莎遮住耳朵。

「幹嘛？」伊羅娜問。「妳不是鎮上的藥草師嗎？聽人說這種事情，幫大家解決問題不是妳的工作嗎？」

「這個，沒錯……」

「所以其他人都可以聽，妳媽就不行？」伊羅娜問。

黎莎兩眼一翻。「母親，沒有人跑來對我講這種事情。那爸怎麼辦？他有權利得知孩子可能不是他的。」

「哈！」伊羅娜大笑。「如果這還不算黑夜嘲笑黑暗黑，我就不知道什麼才算了。」

黎莎閉緊雙唇。她媽說的是實話。

「不管怎麼樣，他都知道。」伊羅娜說。

黎莎眨眼。「他知道？」

「他當然知道！」伊羅娜大聲道。「妳爸有很多缺點，黎莎，但他不是傻子。他知道自己沒辦法滿足我，於是在我搞男人的時候睜一隻眼、閉一隻眼。」

她眨眼。「我想我有幾次抓到他在偷看。那時候他可不需要我幫忙弄硬他。」

黎莎把臉埋在掌心裡。「造物主啊，帶我走吧。」

「重點在於，」伊羅娜說。「只要沒人當面提起，厄尼都不會多說什麼。」

「就像妳每次一有機會就會當面提出來一樣？」黎莎問。

「我才沒有這樣！」伊羅娜說。「我在妳面前或許是這樣，但妳是家人。我又不會在聖堂裡那些一本正經的太太面前說妳爸喜歡——」

「好啦！」黎莎寧願讓她媽獲勝，也不要繼續忍受這個話題。「所以我們不知道妳孩子的父親是誰。我們可以一起逃離鎮上。」

「才不要。」伊羅娜說。「我們是佩伯母女。鎮民唯一能做的就是習慣我們。」

第十六章 惡魔子嗣 333AR 冬

「請見諒，女士。」塔麗莎在三度繫緊黎莎的禮服背後的繫繩時說。「衣服似乎縮水了。或許妳該挑別件穿，我拿去給裁縫師放鬆一點。」

縮水。塔麗莎，祝福她，說話非常謹慎，絕對不會告訴黎莎她胖了，但是她的身材在銀鏡子前根本無所遁形。鏡子裡的那張臉鼓鼓的，胸部也出現同樣的改變，彷彿在兩周之內漲大了一倍。湯姆士越來越愛玩它們，不過至今還沒把這些跡象和懷孕聯想在一起。然而塔麗莎的眼神倒是心照不宣，嘴角也帶著一絲笑意。

「麻煩妳了。」黎莎自更衣鏡前退開，一邊脫下禮服，一邊伸手撫摸肚皮。肚皮還是平的，不過不會平太久。她媽說謠言幾週前就開始流傳了。沒人膽敢在她面前提起，但是等她肚子開始變大，她就無法阻止鎮上的好女人們說長論短，引發湯姆士絕對無法忽視的騷動。

她心生恐慌，雙掌握拳。她心跳加劇，感覺胸口緊繃，無法大口呼吸。她奮力吸氣，淚水湧出眼中，但她忍住不哭。她不能讓塔麗莎看見自己這個樣子。

她想找條手帕，但是到處都找不到。正要拿內衣的摺邊來擦拭眼淚時，塔麗莎的手突然出現，從簾幕後遞給她一塊乾淨的布。

「眼淚來來去去，女士，」女人說。「總比借酒澆愁好多了。」

她發現了。不驚訝，不過證實這一點還是讓黎莎恐慌。她的時間就快用完了。就某些方面而言，現在已經太遲了。

「淚和酒我都嚐夠了。」黎莎說。「請拿那件綠禮服給我。」那件禮服的繫繩比較好調整。

今天議會沒開會，湯姆士已經離開辦公室。塔麗莎既然起了話頭，就繼續和她閒聊一些瑣事。她讓黎莎知道如果想談的話可以找她談，不過也很安守本分，不會逼她多說什麼不想說的話。她和其他僕役肯定會很開心，他們全都愛戴伯爵，也公開接納黎莎。大家都想看到伯爵有後。

當他們發現這個孩子是沙漠惡魔的，而非他們親愛的伯爵的子嗣後會怎麼想？

黎莎以最快的速度離開宮殿，她必須遠離那些僕役的目光。塔麗莎或許不會直接向黎莎提出她的疑問，但僕役寢室肯定已經謠言滿天飛了。

診所也沒有安全到哪裡去。那些女人或許沒像塔麗莎一樣見過她脫光的模樣，但她們的眼光經驗老到。好的藥草師就會懷疑所有女人都有可能懷孕，然後直覺地尋找懷孕徵兆。黎莎迅速走過診所主廳，前往她的辦公室，關上房門。她坐在辦公桌後，雙手抱頭。

造物主呀，我該怎麼做？

有人敲門，黎莎暗罵一聲。難道安靜片刻都是奢望嗎？

她挺直背脊，深吸口氣，掩飾所有擔憂。「進來。」

阿曼娃走進屋裡，露西・楊包勒跟著進來，目光怨毒地瞪著年輕公主的背部。

黎莎唯一能做的就是強忍淚水。爲什麼開門進來的不能是隻石惡魔呢？

幸運的是，這兩個女人太沉迷在她們的問題，根本沒注意到黎莎在故作鎮定。她們兩個都大步走到黎莎桌前的椅子，問也不問一聲就坐了下來。露西的嘴唇抿成一條線，腦側青筋抽動。光是看到她們這個模樣就讓黎莎的頭也痛了起來。

阿曼娃比較冷靜，不過黎莎看得出來她也是裝出來的。這女人一副想要扯下絲面紗吐口水的模樣。「我們必須和妳談談，女士。」

黎莎鼻孔開闔。阿曼娃很有禮貌，不過無法掩飾這句話中的蠻橫語氣，彷彿只是知會她一聲，不是提出請求。

「協商進行得不順利？」她問，心裡很清楚答案。

阿曼娃終於沉不住氣了。「她想要一座宮殿。一座宮殿！爲了一個家人是牧羊人僕役的青恩第三妻室！」

「沒錯！」露西叫道。

「不要用出身去評判人的地位。」黎莎說。正是她在研究過克拉西亞婚姻法後建議露西提出這種要求的。「難道卡吉不是出身在低賤的採果人家庭嗎？他有好幾打妻子都擁有自己的宮殿。」

「卡吉是解放者，感受過艾弗倫的聖恩。」阿曼娃說。

「妳自己也說過羅傑也感受過艾弗倫的聖恩。」黎莎說。

阿曼娃無法辯駁。「這個……」

「另外妳還說過，坎黛兒和他擁有相同的天賦。這難道不代表她也獲得艾弗倫恩寵嗎？」

阿曼娃向後靠，防護性地雙臂抱胸。「艾弗倫透過不同的形式賜福給所有人。不是每個人都能擁有宮殿。我有嗎？希克娃有嗎？我們是解放者的血脈。難道坎黛兒的地位還能比我們高嗎？」

「對，沒錯。」露西說。「或許她應該當第一吉娃還是什麼的。」

阿曼娃眉毛抽動，黎莎知道這話說得太過火了。

「夠了，露西。」她語氣有點嚴厲，嚇了女人一跳。「我知道妳深愛女兒，希望她能得到幸福，但是妳到底想要宮殿幹嘛？黑夜呀，妳有沒有見過宮殿？」

露西一副快要哭了的模樣。她並不是什麼尖銳的矛頭。「但是妳說……」

黎莎沒有時間安撫她，在她說溜嘴前打斷她的話。「我沒有叫妳侮辱人家。道歉。立刻。」

露西神色驚恐，轉向阿曼娃，笨手笨腳地坐在椅子上行屈膝禮。「對不起，妳，呃……」

「公主殿下。」黎莎提醒道。

「公主殿下。」露西覆誦。

「我認爲最好讓大家都多些時間考慮此事，」黎莎說。「阿曼娃該提醒自己坎黛兒不是讓妳討價還價的駄驢，露西則該想想卡農經裡關於貪婪的經文。朗妮會安排我們重新協商的時間，或許等滿月？」

滿月對伊弗佳教徒而言是個受到祝福的日子，適合宣誓和結盟。這個日子同時也能把問題拖延將近一個月，到時候她就會和露西再想其他藉口拖延。

阿曼娃點頭。「可以接受。」

露西毫不浪費時間，立刻起身離座。她屈膝行禮，然後離開。阿曼娃待在座位上，在門關上時搖了搖頭。

「艾弗倫的睪丸呀，我眞不知道那個女人到底是大市集的還價大師還是大白痴。」

黎莎很震驚。「天啊，阿曼娃，我似乎沒聽妳說過粗話。」

「我是艾弗倫之妻，」阿曼娃說。「如果我不能提他的睪丸，誰能提？」

黎莎忍不住大笑——長久以來第一次眞心大笑。阿曼娃和她一起笑，一時之間兩人和平共處。

「妳還有別的事情嗎，阿曼娃？」她問。

「妳懷孕了。」阿曼娃說。「我要知道孩子的父親是誰。」

就這樣，和平共處的時刻過去了。黎莎的疲憊和沮喪也一併消失。腎上腺素襲體而來，所有感官通通繃緊。如果阿曼娃膽敢威脅她的孩子……

「我不知道妳在說什麼……」

阿曼娃舉起她的霍拉袋。「不要騙我，女士。骨骰已經確認過了。」

「但妳無法確認父親是誰？」黎莎問。「骨骰眞是奇妙。似乎過於隱晦。不太靠得住。」

「關於妳懷孕的事情，骨骰十分肯定。」阿曼娃說。「要知道更多，我就需要妳的血。」

她若有深意地看著黎莎。「只要一兩滴，我就能確認父親的身分、小孩的性別，甚至是未來。」

「就算我眞的懷孕了，又和妳有什麼關係？」黎莎問。

阿曼娃罕見地鞠了個躬。「如果這孩子是我同父異母的弟妹，解放者的血脈，我就有責任保護他。很少有人比我更清楚沙達馬卡的子嗣會吸引多少殺手。」

很誘人的提議。小孩的性別可能會影響克拉西亞人和窪地開戰的時間，而黎莎迫切想要知道該怎麼做才能保護這個孩子。

但她想都不想就搖頭。只要交給阿曼娃一滴血，就能讓她得知黎莎所有弱點。沒有達馬丁膽敢向另一個霍拉法師要血占卜。如此侮辱可能引發延綿數代的世仇。

黎莎語氣轉爲嚴厲。「妳逾矩了，阿曼恩之女。如果不是這樣，那就是妳當我白痴。從我面前消失。立刻，別讓我對妳失去耐性。」

阿曼娃眨眼，但黎莎的目光銳利，語氣堅定。這裡是黎莎的地盤。阿曼娃如果膽敢對她動手，全窪地的人都會群起而攻。大部分窪地人等這一天都已經等很久了。

年輕公主保持尊嚴，緩緩起身。她快步走向門口，不過還不算驚慌失措。

門閂卡住時，黎莎又把頭埋到雙手裡。

阿曼娃爬進七彩馬車時表情很奇特。羅傑已經漸漸習慣她的情緒，能夠透過眼神辨別，像應付地心魔物般輕鬆應對。

但是他沒辦法感同身受此刻阿曼娃在想些什麼。她從來沒有這樣子過，毫無平常那股傲慢，看來似乎有點震驚。

羅傑去握她的手。「妳還好嗎，我的愛？」

阿曼娃回握他。「一切都很好，丈夫。我只是有點沮喪。」

羅傑點頭，雖然他知道阿曼娃沮喪時是什麼模樣，而此刻她的反應不是沮喪。

「我媽還是滿不講理？」坎黛兒問。

「黎莎女士當然已經說服她了。」希克娃說。

「這我可不敢說。」羅傑說。「她或許不會公開反對，但是黎莎也不是非常贊成此事。」

「那個還看不出來。」阿曼娃說。「黎莎女士看起來願意協調這門婚事，但我不認爲她會公正處置。她或許會把聘禮訂在我們無法支付的價錢。」

「我不在乎聘禮。」坎黛兒說。「讓我去和她說……」

阿曼娃搖頭。「絕對不行。妳直接涉入這些事情不合規矩，妹妹。」

「喔，所以除了我之外，所有人都能過問我的婚事？」坎黛兒問。

羅傑忍不住大笑。「妳過問的已經比我多了。根本沒人問我想不想要這門婚事。」坎黛兒瞪向他時，他立刻補充。「不過我當然想要。越快越好。」

「這就是你們兩個都不能參與協商的原因。」阿曼娃說。「你們會在簽約的時候看到婚約，但是在我們協商時聽到雙方赤裸裸地討論你們的缺點有害無益。就像伊弗佳裡所記載的，協商婚約的冷酷可以澆熄男女雙方的熱情。」

坎黛兒嘆氣。「我只是不想繼續睡在我媽那裡了。我不在乎一張紙。」

羅傑行走在黑夜之中，儘管氣溫寒冷，他還是敞開斗篷。他深吸口氣，讓肺部充滿酷寒的咬噬。他已經在那襲斗篷裡悶太久了。

羅傑和坎黛兒用小提琴演奏輕鬆的曲調，趕跑附近所有地心魔物，阿曼娃和希克娃則吟唱讓惡魔察覺不到他們的歌曲。

他們一行共有五人。坎黛兒和希克娃殿後，如同愛人般參與他們的演奏。他和阿曼娃的音樂也環環相扣。他能感受到她的歌聲在體內共鳴，比他們性器官接觸感覺更加親密。四個人都演奏同一首曲子，但羅傑的小提琴引領阿曼娃的歌聲，坎黛兒的小提琴則引領希克娃。如此分派讓他們可以在必要時分成兩組，琴弦和歌聲交融可以強化彼此的力量。走在最前面的是克里弗，手持矛盾，神色警覺。

他們沒有攜帶照明物品——魔法照亮整個世界。羅傑和坎黛兒戴著阿曼娃和希克娃做的七彩魔印面具，讓他們可以看見魔光。兩個公主頭戴精緻的金網，網上垂著魔印硬幣，提供相同的效果。阿曼娃在克里弗的頭巾和面巾上繡了魔視魔印，讓他能陪他們一起來。

他們一路走到最喜愛的練習地點，一座四面八方視野遼闊的小山丘。克里弗轉眼抵達山丘頂，觀察附近的情況。他比出一切安全的手勢，其他人隨即登上丘頂。

就定位後，羅傑放開琴弓，琴音和阿曼娃的歌聲同時消失。

坎黛兒點了點頭，一改驅趕惡魔的曲調，轉為吸引惡魔前來獵殺容易得手的獵物的曲調。希克娃繼續歌唱，她的歌聲依然隱藏他們的身影。

首先趕到的是風惡魔，其中有兩隻盤旋而下。坎黛兒將它們引到近處，然後突然改變曲調。希克娃流暢地撤銷隱身魔音，配合坎黛兒的音樂歌唱，惡魔在空中轉向，凌空撞上彼此，連咬帶抓地一邊對打一邊摔落空中。它們重重落地，羅傑幾乎可以聽見空心骨頭粉碎的聲響。

他和阿曼娃鼓掌，坎黛兒和希克娃依照他教的姿勢鞠躬答謝。

「西方有田野惡魔。」克里弗叫道。這群田野惡魔數量不多，只有五隻，不過五隻田野惡魔可以在幾秒間把他們撕成碎片。

兩個女人冷靜地轉身打量接近而來的威脅。希克娃已經開始吟唱隱身之歌，如同魔印斗篷般在惡魔的感官前遮蔽山丘上的五條人影。

當田野惡魔在坎黛兒持續召喚下趕來時，她眉頭微蹙，在曲子中增加另一重旋律，在惡魔身上添加痛苦。希克娃也增加了同樣的旋律，一邊維持眾人隱形，一邊增加坎黛兒的攻擊力量。

羅傑在惡魔接近時緊握琴頸，想起她因為他的緣故慘遭惡魔咬傷的那天晚上。

但之後坎黛兒已經在缺乏他陪伴的情況下深入黑夜多次，他已經沒必要繼續照顧她了。

「太簡單了。」他在坎黛兒誘使地心魔物互相殘殺時叫道。「隨便哪個有我樂譜的吟遊詩人都能讓惡魔自相殘殺。」這話其實並非事實，但是坎黛兒在和希克娃聯手時還是表現得太保守了。她必須更進一步才行。

坎黛兒向他微笑。「是喔？讓它們自己打自己怎麼樣？」

她如同把匕首扭入傷口般轉變曲調，田野惡魔開始用牙齒和利爪往自己身上招呼。一開始坎黛兒讓它們挖瞎自己的眼睛，讓它們目不視物，在痛苦與憤怒中跌跌撞撞。沒多久她讓它們平躺在地，瘋狂咬抓自己，直到傷勢嚴重到無法承受爲止。火熱惡臭的膿汁綻放魔力的強光，如同糖漿般灘在它們身邊。

一段時間過後，就只剩下一頭惡魔還在亂踢。這隻惡魔外殼很厚，乃是這群田野惡魔的領袖。坎黛兒停止演奏，惡魔立刻起身，傷口開始癒合。要不了幾分鐘，它就會痊癒，那對混濁的盲眼將會恢復視覺。

坎黛兒不給它時間復元。她釋放音樂的力量，立刻擄獲惡魔，引導它盲目衝向丘頂一塊裸露的巨岩。它反彈後退，放聲尖叫，但是坎黛兒彷彿用繩子牽著它般，控制惡魔的腳讓它的頭繼續撞岩石。一撞再撞，直到只聽見潮濕的濺血聲，惡魔腦袋開花癱倒在地爲止。

羅傑一邊鼓掌一邊吹口哨。就連克里弗也以矛敲盾。但接著他揮矛一指。「火惡魔從南而來。東方有木惡魔。」

羅傑轉頭看見逼近的地心魔物，和他們還有一段距離。「放下小提琴，坎黛兒。輪到阿曼娃和希克娃了。」

阿曼娃走到希克娃身旁，歌聲抑揚頓挫，自然融入希克娃的隱形之歌中，加入召喚之歌的力量。

坎黛兒帶著驕傲的笑容來到羅傑身邊，直接貼在他身上。他感到臉紅心跳。最近他的學徒舉手投足間就能讓他興奮。她在他眼中與從前完全不同。

「妳很快就會和我一樣強了。」羅傑眞心誠意地說。

坎黛兒親他臉頰。「我會比你更強。」

「妳的話直達造物主的耳朵，」羅傑說。「妳絕對能超越我。」

火惡魔迅速爬上山丘，但在它們抵達丘頂前，他的妻子引誘了它們。羅傑想用其他詞語來形容這種景象，但是誘惑就是最恰當的形容。地心魔物圍著阿曼娃和希克娃繞圈，發出溫柔規律的聲音，聽起來很像貓咪慵懶的喘息。

木惡魔群逐漸逼近，分散開來，包圍丘頂。克里弗矮身趴倒，羅傑和坎黛兒緊握樂器，隨時準備舉起它們。

在阿曼娃的帶領下，兩人同時降低音調。火惡魔弓起背脊，張牙舞爪，開始在丘頂採取守勢。它們在木惡魔逼近時持續張牙舞爪，等它們進入攻擊範圍後立刻開始吐火。

接下來戰況十分激烈，不過還是一面倒。木惡魔和火惡魔保持距離，不過只要看到就會格殺勿論。火惡魔有辦法傷害它們，偶爾甚至能殺死一隻，不過通常都會先死一堆。

接著希克娃開始和阿曼娃的誘惑反其道而行，將隱形之歌的力量擴張到他們的新盟友身上。木惡魔瘋狂攻擊，但是靈巧的火惡魔避開凶猛的重擊，吐出大口大口的火焰唾液。唾液黏在目標上，化作令羅傑眼前紅點翻飛的烈焰。他抖動食指和中指都被火惡魔咬斷的右手。

很快地，最後一隻木惡魔倒下，在明亮的火堆下淪爲漆黑的焦屍。

「看起來和曝曬在陽光下沒什麼差別。」坎黛兒鼓掌說道。

「是呀，」羅傑大聲說。「不過就像我之前說過的，讓惡魔自相殘殺很容易。」當然，他妻子剛剛的手法絕對沒有那麼簡單，但如同坎黛兒，她們是來這裡測試能力極限的。

阿曼娃朝他微笑，羅傑知道自己可以信任她們。她輕觸頸圈，音階提高八度，片刻前讓火惡魔大跳勝利舞蹈的歌曲轉眼變成鞭策它們朝北狂奔的皮鞭。那個方向一哩外有座冰涼的釣魚池塘。羅傑的感官透過魔印視覺強化，聽見火惡魔跳入池中的濺水聲，看見代表它們死亡的濃煙。

它們頭上綻放魔光，羅傑抬頭看見一頭風惡魔摔在數呎外的地面上，胸口插著克里弗的長矛。長矛沒有摔斷，惡魔摔死了。

觀察兵深深鞠躬。「你們全都得到艾弗倫的恩寵，眞的。但是如果警覺不夠的話，光靠恩寵並不足以拯救你們。艾弗倫沒時間理會不懂得尊重奈的力量的人。」

羅傑以爲阿曼娃會教訓他那種傲慢的語調。但結果她卻微微鞠躬。他從未見過她如此對待任何卑微的戰士。「你的話很有智慧，觀察兵，我們聽到了。」

克里弗再度鞠躬。「我活著就是爲了服侍妳，神聖之女。」

黎莎緊閉房門，和桌上那堆文件奮戰。汪妲在外面阻擋訪客，就連吉賽兒和妲西都不給見。她沒心情接見任何人。

汪妲輕敲房門，黎莎嘆口氣，不知道她認爲誰的事情急迫到非打擾她不可。「進來吧，親愛的。」

汪妲探頭進來。「抱歉，女士……」

黎莎沒有抬頭，繼續拿筆在文件上畫線、簽名、註記。「除非有人快死了，汪妲，不然我沒時間。叫他們先預約。」

「是呀，關於預約，」汪妲說。「妳要我黃昏時叫妳。今天晚上要測試魔印之子。」

「現在不可能已經黃昏了……」黎莎開口道，不過窗外的天色確實已經暗下來了，她發現汪妲說的沒錯。辦公室的光線已經暗到讓她在毫無所覺的情況下瞇眼視物。

黎莎看著身旁那疊才稍微陷下去一點點的文件，壓下一股想哭的衝動。隨著冬至逼近，黃昏開始提早到來，她能處理事情的時間也似乎越來越少。黑夜是把不斷擠壓她的鉗子。夏季的新月差點摧毀了他們。每一分鐘都有窪地人死亡，整個窪地郡都在期待黎明的庇佑以及重新強化防禦的時間。萬一惡魔王子在夜晚更長、白晝更短的冬夜來襲怎麼辦？

「然後史黛拉和一頭天殺的木惡魔近身肉搏！」汪妲在黎莎的馬車行駛回家時說道。她和汪妲從前都會從家裡走路前往診所，但如今這麼做的話會不得安寧。會向她打招呼、找她請願、自願提供意見的人實在太多了。

「造物主哇，妳該親眼看看。」汪妲繼續。「地心魔物拳打腳踢到差點把自己撕成兩半，史黛拉一直待在它背上，像樹木一樣冷靜，耐心地找尋下一個施力點。找到之後就把它的脊椎折成兩半。」

「呃？」黎莎搖頭。「她做了什麼？」

「過去十分鐘妳都沒聽我說話，是不是？」汪妲問。

黎莎搖頭。「對不起，親愛的。」

汪妲瞇起雙眼看她。「妳上次睡覺是什麼時候，女士？」

黎莎聳肩。「昨晚睡了幾個小時。」

「三個小時。」汪妲說。「我數了。睡不夠，女士。妳知道。特別在妳……」

「在我怎樣？」黎莎問。沒人聽得到她們說話。黎莎為了隱私而在馬車內繪製隔音魔印。

汪妲臉色發白。「在妳……我是說……」

「有話直說，汪妲，」黎莎大聲道。

「快要成立家庭的時候。」汪妲終於說道。

黎莎嘆氣。「誰告訴妳的？」

汪妲看著馬車地板。「吉賽兒女士。她說妳需要特別照顧，但卻固執到不肯承認。」

黎莎噘嘴。「她這麼說，是嗎？」

「她都是為妳著想，還有小孩。」汪妲說。「我本來不知道是怎麼回事，但是打從我們離開南方後，妳的身體就一直不好。是惡魔的子嗣，對不對？」

「汪妲．卡特！」黎莎大叫，嚇得汪妲跳起來。「我不想聽到妳這樣說我孩子。」

「我不是……」

黎莎雙手抱胸。「妳就是。」

汪妲臉色很難看。「女士，我……」

「這一次，」黎莎趁她遲疑時搶話。「我饒過妳。就這一次，因為我愛妳。但是下不為例。如果我要妳或其他人得知我的私事，我會告訴妳。在那之前，不要刺探我的隱私。」

汪妲點頭，高大的女人身軀縮成符合她實際年齡的少女體態。「是，女士。」

回到黎莎小屋時，天色已經全黑，但是庭院裡還是人來人往，到處都是學徒、藥草師，還有集合在那裡的魔印之子。手術教室裡擠到只有站位，因爲薇卡正在教授隱形斗篷的做法。黎莎希望冬天結束前窪地所有藥草師和學徒都有一件。

薇卡坐在講師台旁，在鏡箱中描繪魔印。鏡子和透鏡把影像反射到白幕上，數百個女人將魔印抄寫到她們的魔印書裡。

「魔印之子還在集合，」汪妲說。「朗妮和其他女人還得花點時間測量數據。何不先小睡片刻？等好了我就來叫妳。」

黎莎看著她。「不管我怎麼說，妳都一定要扮演老媽子的角色，是不是？」

汪妲無力地笑了笑。「抱歉，女士。我又不能忘記已經知道的事情。」

黎莎後悔之前用那麼嚴厲的語氣責備她。汪妲或許才十六歲，但她所承受的責任卻只有少數成人可以相提並論。有汪妲在旁守護，黎莎什麼都不怕。

「很抱歉我罵了妳，汪妲。」她說。「妳都是爲我好，我很感激妳的心意。繼續這樣做，就算我……」

「和石惡魔一樣固執？」汪妲說。

黎莎忍不住大笑。「我直接上床了，媽。」

沒人打擾黎莎走向小屋，而汪妲則朝魔印之子走去。他們敬畏地看著她，拳頭在心口交叉，行沙魯沙克的學生禮。許多魔印之子年紀都比汪妲大，但還是將她視爲他們的領袖。

黎莎加快腳步，每一步都讓她更接近忙裡偷閒的片刻寧靜。她會煮一帖藥茶讓自己沉睡，等汪妲來叫她時再加一帖中和藥性。她敢不敢奢望能睡四個小時？

「黎莎，」她身後傳來一個聲音。「很高興我趕上了。」

黎莎轉身，在臉上掛起和眞誠的笑容一模一樣的假笑。對方是吉賽兒，全提沙她此刻最不想見到的人。她寧願來的是伊羅娜。

「妳怎麼不去聽薇卡上課？」黎莎問。

「本來有去聽，不過薇卡是我的學徒，不能反過來。」吉賽兒揮揮手。「讓那些女孩去學魔印。我太老了，沒辦法換回學徒圍裙了。」

「我聽夠這種話了。」黎莎大聲說。

吉賽兒大驚。「呃？」

「妳沒聽我那天講的嗎？」黎莎繼續。「還是說我也曾是妳的學徒，所以妳可以不聽我的話？」

吉賽兒臉色一沉。「我爲妳付出了那麼多，而妳竟然有膽子說這種話，女孩。我大可以在一個月前就返回安吉爾斯，但是打從我抵達窪地以來就一直不眠不休地工作。」

「確實如此。」黎莎同意道。「我不在的時候，其他女人都以妳馬首是瞻。這就是爲什麼妳必須樹立榜樣，爲了大家著想。如果妳不理會我的指示，不去上魔印課，誰能阻止其他年過五十的藥草師這麼做？」

「不是所有人都需要學魔印，黎莎。」吉賽兒大聲道。「妳一下子對這些女人提出太多要求。把書本和規矩塞到她們面前，卻連她們識不識字都不問一聲。」

「不，」黎莎說。「是妳要求太少了。我差點死在安吉爾斯返鄉之旅途中，就因爲我連最基本的守護魔印圈都畫不出來。只要能力所及，我就不會讓這種事情發生在任何藥草師身上。所有女人的性命都值得我們多花幾個小時去學習。」

「不是很快就有魔印之子可以保護我們了嗎?」吉賽兒問。「傳說那就是妳的遠大計畫。每個藥草師都能分到一個魔印保鏢。」

黎莎想要扯她頭髮。「黑夜呀,只是一堂天殺的魔印課!別再藐視我的權威,給我去上課!」

吉賽兒雙手扠腰。「藐視權威?我到底怎麼藐視妳的權威了?」

「妳和我爭辯可以救人的要求!」黎莎說。「妳忽視我所設立的規矩。妳表現得好像我還是妳學徒的樣子。黑夜呀,妳甚至在其他藥草師面前叫我『女孩』!」

吉賽兒神色驚訝。「妳知道我沒有那個意思……」

「我知道,」黎莎說。「但是其他人不知道。妳不能繼續這樣下去了。」

吉賽兒諷刺地屈膝行禮,語氣明顯受傷。「妳還有什麼想要發洩的嗎,女士?」

黎莎不知道此後兩人的關係會不會就此改變,但她早就學會逃避問題是不會有好結果的。「妳告訴汪妲我懷孕了。」

吉賽兒只想了一下就回答,但是靈氣中浮現迫切搜尋謊言的閃光,閃到黎莎就算閉著眼睛也看得見。「我以爲她早就知道了——」

「惡魔屎。」黎莎斷聲道。「妳不是喜歡說三道四的愚婦,不會無意間就說溜醜聞。妳告訴她是因爲妳要她照顧我。」

「唉,就算是又怎樣?」吉賽兒扠腰的手掌握成拳頭。黎莎或許是成人,但是這個女人還是比她高大。「妳可以把自己的性命交給那個女孩,而妳的孩子就不行?妳在鞭策我們所有人,黎莎,但是逼得最緊的卻是妳自己。妳是成年女人,沒錯,可以自己做這些決定,但是妳現在是在幫兩個人做決定,而汪妲和我都不會讓妳忘記這一點。繼續爭論,我就去告訴妲西。」

黎莎面紅耳赤。她把妲西當作姊姊看待，但那個女人把卡農經放在圍裙的胸口口袋裡，甚至不肯幫女人煮龐姆茶。這樣……黎莎沒理由認爲妲西或其他多數藥草師會站在她這邊，如果大家知道她未婚懷孕的事情，更別說是阿曼恩・賈迪爾的子嗣。

想到這一點，吉賽兒的身影開始飄升，黎莎的視線逐漸漆黑。她覺得身體在墜落，然後是吉賽兒扶住她時的晃動感，但那一切都離她很遠。

「黎莎女士！」汪妲大叫，不過她也離她很遠。

黎莎在自己床上醒來。她坐起，神色迷惘地環顧黑漆漆的房間。她覺得眼瞼上彷彿掛著砝碼。

「汪妲？」她叫道。

「吉賽兒女士！」汪妲衝到她床邊。「妳把我們嚇壞了，女士。」

吉賽兒端著蠟燭走來，把汪妲擠到一邊。她溫柔又堅定地撐開黎莎沉重的眼瞼，將燭光拿到近處，檢查瞳孔放大的情況。

「一切都正常，黎莎。」吉賽兒撫摸她的臉頰。「妳繼續睡吧。所有事情都能等到早上再說。」

黎莎在嘴裡轉動乾燥的舌頭。「妳給我喝了潭普天花茶。」

吉賽兒點頭。「睡覺。藥草師的指示。」

黎莎微笑，把頭塞回枕頭裡，讓美妙的睡眠征服自己。

第二天早上醒來時，黎莎覺得自己比過去一個月裡更強壯。她的思緒依然在安眠藥茶的效力下模糊不清，不過只要再來一杯濃茶就能解決。

吉賽兒在外面等著她披上披肩，慢慢走出房間。她的老師在黎莎的廚房裡忙進忙出，完全把這裡當自己家。她把一個熱氣騰騰的茶杯塞到黎莎手裡，茶色深黑，添加一團蜂蜜，就是從前無數早晨她們一起喝過的那種茶。「洗澡水是熱的。去盥洗一下，然後來餐桌坐下。早餐很快就上桌了。」

黎莎點頭，不過待在原地。「很抱歉我對妳說那種話。」

吉賽兒揮手。「不必抱歉。妳說的大部分都沒錯。禮貌需要加強，不過一個月沒好好睡覺的孕婦脾氣本來就不好。現在去盥洗。」

洗好澡、喝完茶後，黎莎的思緒比較清楚了。她換上最喜歡的衣服，坐下來吃早餐。吉賽兒說到做到，幫她準備了一盤熱騰騰的蛋和青菜。

「我趁妳睡著時檢查了一下。」吉賽兒說。「胎兒的心跳和伐木工的斧頭一樣有力強壯。」她用叉子指指黎莎。「但妳已經開始顯露懷孕的跡象。湯姆士老把臉埋在妳乳房裡，或許還不會發現，但是所有鎮民都很樂意指給他看，如果他們還沒這麼做的話。如果妳想親口告訴他，現在就該說了。」

黎莎目光保持在她的早餐上。吉賽兒和大部分窪地人一樣，假設孩子是湯姆士的。「我會和他說。反正我今天要去照料皇家花園。」

吉賽兒大笑。「妳這樣叫它？也算個好名字。先確定花園都照料好了，再告訴他會收成什麼。」

馬車直接把黎莎和汪妲帶到皇家花園入口。幾個伯爵的手下走過來，但是汪妲在黎莎消失在花園中時上前阻攔他們。當汪妲看守門口時，除了黎莎外沒人可以進入花園。

穿越花園時，她感到心跳加速。溜進湯姆士的堡壘向來都很刺激。擔心被人發現還有期待做愛的慾望就和庫西酒一樣猛烈。但今天不太一樣。她可以像吉賽兒建議的那樣再和他做一次，這樣做對他們雙方都有好處。

黎莎曾經把湯姆士當作嬌生慣養的花花公子，只會動粗打架，可以輕易操控。但是湯姆士一而再、再而三地證明她錯了。他沒有什麼創造力，只會像軍人一樣按照規矩辦事，但處事公正嚴明，鎮民都很清楚他的立場。在可以利用皇室優勢時他絕對不會遲疑，不過在地心魔物面前他也不會放棄任何一個卑微的人民。

這次來找他很有可能以兩人訂婚收尾，而黎莎很驚訝地發現自己竟然這麼想要看到這種結果。小孩還要半年才會出生。誰知道造物主會在這段期間內爲他們安排什麼樣的命運？

黎莎轉眼間穿越樹籬迷宮，走密門進入公爵的宅邸。塔麗莎等在裡面，小心謹慎地護送她來到另一扇密門所在的等候廳，直接通往湯姆士的寢室。

伯爵等候許久，一看到她立刻擁她入懷，熱情親吻。「妳還好嗎，我的愛？我聽說妳昏倒了……」

黎莎又親了他一下。「沒事。」她手掌下移，拉扯他的皮帶。「我們至少可以偷歡一個小時，然後亞瑟才有膽量敲門。如果你夠猛的話，可以上我兩次。」

黎莎知道伯爵有能力連做兩次。湯姆士幾乎每天晚上都會和惡魔作戰，而她在他的護甲和長矛裡都鑲了霍拉。伯爵現在比他們初次見面時還高，而他那原本就已經強到不行的情慾如今更是增強了一倍。打從他們第一次共度春宵開始，從來沒有任何因為擔心表現而導致不舉的情況。她已經感覺到他的下體開始變硬了。

意外的是，湯姆士推開她，握著她雙手手肘，同時將陽具移到她摸不到的地方。「沒事？妳在窪地半數藥草師面前昏倒，居然還說沒事？」

湯姆士等她回應，沉默在兩人間形成強大的壓力。他輕捏她的肩膀，一指輕抵她的下巴，抬起她的頭，直視他的雙眼。「如果妳有事情要告訴我，黎莎．佩伯，現在正是時候。」

他知道了。黎莎心想是不是塔麗莎告訴他的，但事實上，誰說的都無關緊要。「我懷孕了。」

「我就知道！」湯姆士大叫一聲，緊抱住她。一時之間，她還以為他要打她，但他只是緊抱了她一會兒，隨即把她抬離地面，興高采烈地抱著她繞圈。

「湯姆士！」黎莎叫道，伯爵瞪大雙眼。

他立刻放下她，神色擔憂地看著她的肚子。「當然，孩子。我希望我沒有……」

「沒問題。」黎莎說著鬆了一大口氣。「我只是沒想到你會這麼開心。」

湯姆士大笑。「我當然開心！這下妳非成為我的伯爵夫人不可。人民會堅持要我們結婚，我也不會考慮其他做法。」

「你確定嗎？」黎莎問。

湯姆士激動地點頭。「少了妳，我無法統治窪地，黎莎，妳也一樣。魔印人或許走了，但只要我們聯手，就能驅退地心魔物，把窪地重建成世界上數一數二的大城市。」

黎莎無法否認她的話讓自己情緒激動。當湯姆士半跪而下，牽起她的手時，她的心臟都跳到喉嚨裡。「黎莎．佩伯，我把自己……」

造物主呀，他眞的在求婚。他根本不知道孩子不是他的。

她僵住了。這是她渴望的一切。就算是最糟糕的情況，她也能爭取六個月的時間計畫下一步。窪地裡到處都是孤兒，或許能找到一個看起來像湯姆士的孤兒掉包，把阿曼恩的孩子送到安全的所在。又或許她根本不需要擔心。她還記得上次會議後史黛夫妮說的話。

小孩有個特點，就是人們會在他們身上看見想看的特質。

湯姆士比黎莎黑，而且常曬黑。她蒼白的皮膚會曬傷，不過絕對不會曬黑。小孩的膚色有可能像到足以避開進一步檢查的地步，特別是當黎莎盡快再生其他小孩的時候，湯姆士的眞正繼承人。

我會是個好妻子，她暗自承諾。好伯爵夫人。你不會後悔娶我為妻，就算有朝一日得知眞相。

斗大的眼淚滾落她的鼻頭。她甚至沒發現自己在哭。

造物主呀，我想我戀愛了。

她張開嘴巴，一心只想把自己託付給這個男人，讓他夢想成眞。

但是那些話卡在喉嚨裡，說不出口。他看她的眼神眞摯誠懇、充滿愛意，讓她無法忍受自己背叛他的想法。

她縮回手掌，後退一步。「湯姆士，我……」

「怎麼了，我的愛？妳爲什麼不……」接著，突然之間，他想通了。即使沒有魔印視覺輔助，她還是在他起身時看出他眼神的變化。

「黑夜呀，謠言是眞的。」湯姆士說。「我上週爲了此事鞭打了三個手下，但結果他們說的卻是實話。沙漠惡魔、征服來森堡、殺害數千人、讓全提沙境內充滿幾個世代都不會消失的遊民。而妳竟然讓他睡。」

「根據謠言，你睡過安吉爾斯所有女僕。」黎莎大聲道。「我和他上床的時候並沒有與你訂婚，湯姆士。我們根本不熟，我連你會來窪地都不知道。」

「那些女僕沒有殺害上千人。」湯姆士說，完全沒有費心否認。

「如果她們有殺，」黎莎問。「而你可以透過和她們上床拖慢他們的行動、探知他們的計畫，你會有任何遲疑嗎？」

「所以妳是在賣春。」湯姆士說。

黎莎甩他一巴掌。湯姆士震驚地瞪大雙眼，接著閉上眼睛。他神色猙獰，握緊斗大的拳頭。

黎莎準備伸手到放盲目藥粉的藥袋裡，卻聽他大吼一聲，離開她面前，像是受困的夜狼般在房間裡來回踱步。他又吼了一聲，捶打他那張大床的金木床柱。

「啊！」他叫，摀住拳頭。

黎莎跑到他身邊，拉過他雙手。「讓我看看。」

「妳做得還不夠多嗎？」湯姆士叫道，神色痛苦，面紅耳赤，淚水直流。

黎莎冷靜地看著他。「拜託。你可能會打碎骨頭。坐著別動，讓我看看。」

湯姆士無力地讓她拉著自己來到床前，他們一起坐下，黎莎拉開他摀住傷口的手掌，檢視他受傷的拳頭。拳頭紅通通的，指節上皮開肉綻，不過不算太糟。

「骨頭沒碎，」她說。她從圍裙口袋拿出止血藥和布，清理包紮傷口。「放在冰碗裡冰敷……」

「有沒有一點點可能孩子是我的？」湯姆士神色哀求地問。

黎莎深吸口氣，搖了搖頭。她幾乎感覺得到自己心臟在胸口扭曲撕裂。湯姆士依然懷抱希望，但是被她摧毀了。

「我愛你，」她低聲道。「我發誓。如果可以回到過去，改變一切，我會去做。我知道是我誘導你，一開始是爲了保護孩子才這麼做，但那只是一開始。」

「後來呢？」湯姆士問。

「後來是因爲我想當你的伯爵夫人。」黎莎說。「超過一切，我想當伯爵夫人。」

湯姆士抽開手，站起身來，再度開始踱步。「如果妳眞的這麼想，那就證明給我看。煮雜草師的打胎藥，打掉那個孩子。重新開始，懷我的孩子。」

黎莎眨眼。當初她媽如此建議時，她並不感到驚訝，英內薇拉和阿瑞安肯定也會想要這種結果。必要的時候，女人可以冷酷無情地處理這種事情。但她從未想過湯姆士能夠謀殺無辜孩童。

「不。」她說。「我已經喝過一次了，當時我根本不確定體內有沒有胎兒——而那是我這輩子最後悔的決定。比和阿曼恩上床更後悔。我絕對不會再這麼做。」

「啊！」湯姆士大叫，拿起一個花瓶，丟到房間另一邊去。黎莎僵在原地。湯姆士晚上需要熱身很久才能作戰，在這裡有理由不一樣嗎？她也站起身來，朝通往花園的密門走去。

朝汪姐走去。

但是湯姆士再度令她驚訝，他垂頭喪氣，滿腔怒火都在嘆息聲中消失。他轉向她，一臉挫敗。

「妳知道全窪地郡的人、還有我母親，都認爲孩子是我的？」

黎莎點頭啜泣。她雙腳發軟，癱回床上，摀住臉龐，徒勞無功地掩飾哽咽的聲響。她在床上坐了很長一段時間，楚楚可憐、渾身顫抖，接著床上出現其他人的體重，湯姆士伸手摟她。

黎莎靠到他懷裡，不知道這會不會是最後一次。她緊抓著他的上衣，深深呼吸，記住他的體味。

「我很抱歉把你牽扯進來，」她說。「我沒想到你會追求我，或者我會愛上你。我只想要保護我的孩子。」

「誰會傷害他？」湯姆士問。「窪地裡沒有人會傷害小孩。」

「如果被克拉西亞人發現的話，他們會直接從我肚子裡挖走他。」黎莎說。「或是更有甚者，等到他出生後再奪走他，讓他相信自己日後將會繼承綠地。」

她看向湯姆士。「你母親也可能把它當成人質。不要否認。」

湯姆士目光低垂，點頭道：「她很可能認爲這是最好的做法。」

「你呢，湯姆士？」黎莎問。她逼得太急了，但她必須知道。「片刻之前，你還沒有我不能活。你要眼睜睜看我成爲你母親的階下囚嗎？」

湯姆士一臉沮喪。「我該怎麼做？林白克至今無子。我母親以爲妳體內懷著藤蔓王座的下一任繼承人。我要怎麼告訴她那是沙漠惡魔的孩子？」

「我不知道。」黎莎說。「沒必要現在決定。我們還沒有正式公布我懷孕的消息，可以表現得像往常一樣，慢慢再想辦法。」她輕捏湯姆士的手，肯定他沒有把手抽走後，她湊上去想再親他一下。

湯姆士彷彿被蜜蜂叮了般跳起身來。「不要。現在不要。或許永遠不要。」

他後退一步，朝密門揮手。「我想妳該走了。」

黎莎在啜泣聲中穿越密門，以不至於跌倒的速度盡快離開。

《頭骨王座》上冊・完

國家圖書館出版品預行編目資料

頭骨王座（上）／彼得・布雷特（Peter V. Brett）著；戚建邦譯
.──初版.──台北市：蓋亞文化，2016.01
冊；公分.──（Fever）
譯自：The Skull Throne
ISBN 978-986-319-191-9（上冊；平裝）.──
ISBN 978-986-319-192-6（下冊；平裝）.──
ISBN 978-986-319-193-3（全套；平裝）.──

874.57　　104026822

Fever 048

頭骨王座 上　THE SKULL THRONE

作者／彼得・布雷特（Peter V. Brett）
譯者／戚建邦
封面插畫／Larry Rostant　地圖插畫／爆野家
封面設計／克里斯
出版／蓋亞文化有限公司
地址◎台北市103赤峰街41巷7號1樓
電話◎（02）25585438　傳眞◎（02）25585439
網址◎www.gaeabooks.com.tw
電子信箱◎gaea@gaeabooks.com.tw
投稿信箱◎editor@gaeabooks.com.tw
郵撥帳號◎19769541　戶名：蓋亞文化有限公司
法律顧問／義正國際法律事務所
總經銷／聯合發行股份有限公司
地址◎新北市新店區寶橋路二三五巷六弄六號二樓
電話◎（02）29178022　傳眞◎（02）29156275
港澳地區／一代匯集
電話◎（852）27838102　傳眞◎（852）23960050
地址◎九龍旺角塘尾道64號龍駒企業大廈10樓B&D室
初版一刷／2016年1月　定價／新台幣 320 元
Printed in Taiwan

GAEA ISBN／978-986-319-191-9